맬로리

조시 맬러먼 장편소설 | 이경아 옮김

새장 밖으로 나간 사람들

맬로리

검은숲

차례

크리스틴 넬슨에게 이 책을 바칩니다.

일러두기

하나, 모든 표기는 출판사 편집매뉴얼의 교정 규칙에 따르되, 작가의 의도에 따라 필요하다 판단될 경우 절충하여 표기하였습니다.

둘, 원저자 주는 괄호 안에 표기하였고, 옮긴이 주는 괄호 안에 '옮긴이' 표기를 별도로 하였습니다.

셋, 책 제목은 《 》로, 그 외 저작물과 영화, 그림 등은 〈 〉로 표기하였습니다.

넷, 원문에서 이탤릭체 혹은 대문자로 강조된 부분은 고딕체 혹은 작은따옴표로 구분하여 표기하였습니다.

제인
터커
맹인학교

맬로리는 교실의 벽돌 벽에 바짝 붙어 서 있다. 문은 잠겨 있다. 그녀는 혼자다. 불은 모두 꺼져 있다.

맬로리는 안대를 하고 있다.

교실 밖 복도에서는 폭력 행위가 벌어지기 시작했다.

맬로리는 이 소리를 안다. 악몽을 꾸면서 이 소리를 들었고, 제정신이었지만 결국 서로를 찢어발기게 된 사람들로 가득한 집에서 아들을 낳을 때도 메아리 속에서 이 소리를 들었다.

아들 톰이 폭력 행위가 벌어지는 저 밖 어딘가에 있다. 어디에 있는지는 모른다.

맬로리가 숨을 들이쉰다. 잠시 머금는다. 그리고 다시 내쉰다.

잠금장치를 풀고 문을 열어 비명과 히스테리, 광기에 휘말려 있을 아들과 딸을 찾기 위해 문으로 손을 뻗는다. 문 반대편에서 쿵쿵 소리가 들린다. 누군가 복도 벽에 머리를 찧어대는 소리 같다.

맬로리는 문손잡이에서 얼른 손을 거둔다.

마지막으로 봤을 때, 여섯 살인 올림피아는 터커 도서관에서 바라유 점자책을 읽고 있었다. 그곳에선 열 명이 넘는 사람들이 사무실 전축에 연결된 학교 스피커에서 흘러나오는 클래식 음악을 듣고 있었다.

맬로리는 그들의 목소리를 듣기 위해 귀를 기울인다. 이 폭력 행위가 도서관까지 퍼졌는지 확인해야만 한다. 사신의 딸에게까지 가닿았는지를. 그렇다면 톰부터 찾아야 한다.

맬로리가 귀를 기울인다.

두 아이는 제인 터커 맹인학교에 도착한 후로 맬로리에게 듣기에 대해 많은 것을 가르쳐주었다. 두 아이처럼 세상을 들을 날은 결코 오지 않겠지만 그래도 시도해볼 수는 있다.

하지만 바깥은 너무나 소란스럽다. 혼돈. 사람들의 목소리를 따로 구별해 듣기가 어렵다.

맬로리는 아네트를 떠올린다. 방금 전에 허기를 느껴 구내식당으로 가려고 복도를 걸을 때 비명처럼 울려 퍼졌던 이름의 주인공인 연상의 맹인 여성. 맬로리가 지금 무슨 일이 벌어지고 있는지 알아차리기도 전에 아네트는 푸른색 목욕 가운을 입고 손에 칼을 든 채, 질주하는 사이렌처럼 붉은 머리를 휘날리며 모퉁이를 돌아 나왔다. 초점 없이 부릅뜬 아네트의 눈을 보고 맬로리는 눈을 질끈 감았다.

아네트는 맹인인데……. 어떻게 미칠 수 있지? 머릿속에 이런 생각이 스쳐 지나갔다. 맬로리는 그대로 멈춰 섰다. 아네트가 숨을 가쁘게 몰아쉬며 빠른 속도로 맬로리를 스쳐 지나갔고 학교 안쪽에서 창자가 끊어지는 듯한 비명이 울리자 눈을 감은 채 가장 가까운 교실로 들어가 문을 걸어 잠갔다.

맬로리는 문손잡이를 향해 손을 뻗는다.

한때 '직원 휴게실'이라 불렸던 네서 톰을 마지막으로 보았는데, 아들의 무릎에는 새 발명품이 산산조각 난 채 놓여 있었다. 다 맬로리 탓이었다. 고작 여섯 살인 톰은 어른 톰이 그랬듯이 발명에 소질이 있었다. 가끔 맬로리의 본능은 그런 톰을 칭찬해주라고 말했다. 맬로리도 어머니라면 응당 그래야 한다고 느꼈으니까. 아니, 구세계의 어머니라면 **당연히** 그랬을 거라고. 하지만 지금 여기서 맬로리는 톰이 뭔가를 만들 때마다 부숴버렸고 누가 됐든 몸을 지키기 위해 필요한 것은 안대뿐이라고 다그쳤다.

그런데, 아네트는 맹인이었다.

그리고 이제 미쳐버렸다.

잠긴 문 밖에서 느닷없이 외설스러운 말이 들린다. 두 사람이 복도에서 싸우고 있다. 남자와 여자다. 그들이 내는 소리로 미루어 보아 어떤 장면이 펼쳐지고 있을지 짐작하기는 어렵지 않다. 할퀴기 그리고 긁기. 눈구멍을 파고드는 손가락과 목구멍으로 들어가 뼈를 부러뜨리고 목으로 짐작되는 신체 부위를 잡아 찢는 손가락 놀림.

맨손으로?

맬로리는 꼼짝도 하지 않는다. 누군가의 몸이 나무 문에 요란하게 부딪힌 후 타일 바닥으로 미끄러진다. 남자인지 여자인지, 싸움의 승자가 문 바로 밖에서 숨을 헐떡이고 있다.

맬로리는 계속 귀를 기울인다. 숨을 들이쉬고, 잠시 머금었다 다시 내뱉는다. 저 광기는 절대 멈출 수 없다. 그녀는 바깥에서 헐떡이는 숨소리를 지나 복도 저쪽의 소리를, 여기 사는 사람들의 비명을, 자기 아이들이 있는 곳에서 들려오는 소리를 듣고 싶다. 저렇게 비명을 지르는 이들이 대체 뭐라고 외치는지를 알고 싶다. 맬로리는 여기보다 훨씬 디 작은 집에서 아기를 낳던 순간을 떠올린다. 아래층에서 들리던 비명이 떠오른다. **돈이 커튼을 찢었어!**

여기서는 누가 커튼을 다 찢었을까?

복도에서 들리던 숨소리가 멎었다. 하지만 멀리서 들리는, 주먹으로 나무를 치는 소리와 주먹과 주먹이 맞부딪히는 소리, 온전한 정신의 마지막 흔적 같은 소리가 점점 커진다.

맬로리가 교실 문의 자물쇠를 푼다. 그리고 문을 연다.

복도에서는 아무런 기척도 느껴지지 않는다. 와락 달려드는 사람도 없다. 아무도 말하지 않는다. 누가 싸움에서 이겼든 두 사람은 이제 죽고 없다. 건물 안쪽에서 비명이 터져 나온다. 희미하게 들리는 종말의 전조음과 단말마의 외침, 간절한 바람. 주먹이 맞부딪히고 나무가 부러지는 소리가 난다. 고함과 횡설수설하는 소리, 문이 쾅 하고 열렸다가 거세게 닫히는 소리도 이어진다. 아이들이 울부짖는다. 사무실에서 틀어놓은 음악이 계속 울려 퍼진다.

맬로리가 열린 문턱에 널브러진 시체를 건너간다. 벽에 바짝 붙은 채 복도로 발을 내디딘다. 경보음이 울린다. 학교 정문이 열려 있다. 리드미컬하게 울리는 경보음이 클래식 음악과 극심한 불협화음을 일으켜 아주 잠깐 맬로리는 혼란스러워서 내가 이미 이성을 잃었나 생각한다.

두 아이가 이 광기에 휩쓸려 여기 어딘가에 있다.

맬로리는 부들부들 떨면서 이미 감은 눈꺼풀 뒤, 머리에 꽉 졸라맨 안대 뒤, 셋째 눈을 감으려 한다. 주변에 펼쳐져 있을 광경을 보지 않으려고 마음의 눈을 감는 것이다.

맬로리는 벽돌 벽에 바싹 붙어 조심스레 이동한다. 톰과 올림피아를 소리쳐 부르고 싶지만 그러지 않는다. 숨을 들이쉬고 잠시 머금었다 다시 내쉰다. 맨살이 드러난 어깨와 팔뚝에 닿는 벽돌이 거칠어서 하얀색 탱크톱의 천이 자꾸 걸린다. 복도를 다 지날수록, 붉은 머리의 아네트가 커다란 칼을 들고 뛰쳐나온 곳에 다가갈수록 경보음이 더 커진다. 저 앞에서 사람들이 비명을 지르고 있다. 누군가 가까이에 있다. 육중한 몸으로 어설프게 바닥을 걷는 누군가의 부츠 소리, 이런 상황에 익숙하지 않은 누군가의 툴툴거리는 소리.

맬로리는 꼼짝도 하지 않는다.

한 남자가 헉헉거리며 무슨 말인가 중얼거리면서 맬로리를 지나쳐간다. 미친 걸까? 맬로리는 알지 못한다. 알 수가 없다. 벽을 따라 걸으며 자신과 아이들이 여기에서 2년 동안 살았다는 사실에 조금이나마 고마움을 느낀다. 긴 여정을 잠시나마 유예해줬으니까. 하지만 그녀가 품고 있던 부채감은 크든 작든 유리구슬이 깔린 해안으로 떨어져 다시는 찾을 수 없는 구슬이 됐다. 그리고 오래전부터 기다렸던 공포가 다가왔다.

해이해지지 마.

이 짧은 주문이 이제 아무 의미도 없게 됐나. 이미 해이해진 바람에 두 아이의 행방을 알지 못하게 됐으니까.

쨍 하는 금속성 굉음이 도처에서 천둥처럼 울린다. 음악과 경보 소리가 점점 더 커지는 탓이다.

맬로리는 아이들 소리가 들려도 달래주지 않는다. 어둠 속에서 아이들을 돕기 위해 손을 내밀지도 않는다. 오직 벽에 찰싹 달라붙어 이동할 뿐이다. 얼마나 딱 붙었는지 벽돌에 피가 밸 정도다.

무언가가 빠르고 규칙적인 발소리를 내며 다가온다. 맬로리가 숨을 멈춘다. 하지만 발소리는 그녀를 지나치지 않는다.

"맬로리?"

누군가 눈을 뜨고 있다. 여자인가? 누구지?

"가세요." 맬로리가 말한다. "제발."

6년 전, 아기를 낳던 다락방에서 애원하던 자신의 목소리가 귓가에 메아리친다.

"맬로리, 무슨 일이에요?"

맬로리는 여자가 펠리스라는 사실을 알아차린다. 중요한 것은 여자가 미쳤는지 아닌지이다.

"그것들이 들어왔어요?" 여자가 묻는다.

"나는—."

"전부 미쳤어요!"

맬로리는 대꾸하지 않는다. 여자가 무기를 지녔을 수도 있다.

"그쪽으로 가면 안 돼요." 여자가 말한다.

한 손에 여자의 맨 손목이 닿는다. 맬로리는 얼른 손을 빼다 팔꿈치를 벽돌 벽에 세게 부딪힌다.

"무슨 일 있어요?" 여자가 묻는다. "혹시 내가 미쳤다고 생각하는 거예요?"

맬로리는 다칠 각오를 하고 양팔을 뻗은 채 여자에게서 떨어진다. 그리고 복도를 끝까지 걸어간다. 거기에는 유리 진열대가 벽을 뒤덮고 있다. 이곳에 한때 맹인학교가 성취한 발전의 증거라 할 수 있는 트로피들이 전시되어 있다.

맬로리는 미처 멈추지 못하고 진열대에 부딪힌다.

어깨가 유리를 치자 순식간에 베인 살에서 따뜻한 피가 흐르고 고통이 아우성친다. 울부짖는 맬로리의 목소리는 복도에서 벌어진 혼란이 집어삼키고 만다.

맬로리는 멈추지 않는다. 여전히 아이들 이름을 부르지 않는다. 맬로리는 피칠갑이 되어 빨개진 벽을 손끝으로 만지며 울부짖음과 고함, 금속끼리 맞부딪히는 소리, 주먹이 부딪히는 소리를 향해 다가간다.

누군가 어깨를 스쳐 지나가자 맬로리가 재빨리 돌아서서 밀치려 하지만 아무것도 만져지지 않는다.

여기에는 아무도 없다. 하지만 맬로리는 한기를 느낀다. 누구와도 접촉하고 싶지 않다.

무엇과도.

맬로리는 아네트를 떠올린다. 맹인인데 미쳐버린 사람.

물론 사람은 구세계에서 미치듯 미칠 수 있다. 하지만 맬로리는 크리처가 일으킨 광기가 어떤 모습으로 나타나는지 안다.

아네트는 단순히 정신이 무너진 게 아니다. 그 여자는 눈이 보이시 않는데…… 대체 무슨 일이 있었을까?

“엄마!”

맬로리가 우뚝 멈춰 선다. 올림피아의 목소리인가? 자신이 낳지 않았어도 친딸처럼 키운 딸아이가 저 멀리서 위험에 처해 다급하게 소리치고 있나?

“아무나 음악 좀 꺼요.” 맬로리는 손끝으로 벽돌 벽을 훑고 걸으며 지난 2년 동안 학교 행사를 알리는 공지문이 붙었던 게시판을 만졌다. 무슨 말이든 해야 했다. 미치지 않은 익숙한 목소리를 들어야만 했다.

앞에서는 비명. 뒤에서는 나무 부러지는 소리. 누군가 그녀를 지나 뛰어간다. 또 다른 누군가 뒤를 따라간다.

맬로리는 울지 않는다. 무릎이 후들거리고, 어깨에 상처가 났지만 그래도 계속 움직인다. 그녀의 두 귀는 방금 전 한 아이가 **엄마**라고 외친 소리의 흔적을 찾아 활짝 열려 있다. 아마도 격렬한 광기의 파도 속으로 다시 빠져들기 전에 숨을 쉬려고 고개를 들어 간신히 내뱉었을 소리를.

맬로리는 지금 할 일을 머리에 새기고 천천히 움직이자고 되뇐다. 감각을 날카롭게 벼려야 한다. 그리고 버텨야 한다.

앞에서 들리는 남자아이의 울음소리. 아이 한 명. 미쳐버린 것 같다.

맬로리가 숨을 들이쉬고 잠시 머금었다 다시 내쉰다. 미쳐버린 사람들의 굉음이 들리는 쪽으로, 공동체 전체가 동시에 이성을 놓아버렸음을 알리는 소리가 나는 방향으로 발을 뗀다. 둘째 아이도 미친 것 같다. 셋째 아이도.

"아이들이 미쳤어." 하지만 이런 말은 굳이 할 필요가 없다. 이번에는 자신의 목소리를 들어도 마음이 진정되지 않는다.

오른쪽에 있는 문이 달그락거린다. 저 앞에서 바퀴 달린 뭔가가 벽돌 벽과 충돌한다. 사람들이 욕설을 내뱉는다. 맬로리는 어떤 장면이 펼쳐졌는지 떠올리지 않으려 한다. 지난 2년 동안 이 건물을 함께 썼던 남자와 여자들의 표정. 벽돌 부스러기. 잔해. 멍과 피. 맬로리는 여기서 일어나고 있는 일을 상상만 해도 이성을 잃기라도 할 것처럼 광기 어린 모습을 아예 떠올리지 않으려 한다.

그녀는 크리처를 상상하려는 마음을 애써 몰아낸다. 설사 마음 한구석에라도 그런 생각에 자리를 내주지 않을 것이다.

뭔가가 그녀의 어깨를 건드린다. 맬로리가 어깨를 손으로 감싼다. 누구와도 살이 닿고 싶지 않다. 아네트는 아마도 몸에 뭔가가 닿았을 것이다. 크리처가 혹시…… 사람들을 **만지기** 시작한 것은 아닌지 걱정스럽고 두렵다.

하지만 방금 닿은 것은 나뭇조각인 듯하다. 아니면 또 다른 벽돌. 손에서 뻗어 나온 손가락 하나.

여자가 괴성을 지른다. 아이가 말을 한다.

말을 한다고?

"엄마."

그녀의 손을 잡는 손 하나.

일 초도 걸리지 않아, 올림피아의 손이라는 사실을 알아차린다.

저 앞에서 일어나는 광기가 격렬해진다.

"이쪽이에요." 올림피아가 말한다.

맬로리는 딸이 왜 광기를 피하기는커녕 되레 그쪽으로 걸어가는지 묻지 않는다. 톰이 분명 저 너머에 있기 때문일 것이다.

고작 여섯 살인데도 올림피아는 맬로리를 인도한다.

맬로리가 눈물을 흘린다. 이런 사태를 막을 수 없었다. 그녀는 지금 캄캄한 암흑에 싸여 있다. 예전에 살던 집에서 돈이 커튼을 찢어버렸던 순간으로 끌려 들어간 것 같다. 터커 맹인학교로 흘러가는 강물을 탄 적이 한 번도 없는 것 같다. 그저 뒤로 나자빠져 다락방의 바닥을 통과해 끔찍한 사태가 벌어지는 아래층으로 끌려 내려간 것만 같다.

그날 어른 톰이 목숨을 잃었다. 맬로리의 아들이 이름을 물려받은 남자. 하지만 맬로리는 그가 죽는 모습을 보지 못했다. 이런 표현이 적절하다면, 그녀는 다락방에 격리되어 아래층 사람들보다 안전하게 있었다. 하지만 지금 여기서는 코앞에서 학살 사태를 듣고 있다. 맬로리와 그것 사이에 마룻바닥 따위는 없다. 평범했던 사람들이 변해가는 중이다. 한때는 문명인이었으나 지금은 서로에게 욕설을 퍼붓고 상처를 입히고 자해를 하며 미쳐버린 여자들과 남자들.

뭔가 거대한 것이 우지끈한다. 유리가 산산조각 난다.

딸이 무슨 말을 해도 맬로리는 듣지 못할 것이다. 그들은 지금 광란의 사태 한복판에 있다.

올림피아가 엄마의 손을 꼭 쥔다.

누군가 맬로리를 세게 친다. 정강이를 걷어차는 정강이. 다음 순간 이미 상처를 입은 그녀의 어깨 위로 또다시 떨어지는 벽돌들. 혼란 속에서 아는 이들의 목소리가 들린다. 맬로리의 가족은 여기서 2년을 보냈다. 여기 있는 사람들은 서로 알았다. 친구도 있었다.

설마 나만 그렇게 생각하는 걸까?

광기의 현장으로 더 깊숙이 들어가자 자신의 예방 조치, 그러니까 실내에서도 안대를 하는 행위가 종종 비난을 받았지만 실은 타당하지 않았냐고 머릿속으로 되묻는 자기 목소리가 아스라이 들린다. 다들 얼마나 불쾌해했던지. 사람들은 맬로리가 잘난 척을 한다고 생각했더랬다.

"톰." 올림피아가 말한다.

아니, 올림피아의 말소리를 들은 것 같다. 이 세상에서 누구보다 존경했고, 어찌할 수 없는 절망의 시대에도 낙천적이었던 남자의 이름. 그랬다. 소년 톰은 핏줄이 다른데도 어른 톰을 쏙 빼닮았다. 더 강력한 안대를 만들려 했고, 판자를 몇 겹이나 겹쳐서 창문을 덮으려고 했고, 지난 2년 동안 방이라고 부르던 곳의 가짜 창문을 색칠하려고 했다. 그리고 맬로리는 그런 톰을 아무래도 막을 수 없었다.

아니다, 막을 수 있었다.

누군가 맬로리의 옆머리를 강타한다. 그녀는 휘청거리며 자신을 친 사람을 밀어내려 하지만, 올림피아가 더 깊은 혼란 속으로 끌고 간다.

"올림피아." 맬로리가 부른다. 하지만 곧 말을 멈춘다. 말할 수가 없다. 이제 사람들이 그녀를 밀어붙이고, 머리 위와 등 뒤에서 물건을 깨부수고 욕설을 내뱉는다.

만약 맬로리가 원한다면 이 상황은 축제가 되고, 비명은 공포가 아닌 흥분을 불러일으킬 것이다. 댄스 플로어를 쿵쿵 구르는 육중한 발소리. 두려움은 없고 오직 환호뿐인 소리.

이것이 어른 톰이 세상을 보기로 한 방식일까? 만약 그렇다면…… 맬로리도 그렇게 할 수 있을까?

"톰." 올림피아가 말한다. 이번에는 딸의 목소리가 명확히 들리고, 그들이 폭력의 현장을 빠져나왔다는 사실을 알아차린다.

"어디 있어?"

"여기요."

맬로리가 손을 뻗어 열린 교실의 문설주를 만진다. 여기서 사람들 냄새가 난다.

"톰?" 맬로리가 말한다.

"엄마." 톰이 대답한다. 맬로리는 아이의 목소리에서 미소를 듣는다. 아이는 분명 자랑스러워하고 있다.

맬로리는 톰에게 다가가 앉아 아이의 눈을 만진다. 두 눈이 마분지 같은 물건으로 덮여 있다. 순간, 긴 의자 쿠션과 접착테이프로 만든 헬멧을 썼던 어른 톰이 생각난다.

그녀는 비로소 안도한다. 복도가 혼란스럽지만 괜찮다. 아이들이 다시 곁에 있으니까.

"일어서." 맬로리가 말한다. 여전히 목소리가 떨리고 있다. "떠나야 해."

그녀는 방 안으로 들어가 침대를 찾아 담요 석 장을 챙긴다.

"다시 강으로 갈 거예요?" 톰이 묻는다.

저 밖에서 일어난 광기는 잦아들지 않는다. 누군가 부츠를 신고 쿵쿵거리며 복도를 오간다. 유리가 깨진다. 아이들이 비명을 지른다.

"아니." 맬로리가 대답한다. 그러더니 겁에 질려 말한다. "엄마도 모르겠어. 계획은 없어. 이것들 챙겨."

맬로리가 두 아이에게 담요를 한 장씩 건넨다.

"이걸로 머리에서 발끝까지 가려."

맬로리는 맹인인 아네트, 푸른 목욕 가운, 붉은 머리 그리고 칼을 떠올린다.

"그것들이 이제는 우리를 만질지도 몰라." 맬로리가 말한다.

"엄마." 톰이 부르지만 맬로리는 톰의 손을 꼭 잡는다. 폭력의 기운이 부풀어 올라 톰이 막 물어보려 한 질문들까지 집어삼킨다.

올림피아가 맬로리의 다른 손을 잡는다.

맬로리는 숨을 들이쉬고 잠시 머금었다 다시 내쉰다.

"자." 맬로리가 말한다. "**자**…… 이제 가자."

세 사람이 교실에서 나와 복도로 나간다.

"정문." 맬로리가 말한다.

2년 전, 공포에 사로잡혀 혼자 노를 젓고 눈을 가린 채 방향을 잡느라 몸도 마음도 너덜너덜해진 상태로 아이들을 데리고 들어왔던 문.

그리고 개리라는 남자에 대한 두려움.

"맬로리?"

맬로리가 담요를 뒤집어쓴 채 아이들 손을 꼭 잡는다. 방금 말을 건 사람은 제스라는 남자다. 제정신이었을 때 그녀에게 호감을 품었더랬다. 하지만 지금 들린 목소리로 보아 제정신 같지가 않다.

"맬로리? 아이들을 데리고 어디로 가게요?"

"꺼져." 맬로리가 말한다. 고개는 돌리지 않는다. 대답하지도 않는다. 하지만 남자는 바짝 따라온다.

"맬로리." 그가 말한다. "당신은 갈 수 없어요."

맬로리가 주먹을 쥐고 몸을 돌려 휘두른다.

그녀의 주먹이 제스의 턱으로 짐작되는 부위에 부딪힌다.

그가 비명을 지른다.

맬로리가 아이들 손을 꼭 쥔다.

톰과 올림피아가 맬로리와 한 몸처럼 움직이며 활짝 열린 정문으로 향한다.

"안대가 효과 있었어요." 톰이 말한다. 여전히 공포에 질려 있지만 아이의 목소리는 자부심으로 가득하다.

"여기예요." 올림피아가 문을 가리키며 말한다.

맬로리는 문설주에 손바닥을 댄다. 귀를 기울여 제스의 소리가 들리는지 확인해본다. 아니면 다른 누구든.

맬로리가 숨을 들이쉬고 잠시 머금었다 다시 내쉰다.

"저 밖에 몇 놈이나 있니?" 맬로리가 묻는다. "들리는 소리로 보아 몇 마리인 것 같아?"

아이들이 조용하다. 광기는 학교 안으로 더 깊이 파고든다. 하지만 이제 멀리 있는 것 같다. 점점 더 멀어지는 듯하다. 맬로리는 톰이 정확히 대답하고 싶어 한다는 사실을 안다.

"너무 많아서 셀 수가 없어요." 톰이 대답한다.

"올림피아?"

침묵. 뒤에서 쿵 하는 소리. 비명.

"많아요." 올림피아가 말한다.

"알았다. **알았어**. 절대 담요를 벗지 마. 내가 괜찮다고 할 때까지 뒤집어쓰고 있어. 그놈들이 우리를 만질 거야. 알겠니?"

"네." 톰이 대답한다.

"네." 올림피아가 대답한다.

맬로리는 셋째 눈을 감으려고 한다. 저 밖에 무엇이 도사리고 있는지 상상하지 않도록 시각을 차단하려 한다.

많아요.

맬로리는 네 번, 다섯 번, 여섯 번 눈을 감으려 한다. 이 상황이 얼마나 부당한지 말하고 싶다. 자기 또래의 어른과 말하고 싶다. 크리처가 나타나기 전에 나고 자란 누군가와. 어머니와 아이들의 보금자리에서 이렇게 황급히 뛰쳐나와 훨씬 더 지독한 위협이 도사리고 있는 세상으로 도망치다니, 이래서는 안 되지 않는가.

맬로리는 아이들의 손을 꼭 쥐고 제인 터커 맹인학교를 떠난다. 이제 첫 발을 내디딘다.

이것이 신세계다. 현재 상황이자 지난 몇 년 동안의 상황.

히스테리의 현장을 떠나 완벽한 미지의 세계로.

안대를 하고 담요를 뒤집어쓴 채 떠나는 세 사람.

또다시.

단 세 사람이서.

10년 후

10년 후

1

톰은 우물에서 물을 긷고 있다. 세 식구가 지난 10년 가까이 집으로 삼아온 야딘 캠프장에서 머무르며 이틀에 한 번은 꼭 하는 일이다. 올림피아는 미국의 개척 시절에 이 캠프장이 전초기지였을 것이라 믿고 있다. 올림피아는 이곳의 도서실에 있는 (천 권이 넘는) 책을 거의 다 읽었는데, 그중에는 미시간 주의 역사서도 여러 권 있다. 올림피아는 본관이 분명히 휴게실이었을 것이라고 한다. 1호 방갈로는 원래 감옥이었다. 톰은 올림피아의 말이 맞는지 어떤지 모른다. 물론 올림피아의 말을 믿지 않을 이유도 없다. 크리처가 나타났을 때 여긴 유대인 여름 캠프장이었고(확실한 사실이다) 지금은 그들의 집이다.

"왼손, 오른손." 톰이 3호 방갈로와 우물의 돌 벽을 이은 밧줄을 잡으며 말한다. 그가 이렇게 말하는 이유는, 이곳의 모든 건물을 밧줄로 이어놓았지만(심지어 10호 방갈로는 호수의 선창가에 연결되어 있다) 이동하는 더 좋은 방법을 생각해내기 위해서이다.

톰은 안대를 증오한다. 유난히 안대가 지거울 때면 아예 하지 않는다. 그저 눈을 꽉 감는다. 하지만 셀 수 없이 많은 엄마의 규칙들은 여전히 마음에 새겨져 있다.

눈을 감는 것만으로는 부족해. 깜짝 놀라면 너도 모르게 눈을 뜰 수 있어. 뭔가가 네 눈을 억지로 뜨게 할 수도 있고.

그렇다. 맞는 말이다. 이론적으로는 엄마의 말이 백번 옳다. 항상 옳다. 하지만 어느 누가 이론대로만 살고 싶을까? 올해로 톰은 열여섯 살이다. 그는 이런 세상에 태어났다. 그리고 눈을 뜨기 위해 아직 아무런 시도도 하지 않았다.

"왼손, 오른손."

우물에 거의 다 왔다. 맬로리는 물을 길어 올리기 전에 우물 안을 확인해보라고 한다. 그동안 펠릭스와 줄스라는 남자의 이야기를 수도 없이 들려줬다. 톰에게 이름을 물려준 어른 톰이 두 사람이 떠오는 물을 검사했다는 이야기도 귀에 딱지가 앉도록 들었다. 그들이 떠온 물이 크리처에 의해 오염되었는지 모른다고 모두 걱정했기 때문이다. 소년 톰은 물을 검사했다는 대목에, 나아가 검사 자체에 마음이 끌린다. 크리처에 대한 새 정보를 얻을지 모른다는 발상에도 끌린다. 무엇이든 지금 자신들이 가진 것보다 더 효과적으로 활용할 수 있을 것이다. 하지만 톰은 자기네 식수에서 헤엄치고 있을지 모를 것들은 걱정하지 않는다. 자신이 고안한 필터로 모두 걸러냈으니까.

맬로리가 물에 과민반응하기는 하지만, 그녀조차 물이 미칠 수 있다고 믿을 리는 없다.

"다 왔다!" 톰이 말한다.

톰이 손을 뻗어 우물에 부딪히기 전에 우물의 벽을 만진다. 지금껏 수도 없이 우물까지 왕복했기에 눈을 감은 채로 달려와서 우물의 돌 벽과 충돌하기 직전에 멈출 수 있을 정도이다.

톰이 우물 안으로 몸을 숙이고 시커먼 터널 같은 우물 속으로 소리친다.

"여기서 당장 나가!"

톰이 미소 짓는다. 자신의 목소리가 울리면—메아리친 톰의 목소리가 깊고 풍성하다—톰은 누군가 대답을 해준 거라고 즐겨 상상한다. 톰의 가족은 건물 여러 채와 쓰지 않은 비품이 잔뜩 남은, 버려진 여름 캠프장에 살 수 있을 만큼 운이 좋았지만, 대신 하루하루가 고독하다.

"톰이 최고다!" 그가 오직 메아리를 듣고 싶어 소리친다.

저 아래 잔잔한 수면을 흩트리는 것이 없음을 확인한 톰이 양동이를 끌어 올리기 시작한다. 도르래는 일반적인 강철 크랭크로, 톰이 몇 번이나 수리한 물건이다. 톰은 크랭크에 정기적으로 기름칠을 하는데, 필요한 물품이 캠프장에 다 갖춰져 있는 덕이다. 10년 전 맬로리가 발견하고는 눈물을 터트리고 만 본관 지하의 비품실 말이다.

"물을 우리 쪽으로 직접 끌어오는 수도관을 만드는 거야." 톰이 크랭크를 돌리며 말한다. "지금 이어진 밧줄을 따라서 파이프를 설치하면 돼. 물은 지금 있는 필터를 통과할 거야. 수도꼭지만 돌리고 조금만 기다리면 깨끗한 물이 쏟아지는 거야. 더 이상 밧줄을 잡고 왼손, 오른손 하지 않아도 된다고. 방갈로에서 한 걸음도 안 나가도 돼."

이렇게 물을 길러 나오기가 어려워서 하는 말이 아니다. 바깥으로 나갈 수만 있다면 어떤 핑계라도 감사하다. 톰은 그저 생활 조건이 개선되길 바랄 뿐이다.

톰의 머릿속은 온통 그런 생각으로 가득 차 있다.

양동이가 다 올라오자 톰은 갈고리에서 양동이를 빼내 방갈로들 가운데 가장 크고 지난 10년 가까이 올림피아와 엄마와 함께 잠을 잤던 3호 방갈로로 가져간다. 엄마는 두 아이가 한 살 두 살 나이를 먹을수록 자기 공간을 가지고 싶어 하는데도 다른 데서 잠을 자도록 허락하지 않았다. 지금까지 톰이 말없이 따랐던 규칙.

낮에는 필요하면 다른 방갈로에서 지내도 괜찮아. 하지만 잠은 모두 모여 자야 해.

10년이 다 되어가는데. 여전히.

톰이 머리를 흔들고 웃으면서 그런 생각을 털어버리려 한다. 이제 또 뭘 더 해야 하지? 올림피아는 톰과 단둘이 있을 때 책에서 읽었던 세대 차이에 대해 말해주었다. 올림피아는 부모가 '다른 행성에서 온' 사람들처럼 느껴지는데 이건 청소년 시기에는 일반적인 일이라고 한다. 톰은 그 점에 대해서만은 전적으로 동감한다. 맬로리는 언제고 그들이 미쳐버릴 수 있다는 듯이 행동한다. 그리고 톰과 올림피아는 유일한 목표가 생존인 삶의 가치를 나름의 방식으로 깊이 생각해봤다.

"좋아요, 엄마." 톰이 미소 지으며 말한다. 이런 대화를 나눌 때면 차라리 미소 짓고 입을 다무는 쪽이 더 편하다. 몇 번이나 이

방인들이 그들의 보금자리인 캠프장을 들렀다가 떠났다. 그때마다 톰은 맬로리가 얼마나 엄격한 사람인지 깨달을 수 있었다. 다른 사람들의 말투에서 그런 사실을 알아챌 수 있었다. 맹인학교에서 지낼 때도 마찬가지였다. 사람들 앞에서 엄마의 말을 고분고분 들어야 할 때는 자주 당혹스러웠다. 사람들은 엄마의 행동이 꼭……. 올림피아가 뭐라고 했더라?

학대.

그래. 바로 그거다. 엄마의 학대 여부를 두고 올림피아가 어떻게 생각하든 상관없다. 톰은 그렇다고 생각한다.

하지만 그가 뭘 할 수 있을까? 톰은 자신의 안대를 건물 안에 두고 나올 수 있다. 또 크리처들에게 반격을 가할 획기적인 방법들을 메모해두고 꿈을 간직할 수도 있다. 한 해 중 가장 더운 날이면 소매가 긴 옷과 두건을 사용하지 않을 수도 있다. 오늘처럼.

방갈로의 뒷문에 도착하자 안쪽에서 나는 소리가 들린다. 소리로 미루어보아 올림피아가 아니다. 맬로리다. 무슨 말이냐면, 곧장 문을 열고 양동이를 들여놓을 수 없다는 뜻이다. 그전에 후드 티를 입어야 한다.

"젠장." 톰이 툭 내뱉는다.

톰이 제 나름대로 존재하는 방식, 그가 살아온 방식을 방해하는 엄마의 수많은 기벽들, 시간 낭비에 불과한 하잖은 지침들.

톰은 풀밭에 양동이를 내려놓고 건물 외벽에 박힌 고리에서 소매가 긴 후드 티를 걷는다. 양팔을 소매에 집어넣지만 모자는 쓰지 않는다. 맬로리는 양팔만 확인할 것이다.

톰이 양동이를 다시 집어 든 후 문을 다섯 번 두드린다.

"톰이니?" 맬로리가 묻는다.

달리 누구겠는가.

"네. 첫째 양동이예요."

그는 오늘 양동이 네 개분의 물을 길어 올 것이다. 늘 회수하는 것과 같은 개수.

"눈은 감았니?"

"안대도 했어요, 엄마."

문이 열린다.

톰이 문턱 위로 양동이를 건넨다. 맬로리가 양동이를 받아 드는데 이때도 톰의 팔과 닿지 않게 한다.

"잘했어." 맬로리가 말한다.

톰이 미소 짓는다. 맬로리가 둘째 양동이를 건네고 문을 닫는다. 톰이 후드 티를 벗어서 다시 갈고리에 건다.

엄마가 상대를 절대 볼 수 없으니 쉽게 속일 수 있다.

"왼손, 오른손." 톰이 말한다. 이제 한 손에 양동이를 들고 다른 손으로 밧줄을 잡고 걸어갈 뿐일지라도. 맬로리는 톰이 태어난 실링엄 레인의 집에서 물을 길었던 방식을 지치지도 않고 설명해주었다. 그들은 밧줄을 허리에 묶고 두 사람이 짝이 되어 물을 길었다. 맬로리는 자신이 의식하는 것보다 훨씬 더 자주 그 집 이야기를 한다고 올림피아는 말한다. 하지만 맬로리가 아무리 이야기를 많이 해도 어느 대목에 이르면 입을 꼭 다문다는 사실을 두 아이는 안다. 더 이상 아무 말도 하지 않는다. 마치 이야기의 결말이 너무나 암울해서, 해당 대목을 자꾸 입에 담으면 그 일이 자신에게 다시 일어날지도 모른다는 듯이 말이다.

우물가에서 톰은 짧은 소매 아래로 맨살을 드러낸 채 양동이로 물을 길어 크랭크로 줄을 감아올린다. 물을 길을 때면 금속이 돌에 쨍쨍 부딪히는 소리가 난다. 그렇게 요란한 소리에도 불구하고 톰은 자신의 왼쪽에서 누군가 풀밭을 밟는 발소리를 놓치지 않는다. 바퀴 소리도 들린 것 같다.

누군가 외바퀴 수레 한 대를 밀고 우물을 지나쳤다.

톰이 크랭크를 돌리던 손을 멈춘다. 양동이가 잠시 덜컹거리다 멈춘다.

누군가 여기에 있다. 그들이 숨을 쉬는 소리를 들을 수 있다.

톰은 고리에 걸어놓고 온 후드 티가 생각난다.

또 다른 발소리. 구두 소리. 마른 풀은 맨발에 밟힐 경우 구두 밑창하고는 다른 방식으로 납작해진다.

그렇다면 사람이다.

톰은 누구인지 묻지 않는다. 아예 꼼짝도 하지 않는다.

세 번째로 발소리가 나자 톰은 침입자가 톰이 여기 있다는 사실을 아는지 궁금해진다. 그들에게도 톰의 소리가 들리지 않을까?

"안녕하세요?"

남자의 음성이다. 올림피아가 책을 읽으며 페이지를 넘길 때처럼 종이가 바스락거리는 소리가 들리는데, 혹시 이 남자도 책을 가지고 있나?

톰은 갑자기 무서워진다. 동시에 짜릿한 전율이 솟는다.

방문자.

여전히 톰은 대답하지 않는다. 순간, 맬로리가 정해둔 수많은 규칙 중 몇 개가 어느 때보다 가슴에 와 닿는다.

톰이 우물에서 몇 걸음 물러난다. 방갈로의 뒷문으로 뛰어갈 수도 있다. 그러기는 어렵지 않을 것이다. 게다가 톰은 언제 멈춰야 할지도 안다.

톰은 마음을 깊이 가라앉히고 온 정신을 귀에 집중한다.

“당신과 이야기를 하고 싶습니다.” 남자가 말한다.

톰이 다시 한 걸음 물러난다. 손끝에 밧줄이 닿는다. 그러자 집을 향해 돌아선다.

작은 바퀴들이 끼익 하는 소리가 들린다. 톰의 머릿속에 수레에 실린 무기들이 떠오른다.

그러자 톰이 민첩하게 움직이기 시작한다. 아까 우물가로 왔을 때보다 훨씬 더 빠르다.

“이봐요.” 남자가 부른다.

하지만 톰은 어느새 뒷문에 도착해 남자가 다시 부르기 전에 문을 다섯 번 두드린다.

“톰?”

“네, 빨리 열어요.”

“네 눈—.”

“엄마. **어서요**.”

뒷문이 열리자 톰이 안으로 뛰어 들어가며 제 엄마를 거의 넘어뜨릴 뻔한다.

"무슨 일이야?" 올림피아가 묻는다.

"엄마—." 톰이 입을 연다.

하지만 그때 현관문을 두드리는 소리가 난다.

문은 얇고 낡았다. 이미 맬로리가 걱정을 한 적이 있었다. 안으로 들어오려는 뭔가 혹은 누군가를 막기에는 역부족이라고 말이다.

"남자예요." 톰이 말한다. 하지만 맬로리는 말을 하는 대신 아들의 어깨를 톡톡 친다. 그게 무슨 뜻인지 톰은 안다. 올림피아의 어깨도 같은 식으로 두드렸을 것이다.

톰은 더 이상 말하지 않는다.

"여러분, 안녕하세요." 방갈로 문 밖에서 남자가 말을 건다. "저는 인구조사차 나왔습니다."

맬로리는 대답하지 않는다. 톰은 방금 전 종이가 바스락거리는 소리를 들은 것 같다. 수레에 가득 차 있을까?

"인구조사가 뭔지 아세요?"

맬로리는 대답하지 않는다. 톰은 자신이 뭐든 해야만 한다고 생각한다. 남자가 문을 부수고 들어오려고 한다면 뭐라도 해야만 할 것이다.

"여러분을 겁주려는 게 아닙니다." 남자가 말한다. "다음에 다시 올 수도 있습니다. 하지만 그때가 언제일지 장담할 수 없습니다."

맬로리는 대답하지 않는다. 제 엄마가 대답하지 않으리라는 사실을 톰은 안다.

톰은 올림피아에게 인구조사가 뭔지 물어보고 싶다.

"저는 그저 여러분과 이야기를 하고 싶을 뿐입니다. 거기 몇 분이나 계신가요. 생명을 살릴 수도 있는 일입니다."

맬로리는 대답하지 않는다.

"저 사람이 뭘 원하는 거죠?" 톰이 속삭인다. 맬로리가 그의 손목을 잡아 입을 다물게 한다.

"그러니까 제가 무슨 일을 하냐면." 남자가 계속 말한다. "돌아다니면서 이야기를 모아요. 정보를 모으는 거죠. 저는 크리처를 보려고 시도했다가 실패한 이야기에 대해 꽤 많이 알고 있어요. 좀 더 나은 상황에서 살기 위해 노력한 사람들이 거둔 성과에 대해서도 알고요. 지금 운행 중인 기차가 있는데, 아세요?"

맬로리는 대답하지 않는다. 문득 톰은 대답을 하고 싶다.

"바로 여기 미시간에 말이에요……. 기차라고요. 그리고 크리처가 전보다 훨씬 더 많아졌다는 사실도 아시나요? 처음 여기 나타났을 때보다 세 배는 늘었다는 이야기가 있어요. 집 밖에서 활동이 더 활발해졌다는 사실을 눈치채셨나요?"

맬로리는 대답하지 않는다. 하지만 톰은 대답하고 싶은 마음이 간절하다. 이 남자 말을 들으니 전기충격이라도 받은 것 같다. 정보를 교환해보면 어떨까? 왜 배우면 안 되는가? 더 나은 삶을 위해 배워선 안 될 이유가 뭔가?

"크리처 한 마리를 잡았다는 증거가 있어요." 남자가 말한다. "사람들은 사방에서 온갖 시도를 해왔어요."

이제 톰은 왜 맬로리가 말을 하지 않는지 안다.

엄마의 기준에서 이 남자는 안전하지 않다. 크리처를 사로잡는다는 생각만으로도 엄마는 돌로 변해버린다. 이미 돌로 변해버린 게 아니라면 말이다.

"제게 명단이 있어요." 남자가 말한다. "일정한 패턴들을 파악했고 여러분을 도울 수 있는 많은 정보들을 확보했어요. 반대로 여러분의 사연이 다른 사람들을 도울 수 있을지 모릅니다. 제발요. 이야기를 나눠보시지 않을래요?"

맬로리는 대답하지 않는다.

대신 톰이 대답한다.

"관련 정보를 글로 기록했나요?"

맬로리가 그의 손목을 꽉 쥔다.

"그래요, 그랬어요." 남자의 목소리에서 느껴지는 안도감. "기록물을 가지고 있어요. 지금 제가 가지고 왔어요."

맬로리가 어찌나 손목을 꽉 쥐는지 톰은 제 엄마의 손을 쥐고 아프다는 신호를 보내야 한다.

"그걸 앞쪽 현관에 두고 가시겠어요?"

이번에는 올림피아가 말한다. 톰은 올림피아에게 입이라도 맞추고 싶을 지경이다.

하지만 남자는 대답하지 않고 잠시 침묵을 지킨다. 이윽고, "이건 거래 축에도 못 드는 것 같은데요. 저는 모든 정보를 두고 가지만 대신 받아 가는 게 아무것도 없지 않습니까."

마침내 맬로리가 입을 연다.

"당신의 제안을 거절한 사람 명단에 우리를 올리세요."

톰은 나무 문으로 전해지는 한숨 소리를 듣는다.

"그러기로 마음을 굳히셨나요?" 남자가 묻는다. "제가 단체 생활을 하는 분들을 만나는 기회는 흔치 않습니다. 상상이 되시겠지만, 굳이 이런 일을 한들 결실을 얻기도 쉽지 않고 결코 안전하다고 할 수 없죠. 한 시간, 아니, 두 시간만 저를 들여보내 주시지 않겠습니까? 여러분의 성함만이라도 받아 갈 수는 없을까요?"

"우리를 그냥 내버려두세요."

"알았습니다." 남자가 말한다. "다만 제가 좋은 일을 하고 싶어 하는 사람이라는 사실을 알아주세요. 저는 말 그대로 우리가 지금 어떤 상황에 놓여 있는지 더 잘 이해하도록 돕고 있습니다." 집 안에서 아무 말이 없자 남자가 말을 잇는다. "알았습니다. 저 때문에 두려움을 느끼셨다면 사과드립니다. 아니, 제가 두려움을 드렸군요."

톰은 귀를 문 쪽으로 향하고 있다. 남자가 현관을 떠나가는 소리가 들린다. 구두에 계단이 밟히고 마른풀이 바스라지고 외바퀴 손수레가 다시 굴러간다. 톰이 문으로 다가가 문에 귀를 바짝 댈 즈음에는 남자의 발소리가 잦아들며 흙길로 캠프장을 나가는 소리가 들린다.

그는 맬로리와 올림피아를 돌아본다. 하지만 맬로리는 톰에게 말할 기회를 주지 않는다.

"내가 말하지 말라고 했잖아." 맬로리가 말한다. "다음에는 절대 하지 마."

"남자는 갔어요." 올림피아가 말한다.

하지만 톰은 맬로리가 입을 열기도 전에 무슨 말을 하려는지

다 안다.

“우리가 캠프장을 다 훑어보기 전에는 그렇게 단정할 수 없어.”

“엄마.” 톰이 말한다. “그 사람은 개리가 아니에요.”

맬로리가 지체 없이 맞받아친다.

“단 한 마디도 더 하지 마.” 맬로리가 말한다. “그리고 제발 후드티 좀 입어, 톰.”

톰은 맬로리가 캠프장의 모든 건물을 확인하려고 나갈 채비를 하는 동안 문 옆에 서 있다. 맬로리는 그 남자가 여기 남아 있을지 모른다고 할 것이다. 우리 세 식구를 얼마나 오랫동안 관찰해왔는지 누가 알겠냐고도 할 것이다. 그리고 개리라는 이름이 다시 튀어나올 것이다. 문제가 발생할 때면 늘 그래왔듯이.

하지만 톰은 맬로리가 하는 말에도, 하지 않는 말에도 귀를 기울이지 않을 것이다. 문 밖에서 들리는 바스락거리는 부드러운 소리에 귀를 쫑긋 세우고 있다. 기분 좋은 미풍임이 분명한 바람이 현관에 놓여 있는 종이들을 사르락사르락 넘겨보고 있기 때문이다.

남자가 두고 간 기록물.

올림피아가 침대에 앉아 뭔가를 소리 내어 읽고 있다. 누가 썼는지 모르겠지만 글씨가 엉망이다. 올림피아는 필사본을 많이 만들었기 때문이라고 짐작한다. 이 특별한 내용을 기록하는 지리멸렬한 작업에 그 남자는 얼마나 개입했을까. 모를 일이다. 기록물의 두께는 어마어마하다. 캠프장 도서실에 있는 책들과는 비교도 안 될 정도로 두껍다. 올림피아는 읽는 속도를 늦추려고 신경을 쓰지만 수많은 책의 등장인물을 만날 때 느꼈던 흥분이 자신의 목소리에서 느껴진다. 작가라면 지금 올림피아의 감정을 **숨이 멎을 듯하다거나 열을 내고 있다고** 표현하리라. 한편으로는 비밀을 가지고 있다는 스릴도 느낀다. 맬로리는 남자가 문서를 두고 갔다는 사실을 모른다. 그리고 지금 올림피아가 톰에게 관련 기록을 읽어준다는 사실은 더더욱 알지 못한다.

"계속해." 톰이 재촉한다.

당연히 톰도 읽을 수 있지만 읽기가 귀찮다. 그리고 좀처럼 가만히 앉아 있지 못한다. 올림피아가 보기에 톰은 계속 움직여야 하는 사람이다. 뭐든 해야만 한다.

"텍사스의 어떤 남자는 물속에 있는 크리처를 들여다보려고 했다." 올림피아가 읽는다. "이 일을 하기 위해 열일곱 사람이 모였다. 그들은 자신들이 머무르는 캠프장 뒤쪽에 있는 호수에서 크리처가 걸어 다닌다고 생각했다. 한 남자가 물속으로 들어가 그것을 보겠다고 자원했다. 그는 물속에서 미쳐버렸으며 다시는 숨을 쉬러 올라오지 않았다."

"누가 그 사람을 끌어내린 거야." 톰이 말한다. "아무도…… 죽을 때까지 물속에 가만히 있을 사람은 없어. 일어설 수만 있어도 그러지 않을걸."

올림피아가 고개를 끄덕인다. 하지만 전적으로 동의하는 것은 아니다. 맬로리가 그들에게 들려준 이야기들과 맹인학교 사람들이 동시에 미쳐가는 모습을 지켜본 기억까지 더해보면 불가능은 없다는 결론이 내려지니까.

"하지만 광기가 뭐야?" 올림피아가 묻는다. "정상에서 벗어나는 게 아니라면."

"네 말이 맞아." 톰이 서성거리며 대답한다. "하지만 이건 달라. 육체적인 본능이 우선할 거야. 안 그래? 네가 호수 바닥에 앉아서 익사하기로 마음먹었다 해도…… 네 몸은 수면으로 헤엄쳐 올라가려고 할 거야."

"나는 모르겠어."

"나도 마찬가지야. 하지만 이 이야기는 어딘지 수상쩍어."

"듣고 있어?"

톰이 진지한 눈빛으로 올림피아를 바라본다.

“물론 듣고 있지.” 톰이 대꾸한다. “항상.”

맬로리의 기척에 귀를 기울이기. 두 사람은 지금 하고 있는 짓을 들키고 싶지 않다.

“위스콘신의 어떤 여자는 일식日蝕 뷰어로 크리처를 보려고 했다.” 올림피아가 계속 읽는다. 톰은 아까보다 훨씬 더 관심을 보인다. “마음을 바꾸기 위해 설득했던 친구들과 수없이 토론을 한 끝에 그 여자는 쾌청한 봄날 아침에 혼자 그것들을 보려고 했다. 그리고 보자마자 미쳐버렸다.”

“그런 일도 있구나.” 톰이 말한다. “하지만 여자가 일식 뷰어로만 봤다는 걸 어떻게 확신하지?”

“글을 봐서는 그렇게 짐작되잖아.”

톰이 웃는다.

“엄마가 확실히 각인시킨 게 하나 있다면, ‘짐작’으로는 결코 충분하지 않다는 거야.”

맬로리의 이야기가 나오자 올림피아가 말한다. “너 듣고 있어?”

“올림피아. 계속해.”

올림피아는 손으로 쓴, 다음 몇 줄을 속으로 읽는다. “이번 일화는 흥미로운데.” 그녀가 말한다. “오하이오에서 살날이 얼마 남지 않았다는 사실을 아는 요양원 환자들이 크리처를 볼 수 있다고 주장하는 여러 가설을 증명하는 실험에 자원했다.”

“와우.” 톰이 말한다. “정말 용감하다.”

“그러게. 어떤 남자는 바깥세상을 담은 비디오테이프를 보자 미쳐버렸다.”

"엄마의 이야기처럼."

"맞아. **어떤 남자는 바깥세상을 찍은 사진을 보고 미쳐버렸다. 또 어떤 사람은 사진의 네거티브를 보고 미쳐버렸다.** 네거티브(명암이 반대로 되어 있는 사진 필름이나 화상畫像으로 음화陰畫라고도 한다—옮긴이)가 뭐야?"

"나도 몰라." 톰이 말한다.

"불치병에 걸린 여자가 문진으로 쓰던 프리즘 두 개를 눈에 대고 바깥세상으로 나갔다가 미쳐버렸다."

올림피아가 진저리를 친다. 오하이오에서 전해진 이 사연은, 병원 환자복을 입은 채 답을 구하기 위해 죽음을 각오하고 텅 빈 거리를 배회하는 슬픈 환자들의 이야기였다.

"진보를 위해 죽음도 각오하다니." 톰이 말한다. "불치병 환자든 아니든 고귀한 사람들이야."

올림피아도 맞장구를 친다.

"이런 이야기가 오십 쪽이나 돼."

"하나하나 다 듣고 싶어."

"너 혹시—."

올림피아가 질문을 다 끝맺기도 전에 톰이 손가락으로 그녀를 가리킨다.

"계속 읽어줘." 그가 말한다.

"어떤 여자가 광기의 원인이 주변시야라는 가설을 시험해보기 위해 과거에 말에게 하던 안대를 하고 미주리 주의 브랜슨 거리를 걸어 다녔다."

"이 이야기는 끝이 좋지 않을 거야."

"맞아. 이 여자는 미쳐서 극장으로 들어갔고 거기 숨어 있던 가족을 다 죽였어."

밖에서 나뭇가지가 찍 하고 부러지는 소리가 나자 두 아이가 얼른 눈을 감는다. 그들은 아무 말도 하지 않는다. 거의 숨조차 쉬지 않고 귀에 온 신경을 집중한다.

올림피아는 무슨 소리인지 알 것 같지만 톰이 먼저 말한다.

"사슴."

두 아이 모두 눈을 뜬다.

"미치지 않았어." 올림피아가 말한다.

톰이 어깨를 으쓱한다. "정신 멀쩡한 사슴이 원래 어떻게 행동하는지부터 확실히 알아야 해."

"말코손바닥사슴일지도 몰라. 사자일 수도 있고."

톰이 반박하려고 입을 열려다 올림피아가 빙그레 미소 짓는 모습에 그만둔다. 올림피아가 기록물 몇 장을 넘긴다.

"지명이 나오네." 올림피아가 말한다. "도시인데……."

갑자기 올림피아가 입을 다문다.

"도시가 뭐?" 톰이 되묻는다.

올림피아가 다시 몇 장을 넘기자 톰이 서둘러 실내를 가로질러 와서 침대에 나란히 앉는다.

"그렇게 건너뛰지 마." 톰이 채근한다. "어서 읽어줘."

올림피아가 그에게 보여준다.

"이 도시들이 '현대적'으로 재편되고 있대."

"현대적이라고?" 톰이 묻는다.

"아마…… 앞을 내다보는 사고를 한다는 뜻인 것 같아."

올림피아는 톰의 눈빛이 반짝 빛나는 모습을 놓치지 않는다. 문득 톰에게 괜히 읽어줬다는 생각이 든다. 애초에 인구조사원 남자가 여길 찾아오지 않았다면 얼마나 좋았을까.

"크리처를 잡으려고 한 사람들이 사는 도시들이야?"

톰이 갑자기 흥분한다. 올림피아는 처음에는 보여주지 않으려 했지만 문득 왜 그래야 하는지 의문이 든다. 결국 해당 부분을 톰에게 건넨다.

"세상에." 톰이 말한다. "이것 좀 들어봐. **일리노이 북부에 사는 어느 부부가 공구 창고에 크리처 한 마리를 가뒀다고 주장했다. 그들은 나를 창고로 데려가 문에 귀를 대어보라고 했다. 창고 안에서 어떤 기척이 들렸다. 그러더니 울음소리가 이어졌다. 나는 몹시 감탄한 척하며 부부에게 고맙다고 말한 후 작별 인사를 하고 헤어졌다. 그러나 그날 밤 몰래 돌아와 창고에서 부부의 열두 살 아들을 풀어주었다.**"

"맙소사." 올림피아가 말한다. "너무 끔찍해!"

"지독해. 이것도 들어봐. **피츠버그에 사는 어떤 남자가 뒷마당에 크리처 세 마리를 묻었다고 주장했다. 그는 내게 지면이 푸석푸석한 곳을 보여주었다. 파봐도 되느냐고 물었더니 총을 겨누며 그가 자신의 가족에게 한 짓을 발설하는 날에는 나를 쏴 죽이겠다고 위협했다. 이런 일은 정말 받아들이기 쉽지 않다.**"

"세상에." 올림피아가 말한다. "그리고 실제로 잡았다는 증거도 없어."

톰은 **인디언 리버**라는 지명과 **이데나 한츠**라는 이름을 멍하니

보고 있지만 올림피아의 마지막 말을 그냥 지나치지 않는다.

"맞아. 하지만 아무 의미도 없는 것은 아니야. 저 바깥세상에서 **누군가**는 한 마리를 잡았어, 올림피아. 잊지 마. 저 밖에는 **엄청나게** 많은 사람들이 살고 있어. 우리는 미시간 어느 촌구석 시시한 캠프장에서 살고 있을 뿐이라고. 무슨 말을 하는지 알겠어?" 톰이 말을 멈추자 올림피아는 그가 멀리 떠나는 길 위에 서 있기라도 한 것처럼 눈빛에서 거리감을 느낀다. "누군가 해낸 거라고. 나는 그 사람이 누구인지 알고 싶어."

"톰. 정신 차려. 바보 같은 소리 하지 마."

하지만 올림피아도 그의 마음을 이해한다. 톰은 전부터 이런 목록만을 원했다. 그처럼 생각하는 사람들이 사는 곳들. 갖고 있는 안대 수만큼이나 많은 규칙을 강요하는 엄마가 몸을 숨기고 사는 버려진 캠프장에서 멀리 떨어져 있는.

"너 지도책 있어?" 톰이 올림피아에게 묻는다.

"당연히 있지. 도서실에 있어. 그런데 왜? 좀 더 진보적인 곳으로 떠날 생각이야?"

톰이 웃었지만 올림피아는 그 웃음에서 좌절감을 듣는다.

올림피아가 다시 앞으로 얼른 돌아간다.

"목록들." 올림피아는 얼른 이 주제에서 벗어나고 싶다. 톰이 몇 달간은 여기에 적힌 글을 마르고 닳도록 읽으리라. 어쩌면 몇 년 동안 그럴지도 모른다. "목록이 정말 길어. 도로. 사건. 기온. 인명."

"인명?"

"너라면 실제 사람들보다 그들이 일군 업적에 더 관심이 있을 것 같은데."

톰이 팔꿈치로 올림피아를 슬쩍 찌른다.

"거기 이름 좀 보여줘."

올림피아가 보여준다. 톰이 눈을 가늘게 뜬다. 올림피아는 이 표정을 잘 안다. 톰은 지금 점과 점을 이어가는 중이다.

"생존자들." 그가 말한다.

"그걸 어떻게 알아?"

"봐."

톰이 인명이 기록된 첫 페이지 아랫부분에 적힌 기호들을 가리킨다. **보았다**와 **목격되었다**, **소문이 있다** 같은 단어들 옆의 기호들.

"살아 있다……." 올림피아가 말한다. "와우."

두 아이는 침대에 앉은 채로 상체를 좀 더 꼿꼿하게 편다.

"우리 이름도 거기 있는지 확인해봐." 톰이 재촉한다. "미시간으로 가봐."

올림피아가 고개를 가로젓는다.

"우리 이름이야 없지. 엄마가 인구조사원 남자를 안으로 들였다면 우리 이름도 **올라갔겠지만**."

"아하. 그렇겠네."

그래도 올림피아는 미시간을 찾아본다. 중서부의 주들이 대부분 그렇듯 미시간 주 생존자의 명단만 해도 수십 쪽이다.

"사람들이 정말 많네." 톰이 말한다. "이거 봐. 어떤 사람이 크리처를 잡았대."

"음, 17년 전의 인구를 생각해봐. 그러면 절대 많은 수가 아니야. 엄마가 말해준 전화번호부 기억해? 그 사람들이 걸어봤다는 전화번호들도?"

"그럼." 톰이 올림피아의 말뜻을 이해한다. "그것도 가까운 동네 전화번호에만 걸어본 거였지."

"맞아."

두 아이는 이름을 훑어 내린다. 도저히 읽을 수 없는 이름이 있는가 하면 쉽게 읽을 수 있는 이름도 있다.

"내게 한 가지 생각이 있어." 톰이 말한다.

톰이 올림피아의 침대에서 벌떡 일어나더니 자신의 침대 옆에 있는 서랍장으로 간다. 제일 꼭대기 서랍에서 연필을 꺼낸다.

"어쨌든 거기에 우리 이름을 적어 넣자." 그가 말한다.

올림피아는 마음이 한결 가벼워진다. 현대적인 도시들의 목록을 본 톰이 몇 주 동안 자신의 삶을 돌아볼까 봐 걱정했던 것이다. 요즘 톰은 말수가 부쩍 줄었다. 특히 캠프장 밖의 세상을 생각하기 시작하면서 변했다. 맬로리는 톰을 '우리 집의 낙관론자'라고 말하지만 사실 톰은 눈에 띄게 실의에 빠져 산다. 올림피아는 진지해질 때면 말수가 없어지는 책 속 등장인물들의 행동을 속속들이 알고 있었다. 한편으로는 이야기가 끝날 무렵 변화하는 인물들도 수백 명이나 됐다. 그들은 주변 사람들마저 바꾸었다.

톰이 다시 올림피아 곁으로 돌아온다. 그러더니 기록물을 받아서 미시간 주의 생존자 명단이 나온 대목을 넘겨 마지막 페이지로 간다.

톰이 마지막 페이지 맨 아래에 **야딘 캠프장**이라고 쓴다. 그리고 여백에 자신의 이름을 쓴다. 이어 올림피아에게 연필을 건넨다.

올림피아는 이 생각이 마음에 든다. 무한히 이어질 것만 같은 사람들의 이름을 읽으면서 싱긋 웃는다. 그런데 어떤 사람들의 이름이 눈앞에 튀어오르는 듯한 순간 미소가 자취를 감춘다. 맬로리가 이름으로 부른 적은 거의 없지만, 올림피아에게 여전히 친숙한 두 사람의 이름.

"무슨 일이야?" 톰이 묻는다.

올림피아는 다시 페이지를 넘겨 두 사람이 발견된 도시의 이름을 확인한다.

"올림피아, 왜 그래? 뭐 무서운 거라도 본 거야."

올림피아는 자신이 톰의 눈을 바라보고 있다는 사실조차 알아차리지 못한다. 지금 눈에 보이는 것은 대충 휘갈겨 쓴 두 이름과, 보면 미쳐버리는 크리처 때문에 박살이 난 세상에서 힘없이 펄럭거리는 현수막 같은 **세인트이그네이스**라는 지명뿐이다.

"올림피아, 너 괜찮아?"

"엄마에게 가야 해, 톰."

"엄마는 지금 캠프장을 확인 중이셔. 게다가 엄마가 이런 게 있다는 걸 아시면—."

"지금 당장 엄마에게 가자."

3

멜로리는 개리를 떠올린다.

말이 되지 않나? 한 남자가 캠프장에 도착한다. 노크를 한다. 문 너머에서 말을 건다. 물론 좋은 의도일 뿐. 그를 집 안으로 들여보내주면 애초의 의도는 자취를 감춘다. 그렇게 들어오면 남자는 사람들과 친구가 되고, 환심을 사서 자식들마저 당신에게 등을 돌리게 한다. 어느새 당신은 구세계의 광인을 일상으로 불러들여 환영한 꼴이 된다.

톰이 개리 같은 남자에게 끌릴 거라는 사실은 쉽게 상상할 수 있다. 신세계에 대한 진실을 안다고 주장하는 남자. 올림피아 역시, 이 나라를 여행하며 자신이 알게 된 모든 것을 기록하고 있는 낯선 이의 이야기에 푹 빠지고 말 것이다.

"캠프장을 훑자." 맬로리가 말한다. 톰과 올림피아는 인구조사원 남자가 갔다고 장담했다. 사실 두 아이의 귀보다 더 나은 경보장치는 없다. 그런데도 맬로리는 캠프장을 직접 둘러보고 싶다. 남자가 정말 캠프장에 막 도착했을까? 아니면 몇 주 동안 어느 방갈로에서 몸을 숨기고 지냈을까? 남자가 도착했을 때 톰은 밖에 있었다. 이 상황이 무슨 뜻일까? 그가 문을 두드릴 때 세 사람은 함께 있었다. 이것은 또 어떤 의미가 있을까?

밸로리가 잰걸음으로 8호 방갈로로 다가간다. 문을 연다. 그녀는 양손에 장갑을 끼고 후드 티로 팔과 목덜미도 가렸다. 운동복을 입고 두꺼운 양말까지 신었다.

그녀는 아네트를 떠올린다. 미쳐버린 맹인 여성. 크리처 때문에 미쳐버린 사람.

대체 어떻게?

방갈로에 들어가기 전 맬로리는 킁킁거리며 냄새를 맡는다. 그동안 더 예리해진 감각이 있다면 바로 후각이다. 맬로리는 태풍이 언제 몰려올지, 머지않은 곳에 숲이 있는지를 알려줄 수 있다. 바깥에 뭔가가 죽어 있는지, 작은 공간이 과거 누군가의 집이었는지를 말해줄 수 있다.

8호 방갈로의 입구에서는 텅 빈 실내에서 풍기는 나무 곰팡이 냄새와 매트리스 없는 침상 냄새밖에 나지 않는다. 그래도 맬로리는 손에 칼을 든 채 안으로 들어간다.

야딘 캠프장은 그녀에게 안성맞춤이다. 너무 좋은 곳이다. 아이들을 데리고 처음 도착했을 때 통조림이 충분해 몇 달을 버틸 수 있었다. 그리고 씨앗이 있어서 통조림이 바닥나면 텃밭을 가꾸어 먹을거리를 마련할 수 있었다. 각종 공구와 장난감들. 은신처와 피아노. 작은 호수에서 탈 수 있는 돛단배. 운동을 할 수 있는 산책로들. 맬로리는 한동안 여기서 지내겠거니 막연히 생각했다. 하지만 한동안이 어느새 10년이 됐다.

톰과 올림피아는 단순한 십 대가 아니다. 한참을 십 대로 살았다.

맬로리는 굵은 막대기로 침상들 사이의 공간을 휘저으며 확인하고 아래를 찔러본다. 방갈로를 보금자리로 생각하는 동물 때문에 놀란 적이 한두 번이 아니다. 하지만 신세계에서 맬로리는 짐승을 두려워하지 않게 됐다. 짐승과 수도 없이 마주치면서 맬로리는 화난 행동에 놀라 그들이 도망친다는 사실을 알게 됐다. 심지어 미친 동물들조차(동물이 미칠 수 있는지 없는지 맬로리가 확신할 수 있다면) 그렇다. 곤충들은 더 신비롭다. 거미도 미치는지 맬로리는 모른다. 하지만 이 캠프장에서 거미들이 뭔가를 목격했다고, 근처에 뭔가가 있다고 짐작할 만한 불규칙한 문양의 거미줄을 발견하곤 했다.

물론 크리처들도 캠프장의 오솔길을 수도 없이 지나다녔다. 톰과 올림피아는 3호 방갈로 안에서 그것들이 밖에 있다며 손가락질을 했다.

"누구든 여기에 있으면 찔러버릴 거야." 맬로리가 외친다.

맬로리는 자신의 목소리를 듣기 위해 말을 한다. 인구조사를 하려고 왔다던 남자가 정말로 이 침대에 있다면, 맬로리가 방금 아래쪽을 마구 쑤셔댔던 침대 위에 앉아 있었다면, 오히려 그가 맬로리를 죽이는 편이 더 쉬웠을 거라는 사실을 잘 안다. 하지만 아이들은 그가 떠났다고 했다. 그러니 믿어야 한다.

8호 방갈로는 이상 무. 맬로리는 그곳을 나와 밧줄을 잡고 9호 방갈로로 간다. 몹시 덥다. 그녀가 기억하기로 가장 더운 날이지만 그래도 후드 티의 모자를 벗을 생각은 없다.

아네트를 생각한다.

두 아이는 피부 접촉으로 미칠 수 있다는 말을 믿으려 하지 않는다. 하지만 여기에서 규칙을 만드는 사람은 아이들이 아니고 바로 나다.

맬로리는 여전히 벽돌 깔린 복도의 모퉁이를 돌아 나오던 붉은 머리 여자가 눈에 선하다. 푸른 바람 같은 푸른 목욕 가운을 입고 오로지 광기만이 빚어낼 수 있는 모습으로 뒤틀려 있었다. 그녀가 든 칼도 여전히 뇌리에 박혀 있다.

미처 가닿기도 전에 맬로리가 쥐고 있는 칼의 끝이 9호 방갈로의 문에 닿는다. 맬로리가 칼끝으로 문을 밀어 연다.

문턱에서 실내의 냄새를 확인한다.

지금 맬로리는 모든 감각을 동원하는 것 같다. 시각과 후각, 촉각. 크리처들은 인간이 현실을 경험하는 방식을 완전히 재편했다. 물론 이제는 더 이상 낯설지 않지만, 구세계에서 어린 시절을 보낸 맬로리는 이런 삶에 결코 익숙해지지 않을 것이다. 만약 과거에 어른 톰이 세운 가설처럼 크리처를 이해할 수 있느냐 없느냐의 문제라면, 우리의 정신이 도저히 이해할 수 없는 대상을 보고 미쳐버리는 것인지 아닌지의 문제라면…… 접촉만으로도 같은 운명을 맞지 않을 이유가 없지 않은가? 인간의 감각으로는 불가해한, 우리의 정신이 가늠할 수 없는 것에 접하면 **경험**이 아예 생기지 않는 것일까?

맬로리는 코마개를 하고 소리를 없애기 위해 헤드폰을 쓰는 상상을 한다.

방갈로로 들어서며 몸서리를 친다. 개리가 떠오른다. 어떻게 그를 떠올리지 않을 수 있을까? 강을 타고 가던 날 누군가 그녀의 안대를 벗기려 했더랬다. 그때는 상대가 크리처라고, 물속을 텀벙거리고 돌아다니는 '인간 정신이 가늠할 수 없는 존재'라고 믿었지만 혹시 개리 아니었을까? 지난 4년 동안 개리가 셔츠도 입지 않은 채 맬로리를 추적해 와서 이 캠프장 언저리에서 야영하는 모습을 상상하기란 어렵지 않다. 그녀가 눈으로 들여다보지 않을 이 방갈로에 개리가 와 있는 모습을 쉽게 상상할 수 있다. 더불어 그가 강에 있는 모습도 어렵지 않게 상상이 된다.

어쩌면 그가 손을 흔들지도 모른다.

맬로리는 막대기로 침상 아래쪽을 찌른다. 막대기 끄트머리가 뭔가에 부딪힌다. 순간적으로 불쾌감이 몰려왔기에, 늘 연극을 하는 것 같은 턱수염 악마를 떠올리고 있었기에, 그것이 얼굴가리개라는 사실을 알아차리기도 전에 의문의 물체가 불러일으킨 한기가 온몸을 훑고 지나간다. 이건 지난여름 톰이 열중해서 만들었던 헬멧의 일부다.

장갑을 낀 손가락으로 그것을 만지자 또다시 아네트가 슬그머니 생각난다. 어쩌면 맬로리는 두 개의 끔찍한 수수께끼인 아네트와 개리에 대한 생각을 한 번도 멈춘 적이 없는 것일지 모른다. 절대 신뢰할 수 없는 아버지와 미치광이 어머니인 두 사람이 과도하게 방어적이고 매사에 바짝 날이 서 있는 오늘의 맬로리를 낳아이 신세계에서 키우기라도 한 것처럼 말이다.

"여기 있으면 칼로 찔러버릴 거야."

하지만 여기에는 아무도 없다. 맬로리는 장담할 수 있다. 그런데도 맬로리는 간이침대의 위와 아래, 침대들 사이사이를 철저히 훑는다.

9호 방갈로를 나와 밧줄을 잡고 본관으로 간다. 본관에는 지난 10년 동안 수없이 구원의 손길을 내밀어주었던 주방과 지하실을 포함해 방이 여럿 있다.

왼손 손가락을 밧줄에 올리고 오른손으로는 칼을 꼭 쥔 채 맬로리는 강에서 안대가 아주 살짝 눈에서 떨어졌을 때 뭔가에 닿은 적이 있는지 궁금해하며 기억을 헤집기 시작한다. 혹시라도…… 만약 뭔가가 그녀의 콧날을 붓처럼 쓸었다면…… 무엇이었을까?

그리고 누구였을까?

본관까지 가는 길은 오르막이지만 맬로리는 지금 어느 때보다 건강하다. 평생 이렇게 좋았던 적이 없다. 엄마와 아빠가 늘 운동을 해보라고 했지만, 그녀와 섀넌은 운동을 크게 즐기지 않았다. 두 딸은 골을 넣기보다 동네 산책을 즐겼으며 고등학교 미식축구 경기도 보러 가지 않을 정도였다. 그러나 지금 맬로리는 하루에 몇 킬로미터를 걸을 수 있고, 혹시 저 앞 본관에 누가 있다고 해도 칼한 자루와 완력으로 확실히 자신을 지킬 수 있다.

맬로리는 더 이상 아네트를 떠올리고 싶지 않다. 개리에 대해서도 생각하고 싶지 않다. 하지만 머릿속으로 자꾸 찾아오는 그들을 막을 수가 없다. 마치 두 사람이 그녀의 마음이라는 방갈로 문 밖에 계속 서 있는 것만 같다. 계속 문을 두드리면서.

한 시간, 아니, 두 시간만 저를 들여보내 주시지 않겠습니까?

그러다가 10년이 될지도 모르지.

맬로리가 돌계단에 다다를 즈음 미친 사람들과 그리처들, 고독과 두 아이에 대한 생각으로 머릿속이 가득 차서 자신이 무엇을 하는 중이었는지 억지로 떠올려야 할 지경이다.

그녀가 칼끝으로 본관의 문을 연다.

문턱을 넘어 들어간다.

아네트가 가장자리를 넘어왔다.

여기까지 오는 동안 무엇이 그녀의 손을 잡았을까?

맬로리가 코를 킁킁거린다. 귀를 기울인다. 지난 10년 동안 크리처 코앞까지 수도 없이 다가갔을 것이다. 예전에 비해 그것들의 수가 불어났다고 말한다. 아까 문밖에 서 있었던 남자도 같은 이야기를 했다. 그렇다면 그놈들의 수는 얼마나 될까? 지금은 얼마나 넓은 공간을 차지할까?

맬로리가 본관으로 들어선다. 천장이 높고 탁 트였지만 캠프장에서 제일 더운 공간이다. 맬로리는 오래전에 검은색 페인트로 칠한 길쭉한 창문들 때문이라 짐작한다. 여기 오면 어린 시절을 보낸 상부 반도에서 흔히 봤던 사우나가 생각난다. 부모님이 자기 전에는 꼭 들어가라고 했던 김이 나오는 상자들. 예전에 야영객들이 식사를 준비했던 공동 구역을 가로질러 갈 때면 돌에서 김이 무럭무럭 올라오는 사우나실을 언니와 함께 뛰쳐나와 풍덩 뛰어들던 호수가 간절하게 그립다.

맬로리가 멈춰 선다. 무슨 소리가 들린 것 같다. 기척. 본관 밖에 있는 무엇. 야단 캠프장이 장난을 치고 있다. 나뭇가지가 떨어진다. 바람이 분다. 방갈로가 삐걱거린다.

맬로리가 기다린다. 귀를 기울인다.

맬로리는 이런 순간 자신이 얼마나 위태로운지 잘 안다. 인구조사를 하러 나왔다고 주장한 남자가 무슨 꿍꿍이를 품고 어느 구석에 서 있을지 모른다. 크리처가 고작 몇 센티미터 떨어진 곳에서 자신과 절대 마주치지 말았어야 할 사람들에게 어떤 영향을 미치는지 가만히 관찰하고 있을 수도 있다. 하지만 이 신세계에서 살아낸 17년 동안 맬로리는 마음 깊이 도사린 어둠을 다른 방식으로 다루기로 마음먹게 됐다. 분명 맬로리는 맹인학교 사람들이 말한 것처럼, 톰이 분노에 차 쏘아붙인 것처럼 **편집증**에 사로잡혔는지도 모르지만, 그래도 마음만 먹으면 자신이 존재하는 어둠 속에는 크리처도, 캠프장도, 삶과 죽음도 존재하지 않는다고 생각할 수 있다. 그런 생각들을 떨쳐버리고 자신이 어린 시절을 보냈던 집 안을 돌아다니는 중이라고 상상한다. 아빠는 엄마가 항상 불에 너무 가까이 둔다고 나무라는 소형 라디오로 경기 중계를 들으며 주방의 불가에 서 있다. 엄마는 식탁에 앉아 새넌과 스크래블 게임을 하면서 새넌이 자기 차례를 맞아 단어를 완성하도록 기다리며 식탁에서 책을 읽고 있다.

이런 현실을 상상하면 기분이 훨씬 좋아진다. 애초에 이런 어둠 속에서 무엇이 현실인지 누가 말할 수 있으랴?

맬로리가 공동 구역을 나와 건물 안쪽에 있는 커다란 주방으로 이어지는 복도로 들어설 즈음에는 정말로 아빠가 요리하는 사슴 고기 냄새가 나고 새넌이 문제풀이에 골몰해 있는 동안 엄마가 책장을 넘기는 소리가 들리는 것 같다. 이러니 아무도 언니와 게임을 하려고 하지 않았다.

"엄마가 완벽주의자라고 생각한다면, 톰." 맬로리가 말한다. "네 이모를 만나봐야 해."

주방으로 들어설 즈음 맬로리가 있는 곳은 더 이상 어린 시절의 집이 아니다. 이제는 12년 전 도망쳤던 집에서 어른 톰과 이야기를, 그것도 개리에 대한 이야기를 하고 있다.

"그만해." 맬로리가 스스로에게 말한다. 하지만 그만둘 수가 없다. 좋아지지도 나빠지지도 않은 채 지리멸렬하게 흘러간 세월, 마케트 농산물품평회에서 본 유령의 집의 유령들처럼 불쑥불쑥 튀어나오는 무시무시한 기억으로 점철된 15년은 그녀를 꽉 움켜쥐고 있던 불길한 생각들의 손아귀에서 조금씩 힘을 빼갔다. 아들인 톰이 어떻게 생각하든 맬로리는 더 이상 두려움에 떨며 살지 않는다.

맬로리가 얼굴 앞으로 칼을 휘두르며 주방을 나와 지하실로 통하는 계단을 내려간다. 계단 꼭대기에 쳐져 있는 거미줄을 몇 번이나 마주쳤기 때문이다. 맬로리는 몇 번이고 갈색 거미들을 3호 방갈로로 가져갔다.

"여기 있으면 칼로 찔러버린다."

안대를 했어도, 눈을 꼭 감고 있어도 맬로리는 여전히 지독한 어둠 속으로 들어가는 느낌을 받는다. 축축한 콘크리트와 곰팡이 냄새가 뒤섞인, 절대 착각할 리 없는 지하실 냄새. 옛날 같았으면 서둘러 천장에서 내려온 전깃줄을 찾아 이 공간을 빛으로 가득 채웠을 것이다. 하지만 신세계가 점진적으로 파괴한 한 가지가 바로 어둠에 대한 공포이다.

맬로리가 거의 휑한 지하실을 가로지르며 자신은 통조림을 가지러 이곳에 들렀을 뿐임을 상기시킨다. 엄마와 아빠가 위층에서 함께 만드는 추수감사절 요리에 넣을 크랜베리를 따러 언니와 함께 나가는 길일 수도 있다. 맬로리가 실링엄 레인의 그 집에서 처음 눈을 뜬 날 어른 톰이 보여준 통조림을 가지러 왔을 수도 있다. 아니면 그냥 일상적인 행동을 하는지도 모른다. 그러니까 맬로리는 지금 통조림마다 뚜껑이 다르기 때문에 다른 통조림 사이에서 쉽게 고를 수 있는, 콩 통조림을 찾기 위해 선반을 뒤지고 있다.

"전에는 이 선반에 통조림이 훨씬 더 많았지."

이 점에는 의문이 없다. 그리고 인구조사를 나온 척하면서 여기 어딘가에 쪼그리고 앉아 있을 남자의 기척에 귀를 기울이고 코를 활짝 열어 냄새를 맡으면서 평소에 하는 일, 즉 재고를 확인하니 기분이 나아진다.

"그 남자는 자신이 뭐라고 생각하는 거야?" 맬로리는 결국 콩 통조림을 찾지 못하고는 이렇게 말한다. 장갑을 끼면 때로 이런 일이 조금 더 어렵다. "도대체 내가 어쩌기를 바란 거야? 그냥 들여보내 줄 줄 알았나?"

맬로리가 장갑을 벗자, 크리처가 손을 뻗어 맨살이 드러난 그녀의 손을 만지는, 농산물품평회의 유령의 집 같은 이미지가 마음을 잠깐 뒤흔드는 와중에 맬로리는 국가와 같은 조직이 더 이상 존재하지 않는 나라에서 어떻게 인구조사를 하러 왔다고 주장할 수 있는지 의문이 든다.

이번에는 콩 통조림을 금방 찾아내고 얼른 장갑을 다시 낀다.

몸을 돌려 지하실 어딘가를 본다.

무슨 소리가 들렸나? 위에 뭔가가 있나?

두 아이는 규칙을 잘 안다. 그렇다고 규칙을 잘 따른다는 뜻은 아니다. 맬로리가 캠프장을 훑으며 살펴보는 동안 두 아이는 3호 방갈로에 있기로 했다. 캠프장에 오직 세 식구만 있다는 사실을 확인하기 위해 나와 있는 동안 톰이나 올림피아가 내는 소리를 조사하는 것은 시간 낭비이다.

"여기 누가 있다면……." 맬로리가 또다시 반복한다. 하지만 이번에는 말을 끝맺지 않는다. 두려움과 함께하는 생활에 꽤 적응했음에도 불구하고 극도로 절망적인 두려움의 순간에는 면역이 되지 않는다. 얼굴도 모르는 남자가 그녀의 방갈로 문을 두드린 직후에 버려진 캠프장의 본관 지하실에 와 있는 이런 경우 말이다.

깊은 어둠에 잠긴 마음속에서 총 한 자루의 이미지가 빙글빙글 돈다. 올림피아는 총을 마련해야 한다고 생각한다. 올림피아는 지금까지 읽은 천 권이나 되는 책을 인용하며 어떻게 총이 수많은 등장인물의 목숨을 구했는지 들려준다. 하지만 맬로리는 처음부터 이 문제에는 입장이 확고했다. 이 캠프장에서 절대 보고 싶지 않은 것이 바로 진보라는 이름으로 톰이 사용할 수 있는 도구이다. 방갈로의 문이 열리고 미리 장치되어 있던 총이 발사되는 순간, 톰이 드디어 성공했다며 의기양양해하는 모습이 쉽게 상상이 된다. 물론 맬로리가 총을 믿고 맡기지 못하는 사람은 톰뿐만이 아니다. 누구도 보아서는 안 될 것을 보고 만 상황에서는 아무도 믿을 수 없다.

여기에서는 목적의식과 날카로운 칼이 아닌 다른 것이 더 도움이 될 것 같다.

그녀가 귀를 기울인다.

냄새를 맡는다.

기다린다.

지난 10년 동안 이 세 가지를 어찌나 많이 했는지, 이렇게 하지 않았던 시절은 이제 기억도 안 난다. 가끔 신세계에서 하는 행동이 구세계에서 만들어진 추억에 스며든다. 어릴 때 섀넌의 방으로 들어갈 때면 매번 코를 킁킁거리지 않았나? 엄마와 아빠에게 가게에서 장을 보고 돌아오실 때 눈을 감았는지 물어보지 않았나?

안대 뒤에는 과거도 현재도 없다. 어떤 식으로든 곧게 뻗은 선은 어디에도 없다.

맬로리는 한 손에는 콩 통조림, 다른 손에는 칼을 들고 수색용 막대기는 겨드랑이에 끼운 채 다시 지하실을 가로질러 생각보다 더 빠르게 계단에 도착한다.

겁을 먹어서다.

그런 사실을 깨달을 때 가장 불쾌하다. 일단 두려움을 의식하면, 뜨거운 덩굴손이 팔과 다리를 간질이고 등줄기와 종아리를 타고 내려오기 시작하면, 조만간 두려움이 무성히 자라 공황 상태에 빠지리라는 느낌을 떨쳐낼 수가 없기 때문이다.

맬로리는 휑한 지하실을 다시 마주 본다. 그녀가 더 멀리 나아갔기 때문에 뭔가가 더 깊숙이 들어왔을까? 여기에 남자는 없다. 그녀는 아까 남자가 떠났다고 한 톰과 올림피아의 말을 신뢰한다. 왜냐하면 두 아이의 청력은 한 번도 맬로리를 실망시킨 적이 없기 때문이다.

하지만 **뭔가**가 이 공간에 맬로리와 함께 있는 것은 아닐까?

맬로리의 귀에는, 톰의 아버지는 아니지만 이름을 물려준 톰이, 자신이 아기를 낳고 있던 다락으로 들여보내 달라고 절규하던 소리가 들린다.

아이들은 규칙을 잘 안다, 알고말고. 두 아이는 맬로리가 캠프장을 다 확인한 후 돌아갈 때까지 얌전히 있어야 한다는 사실을 안다. 물론 긴급 상황이 벌어지면 예외지만.

"젠장." 그녀는 휑한 지하실을 향해 말한다. 그리고 크리처를 향해서도.

가끔 감정을 터트리면 마음이 진정되기 때문이다.

다음 순간 맬로리는 어린 시절 언니와 자주 했던 것처럼 후다닥 계단을 뛰어 올라간다. 자매는 크랜베리나 책을 든 채 서로 먼저 가려고 상대의 옆구리를 팔꿈치로 쿡쿡 밀어대며 나란히 달리곤 했다. 맬로리는 계단에서 굴러떨어지는 바람에 양쪽 팔꿈치에 찰과상을 입고 층계 사이로 낡은 고양이 인형 실베스터의 얼굴을 보고는 소리를 꺄악 지르며 나머지 계단을 뛰어 내려간 일을 아직도 기억한다.

맬로리는 계단을 다 올라와 다시 주방에 이르러 가쁘게 숨을 내쉰다. 그리고 어째서 남자가 스스로 인구조사를 하는 중이라고 말했는지를 짐작해보려 한다. 그녀는 누가 크리처를 잡았다고 한 이야기를 떠올린다.

"당신은 왜 톰 앞에서 그런 이야기를 한 거야……."

톰이라면 그런 이야기를 철석같이 믿을 뿐만 아니라 아예 사건 현장에 가까이 가려 할 것이기 때문이다.

맬로리는 공동 구역으로 돌아가는 발걸음을 늦춘다. 발을 내디딜 때마다 잠시 멈춰서 귀를 기울인다. 신세계에서 살게 된 후로 사람이 말을 하기 전에 짧게 숨을 들이마신다는 사실을 알게 됐다. 그리고 체중을 이쪽 발에서 저쪽 발로 옮길 때 내는 소리도 알았다.

지금 이런 소리 중 하나가 들리지 않았나?

맬로리가 기다린다. 남자의 목소리를 떠올린다. 인정하고 싶지 않지만, 그가 스스로 말한 방문 목적은 사실인 것 같다. 맬로리가 안대를 쓴 채 목소리만으로 타인을 이리저리 재단할 수 있는 경지에 이르렀다고 자신할 일은 절대 없을 것이다. 개리에 대해 돈이 했던 실수도 절대 반복하지 않을 것이다. 하지만 맬로리는 어딘가에서 인구조사가 시작되었을지 모른다고 생각할 정도의 융통성도 있다.

주방을 가로지르는데, 한두 시간, 한두 시간만 이야기하자는 남자의 청을 들이주지 않은 일, 지신들의 이야기를 들려주지 않은 일이 미안하고 후회스러워 애써 고개를 돌린다. 어쩌면 맬로리가 남들이 모르는 이야기를 알 수도 있는데. 어쩌면 살아남은 이들에게 도움이 될 이야기를 들려줄 수도 있는데.

"아니야." 본관의 문에 도착하자 맬로리가 말한다. 아니다. 왜냐하면 그녀와 아이들 주변의 신세계가 얼마나 진부하건 그녀는 **언제까지고** 안대를, 오로지 안대만 믿을 것이기 때문이다.

맬로리가 문을 열고 한 발을 내딛다가 누군가와 부딪힌다.

칼을 휘두르기 직전 올림피아가 그녀를 부른다.

"엄마! 저랑 톰이에요."

맬로리는 아이들 말을 믿기까지 아주 잠깐 망설인다. 아네트와 개리, 크리처 그리고 자신이 내세운 정체와 완전히 다른 인물일 수도 있는 남자에 대한 모든 잡념들.

"여기서 뭘 하는 거니?" 맬로리가 묻는다. 목소리에서 분노가 느껴진다. "규칙을 잊은 거야?"

"긴급 상황이에요." 올림피아가 말한다.

"엄마." 톰이 말한다. "농담이 아니에요. 이 이야기를 꼭 들으셔야 해요."

"우리를 찾아온 남자 이야기니?" 맬로리가 묻는다.

"아뇨." 올림피아가 말한다. "엄밀히 말하자면요."

맬로리가 잠시 기다린다. 귀를 기울인다.

"인구조사원 남자가 기록물을 두고 갔어요." 톰이 거든다.

"뭐라고?" 맬로리가 되묻는다.

그녀는 크리처의 모습을 상상한다. 현관에 남겨진 사진을 보고 두 아이가 다 익지도 않은 이성을 잃는 모습이 떠오른다.

"너희 혹시—." 맬로리가 막 입을 연다. 하지만 올림피아가 말을 끊는다.

"엄마, 기록물에 몇 페이지나 있어요. 생존자들의 명단이요."

맬로리는 자신의 내면에서 시커먼 것이 소용돌이치는 것을 느낀다. 아이들이 명단에서 개리를 봤나?

"그게 뭔데!" 맬로리가 재촉한다. "어서 말해봐!"

올림피아가 이야기를 시작하며 맬로리에게 더 가까이 와서 선다. 맬로리는 딸이 기댈 수 있는 든든한 손이 필요할 것이라고 생각하기 때문임을 직감한다.

"미시간 주의 세인트이그네이스에요, 엄마." 올림피아가 말한다.

"뭐라고? 그게 뭐 어쨌는데?" 세인트이그네이스라면 상부 반도에 있다. 상부 반도는 맬로리의 고향. 올림피아의 입에서 튀어나온 세인트이그네이스라는 도시가 **생존자들**이라는 단어와 함께 쓰였다. 이건 맬로리가 꿈도 꾸지 못했던 이야기가 튀어나오리라는 뜻이리라.

"할아버지와 할머니의 성함도 명단에 있어요, 엄마. 두 분의 성함이 생존자 명단에 있다고요. 엄마의 부모님은 살아 계세요."

4

한때 본관 사무실이었던 방에 틀어박힌 맬로리는 좀처럼 마음이 가라앉지 않는다. 책상에는 오래전 관리소장이 매일 썼던 물건이 몇 가지 남아 있다. 종이 클립 대신 쓰는 네모난 자석. 노란 메모패드. 17년 전의 달력. 예전에 이 사무실에는 양면 거울이 달려 있었다. 그래서 야영객들은, 자신들이 아래층 공동 구역에서 밥을 먹는 모습을 관리소장이 지켜보고 있는데도 알 리가 없었다. 하지만 그 거울은 이미 오래전에 톰의 침대 아래에 처박혀 있다. 맬로리가 절대 허락해주지 않을 발명품에 쓸 재료로 말이다. 거울을 떼어낸 빈자리에는 검은 천을 걸어두었다.

맬로리는 아이들 말을 믿으려 하지 않는다. 그런 가능성조차 믿을 수 없다. 그러다가 아이들 말을 믿는다. 다시 믿지 않는다. 다시 믿는다. 그녀는 제 눈으로 직접 이름을 확인한다. 샘과 메리 월시. 흔한 이름이야. 맬로리가 자신에게 말한다. 샘이 얼마나 많은가. 메리는 더 많다. 그리고 월시도…….

하지만 샘과 메리, 월시가 정확히 일치하고 그들의 이름이 상부 반도의 생존자들 사이에 들어 있다는 사실까지 생각하면 온몸이 두들겨 맞은 것처럼 아프다. 위장과 온갖 뼈, 심장이 부서질 듯이 아프다. 맬로리는 이런 고통이 존재하는 줄은 처음 알았다. 17년 전 언니 섀넌은 맬로리와 함께 임신테스트기를 사러 가주었다. 당시 세상은 되돌릴 수 없을 정도로 변했지만 자매는 아무것도 몰랐다. 맬로리가 마지막으로 부모님과 통화했을 때 임신 사실을 알렸다. 그 후로 샘과 메리는 전화를 받지 않았다.

17년.

톰과 올림피아는, 맬로리가 혼자서 이 문제를 생각해보도록 내버려두어야 한다는 사실을 안다. 맬로리가 앞에 놓인 책상에 생존자 이름이 기록되어 있는 부분을 펼쳐놓고 앉았다 일어섰다를 반복하는 동안, 두 아이는 비서 사무실로 쓰였던 방에서 기다린다. 문이 닫혀 있다. 맬로리는 안대를 풀기 전에 사무실 안을 쓸 듯이 확인했다.

맬로리가 이름들을 다시 읽는다.

"어떻게?"

이런 말을 하는 것조차 마음이 아프다. 그녀는 떠나야 한다. 북쪽으로. 부모님에게로. 이거야말로 부모를 여읜 자식의 판타지 아닌가. 부모를 다시 한 번 만나기. 미처 하지 못한 말을 전하기.

맬로리는 떠나야 한다. 지금 당장.

하지만…… 이게 과연 사실일까?

이 목록은 언제 작성했을까? 그 후로 몇 년이 흘렀을까? 인명 페이지로 보아 인구조사차 나왔다고 주장했던 남자는 중서부 전역을 돌아다닌 것 같았다. 조사가 얼마나 오래 걸렸을까? 이런 일이 가능하기나 한가? 그는 미시간 주를 이번에 처음 방문했을까? 혹시 이 이름들을, 맬로리 부모의 이름을 10년 전에 적어놓은 건 아닐까?

오, 그 남자를 집에 들였어야 했는데.

맬로리가 알기로 샘과 메리 월시는 당시 위스콘신 주 경계 근처에 살았다. 두 분이 미시간 주에 있는 두 개의 반도를 연결하는 다리 같은 지역, 세인트이그네이스로 옮겨 갈 이유가 없었다. 하물며 세상의 종말을 코앞에 둔 때라면. 특히나 그때라면. 섀넌은 상부 반도가 세상의 끝이라는 농담을 종종 했다. 그런데 왜 부모님이 남쪽으로 이사를 가시겠는가?

혹시 두 분이…… 두 딸을 찾으러 오신 걸까?

맬로리는 숨이 쉬어지지 않는다. 이 상황이 너무나 무겁게 그녀를 짓누른다. 금방이라도 기절할 것 같다. 아니, 더한 일이 벌어질 것 같다.

맬로리는 펼쳐놓은 부분에 적혀 있는 이름에서 눈을 떼지 못한 채 사무실을 서성거린다. 도무지 진정이 되지 않고, 머리가 어지러워 마음이 한 갈래로 정리되지도 않는다. 그녀는 자신이 살아남아 버틴 시간만큼 살아남은 샘과 메리를, 그들이 감내해야 했던 슬픔과 공포를, 당신들이 두 아이를 키웠던 세상과 너무나 달라진 곳에서 살아야 하는, 가늠할 길 없는 정신적 부담을 상상해본다.

어른 톰이 여기 함께 있으면 좋겠다. 그의 의견을 듣고 싶다.

맬로리와 섀넌이 부모님을 너무 일찍 포기한 걸까? 두 사람 다 부모님이 전화를 받지 않자 두 분이 악착같이 살아남을 만한 분들이 아니라고 지레짐작을 해버렸다.

하지만 맬로리는 어땠나. 이 모든 일이 시작되었을 때…… 맬로리는 생존자에 속할 만했나?

“젠장.”

“엄마?”

바깥 사무실에서 올림피아가 부른다.

어쩌면 엄마와 아빠도 변했을지 모른다. 맬로리가 이 아이들을 키우면서 배운 것이 하나 있다면, 부모도 가만히 멈춰 있지 않는다는 사실이다. 가만히 머물러 있는 것은 부모 노릇이 아니다. 이 신세계에서 십 대 둘을 키우는 엄마는 변화와 본능적으로 난데없이 발휘되는 추진력을 경험하는데, 이는 아이들을 위협하는 크리처에 못지않게 강력하다. “아니야.” 맬로리가 말한다. 왜냐하면…… 그럴 리가 없기 때문이다. 부모님이 안대를 하고 텃밭을 가꾸고 창문을 새까맣게 칠한 채 지금까지 살아 계실 리 없다. 그녀가 겪었던 공포를 두 분도 겪었고, 예전처럼 언제나 손을 잡고 소파에 나란히 앉아 계실 리 없다.

머리가 어질어질하다. 정신이 아득해진다. 맬로리는 낡은 책상 끄트머리에 걸터앉아 너무나 오래 전이며 미칠 정도로 극심하게 달랐던 이전 세상에서 보냈던 일들이며 어린 시절, 삶의 심연을 들여다본다.

17년.

17년 전 맬로리는 톰을 가졌다는 사실을 알게 됐다. 물론 그때는 아직 '톰'이 아니었다. 얼마 후 맬로리는 톰이 이름을 물려받은 남자를, 세상을 뜬 지 16년이 지난 지금도 매일 결정을 내려야 할 때면 마음속으로 조언을 구할 정도로 자신에게 깊은 영향을 남긴 남자를 만났다. 부모님이 **살아 계실** 수 있을까? 톰이 자기 이름을 물려받은 남자를 만나지도 못한 세상에서? 만약 살아 계시다면 두 분은 얼마나 말 못 할 고생을 하셨을까?

두 분이 살아남으시도록 도와준 사람이 있었나?

"두 분은 돌아가셨어." 맬로리가 말한다. 왜냐하면 살아남을 방도가 없으니까. 이 상황은 너무 힘겹고 너무 거대하다. 올림피아가 새 소식과 이름을 알려줄 때마다 딸의 얼굴에 아로새겨졌을 게 분명한 미소가 들린다. 그래서 미칠 것 같다. 마냥 밝고 대책 없이 희망적이기만 한 딸아이는 제 엄마에게 한 이야기가 절대 **사실일 리 없다**는 걸 모를까? 두 분이 살아 계실 리 없지 않은가. 명단이 틀렸다. 샘 월시와 메리 월시라는 이름을 가진 사람이 족히 천 명은 될 것이다. 인구조사 따위는 없다. 그 남자는 어쩌다 맬로리 부모님의 이름을 들었고 거기에 적어 넣었을 뿐이다. 진짜 의도를 숨기기 위한 트로이의 목마. 그자는 맬로리와 아이들이 마침내 찾은 안전한 보금자리를 떠나게 만들려는 속셈이다.

남자는 야딘 캠프장의 평화와 안전을 파괴하는 중이다.

어쩌면, 어쩌면 그 남자는 개리일지도 모른다.

맬로리가 책상을 내리친다. 그러더니 다시 책상에 앉아 펼쳐놓은 부분에 적혀 있는 이름을 뚫어져라 바라본다. 개리의 서류 가방을 몰래 열어서 그가 직접 적어놓은 위험천만한 사상을 알게 된 후로 오랜 시간이 흘렀다. 하지만 맬로리는 그 남자의 비스듬한 필체며 페이지마다 깃들어 있던 어두운 열정을 절대 못 잊을 것이다.

맬로리는 필체를 유심히 살핀다.

그리고 알아차린다.

개리가 쓴 글이 아니다. 비슷하지도 않다.

맬로리가 문으로 시선을 돌리며 두 아이를 생각한다. 두 아이는 10년 전과 비슷한 여행을 상상하고 있으리라. 짐작이 가고도 남는다. 톰은 이 상황에 잔뜩 들떠 있을 테고 올림피아는 벌써부터 준비를 시작했을지 모른다.

하지만 두 아이는 정말 이 명단이 사실이라고 믿고 있을까? 내가 두 아이를 그렇게 순진하게 키웠나? 이렇게 터무니없고 절대적으로 정신 나간…….

“생존자 명단.” 맬로리가 소리 내어 말한다.

뭐든 손에 잡히는 대로 다 부숴버리고 싶다. 주먹으로 벽에 구멍을 내고 싶다. 발로 책상을 차 넘어뜨리고 싶다.

그래서 그렇게 한다.

그녀는 책상 가장자리에 발을 척 걸치고 있는 힘껏 쓸어서 낡은 물건들을 한쪽으로 날려버린다. 예의 기록물이 나무에서 날아오르는 하얀 새들처럼 바닥에 흩어지자 올림피아가 소리를 지른다. “엄마! 엄마! 괜찮아요?”

올림피아의 목소리는 겁에 질려 있다. 신세계에서는 문 반대편에 있는 사람이 요란한 소리를 내면 뭔가와 함께 있다는 사실을 쉽게 짐작할 수 있다.

“나는 괜찮아.” 맬로리가 소리친다. “빌어먹을 정도로 괜찮다고.”

벽 너머에서 두 아이가 소곤거리는 소리가 들린다. 톰은 분명히 올림피아에게 엄마가 왜 이 소식에 화를 내는지 물어볼 테고 올림피아는 이유를 정확히 설명해줄 것이다.

왜냐하면 17년이나 흘렀기 때문이다. 왜냐하면 맬로리가 두 분이 돌아가셨다고 믿었기 때문이다. 왜냐하면 그녀는 이미 애도를 했기 때문이고, 너무나 오랫동안 샘과 메리 월시의 채울 수 없는 빈자리를 안고 살았기에 이제 빈자리가 자신의 일부가 되었기 때문이다.

그렇다면 이 소식은? 느닷없이 나타난 이 명단은?

이렇게 나오다니 **치사하다**.

맬로리가 눈물을 터트린다. 울고 싶지 않지만 한 번 터진 눈물이 멎지 않는다. 그녀는 개리가 얼뜨기 같은 젊은 남자와 탁자를 사이에 두고 앉아 당신이 인구조사원 역할을 해주기만 한다면 돈이든 금이든 (신세계에서도 여전히 값어치가 나가는) 뭔가를 주겠노라 약속하는 모습을 상상한다. 이봐, 젊은이. 날 위해서 이 기록을 전부 베껴 써서 야딘 캠프장의 3호 방갈로에 전해주게. 날 위해 그래줄 수 있겠지? 야딘 캠프장의 3호 방갈로의 현관문 아래로 물고기를 낚는 미끼 같은 이 이름 두 개를 밀어 넣을 수 있겠지?

거기에 있는 대어. 내게는 대어라네.

“말도 안 돼.” 맬로리가 말한다. “그럴 리가 없어. 이건 현실이 아니야. 불가능해. 이런 일이 일어날 리 없어.”

하지만 책상 너머로 마구 흐트러진 페이지들에서 여전히 부모님의 이름이 보인다.

샘과 메리 월시.

개리의 필체가 아니다.

다른 것도 있다. 종이가 사무실 바닥으로 흩뿌려졌을 때 제일 위로 올라와 버린 다른 페이지. 이 특별한 페이지도 살아남고 싶은 모양이다. 여행에 대한 설명. 그랬다. 이 또한 불가능한 일이다. 맬로리가 이걸 죄다 거부해야만 하는 공식 증거.

눈 없는 기차.

아, 그랬다. 인구조사를 하러 왔다고 주장한 남자가 기차 이야기를 했다.

북쪽으로 향하는 기차.

맬로리는 온몸이 뜨거워진다. 누군가에게 관찰을 당하는 것 같다. 지금까지 계속 지켜보고 있었을까? 신세계의 벽들이 사방에서 조여 오는 것처럼 느껴진다.

죄다 말이 안 된다. 절대적으로 **말이 안 된다**. 너무 유혹적이고, 맬로리와 두 아이가 지난 10년은 물론 지금도 집이라고 부르는 비교적 평온한 이 보금자리를 떠나도록 등을 떠미는 너무나 완벽하게 짜인 이야기다. 맬로리는 물속으로 내려오는 미끼가 보이는 것 같다. 그것을 맛보고 싶어 하는 허기를 느낄 수 있다. 개리가 어둠 속 승강장에서 기다리고 있는 모습을 상상하기란 어렵지 않다.

부모님은 돌아가셨다. 17년 전에.

맬로리는 기차에 대해 설명해놓은 종이를 집어 든다. 내용은 읽더니 손에서 종이가 떨어져 내려도 신경 쓰지 않는다.

아니야.

그럴 리 없어.

그녀는 이 캠프장을 떠나지 않을 것이다. 그들을 안전하게 지켜줬던 캠프장. 톰과 올림피아가 어린아이에서 성인으로 자라 정문으로 가는 동안 모든 소리를 들을 수 있고 (설령 이유를 모른다 해도) 행복하고 영특한 십 대가 된 이곳. 맬로리는 자신의 문제를 매듭 짓는다는 이유로 두 아이의 목숨을 위험에 빠트리지는 않을 것이다.

죄다 무시하겠노라 결심하자 맬로리는 순간적으로 안심이 되었고 이내 문으로 걸어간다. 기록물에 적힌 이름들. 그리고 인구조사를 비롯한 모든 것을 무시할 것이다.

맬로리가 바닥에 떨어진 종이들을 다시 한 번 더 바라본다.

이제 손잡이를 잡을 정도로 문 앞까지 왔지만 저쪽 바닥에 떨어진 종이에 적힌 이름이 유난히 또렷이 보인다. 강철 같은 것에 적혀 있어서 지울 수 없고 그녀보다 더 강인한 듯한 이름. 안대를 쓰고 있어서, 맬로리가 이 신세계에 굴복한 후로도 오랫동안 살아남을 듯한 이름.

맬로리가 눈을 감는다.

사무실 문을 열지만 밖으로 나가지 않고 다시 닫는다.

그녀는 기차에 대한 내용을 다시 읽는다.

"엄마?" 톰이 바깥 사무실에서 소리친다. "혹시 도움이 필요하세요?"

기존의 철로가 남아 있기 때문에 기차는 신세계에서 가장 안전한 교통수단이다. 모퉁이를 돌아 차를 몰거나, 주차된 차를 치거나, 사람을 칠까 봐 두려워하지 않아도 된다.

아니다. 그럴 리 없다. 이 이야기는 너무 달콤하다. 너무 말이 된다. 그리고 단언컨대 요즘은 이렇게 미리 알고 준비해뒀을 법한 것은 결코 있을 수 없다는 사실을 맬로리는 잘 안다.

그런데도 계속 읽는다.

철로에 장애물이 없이 깨끗할 경우, 기차는 충분히 느린 속도로 운행을 하는 한…….

맬로리는 시선을 돌린다. 너무 아프다. 말 그대로 물리적인 고통이다. 부모님이 살아 계실까? 지난 17년 동안 살아남으셨을까?

맬로리는 부모님이 더 이상 전화를 받지 않는다고 말하던 섀넌의 표정을 떠올린다. 위층에서 본 섀넌의 시신을 떠올린다.

제 손으로 숨통을 끊어버린 언니의 죽음.

샘과 메리를 찾을 생각조차 하지 않았더랬다. 두 분의 죽음을 확인해보지 않았다는 죄책감으로 마음이 너무나 아파 참기 힘들다. 그렇게 흘려보낸 세월이 벌써 17년이다.

눈 없는 기차는 미시간 주의 랜싱과 미시간 주의 매키노 시티 사이를 운행한다.

매키노 시티라. 맬로리가 생각한다. 하부 반도의 가장 아래쪽. 하부 반도와 상부 반도를 연결하는 다리 부분의 가장 아래쪽.

기차는 시속 8킬로미터의 속도로 운행한다. 연료는 석탄이다. 창문은 검게 칠해져 있다. 나는 아직 그 기차를 타보지 못했기 때문에 이는

바가 거의 없다.

“아니야.” 맬로리가 말한다.

하지만 맬로리는 이미 등을 떠미는 손끝의 감촉이 느껴진다.

그녀가 눈을 감고 사무실에서 나간다.

“엄마.” 올림피아가 부른다.

“론 핸디와 이야기해야겠어.” 맬로리가 대답한다.

“문이 닫혀 있어요, 엄마.” 톰이 말한다.

맬로리가 눈을 뜬다. 붉게 상기된 얼굴로 제 엄마를 보고 있는 두 아이의 얼굴이 보인다.

“우리가 거기까지 모셔다 드릴게요.” 톰이 말한다. “가는 길에 내가 만든—.”

“아니야.” 맬로리가 말한다. “그 사람과 단둘이 이야기를 해야겠어.”

지금 맬로리에게 필요한 것은 성인과의 대화이다. 설령 자신만큼이나 편집증적인 사람이라 할지라도.

론 핸디는 캠프장에서 가장 가까운 곳에 사는 이웃이다. 그가 사는 예전 주유소 건물은 캠프장에서 5킬로미터나 떨어져 있어서 가깝진 않지만 걸어갈 만하다.

맬로리는 지금 숨조차 쉴 수 없을 정도이므로 자칭 ‘익살맞은 은둔자’를 만나야 한다. 언제라도 부모님을 다시 잃을 것만 같다. 만약 두 분이 살아 계신다면, 17년 동안 살아남으셨다면, 지금 당장 무엇을 해야 두 분을 죽음에서 지킬 수 있을까……? 지금 당장…….

지금 당장?

“젠장.” 맬로리가 툭 내뱉는다. 지금으로서는 어떻게 반응해야 할지, 어떻게 의견을 정하고, 어떤 감정을 느껴야 할지 전혀 알 수가 없다. 맬로리는 눈 없는 기차에 탄 자신을 상상한다. 그 기차를 달리게 만드는 사람을 상상한다. 맬로리는 선로를 살펴볼 수도 없는 채로, 저 멀리서 기차의 전조등이 보이는지 궁금해하며 언제 올지도 모를 기차를 한 달, 1년, 10년을 기다리는 자신과 두 아이를 상상한다.

올림피아가 맬로리에게 다가와 손을 잡는다.

“괜찮아요.” 올림피아가 말한다. “괜찮을 거예요.”

하지만 그 말이 도리어 맬로리를 불안하게 한다. 벌써 17년이나 흘렀다.

“론 핸디와 이야기해야겠어.” 그녀가 다시 말했다. 그러더니 안대를 다시 묶기 시작한다. 그동안 어찌나 안대를 많이 맸던지 흘러내린 머리카락을 귀 뒤로 넘기는 것처럼 자연스러운 동작.

“눈을 감아.” 맬로리가 아이들에게 말한다. 이런 순간에도. 익숙해진 현실에 다시 금이 가기 시작하고, 슬픔의 반대 감정 혹은 슬픔이 불러낸 육체적 고통이 다시 온몸으로 퍼지는 느낌에 사로잡힌 이 순간에도 그녀는 눈을 감으라고 말한다.

“알았어요.” 올림피아가 말한다.

“감았어요.” 톰이 말한다.

맬로리가 사무실 문을 열고 나무 바닥으로 발을 내디딘다. 이 바닥은 너무 튼튼해서 맬로리가 생각하는 삶과 어울리지 않고, 그녀가 빠져든 절대적인 어둠, 옳고 그름을 도저히 판별할 수 없는 바로 이 장소와 전혀 어울리지 않는다.

5

맬로리는 야딘 캠프장을 발견하기도 전에 론 핸디와 만났다. 10년 전 여섯 살이던 두 아이를 데리고 새로운 보금자리를 찾아 전전할 때 멀리서 가솔린 냄새를 맡았다. 통조림이나 포장된 간편식을 찾아내기를 바라며 맬로리는 그의 집인 줄도 모르고 미시간의 시골길 한편에 있는 요새 같은 주유소로 냄새를 따라갔다. 론 핸디는 판자 여러 장과 매트리스 여러 개, 자동차 문짝들, 몇 장이나 겹쳐놓은 금속판 뒤에서 살았다. 맬로리가 아는 한 론은 집 안에서도 안대를 풀지 않을 것이다.

그때 걸었던 도로의 자갈 깔린 갓길에 다시 도착하자 맬로리는 온몸의 신경이 짜릿짜릿하고, 너무 많은 가능성에 머리가 아득해지면서 마지막으로 여기 온 게 3년 전이라는 사실을 떠올린다. 론은 절대 야딘 캠프장으로 먼저 찾아오지 않는다. 여길 떠나는 법이 없다. 절대로.

길을 건너기 전에 양쪽을 먼저 살피는 구세계의 습관은 오래전에 잊어버렸다. 맬로리는 시골 자갈길을 건너 조약돌이 깔린 주유소 부지로 들어선다. 어쩌면 론 핸디는 이미 저 안에서 죽어 썩어가고 있으며 미쳐버린 파리들이 윙윙거리며 그의 시신에 알을 까고 있을지도 모를 일이다.

맬로리는 론 핸디처럼 썩어가는 샘과 메리를 떠올린다.

맬로리가 그의 요새에 도착하자마자 정강이가 뭔가 단단한 것에 세게 부딪힌다. 저 안에 론이 살아 있다면 소리를 들었을 것이다. 그래도 맬로리는 나무로 된 벽을 두드린다.

"맬로리예요?"

3년 만이다. 그리고 론 핸디가 마지막으로 만난 사람은 여전히 맬로리였다. 이 사실을 맬로리도 안다.

"네, 론. 저예요."

맬로리는 자신의 목소리에서 느껴지는 필사적인 느낌에 겁이 덜컥 난다. 올림피아와 톰이 3호 방갈로에 안전하게 머물러 있음을 확인했던가? 너무 급하게 서둘러 떠났나?

연속으로 들려오는 딸각거리는 소리가 론이 과거에 잠긴 문을 여는 중이라는 사실을 알려준다. 이제는 통로를 막고 있는 작은 물건들을 천 개쯤 치우는 듯한 소리가 들린다.

딸각거리는 소리가 가깝게 들린다. 흡사 시커먼 공기 같은 것이 말을 건다. 갑갑하기도 하고. 시큼하기도 하다. 창문 하나 없는 집의 문이 열릴 때 풍기는 씻지 않은 남자의 냄새.

"맬로리!"

그의 목소리에 흥분과 피로감이 뒤섞여 있다. 단 한 마디지만 10년 전 맬로리가 느꼈던 고상한 억양이 느껴진다. 그녀는 론이 구세계에서 '잇속 빠른' 사람으로 불렸으리라 짐작한다.

"잘 지냈어요, 론?" 맬로리가 인사를 건넨다. "시간 있어요?"

론이 웃음을 터트린다. 왜냐하면 우스우니까. 밖이 전혀 보이지 않는 벙커에서 홀로 지내는 론이 가진 것이라고는 시간뿐이니까.

"친한 친구들 가족이 오기로 했는데 좀 늦으려나 봐요." 그가 대답한다. "크럼핏 빵 먹을 시간 정도는 있어요."

맬로리는 웃고 싶다. 론 핸디가 공포에 대해 농담을 하듯 자신도 재치 있게 웃음을 주고 싶다. 하지만 희망이 죽기만을 기다리는 독수리처럼 부모님의 이름이 머릿속에서 맴돌고 있다.

"신경 쓰이는 일이 있어요?" 론이 묻는다. "꼬맹이들에게 무슨 문제라도? 이제 다 커서 꼬맹이도 아니겠지만요."

"누구 찾아온 사람이 있어요, 론? 인구조사차 들렀다고 주장하는 남자."

맬로리는 상대의 얼굴이 안 보이지만 이 질문에 그가 겁을 먹을 것이라 짐작한다. 자기소개를 한 낯선 사람이라는 말만으로도 론 핸디가 말 한 마디 없이 곧장 집 안으로 숨어버리기에 충분하다.

하지만 그는 거기에 남아 있다. 론 핸디가 다시 입을 열자 맬로리는 그의 목소리에서 안으로 들어가지 않으려고 애를 쓰는 기색을 느낀다.

"아뇨. 내가 잠깐 잠이 들었다면 몰라도. 인구조사원이 내 머릿속으로 너무 깊숙이 들어오는 바람에 노크 소리를 환청이라고 생각했을지도 모르죠." 하지만 그의 농담은 맬로리에게 닿지 못하고 속절없이 추락한다. 론이 말했다. "안으로 들어오지 않을래요? 요즘은 바깥세상이 영 마음에 들지 않네요."

맬로리는 안대로 눈을 가린 채 여전히 충격으로 얼떨떨하고 초조한 상태로 집 안으로 발을 들인다. 그가 나오면서 치운 물건들을 다 문 쪽으로 되돌리는 동안 맬로리는 잠시 기다린다.

"나는 원래 사무실에서 지냈어요." 론이 이야기한다. "그런데 유독 창문이 있다는 게 영 신경이 쓰이지 뭐예요. 창문을 스무 겹이 넘게 덮었지만 그냥…… 창문이 마음에 들지 않더라고요."

론이 맬로리의 손을 건드리자 그녀는 하마터면 비명을 지를 뻔한다.

"그래서 거처를 옮겼어요. 지금은 비품 창고로 쓰던 곳에서 지내죠. 필터와 로터. 오일 캔. 오일을 마셔볼까 생각한 적이 한 번도 없다는 말은 못 하겠네요."

"론……."

"음, 왜요? 나는 신세계를 도무지 받아들이지 못하겠어요. 뭐 상관은 없지만."

그가 맬로리의 손을 잡아끌며 더 안쪽으로 들어간다. 집 안을 돌아다니기는 예전보다 더 편하다. 움직이는 길목에 잡동사니가 더 적어졌기 때문이다. 맬로리는 이렇게 사는 남자조차 세월이 흐르면 집을 조금이라도 살기 편하게 바꾸어야 하는구나 싶다.

하지만 건물에서 나는 악취는 훨씬 더 심해졌다. 가솔린과 땀. 소변을 비롯한 온갖 것들.

맬로리가 그를 따라 복도라고 할 만한 장소를 지나가는데 사실 그래봐야 잡동사니 더미 사이로 난 좁은 통로에 불과하다.

"다 왔어요." 그가 마침내 말한다.

맬로리는 부모님을 떠올린다.

불가능하다.

"한잔 할래요?" 론이 묻는다. "위스키가 조금 남아 있어요. 지금까지 그걸 마실 이유를 못 찾았거든요."

"고맙지만 괜찮아요." 맬로리가 말한다.

"그럼, 적어도 앉기라도 해요. 내게 의자가 두 개라는 사실이 믿어져요? 쓸데없는 일이죠. 그런데 내가 혼자가 아니라는 생각이 들 때가 가끔 있어요."

그가 맬로리의 다른 손을 잡으려고 하지만 대신 종이 더미가 만져진다.

"이게 뭐예요?" 그가 몹시 의심스러워하는 목소리로 묻는다.

"인구조사를 하러 왔던 남자가 우리 집 현관에 이걸 두고 갔어요. 그래서 온 거예요."

론이 당장 나가라고 할 것 같다. 하지만 그는 말없이 맬로리의 다른 손을 붙잡고 나무 의자로 데려간다.

맬로리는 앉기는 하지만 좀처럼 가만히 있을 수가 없다.

"기차에 대해서 혹시 아는 게 있어요, 론?"

문득 이 무슨 미친 짓인가 싶다. 얼마나 필사적이면 다른 사람의 의견에 기대려 할까. 론 핸디는 몇 년 동안 이 주유소에서 단 한 걸음도 나가지 않았다.

"눈 없는 기차." 론이 말한다. "들은 적이 있어요."

맬로리의 목소리가 생각보다 더 빨라진다.

"그 기차에 대해서 뭘 알죠?"

"먼저 내가 기차 이야기를 어디에서 들었는지 말해야겠군요." 그가 말한다. "하지만 미리 말해두는데…… 내가 지금 재생하려는 것 때문에 모골이 송연해진다는 사실을 알아둬요. 오래 듣지는 않을 거예요. 그놈들을 보기만 해도 미쳐버린다면…… 그놈들이 내는 소리에는 어떻게 될지 누가 알겠어요?"

맬로리가 장갑을 낀 손으로 긴소매를 문지른다. 문득 맹인학교에서 칼을 들고 뛰어가던 붉은 머리의 아네트가 생각난다.

라디오가 치직거린다. 맬로리가 몸을 움츠린다. 무슨 말을 하려는데 멀리서 목소리가 들린다. 남자가 말한다. "……**예전에는 그걸 정말 즐겼어요!**"

다음 순간 라디오가 다시 침묵한다.

"이제 알겠죠." 론이 말한다. "내가 보기만큼 외부와 단절된 건 아니라는 사실을. 기차 **이야기**는 이 라디오로 들었어요. 방금 당신이 한 질문은 아까 만져진 종이 더미와 관련이 있겠군요."

"맞아요."

"그걸 읽어보라고 가져왔군요. 그럼 당연히 안대를 풀어야 할 테고요."

맬로리는 더 이상 시간을 끌지 않는다. 조금만 더 지체하면 남자가 현관에 두고 간 것을 론이 읽지 않으려 할 것 같은 예감이 든다. 그리고 맬로리를 집에서 내보낼 핑곗거리를 찾아낼 것이다.

"여기에 생존자 명단이 있어요. 도시와 주 별로 정리되어 있죠."

"정말이에요?"

"네. 그리고 생존자 명단에 제 부모님이 있어요."

"오…… 맬로리……."

맬로리는 그의 목소리에서 연민을 듣는다. 이윽고 빈 잔에 알코올을 따르는 소리가 실로 오랜만에 들린다.

"자, 마셔요." 론이 말한다. "나는 당신이 어디 안 좋은 줄 알았어요. 당신, **정말** 한잔 해야겠어요. 그리고 내가 안대를 풀면…… 나도 한잔 마셔야 할 거예요."

맬로리는 론 핸디의 얼굴을 본 적이 없다. 오직 목소리만 들었다. 그의 주유소 안에서건 밖에서건 열 번도 넘게 이야기를 나누었지만 맬로리는 한 번도 안대를 풀지 않았다. 론이 그렇게 해달라고 했다. 자신을 보호하기 위해.

맬로리는 손등에 닿는 잔의 감촉을 느낀다. 그러자 잔을 받아든다.

"그럼 준비됐어요?" 론이 묻는다.

맬로리가 듣기에 론의 목소리에서는 여전히 조심스러움이 느껴진다. 그가 긴장하고 있다. 맬로리도 긴장하고 있다. 이제 안대를 풀면 무엇을 보게 될까? 론 핸디는 어떻게 생겼을까?

"당신은 안대를 풀 필요가 없어요." 맬로리가 말한다.

"하지만 그러고 싶어요." 론이 대답한다.

맬로리의 귀에 그가 숨을 깊이 들이쉬는 소리가 들린다. 일어서는 소리가 난다.

"오 세상에." 그가 말한다. "당신 정말 예쁘네요. 꿈의 여인과 이렇게 가까운 데 살고 있었을 줄은 몰랐어요." 잠시 후. "신소매 후드 티를 입고 있네요. 이렇게 더운 날에. 그것들이 당신을 만질까 봐 걱정하고 있군요."

맬로리가 안대를 푼다. 론 핸디는 늘 상상했던 것보다 덩치가 더 크다. 겁을 먹은 덩치 큰 아이 같다. 두 사람이 어색한 미소를 주고받는다.

"맞아요."

"맹인인데도 미쳐버린 여자 이야기를 했었죠. 그 생각을 떨쳐버릴 수가 없는 거죠?"

"맞아요."

"이해해요."

두 사람은 잠시 서로를 응시한다. 서로의 얼굴을 찬찬히 살핀다. 맬로리는 그의 얼굴에서 공포와 피로감을 읽는다. 구세계에서 론 핸디는 부자였을지 모르겠다.

"고마워요." 맬로리가 말한다. "예쁘다고 해줘서요. 십 대 아이들과 살다 보니……. 그런 칭찬은 정말 오랜만에 들어요."

론이 그녀에게 잔을 내민다. 두 사람이 건배를 한다.

"동료를 위해." 그가 말한다. "그놈들이 우리에게서 아무리 이성을 빼앗아 가려고 해도 제정신을 잃지 않을 우리를 위해."

두 사람이 술을 들이켠다.

맬로리가 그를 에워싸고 있는 어마어마한 양의 물건들을 보며 감탄한다. 온갖 잡동사니가 바닥에서 천장까지 쌓여 있다. 라디오가 보인다. 간이침대 하나. 전선과 공구가 든 상자들. 통조림과 담요. 페인트 통과 잡지, 가솔린. 론은 접이식 안락의자 옆에 서 있다. 그는 스포츠 재킷과 반바지 차림이다.

"내가 앞으로 살게 될 거라 상상했던 곳은 아니죠." 론이 미소 짓는다. "하지만 누가 알겠어요……. 결과적으로 더 좋은 곳일지 모르잖아요!"

그가 웃음을 터트린다. 맬로리도 따라 웃고 싶지만 웃음이 나오지 않는다.

샘과 메리 월시.

지금 움직이지 않으면 맬로리는 두 사람이 들이쉬는 마지막 숨을 놓칠 것만 같다.

"거기에 사진은 없어요?" 론이 종이 묶음을 보며 묻는다. 맬로리는 그의 눈에 서린 공포를 본다. 교활함. 두려움.

"아뇨. 나도 그럴까 봐 걱정했어요. 여기에 있는 것은 메모와 표뿐이에요."

"그것 말고 뭐가 있어요?"

"많이 있어요."

론이 고개를 끄덕인다. 그가 맬로리의 눈을 들여다본다.

"나는 왜 이렇게 두려울까요?"

맬로리는 지난 10년, 아니, 더 긴 세월 동안 한 번도 느끼지 못했던 감정을 경험한다. 성인과의 유대감. 눈가가 촉촉이 젖을 정도로 가슴이 뭉클하다. 하지만 맬로리는 눈물을 꾹 참는다.

맬로리가 기록물을 론에게 내민다.

"기차에 대한 기록은 맨 위에 있어요." 그녀가 말한다.

론의 시선이 종이 더미로 향한다. 그가 술을 한 모금 마신다.

"음, 나는 이런 일이 일어날 것만 같았어요."

"어떤 일이요?"

그가 미소 짓는다. "무슨 수를 써서라도 신세계를 피하려 하겠죠. 하지만 신세계는 조만간 어떤 모습으로든 찾아와서 문을 두드릴 거예요."

인구조사를 하러 왔던 남자가 생각난다. 론이 눈을 가늘게 뜨고 맨 위에 올려놓은 페이지를 읽는다. 그러더니 고개를 끄덕인다.

"라디오에서 기차가 운행 중이라고 했어요. 진행자라고 부를 수 있을지 모르겠지만, 사실 그 사람뿐이거든요. 그래서 이것저것 전부 다 하죠. 다만 자신은 기차를 타본 적이 없다더군요."

"그 사람은 기차에 대해서 뭘 알고 있죠?"

"안전하다고 생각하지 않는다고 했어요."

"왜죠?"

"아마도 눈이 없기 때문이 아닐까요, 맬로리."

론이 그녀를 바라본다. 재미있으라고 한 이야기이리라. 하지만 맬로리는 잘 모르겠다. 그런 것 같기도 하다.

"그래." 론이 다시 읽으며 말한다. "랜싱. 내가 들었을 때는 이스트 랜싱이라고 했지만요. 알다시피, 랜싱과 이스트 랜싱은 달라요."

"알아요."

대학 도시. 농대. 미시간 주.

"여기에서 이스트 랜싱까지 얼마나 걸리죠?" 맬로리가 묻는다.

하지만 론은 여전히 기록물에 집중하고 있다.

"이 기록 정말 흥미롭네요." 그가 말한다. "그러니까 운명이 예정해둔 길들 말이에요. 기차선로. 이 논리라면 신세계에서 안전한 여행 방식은 롤러코스터밖에 없겠군요. 시더 포인트(오하이오 주에 있는 놀이공원—옮긴이)를 보고 싶어요, 맬로리?"

론은 맬로리가 억지미소를 지어야 할 정도로 그녀의 얼굴을 빤히 바라보지는 않는다.

"얼마나 멀죠?" 맬로리가 다시 묻는다.

"50킬로미터 정도 될 거예요. 출발하기 전에 얼마나 걸리는지를 확실히 해두고 싶겠군요."

맬로리는 세상이 가라앉는 것만 같다. 그녀가 느끼는 희망, 도저히 거부할 수 없는 희망이 여기저기서 한 줌 재로 변해간다. 그녀는 거의 자리에서 일어나 있다. 론은 앉는다.

"50킬로미터라니요." 그녀가 말한다. "아…… 도저히 안 되겠군요."

론이 고개를 끄덕인다. "힘들 거예요. 당신이 강을 타고 30킬로미터를 내려갔다는 이야기에도 정말 감탄이 나왔어요."

"젠장."

맬로리가 론을 보자 그도 마주 본다. 내심 맬로리가 결단을 내릴까, 하고 호기심 어린 표정으로 지켜보는 것 같다. 마치 용감한 행동을 하기 위해 무엇을 걸어야 하는지 궁금해하는 사람처럼.

"구세계에서 50킬로미터는 도보로 여덟 시간가량 걸렸을 거예요. 1킬로미터당 10분 걸린다는 말이죠."

"앞을 보면서요." 맬로리가 말한다. "그리고 직선으로 걸었겠죠."

"그러니 두 배. 세 배. 어쩌면 더 오래 걸릴지도. 내 생각에 시훌은 걸릴 거예요."

맬로리가 생각에 잠긴다.

"굳이 초를 치고 싶은 생각은 없지만." 론이 말한다. "기차가 아직도 거기에 있다고 장담은 할 수 없어요. 있다 한들 얼마나 자주 다니는지도 모르고요. 그런 기차를 움직일 생각을 하는 사람들이 어떤 부류일지도 모를 일이죠."

마치 론이 방금 블랙홀을 손에 쥐여준 것처럼 앞이 캄캄하고 두려움이 밀려온다.

론이 몸을 앞으로 내밀자 의자가 삐걱거린다. "이런 세상에서 기차를 움직일 정도로 자신을 믿는 사람들을 생각해봐요. 당신 같으면 도저히 할 수 없는 일 같지 않아요?"

맬로리에게 광기가 보이는 듯하다. 기관차에 앉은 아네트. 표를 확인하며 객차에서 객차를 오고가는 개리.

"그래요." 맬로리가 대답한다. 이 이야기는 이제 그만하자는 느낌을 전달하고 싶다. 하지만 그런 뉘앙스는 느껴지지 않는다. 그녀의 목소리에서도. 그녀의 심장에서도.

"잠깐만요." 론이 말한다. "우리 포기하기 전에 조금만 더 읽고 이야기해봐요. 알았죠?"

맬로리가 일어선다. 론이 기록을 훑어 내리는 동안 서성거린다. 탁구공이 오가듯 생각이 휙휙 이어지고 그 사이로 햇살 속에서 정원을 가꾸는 엄마와 아빠의 이미지들이 튀어나온다. 아직도. 살아 계시다. 딸이 지금 숨을 쉬며 멀쩡한 정신으로 당신들을 생각하고 있을 줄은 꿈에도 모른 채.

오, 손자와 손녀를 데리고 두 분에게 찾아가서 무엇을 해드릴 수 있을까.

맬로리가 의자에 기대앉는다. 그러더니 다시 일어선다. 잠시 후 다시 앉는다. 아빠는 장작을 잘 패셨다. 두 분 다 요리 솜씨가 좋았다. 두 분 다 땅을 일굴 줄 아셨다. 왜 세인트이그네이스로 가시겠는가?

누군가 그쪽으로 데려갔나? 억지로 떠나게 했나? 설령 세인트이그네이스에 간다고 한들 어떻게 두 분을 찾을 것이라고 확신할 수 있을까.

인구조사를 한다던 남자는 두 분을 찾았다.

이런 생각은 좋다. 무엇보다 명료하고 뭔가 의미가 있다.

"더 안전한 방." 론이 말한다. 맬로리가 바라보니 그는 종이 더미에 더 깊이 빠져 있다. "이 이야기 읽었어요? 터무니없군……."

"더 안전한 방이요?" 맬로리가 되묻는다.

론은 미소 짓고 있지만 어느새 표정이 진지해졌다. 맬로리는 그가 더 이상 농담을 하지 않으리라 생각한다.

"여기 쓰여 있기로는, **땅에 폭이 3미터고 깊이가 2미터인 구덩이들이 있다. 안전을 도모하는 벙커들. 크리처가 기승을 부린다면……. 음, 이 이야기**는 마음에 안 드네."

맬로리는 론에게 걱정하지 말라고 말하고 싶다. 그는 이 주유소에서 10년을 살아남은 사람이다. 더 안전한 방에 대해 고민할 필요가 없다. 바깥세상에 대해 아예 생각할 필요가 없다. 맬로리는 그의 눈에서 점점 짙어지는 공포를 본다. 그가 술을 한 보금 너 바시면서 잔 위로 맬로리를 바라보는 모습을 본다. 맬로리가 여기 있다는 사실에 갑자기 화가 난 것처럼.

"꼭 무덤 같네요." 맬로리가 말한다. 론 핸디가 영리한 사람이라는 사실을 알기에 한 말이다. 두려움을 달래주려고 이런 말을 한다는 것을 론이라면 알 것이다.

"정말 그래요. 난 지하 벙커는 필요 없어요." 그가 말한다. "내 벙커는 높이 떠 있으면 좋겠어요."

결국 또 농담이다. 좋다. 론이 읽는다. 맬로리는 기록을 어느 정도 읽은 후 론에게 미리 경고를 해야 했다고 생각한다. 하지만 너무 늦었다.

"오, 세상에." 론이 말한다. "오, **말도 안 돼.**"

그가 기름으로 얼룩진 바닥으로 종이를 던진다. 그리고 입고 있는 재킷에 양손을 문지른다. 그의 눈에는 맬로리가 오랫동안 보지 못했던 두려움이 서려 있다. 예전 실링엄 레인의 동거인들에게서도 지금 론처럼 두려워하는 모습을 본 기억이 없다.

"봤어요?" 이렇게 묻는 론의 목소리는 한 옥타브가 높다.

"보다니, 뭘요?" 맬로리가 되묻는다. 그녀는 그림을 떠올리지 않으려 한다. 사진도. 맬로리는 기록 더미에서 무엇을 놓친 걸까?

하지만 론의 말은 그런 것과 관계가 없다.

"누군가…… 한 마리를 **잡았다**고 한 부분?"

"그냥 소문일 뿐이에요." 맬로리가 재빨리 대꾸한다. "말도 안 되는 소리예요."

"하지만 잡아보려고 **시도**했다니?"

론은 페인트 통 더미에 잔을 내려놓는다. 다시 재킷에 양손을 문지른다. 크리처를 잡을 수 있을 거라고 주장하는 내용이 적힌 종이를 만졌다는 사실이 지워지기라도 할 듯이 말이다.

"오, 맬로리." 그가 말한다. "이건 받아들이기 너무 힘들어요. 이 내용 전부 다 말이에요. **압도될 수밖에 없는** 내용들이에요."

"미안해요, 론." 맬로리가 말한다. 그녀는 가야 한다. 일어서서 여길 떠나야 한다. 대체 왜 왔을까?

"내 누이의 이름도 여기 있어요." 론이 갑자기 말한다.

"뭐라고요?"

그가 일어서더니 등을 돌리고 선다.

"내 누이의 **이름**이요, 맬로리." 소리를 지르다시피 한다.

"생존자 명단에?" 맬로리가 묻는다. 그녀는 론이 던져버린 기록물을 본다.

"**그래요**. 내 누이도 명단에 있어요. 이 말이 그렇게 이해하기 어려워요? **내 누이가 명단에 있다고!**"

맬로리는 말문이 막힌다. 그녀는 자신의 혈육에 대한 소식조차 아직 제대로 받아들이지 못한 상황이다.

맬로리가 허리를 숙여 기록물을 집어 든다.

"세상에." 론이 말한다. "세상에, 오, 하느님, 맙소사."

맬로리는 허벅지에 놓인 기록물을 읽지 않는다. 단지 론의 감정을 느낄 뿐이다. 슬픔, 쓸모없음. 이 남자는 크리처들이 나타난 세상에서 누이가 살아남았다는 사실을 이제 막 알게 되었다. 여기 피해망상에 찌든 은둔자는 신세계로 모험을 떠날 가치가 있다는 말을 했다.

론이 다시 앉는다. 미소를 짓고 있지만 외려 그런 표정에 맬로리는 두려움이 밀려온다. 그의 두 눈이 새까만 천으로 만들어진 것 같다. 앞에 있는 맬로리는 포착하지 못하는 것 같다.

그가 손으로 의자의 손잡이를 훑는다. 이어 안대를 집어 들더니 미소를 지으며 다시 머리에 맨다.

맬로리는 무슨 말을 해야 할지 알 수가 없다. 아무 말도 하지 않는 편이 낫겠다. 그냥 가야 한다.

"나를 집으로 들여보내줘서 고마웠어요, 론." 그녀가 말한다. 그러더니 꼭 물어보아야 할 것 같아서 이렇게 묻는다. "기차를 타고 누이를 만나러 갈 거예요?"

"네?" 론은 맬로리가 무슨 이야기를 하는지 모르겠다는 투로 대꾸한다. 몇 시간 전 맬로리가 어떤 주제를 꺼냈는데, 사소한 거라 잊어버리고 더 중요한 문제들 사이에 파묻혀 있었다는 듯. "오, 그거요? 그럴 일은 없을 거예요. 누이는 소가턱의 생존자로 기록되어 있어요. 여기에서 남쪽."

맬로리는 기다린다. 하지만 말을 참을 수 없다.

"어쩌면……." 그녀가 말을 시작한다. "어쩌면 당신에게도 좋은 일일지 몰라요……. 그러니까……."

론이 불쑥 손을 뻗어 아마추어 무선 방송 라디오의 볼륨을 확 키운다. 그는 부산하게 움직이고 라디오 소리는 요란하고 맬로리는 술이 아직 남아 있는 잔을 벌써 바닥에 내려놓고 일어서는 중이다.

론이 다이얼을 이리저리 돌린다. 맬로리에게 무슨 말을 하고 있다. 맬로리는 그의 입술이 움직이는 모습을 볼 수 있지만 라디오가 단어를 빨아들인다.

맬로리는 그에게 고마움을 전하고 싶다. 그에게 오늘은 누이를 찾으러 갈 필요가 없다고 말해주고 싶다. 내일 떠나도 된다. 언제든 하고 싶을 때 하고 싶은 일을 하면 된다. 론은 그럴 자격이 있다.

누이를 아예 찾으러 가지 않아도 된다.

하지만…….

하지만 그는 떠나야만 한다.

바로 그때 맬로리의 뇌리를 강하게 때리는, 무에서 폭발하듯 쏟아져 나온 진실. 그래, 론 핸디는 누이를 찾으러 떠나야 한다. 그러지 않으면 아무런 목적의식도 없고 목표도 없는 불결한 감옥 같은 곳에서 이대로 서서히 죽어갈 것이다.

문득 모든 것이 선명해지면서 맬로리는 자신이 부모님을 찾으러 떠나리라 확신한다.

이 결정을 얼른 실행에 옮기고 싶은 마음에 숨조차 쉴 수 없다.

그녀가 안대를 단단히 묶는다. 그때 라디오에서 들리는 목소리. 여자다.

그것들은 예전에 비해서 더 키가 커지지는 않았어요……. 하지만 옆으로는 불어났죠. 더 많은 공간을 차지해요…….

론이 라디오를 걷어찬다.

"오, 가버려!" 그가 소리친다. 그런데 크리처에게 하는 말일까?

아니면 맬로리에게? "그 기차를 타요." 이번에는 라디오의 볼륨을 낮추며 말한다. "제발, 맬로리. 우리 둘을 위해서. 기차를 타요."

맬로리는 론의 눈을 보지 않아도 그가 울고 있다는 사실을 깨닫는다.

"그런 거예요." 맬로리가 대답한다. 그녀 역시 눈을 감은 채로 눈물을 흘린다. "론, 미안해요. 나 때문에 기분이 상했죠. 오늘 이런 일을 당할 짓을 한 것도 아닌데. 정말 미안해요."

"기차를 타요, 맬로리."

그러더니 그것이 앞으로도 살아남을 유일한 길이라는 듯, 이만큼 살아 있을 수 있는 비결이라는 듯이 웃음을 터트린다.

"자, 이제 그만 가요." 다시 찾은 가벼운 분위기. "친구들이 찾아올 거라 몸단장을 해야 하니까."

"고마워요, 론."

맬로리는 눈 없는 기차를 떠올린다. 그리고 여기와 저기 사이의 거리도. 그녀 앞으로 50킬로미터라는 거리가 땅에 떨어진 실타래처럼, 단단히 붙잡고 있던 손가락에서 술술 풀려나와 다시는 완벽하게 감기지 않은 실처럼 풀려간다.

기차를 타러 가자.

기차를 타자.

부모님에게 가자.

"맬로리?" 론이 부른다. 마치 그녀가 아직도 여기 있는지 잘 모르겠다는 듯.

"네?"

"괜찮다면 이 빌어먹을 기록물도 가져가요. 내가 그런 글을 읽었다고 다른 사람들이 생각하는 것조차 싫어요. 나는 점잖은 남자잖아요. 학자죠. 우리 같은 사색가들은 제일 잘하는 일을 계속하는 게 중요해요. 평화롭게. 그리고 홀로. 언젠가 반드시 들이닥칠 죽음을 기다리기."

6

톰은 가방 하나에 짐을 싼다. 사실 두 개는 가져가고 싶다. 가져가고 싶은 물건이 너무 많다. 제 발명품을 실험해볼 수 있는 곳으로 진짜 세상만 한 데가 어디 있겠는가. 톰은 맬로리 몰래 몇 가지 물건을 숨겨 갈 작정이다. 그것들을 가방에 다 넣을 수 없다면, 갈아입을 바지며 신발은 물론이고 음식조차 무슨 의미가 있나 싶다.

맬로리는 지금 본관 건물에서 톰과 올림피아에게 '긴 여행'이 될 거라고 말했고 통조림을 급히 모으는 중이다. 두 아이는 10년 전에 야딘 캠프장에 도착한 후로 멀리 떠난 적이 없었다. 톰은 그 강을 아직도 또렷이 기억한다. 맹인학교. 결국 여기에 이른 구불구불하고도 길었던 여로. 그리고 이 집. 집**이었던** 곳. 톰은 이곳의 모든 소리를 안다. 삐걱거리는 소리며 나무들 사이를 지나는 바람 소리, 호수의 수면을 가로지르는 바람 소리. 맬로리는 본관에 간다고 톰에게 알릴 필요가 없었다. 말없이 그냥 나가더라도 톰은 바깥 소리를 들을 것이다. 본관의 문이 열리고 맬로리가 들어간 직

후 문이 닫히는 소리를 막 들었듯이.

"너 무서워?" 올림피아가 묻는다.

톰은 저쪽에 있는 올림피아를 바라본다. 방갈로에서 올림피아의 침대는 저 맞은편 벽에 붙어 있다. 지난 2년 동안 두 아이가 합의한 거리.

"무슨 소리야?" 그가 되묻는다. 하지만 톰은 두려움을 숨길 수 없다. 목소리가 떨린다. 게다가 올림피아는 아무도 볼 수 없는 상대의 마음을 꿰뚫어 보는 것 같다.

올림피아는 대답하지 않는다. 다만 그들이 막 들어가려는 세상에 만연한 공포를 강조하려는 듯이 진지한 표정을 지을 뿐. 이런 순간이면 올림피아는 피가 조금도 섞이지 않았음에도 톰보다 더 맬로리를 쏙 빼닮은 것 같다.

"무서워 죽겠어." 톰이 말한다. 그는 간이침대 옆에 무릎을 꿇고 앉아 침대 아래 넣어둔 발명품들을 노려보고 있다. 그중 하나는 예전에 사람들이 일식이나 월식을 볼 때 썼던 뷰파인더와 매우 흡사하다. 인구조사차 왔다던 남자가 두고 간 기록물에 광기를 불러일으킨, 비슷한 장치에 대한 글이 적혀 있었다는 사실이 계속 신경이 쓰인다. 제대로 작동하지 않은 것들 가운데 내심 자랑스러워한 것이 또 무엇이 있는지 계속 생각을 더듬을 수밖에 없다. 하지만 이런 생각들을 얼른 머리에서 몰아낸다. 톰은 서둘러 사무실에 걸려 있던 양면 거울 잔해를 치우고 다른 물건들을 향해 손을 뻗는다.

"엄마는 우리의 귀가 몹시 필요하실 거야." 올림피아가 말한다.

"알아."

"다른 방식으로도 우리의 도움이 필요하실 테고."

톰이 올림피아를 보지 않은 채 되묻는다. "무슨 말이야?"

"엄마가 감정적으로 많이 힘드실 거라는 뜻이야."

"넌 책을 너무 많이 읽은 것 같아, 올림피아."

"이봐, 나는 진지해."

"감정? 엄마에게 감정이라는 게 정말 있다고 생각하니? 엄마는 온통 안대 생각뿐이셔."

톰이 바닥에서 헬멧을 들어올린다. 원래 이 헬멧의 얼굴가리개 스위치를 누르면 눈 부위가 가려진다. 하지만 지금은 작동하지 않는다.

"농담하니?" 올림피아가 묻는다. "농담이라고 말해줘."

"엄마는 철저히 규칙대로 사시는 분이야." 톰이 말한다. "그런 삶에 발명 같은 게 들어갈 공간은 없어."

"엄마는 안대에 매여서 사시지, 맞아." 올림피아가 말한다. "그건 우리도 마찬가지야."

"그래?" 이제 톰은 올림피아의 얼굴을 마주 본다. "우리는 이런 세상에서 **자랐어**, 올림피아. 엄마보다 우리가 이 세상을 더 잘 안다고 생각하지 않니?"

올림피아의 두 볼은 톰이 도발할 때면 으레 그렇듯 붉게 상기된다.

"톰. 내 말 잘 들어. 오늘은 네 주장을 내세우며 맞서서는 안 되는 날이야. 엄마는 지금 죽을 정도로 겁에 질렸어. 우리는 걸어서

50킬로미터를 가야 하고. 얼마나 먼 거리인지 넌 아니?"

"우리는 맹인학교에서 그보다 더 멀리 떨어진 곳까지 왔어. 전에도 해봤다고. 그래도 괜찮았어."

"그리고 안대를 하고 있었지."

톰이 자신의 발명품들을 다시 본다. 벤트처럼 착용해서 몸보다 먼저 뭔가에 닿게 한 훌라후프. 축 늘어뜨려서 몸에 걸고 다녔던 플라스틱 튜브.

"맞아." 톰은 올림피아와 오래 말싸움을 하지 않는 편이 최선이다 싶어 선선이 대답한다. 올림피아는 한 번 발동이 걸리면 멈추기 쉽지 않기 때문이다. "너는 뭘 가져갈 거야?"

"옷. 도구. 더도 덜도 말고 엄마가 가져가라고 한 것."

톰이 미소 짓는다.

"하지만 엄마가 허락한 **것만** 챙기진 않았잖아. 또 뭘 넣었어?"

"그런 거 없어."

하지만 있다. 톰은 장담할 수 있다. 올림피아도 비밀이 여러 개 있다.

"책을 가져갈 거지, 안 그래?"

"아니야."

"올림피아……."

톰이 일어서서 방갈로를 가로지른다. 올림피아가 책 몇 권을 침대 밑으로 밀어 넣으려는 순간 그녀를 잡아챈다.

"이거 봐!" 톰이 말한다. "너나 나나 뭐가 다르다는 거야?"

"그만해, 톰."

"말해보라니까."

"왜냐하면 내가 좋아하는 것들은 우리를 위험에 몰아넣지 않으니까. 알겠니?"

"그러셔." 그가 말한다. "웃기지 마."

"톰!"

그가 다시 방갈로를 가로질러 가서 침대 옆에 무릎을 꿇고 앉는다. 침대 아래로 손을 뻗는다.

"네가 다 읽은 책들을 가져갈 수 있다면, **그런 것**들에 귀한 자리를 나눠줄 수 있다면 나도 원하는 걸 챙겨 갈 수 있어."

"네가 그래선 안 된다는 말이 아니잖아."

"그렇게 생각했잖아."

그때 톰이 뭔가를 찾아낸다. 침대 아래 깊숙한 곳에서. 직접 만든 안경.

맬로리가 직접 확인하지 않는다면 톰과 올림피아가 무엇을 챙겨 가는지 모를 것이다. 그리고 맬로리가 확인을 해본다 해도 어떻게든 싸워서 지켜내면 된다.

"나는 무서워." 올림피아가 말한다.

톰이 대담해져서 올림피아를 다시 돌아본다.

"우리는 평생 안대를 하고 살았어."

"그렇지도." 올림피아가 대꾸한다. "하지만 크리처 상황이 훨씬 더 심각해졌어."

"정말?" 하지만 톰도 그런 사실을 알고 있다.

"요즘 훨씬 많아졌어." 올림피아가 대답한다.

"그만해. 그리고 이런 이야기는 엄마 앞에서 하지 마. 지금보다 우리에게 훨씬 더 엄하게 대하실 거니까."

"우리는 기차를 한 번도 안 타봤잖아." 올림피아가 말한다.

"그래. 그래서?"

"기차에 대해서 읽었어. 엄청 크다더라. 사람들을 잔뜩 태우고 간대. 그러니까 많은 사람이 잘못될 수도 있어."

"기차가 위험하다면 엄마는 아예 탈 생각조차 안 하실 거야."

"아닐걸." 올림피아가 말한다. "엄마의 부모님을 찾으러 가는 길이니까."

멀리서 본관의 문이 열리고 다시 닫히는 소리가 난다.

"두 분이 살아 계실까?" 톰이 묻는다.

두 아이는 해답을 찾아 상대의 얼굴을 살핀다. 저 멀리에 난 풀들이 맬로리의 부츠에 납작하게 눌린다. 두 아이에게는 또렷이 들릴 정도로 큰 소리가 난다.

"그랬으면 좋겠어." 올림피아가 말한다. "하지만 살아 계실 것 같지 않아."

"올림피아……."

"생존자 명단을 작성한 지 얼마나 됐건 살아 계실 것 같지 않아."

"아닐 수도 있잖아?"

"내 말은…… 엄마는 두 분이 살아 계시기를 **원하신다**는 거야. 무슨 말인지 알겠니? 나는 어떤 일을 너무나 간절히 원하는 바람에 정말로 일어났다고 믿게 된 사람들 이야기를 책에서 읽은 적이 있어."

"하지만 거기 적힌 이름들은……."

"알아." 올림피아가 말한다. "내가 말했다시피 나도 살아 계시면 좋겠어. 다만—."

맬로리가 문을 세게 두드리는 소리에 올림피아가 말을 멈춘다.

"애들아! 눈 감았니?"

"네." 톰이 대답한다. 그리고 눈을 감는다.

"네." 올림피아가 대답한다.

문이 삐걱 열리고 맬로리가 안으로 들어온다. 순간 톰은 엄마의 호흡 소리에서 활력을 듣는다. 맬로리가 말을 시작하자 톰은 정말 오랜만에 엄마의 목소리에서 다급함을 느낀다.

"우리가 얼마나 가까이 있지?" 맬로리가 묻는다.

"저는 여기서 짐을 싸는 중이에요." 톰이 대답한다.

"저는 바로 맞은편에 있어요." 올림피아가 대답한다.

맬로리가 눈을 감고는 문 옆에서 빗자루를 집어 들어 바닥을 쓸 듯이 방갈로 안을 훑기 시작한다. 아무리 잠깐이라도 문이 열려 있었던 건 사실이니 말이다.

"구세계에서는 기상예보관이라는 사람들이 있었어. 날씨를 미리 알려주는 사람들."

"비옷도 챙겼어요." 올림피아가 말한다.

"내가 말한 물건들만 빠짐없이 챙겨. 다른 건 가져가면 안 돼."

톰의 귀에 맬로리가 다가오는 소리가 들린다. 그녀가 톰 주위를 비로 쓸더니 이제 침대 아래를 훑는다.

"내가 말한 것 외에 다른 짐을 싼 사람이 있니?"

두 아이는 대답할 때 꾸물대지 않을 정도의 눈치가 있다. 톰이나 올림피아나 자기 자리에서 캠프장의 문 소리를 들을 수 있지만 맬로리는 다른 누구보다 거짓말을 잘 알아챈다.

"아뇨." 톰이 대답한다.

"엄마가 말씀하신 것만 챙겼죠." 올림피아가 말한다.

"좋아." 맬로리가 비질을 멈춘다. "이제 눈을 떠도 좋아."

아이들이 눈을 뜬다.

톰은 맬로리가 얼마나 생기에 넘치는지 깨닫고는 깜짝 놀란다. 두 눈이 추억과 깨달음, 결의로 가득해 반짝거리는 것 같다. 옆에 내려놓은 가방이 빵빵하다. 그녀는 후드 티와 긴 바지를 입고 장갑을 끼고 부츠를 신었다. 한 손에는 방금 푼 안대가 들려 있다.

"내 말 잘 들어." 맬로리가 말한다. "우리는 지금까지 한 번도 해보지 않은 일을 할 거야. 또 한 번도 가지 않은 데로 갈 거야. 지금이야말로 우리는 정말로, **정말로** 서로가 필요해."

맬로리가 설정한 안전 조치들을 능가할 수 있는 유일한 것, 삶의 방식뿐만 아니라 지난 17년 동안 금과옥조처럼 여겼던 삶조차 무색하게 하는 것이 바로 가족이라는 사실을 깨달은 톰은 충격을 받는다.

"우리가 그분들을 못 찾을 수도 있다는 사실을 감당할 준비가 되어 있다는 점을 말해두고 싶어. 아마 찾지 못할 거야. 무슨 말인지 알겠니?"

"네." 톰이 말한다.

"네." 올림피아가 말한다.

"나는 이 일이 실패할 수도 있음을 알고, 각오도 돼 있어. 하지만 우리의 실패는 아니야. 무슨 말인지 알겠니?"

"네."

"네."

"너희가 정말 이해했는지 모르겠구나." 맬로리가 숨을 들이쉬고 잠시 머금었다 다시 내쉰다. 톰의 눈에는 맬로리가 전사처럼 보인다. 그는 제 가방의 표면을 손가락으로 살짝 만진다. 안경은 잘 챙겨 넣었다. 맬로리가 말을 잇는다. "우리가 그분들을 찾아내든 말든 우리가 시도를 했다는 사실만으로 큰 의미가 있어. 대단한 일이지. 바깥세상에는 지금 우리가 하려는 일을 너무 두려워서 하지 못하는 사람들도 있어."

"기차." 올림피아가 말한다.

맬로리가 딸을 흘낏 쳐다본다.

"기차가 걱정되니?" 맬로리가 묻는다. "오, 올림피아. 나도 그래." 그러더니 "너희 중에 혹시 이 계획에 반대하는 사람이 있어?"

톰은 맬로리가 지금까지 그런 가능성은 눈곱만큼도 생각해보지 않았다고 장담할 수 있다. 그녀의 얼굴에 다 쓰여 있다.

"저는 반대하지 않아요." 톰이 말한다. "엄청 들뜨는걸요."

톰이 맬로리의 가방으로 시선을 돌리자 위쪽에 비죽 튀어나온 인구조사 기록물이 보인다.

맬로리가 안 된다며 고개를 가로젓는다.

"들떠서는 안 돼, 톰. 제발이야. 정신을 바짝 차려." 맬로리가 올림피아를 돌아본다. "그러면 너는?"

"저는 두 분이 살아 계시면 좋겠어요." 올림피아가 말한다.

맬로리가 고개를 끄덕인다. 그러더니 자기 쪽으로 오라고 두 아이에게 몸짓을 한다. 아이들이 다가온다. 방갈로 중앙에서 맬로리는 아이들의 손목을 꼭 쥔다.

"이게 올바른 행동이야." 맬로리가 말한다. "내가 다른 도시에서 홀로 살고 있다는 소식을 너희가 들었다고 생각해봐. 너희도 똑같이 행동할 거야, 그렇지?"

"그럼요." 올림피아가 말한다.

"우리는 엄마와 헤어지지 않을 거예요." 톰이 말한다.

맬로리가 다시 깊이 숨을 들이쉰다.

"좋아." 그녀가 말한다. "이제 출발하자. 남은 물건들 챙겨."

맬로리가 톰의 가방을 본다.

"준비는 다 했니?" 맬로리가 물어본다. "불필요한 짐은 안 넣었겠지?"

톰이 고개를 끄덕인다. 맬로리가 고개를 끄덕인다.

"좋아. 저 밖에 지금 몇 마리나 있니?"

"지금요?" 톰이 되묻는다.

올림피아가 방갈로 벽 쪽으로 귀를 향한다. 톰은 가만히 서 있다. 잠시 침묵하며 밖에서 나는 소리를 듣던 두 아이가 동시에 같은 숫자를 말한다.

"한 마리."

"맙소사." 맬로리가 말한다. "우리가 첫발을 내디디려는 순간 한 마리가 나타나다니. 숫자가 계속 늘어나지 않기만을 빌자꾸나."

톰이 가방 지퍼를 채우고 후드 티를 입는다. 머리를 옷 밖으로 빼고 보니 올림피아의 가방도 바닥에 내려져 있다.

"장갑." 맬로리가 말한다.

하지만 두 아이는 이미 장갑을 끼고 있다.

"너희 모두 사랑해." 맬로리가 말한다.

톰은 엄마의 사랑을 느낀다.

그가 다시 맬로리의 가방으로 시선을 돌리자 가방 위로 튀어나온 하얀 종이들이 보인다. 그들을 찾아온 남자가 암시한 이야기가 생각난다. 사로잡은 크리처에 관한 이야기들.

있을 법한 일일까?

"좋아." 맬로리가 말한다. "이제 안대."

모두 안대를 묶는다. 눈을 감고 안대를 얼굴에 꽉 묶는 동안 톰은 자신이 상자를 가지고 산꼭대기에 서 있으면 온 세상 사람들이 상자 안을 들여다보려고 줄을 서는 장면을 상상한다.

자, **보세요**. 톰은 상자 안의 안경, 자신이 직접 고안한 안경을 모두에게 보여줄 것이다.

"자." 맬로리의 목소리에서 히스테리의 기운이 살짝 느껴진다. "이제 출발하자."

모두 3호 방갈로의 문턱을 넘는 순간, 아무도 거기 있다고 자신할 수 없는 기차를 향해 첫발을 내딛는 순간, 톰은 맬로리의 목소리에서 오랫동안 듣지 못했던 뭔가를 듣는다.

위험.

이 사실을 깨닫자 덜컥 겁이 난다. 위험은 의심을 암시하기 때문이다. 맬로리가 절대 드러내지 않는 것이 하나 있다면, 바깥세상으로 나가기로 한 결심에 드리워진 의심이다.

발을 내디디면서 톰은 자신이 엄마보다 젊다고, 훨씬 어리다고 느낀다. 구세계에 대한 엄마의 이야기가 느닷없이 훨씬 더 묵직하게 느껴진다. 이제부터 세 사람은 올림피아의 책에 등장하는 세속적인 인물들과 비슷하게 살아온 사람의 역사를 써나갈 것이다. 이 대목부터는 맬로리가 톰보다 훨씬 더 많이 아는 듯하다. 지금까지 톰은 그 반대라고 굳게 믿었는데.

"가자." 맬로리가 재촉한다.

톰은 맬로리가 바로 자신에게 하는 말이라는 걸 안다.

톰이 귀를 기울인다. 그리고 움직인다. 이 감정을, 자신이 설익었다는 느낌을 아무리 몰아내려고 해도 맬로리의 목소리에서 달그닥거리던 의심을 떨쳐낼 수 없다.

"가자."

위험.

그들은 위험을 감수하고 있다.

아주 큰 위험을.

그가 세상을 바라보는 방식을 바꿀 만큼 큰 위험을.

이미 시작된 변화. 집으로부터 한 걸음.

7

맬로리는 마음속에 차오르는 어둠을 느낀다. 어둠은 그녀를 밀어붙인다기보다 팔과 다리, 목, 코, 눈을 따라 미끄러진다. 그랬다, 단지 감고 있을 뿐만 아니라 안대로 보호하고 있는 눈, 이 눈조차 신세계에 노출된 것만 같다. 어둠, 지금껏 헤쳐온 내면의 어둠이 소매와 부츠, 장갑과 바지 속으로 스멀스멀 스며들어온 것 같다.

샘과 메리 월시. 세인트이그네이스.

도저히 믿을 수 없다.

"후드를 절대 내리지 마."

이미 두 아이에게 이 말을 얼마나 많이 했는지 헤아릴 수도 없다. 10년 전, 지금과 반대로 외부에서 이 숲으로 아이들을 데려왔을 때와 달리 두 아이의 손을 잡지 않는다. 톰과 올림피아는 이제 열여섯 살이다. 때로 두 아이는 앞서거니 뒤서거니 걷고 또 때로는 농산물품평회의 유령의 집에서 컴컴한 복도를 따라 걸어가는 겁에 질린 친구 같은 맬로리를 두고 둘이 나란히 앞장서 걸어간다. 맬로리와 섀넌도 그랬다. 맬로리의 기억이 맞는다면 매년. 톰의 발소리, 올림피아의 안내, 이 세 사람에게서 조금 떨어진 데 있는 뭔가가 내는 소리에 귀를 기울이고 있는 지금도 여전히 섀넌의 웃음소리를 들을 수 있다. 그녀는 농산물품평회장 놀이기구에서, 부스에서, 유령의 집에서 지금 톰과 올림피아가 느낄 유대감에 휩싸여 당시 열여섯 살이던 언니를 찾아 손을 뻗은 기억이 난다.

"애들아?"

"네." 올림피아가 대답한다. "여기 있어요. 엄마. 우리는 계속 길 위에 있어요."

길, 그래. 물론 맬로리가 한 번도 본 적은 없는 길. 한때 셔틀버스가 여름을 맞아 여길 찾은 야영객들을 실어 날랐을 길. 지금쯤 버스 한 대가 나타나 너무 급하게 방향을 트는 바람에 맬로리와 아이들을 치고 지나가는 모습이 불쑥 떠오른다.

하지만 여기 있는 지금 구세계의 공포는 우습기만 하다. 맬로리의 귀는 아이들이 방갈로 밖에 있다고 말한 크리처의 기척에 온 신경을 곤두세우고 있다.

"도로가 멀지 않아요." 톰이 말한다.

맬로리는 이런 사실을 어떻게 소리로 알 수 있는지 물어보지 못한다. 그녀는 아기이던 두 아이가 닭장의 철조망으로 만들어 검은 천으로 덮은 요람 안에서 안대를 한 채 잠을 자던 모습을 절대 지울 수 없을 것이다. 두 아이가 세 살이었을 때 식탁에 앉아서 집 밖에서 들려오는 소리를 크게 키워주는 확성기를 향해 고개를 기울이고 있던 모습을 결코 잊지 못할 것이다.

두 아이가 확성기를 사용하지 않은 지 오래다.

"멈춰." 톰이 말한다.

"괜찮아." 올림피아가 말한다. "아무것도 없어."

"멈춰." 톰이 반복한다.

맬로리가 꼼짝도 않는다. 가방이 등에 딱 붙어 있다. 가방은 가벼워서 50킬로미터는 너끈히 메고 갈 수 있을 것 같다. 그녀는 할 수 있다. 젖 먹던 기운까지 끌어낼 것이다. 맬로리는 자신들의 여정에서 어떤 피난처들, 어떤 버려진 건물들, 어떤 사람들을 만날지 미리 생각하고 싶지 않다.

"얼굴을 가려." 맬로리가 말한다.

맬로리가 장갑 낀 손으로 자신의 얼굴을 가린다. 검은 가죽이 검은색 천으로 만든 안대를 지그시 눌러 또 한 겹의 어둠을 이룬다.

"그것들이 너희를 만지지 못하게 해." 맬로리가 말한다.

누군가 나를 만지면 어떤 일이 일어나는지 알지만 내가 남을 만지면 어떻게 되는지는 모른다. 하지만 맬로리에게는 맹인학교에서 모퉁이를 돌아 나오는 아네트의 이미지가 농산물품평회에 간 자신과 섀넌의 이미지들만큼 생생한 현실이다.

"아무것도 없어." 올림피아가 말한다.

"뭔가 있어." 톰이 말한다. "크리처인지 뭔지는 모르겠지만."

"모른다고?" 맬로리가 되묻는다. 아들의 반응에 겁이 난다. 이제부터 다른 식으로 이동해야 하나? 굳이 캠프장을 떠나야 했나?

뭔가 덤불을 뚫고 지나가자 맬로리가 비명을 지른다. 그녀는 검은 장갑으로 자신의 턱과 입을 막기도 전에 본능적으로 두 아이에게 손을 뻗는다.

"사슴이었어요." 톰이 말한다. 그의 목소리에서 낭패감이 들린다. 올림피아의 판단이 옳았다. "소음측정기를 만들어도 된다고 하셨으면 금방 알 수 있었어요."

'소음측정기'는 톰이 발명에 실패한 물건인데, 캠프장을 에워싼 숲속을 돌아다니는 것을 확인하고 싶어서 고안한 것이었다. 톰은 약간만 손을 보면 작동할 거라고 생각했지만 맬로리는 톰이 시도도 해보기 전에 부숴버렸다.

"지금 그런 이야기나 할 때가 아니야." 맬로리가 마침내 장갑을 낀 손을 내리며 묻는다. "아까 사슴은 멀쩡했니?"

맬로리는 자신의 다리를 물어뜯은 개 빅터를 떠올린다.

"네." 올림피아가 대답한다.

암흑 속에 산 지 10년이 흘렀지만 여전히 동물이 과연 미치는지, 안 미치는지, 그리고 이유는 뭔지 알지 못하고 있다.

맬로리는 자신이 가방에 넣어둔 인구조사 기록물에 관련 정보가 실려 있는지 궁금하다.

잠시 후 세 사람은 맬로리의 예상보다 더 빨리 도로에 도착한다. 론 핸디가 살고 있는 주유소는 왼쪽으로 3킬로미터 떨어져 있다. 하지만 그들은 오른쪽으로 가야 한다. 앞으로 가야 할 수많은 길이 저 동쪽에 있다.

맬로리는 여전히 안대를 한 눈으로 론이 있는 곳을 바라본다. 자신이 만든 어둠 속에 가만히 앉아 있는 론을 상상한다. 그녀가 언니를 생각하는 것처럼 론도 자신의 누이를 생각할까? 그도 자신의 가족을 찾아 남쪽으로 떠나기로 마음먹을까?

맬로리는 그가 결단을 내리기를 간절히 바란다. 하지만 그런 바람은 이루어지지 않으리라.

"행운을 빌어요." 맬로리가 작별 인사를 하듯 나직하게 말한다. 영원한 인사.

맬로리가 다시 길을 향해 몸을 돌리려는데 어깨가 뭔가에 세게 부딪힌다.

그녀는 그대로 얼어붙는다.

이게 뭔지 몰라도 두 아이보다 키가 크다. 맬로리는 크리처와 닿은 흔적을 지워버리기라도 할 듯이 연신 팔을 쓸어내린다.

"얘들아!" 맬로리가 아이들을 부른다.

하지만 올림피아가 바로 옆에서 그녀가 나무를 둘러 가도록 안내해준다.

"천천히 움직여야 해요." 올림피아가 말한다. "아주 천천히요. 이쪽은 나무가 아주 많아요. 기억나세요?"

그랬다. 아마 맬로리에게 기억을 되살려줄 뭔가가 필요했나 보다.

"아무 소리도 못 들었니?" 맬로리가 묻는다.

"네." 톰이 대답한다. 하지만 올림피아는 잠시 침묵을 지킨다. 거짓말을 하려고 망설이는 걸까? 아니면 그냥 신중한 걸까?

"아무것도 없어요." 마침내 올림피아가 말한다.

"방갈로 밖에서 너희가 소리를 들었던 크리처 한 마리가 어디로 갔는지 방향을 놓쳤니?"

다시 망설임.

"아뇨."

"그럼 어디로 갔니?"

"호수로요." 올림피아가 대답한다.

이 거리에서 물소리가 들릴 리 만무하지만 맬로리는 귀를 기울인다.

"톰?" 그녀가 부른다. "너도 같은 소리를 들었니?"

"저는 소리를 놓쳤어요." 톰이 대답한다.

"뭐라고? 여기서 그러면 안 돼. 여기서는 어떤 기척이든 절대 놓치면 안 된다고. 알아들었니?"

"엄마……."

"톰. 알아들었어? 못 알아들었어?"

"알아들었어요. 확실히요."

"알아듣지도 못했고 확실하지도 않아. 지금은 백일몽을 꾸고 있을 때가 아니야. 나는 네가 필요해. 올림피아도 네가 필요해."

"알아요. 죄송해요. 올림피아가 그놈이 호수에 있다고 했잖아요. 그렇다면 호수에 있는 거예요."

맬로리가 귀를 기울인다. 그녀는 양쪽으로 뻗은 탁 트인 도로를 들을 수 있다고 생각한다.

"좋아." 그녀가 말한다. "가자."

맬로리는 부츠에 밟히는 도로의 감촉을 느끼지만 앞으로 한참 동안은 단단한 땅을 딛지 못할 거라는 사실을 안다. 가방에 든 지도에 나온 길들은 숲을 통과하고, 농지를 가로지르고, 강을 건넌다.

샘과 메리 월시.

맬로리는 자신이 자란 집에서 두 분이 소파에 앉아 있는 모습을 쉽게 상상할 수 있다. 하지만 지금은 정원과 거리의 풍경보다 창문을 막아놓은 담요만 그려질 뿐이다.

만약 그분들이 집에 없다면, 맬로리가 두 분이 계시리라 짐작하는 유일한 장소에 없다면, 두 분은 어떤 길로 떠났으며 무슨 소리를 들었을까?

"조용." 아이들은 잠자코 있는데도 맬로리가 말한다. "**들어봐.**"

맬로리는 기차를 생각한다. 방금 잠시 서 있었기 때문에, 크리처의 행방을 두고 몇 분간 이야기를 나누었기 때문에 기차를 놓치는 일이 없기를 바란다. 기차를 놓치면, 한 시간 차이든 하루 차이든 기차를 놓치면…… 설령 기차 운행 시간이 정해져 있다 한들, 무슨 수로 알아낼 수 있을까.

맬로리가 걷는다. 지금보다, 그들의 능력보다 더 빠르게 이동하고 싶다. 방금 전 이야기를 하려고 멈춰 선 시간을 따라잡고 싶다. 야딘 캠프장에서 보낸 10년을 어떻게든 만회하고 싶다. 그전의 6년이라는 시간도. 그녀는 부모님이 딸들의 전화를 더 이상 받게 되지 않은 순간으로, 자신과 언니 섀넌이 부모님이 돌아가셨다는 사실을 받아들이며 무언의 눈짓을 주고받았던 때로 돌아가고 싶다.

맬로리는 모든 것을 되돌리고 싶다. 지금 당장.

"엄마." 올림피아가 부른다. "조심하세요."

딸의 손이 다가와 맬로리의 손목을 잡고 도로에 푹 팬 구덩이를 건너도록 도와준다.

“고마워.” 맬로리가 말한다. 그녀는 운명을 믿고 싶다. 또 모든 일에는 이유가 있다고 믿고 싶다. 그들은 지금 떠날 운명이라고. 그동안 쓸데없이 허비한 시간은 없다고. 결국에는 더 큰 목적이 드러나리라고. 그렇게 믿고 싶다.

하지만 맬로리는 자꾸만 그런 식으로 생각되지가 않는다.

“잠깐.” 톰이 말한다. “저 앞길에 뭔가 있어.”

맬로리가 두 아이에게 멈추라고 말하려고 입을 연다. 하지만 멈추고 싶지 않다. 온 세상에 크리처들이 득시글거린다면, 부모님을 향해 한 걸음씩 내디딜 때마다 놈들이 곁에 있다면 그냥 크리처들 사이를 걸어다니며 살아야 할 것이다.

맬로리는 문득 인구조사 기록물에서 읽은 내용이 떠오른다. 인디언 리버라는 도시에 대한 이야기. 그곳을 다스리는 여자.

아테나 한츠.

톰은 절대 읽지 못하게 하리라. 그곳에 대한 글, 거기에 잠재된 위험만으로도 맬로리는 온몸에서 피가 다 빠져나갈 것만 같다. 하지만 이제 맬로리도 아테나 한츠의 철학을 따르고 있다. 그 여자는 크리처들 사이에서 자유롭게 살아야 한다고 주장했다. 그것들이 지구에 출현하기 전과 똑같이 말이다. 그리고 인구조사원 남자가 들려준 이야기, 그의 표현 하나하나가 소름이 끼친다.

미스 한츠는 자신이 “완전히 크리처를 받아들였다”고 주장한다. 그것들이 더 이상 사람들을 미치게 하지 않으며 그럴 의도도 없다고. 그녀는 시간이 흐르면서 그것들이 변화했다고 굳게 믿고 있다. 그녀는 이렇게 말했다. “그들은 더 이상 우리를 벌하지 않습니다.”

그다음 문장은 더 끔찍했다.

이 철학은 근거가 부실하지만 추종자들을 모았다.

무엇보다 최종 결론에 심란하기 그지없었다.

그녀가 자신이 내세우는 생활방식대로 살고 있는지 확인할 수 없으므로 나는 우리가 만난 짧은 시간을 바탕으로 판단할 수밖에 없다. 내가 판단하기에 아테나 한츠는 미치지 않았다.

"우리, 멈춰야 해요?" 톰이 묻는다. 맬로리는 왜 이런 질문을 하는지 안다. 크리처가 나타나면 맬로리는 아이들에게 항상 멈추라고 하지 않았던가.

맬로리는 인디언 리버에 산다는 여자 같은 사람들을 떠올린다. 가방에 챙긴 기록물에 나와 있는 사람들.

그 사람들은 위험하다. 고로 그들이 내리는 결론은 모두 위험한 근거에서 비롯된 것이다.

하지만 이 세상으로 다시 나온 맬로리는 자신을 믿어야만 한다. 자신의 규칙과 아이들을 위해 만든 생활방식을 믿어야 한다.

"후드를 써. 얼굴을 가려." 그녀가 말한다. "그리고 계속 걸어."

8

두 아이는 자고 있지만 맬로리는 좀처럼 눈을 붙일 수 없다.

오늘 열세 시간을 걸었지만 지도에 따르면 고작 15킬로미터를 이동했을 뿐이다. 기운이 쭉 빠진다. 얼마를 더 걸어야 하나 생각하니 벌써부터 움츠러든다.

맬로리는 자신에 대한 확신이 흔들린다.

그들은 전에 미끼와 낚시 도구를 파는 가게였던 곳에 여장을 풀었다. 지도를 보며 근처 호수들의 이름을 확인한다. 오래전 미끼로 쓰던 벌레 냄새와 물비린내가 아직도 난다. 두 아이는 계산대였던 곳에 잠들어 있다. 맬로리는 근처에 자리 잡았다. 담요를 둘러쓰고 있는데, 신고 있는 부츠로 가장자리를 단단히 눌러놓았다. 하루 종일 걸어온 탓에 다리가 욱신거리지만 무릎을 꿇고 있다. 코가 바닥에 깔아놓은 지도에 닿을 듯하다. 손전등 불빛이 지도의 범례와 걸어온 거리를 비추고, 헤아릴 수 없을 만큼 멀리 가야 한다고 알려준다. 간단한 계산으로 알 수 있다. 안대를 한 채 지금까지 남아 있는 도로를 따라 걷고 예전에 밭이었던 들판과 숲, 심지어 얼마간의 늪지대를 통과해 걸으면 1킬로미터를 이동하는 데 한 시간가량 걸린다. 이스트 랜싱까지 (만약 그곳이 랜싱이 아니라 이스트랜싱이라고 한 론의 말이 옳다면) 거의 30킬로미터이므로, 앞으로 삼십 시간을 걸어야 한다. 앞으로도 오늘처럼 걸을 수 있다 치고 이틀을 더 걸어야 한다는 얘기다. 구세계에서 이런 수치들은 그리 대단하지 않았다. 긴 주말 같은 감각. 하지만 지금 담요를 뒤집어쓴 맬로리는 전에 없이 다급한 기분에 사로잡힌다. 그 집을 떠나 강을 타고 내려가는 일을 감행하는 용기를 그러모으는 데도 4년이 걸렸다. 하지만 지금은 할 수 있다면 뛰어서라도 가고 싶은 심정이다.

"제길."

그녀는 부모님을 떠올린다. 부모님을 '엄마 아빠'가 아니라, 머릿속에 활활 타오르는 불처럼 또렷이 적혀 있는 이름인 샘과 메리 월시로 떠올리게 된다.

맬로리는 기록물을 좀 더 가까이 끌어당겨 얼마 안 되는 기차 정보가 적혀 있는 대목을 찾아 책장을 넘긴다. 이렇게 넘기는 동안 '기차를 운영하는 사람들'에 대한 론의 두려움이 떠오른다. 톰은 기차를 움직일 수 있는 사람들이라면 매우 영리할 거라고 말했지만 맬로리의 생각은 다르다. 그냥 온 세상이 미쳐 돌아가는 것 같다. 그리고 이 세상을 사는 사람들도 정도가 다를 뿐이지 죄다 미쳤다.

그녀는 **우리가 그들에 대해 아는 것**이라는 제목이 적힌 페이지에서 손을 멈춘다.

순간 극심한 피로감이 몰려오며 웃음이 터져 나오려 한다. 제목 아래로는 백지여야 한다. 왜냐하면 모든 사람이 크리처에 대해 알고 있기 때문이다. 하지만 언뜻 봐도 비어 있지 않다.

기록을 보자마자 맬로리는 불안감에 휩싸인다.

그들은 전통적인 소리라고는 할 수 없지만 소음을 낸다. 마루 널을 밟아도 평평한 발이 밟을 때 나는 끼익 소리가 나지 않는다. 오히려 마루 널이 순간적으로 형태가 변했다가 다시 원래 상태로 돌아가는 것 같다.

맬로리는 이 내용이 마음에 들지 않는다. 이런 글은 아예 읽고 싶지 않다. 마룻바닥조차 미쳐가는 그림이 떠오른다.

어떤 사람들은 그것들의 그림자가 본체도 없이 돌아다닌다고 주장한다. 온 세상에 단 한 마리의 크리처가 존재하며 그것의 수많은 그림자가 어둠의 손길처럼 온 지구로 뻗어나갔다고 주장하는 사람들도 있다.

이따위 민간설화 같은 이야기는 필요 없다. 온갖 소문과 가설도. 오로지 사실만이 필요하다.

과거 뉴욕이었던 곳에서 의도적인 공격을 당했다는 이야기들이 돌고 있다. 아이오와 주의 디모인에서도 공격을 당했다는 소문들이 돈다. 대개 사람이 사람에게 범행을 저질렀던 지역에서 사는 이들만이 이런 주장을 하는 것 같다. 크리처가 사람에게 강제로 바라보게 한다는 주장을 확인할 만한 기록은 없다.

톰이 코를 골자 맬로리가 손전등을 끈다. 심장이 미친 듯이 뛴다. 크리처에 대한 글을 읽기만 해도 마음속에 안개가 차오르고 이성에 구름이 낀 것 같다.

올림피아가 코를 곤다. 잠이 들었을 때조차 자리를 놓고 경쟁

하는 두 아이.

어둠 속에 있으니 방과 후 집으로 돌아와 거실에서 온 가족이 모여서 어떤 보드게임을 할지를 두고 언니와 다투던 때가 떠오른다. 아빠는 몹시 화를 내며 둘 다 보드게임을 골라서 각자 하면 된다고 말씀하셨다. 자신의 머리만큼 새카만 머리에 두 눈이 쑥 들어간 아빠 모습이 눈앞에 선하다. 당시 맬로리는 부모님의 말씀을 법으로 생각했다. 물론 어길 수도 있지만 어쨌든 법은 법이었다. 그리고 섀넌이 자기 게임을 지겨워하며 맬로리의 게임을 함께 하자 맬로리는 어떤 식으로든 아빠가 그렇게 만들었다는 사실을 깨달았다.

맬로리는 자신도 이런 부모가 되고 싶었다. 맬로리는 자신도 그런 부모였다고 생각한다.

그때 뭔가가 등을 톡 건드린다.

바닥에 납작 엎드리는데 심장이 두방망이질 친다.

"엄마."

올림피아가 입술을 맬로리의 귀에 붙이고 뒤집어쓴 담요를 통해 속삭인다.

"왜 그러니?" 맬로리도 속삭인다.

"여기 우리 말고 또 누가 있어요."

간담이 서늘하다.

"누군가 문가에 서 있어요." 올림피아가 알린다. **"숨 쉬는 소리가 들려요."**

맬로리는 생각이 그대로 멎어버린 것 같다. 아주 잠시. 아무 생각도 안 난다. 오로지 느낌뿐. 그러자 떠오르는 개리의 이미지. 지금까지 모습을 드러낼 기회를 호시탐탐 엿보았는데 바로 지금이라고 생각한 것처럼 나타난 개리. 결정을 해야 한다. 그것도 신속하게.

"문은 닫혀 있고?" 맬로리가 속삭인다.

맬로리는 눈을 감고 어느새 담요를 뒤집어쓴 채 소리 없이 천천히 일어서고 있다.

맬로리는 다 일어서자 문을 바라보고 선다. 귀담아 들을 여유가 없다.

"가세요." 맬로리가 말한다. "당신이 누구든 가세요. 나는 무장했어요. 우리 다섯 명 모두 무장했어요."

무반응. 하지만 맬로리는 5미터 남짓 떨어져 있는 상대를 느낄 수 있다.

"꺼져요." 맬로리가 말한다.

익숙한 톰의 발소리가 들린다. 올림피아가 그에게 무슨 말을 속삭인다.

"눈 감아." 맬로리가 아들에게 말한다. 잠시 후 경고한다. "우리가 무기를 쓸 수밖에 없는 상황으로 몰아가는군요."

"그렇게 하세요." 목소리가 들린다. 상점 맞은편에 있는 남자의 목소리. "무장을 하고 있으면 나를 쏴요."

그의 목소리에 맬로리의 가슴이 싸늘하게 식는다. 그녀는 앞을 안 보는데 저 남자는 어떨까?

"당신을 쏠 기야." 톰이 말한다.

"톰……." 맬로리가 말을 하려다 멈춘다.

"진심이에요." 남자가 다시 말한다. "쏘세요. 어차피 내일이면 밖에서 눈을 뜰 거니까. 번거롭게 자살을 하지 않아도 되게끔 도와줘요."

맬로리는 그의 목소리에서 온전한 정신을 느낀다. 하지만 확신할 수 없다. 그리고 결정을 내릴 생각도 없다.

"가요." 맬로리가 반복한다.

"나는 이 길가에서 산 지 2년째예요." 그가 말한다. "여러분이 대브니에 들어가는 소리를 들었어요."

"톰." 맬로리가 말한다. "올림피아, 저 남자와 말하지 마. 눈도 뜨지 말고."

"나는 미치지 않았어요." 남자가 계속 말한다. 젊은이의 목소리 같다. 맬로리보다 어리지만 두 아이보다 연상인 듯하다. "상황이 좋지 않아요. 하지만 나는 살아남았어요. 여러분처럼."

"가라니까."

침묵. 코웃음을 쳤나? 미소? 맬로리는 묻지 않는다.

"하지만 죽고 싶지 않아요." 남자가 말한다. "사람들과 함께 있고 싶어요. 그렇지 않나요?"

"우리는 이걸로 충분해요." 올림피아가 말한다.

"올림피아……."

"그래요?" 남자가 되묻는다. "나는 아무도 없어요. 여러분 소리를 들었어요. 그래서 들어왔어요."

"우리가 자는 동안에 말이죠." 맬로리가 말한다. "이제 나가요."

"맞아요. 나는 여러분이 잠들기를 기다렸어요. 여러분이 나보다 덜 위험한 사람들인지를 몰랐으니까요."

"우리는 위험해요." 맬로리가 말한다. **"가라니까."**

침묵. 맬로리가 두 주먹을 쥔다.

"좋아요." 남자가 말한다.

"지금 당장."

하지만 맬로리는 더 이상 여기서 밤을 보내지 않을 작정이다. 이 남자가 무슨 짓을 하건 아이들에게 짐을 챙겨서 여길 떠나자고 할 것이다. 밤의 어둠을 틈 타 잔뜩 겁에 질린 채 걸을 것이다. 이 신세계에서도 이동하기에 한밤은 낮보다 더 위험하게 느껴진다.

"몇 마디만 하게 해줘요." 젊은 남자가 말한다.

"눈을 뜨지 마." 맬로리가 아이들에게 당부한다.

"몇 마디면 돼요, 알겠죠? 나는 세상이 더 이상 나아지지 않으리라는 사실을 세 분이 알아주기를 바라요. 우리는 다시 시작해야 해요."

"지금 '세 분'이라고 했죠." 맬로리가 말한다. "눈을 뜨고 있군요."

"그래요. 음, 하지만 그런 사람은 나 혼자가 아니에요."

"눈을 감아." 맬로리가 두 아이에게 쉿소리로 말한다.

맬로리는 주먹을 꽉 쥔 채 마음을 다잡는다. 그녀의 부모님이, 미시간 호에서 불어온, 매키낵 해협의 바람을 타고 온 세인트이그네이스 같은 이름들이 마음속에서 번쩍한다. 그리고 사라진다.

또다시.

"꺼져!"

맬로리도 자신의 목소리가 몹시 낯설다. 맬로리는 오랜 세월 긴장, 피해망상, 상실감을 마음속으로 삭혀온 여자처럼 소리를 지른다.

사실 그래왔다.

남자는 대답이 없다. 하지만 문이 열리고 닫힌다.

"톰?" 맬로리가 말한다.

"남자가 멀어지고 있어요." 톰이 말한다.

"올림피아?"

"네, 떠났어요."

"도로를 따라 걸어가고 있어요." 톰이 말한다. 맬로리는 그의 목소리에서 실망감을 듣는다.

"어느 쪽이야?"

"우리가 온 방향이에요."

"짐을 챙겨라." 맬로리가 말한다. "계속 걸어야 해. 당장."

맬로리는 두 아이가 짐을 다시 가방에 챙겨 넣는 소리를 듣는다. 자신도 짐을 챙긴다.

"톰." 맬로리가 부른다. "네가 무슨 생각을 하는지 알아."

"그 남자가 안전하지 않다는 사실을 아는 것처럼요? 인구조사원이 우리를 도울 수 없다는 걸 엄마가 알았던 것처럼요?"

"톰……."

"엄마." 톰이 말한다. 그의 목소리가 생각보다 더 가까운 곳에서 들려온다. "인구조사원은 엄마의 부모님 이름을 가르쳐줬어요. 엄마가 틀렸어요. 그게 우리가 아는 전부예요. 엄마가 틀렸어요."

하지만 톰도 동요하고 있다. 맬로리는 그것을 들을 수 있다. 그들과 같은 공간에 있는 이방인. 자살과 세상의 종말을 이야기하던 남자 때문에.

맬로리는 어느새 장갑을 낀 손을 꼭 쥔 채로 문가에 서 있다. 두 아이는 생각보다 더 빨리 준비를 마쳤다.

"잘 들어." 맬로리는 얼굴에 안대를 단단히 묶으며 말한다.

"그 남자는 우리가 온 방향으로 갔어요." 올림피아가 말한다.

맬로리가 숨을 들이쉬고 잠시 머금었다 다시 내쉰다.

그리고 문을 연다.

"가자. 어서."

잠시 후 세 사람은 다시 걷기 시작한다. 눈도 제대로 못 붙였는데 매우 빠른 속도로 어둠을 헤치고 다시 걷기 시작한다. 맬로리는 보이지 않는 눈을 어깨 너머로 돌려 아이들이 남자가 갔다고 한 방향을 바라본다.

맬로리는 그 남자가 가엾다. 론 핸디가 가여운 것처럼. 인구조사원 남자의 기록물에 적힌 끔찍한 실험들에 관련된 한 사람 한 사람이 다 가여운 것처럼.

모두 최선을 다하고 있지 않나?

맬로리도 그렇지 않나?

"추워요." 올림피아가 말한다.

해는 몇 시간은 지나야 뜰 것이다. 지금 하늘과 땅은 안대 안의 세상만큼이나 캄캄하다.

"곧 몸이 따뜻해질 거야." 맬로리가 말한다.

맬로리는 자꾸만 그 남자 생각이 난다. 크리처로 인해 죽을 필요 없이 스스로 삶을 끝내겠다던 사람.

맬로리는 그가 구세계에서 어떤 사람이었고 크리처가 나타나지 않았다면 지금쯤 어떤 사람이 되었을지 상상해본다.

그는 좋은 친구가 되었을까? 사려 깊은 사람? 아버지?

맬로리의 심장이 그 남자를 응원하며 뜨겁게 달아오른다. 그들 모두를 응원하며. 론 핸디. 인구조사원 남자. 인구조사 기록물에 나와 있는 모든 사람들.

하지만 먼 거리에서 뭔가가 울부짖는 소리가 들리자 연민은 순식간에 사라진다. 맬로리는 개일 거라 짐작한다. 늑대. 남자.

"잠자리를 찾을 수 있을 거야." 맬로리가 달랜다. "장담해. 조금만 더 가자."

하지만 마음의 평화를 주는 장소에 닿으려면 단지 조금만 더 가는 걸로는 부족하다. 아마도 미시간 주 너머에 있을 것 같다. 이 세상 너머에 있을 것만 같다. 신세계건 구세계건.

진짜건 상상이건 기차가 있다면, 평화로이 몸을 누일 곳은 마지막 정거장 너머에 있으리라.

손보는 사람이 없어 풀이 웃자라고 금이 가고 더 이상 차가 다니지 않는 오래된 시골 고속도로를 따라 30킬로미터.

맬로리는 자신이 미쳤다 싶었다. 구세계에서 쓰이는 의미대로. 피곤하고, 온몸이 쑤시는데 아무래도 자신이 충분히 계획을 세우지 않은 채 너무 서둘러서 두 아이를 위험에 빠트리는 선택을 한 것만 같다.

후드가 맬로리의 머리와 목을 가리고 안대가 눈을 가린다. 애초에 크리처들이 피부 접촉으로 상대의 정신을 파괴한다는 구체적인 증거가 전혀 없는데도 푹푹 찌는 날씨에 긴소매를 입고 장갑을 끼고 있다. 그들의 여정에서 수도 없이 채웠던 물통의 물을 (톰이 만든 것이 아니라, 톰이 쓰기를 반대했던 캠프장 주방에서 발견한 필터로 걸러) 마신다. 그녀는 아이들에게 뭘 먹어야 한다고 말한다. 또 끊임없이 무슨 소리를 들었는지 묻는다. 몇 차례나 올림피아가 근처에 크리처 한 마리가 있다고 하면 톰이 아니라고 하는 통에 아예 멈춰 서서 30분이 넘도록 상황을 살펴야 했다.

맬로리는 무슨 일을 겪든, 언제든 부모님을 떠올린다.

두 분에 관한 기억과 두 분의 삶의 방식에 관한 좋은 기억은 금방이라도 떠올릴 수 있다. 두 분 모두 감정이 풍부하고, 누구보다 명민했다. 그런 부모님을 맬로리의 친구들은 '히피'라고 불렀지만 두 분의 삶의 방식은 전혀 히피 같지 않았다. 정작 친구들이 간과한 면은 두 분의 긍정적인 태도였다. 부모님이 생각의 지평을 넓히라고 끊임없이 강조하셨던 태도 말이다.

"지성으로 다툼을 피할 수 있단다." 아빠는 맬로리와 섀넌에게 이렇게 말했다.

맬로리가 잠자리에 드는 시간 때문에 부모님과 다퉜을 때 아빠가 하신 말씀이었다. 또다시 그렇게 다툴 수만 있다면, 그런 말을 나눌 수 있다면, 그때로 돌아갈 수 있다면 얼마나 좋을까.

여기서도…… 가능할지 모른다.

그런 희망을 품기만 해도 너무 마음이 아프다. 아무도 이 비통함을 치유해줄 수 없다.

아무도.

두 분이라면 이 아이들을 사랑하실 텐데. 맬로리가 생각한다. 하지만 톰의 진보적인 성향 때문에 두 분이 놀라시지나 않을지 걱정이 된다. 갑자기 이런 터무니없는 생각이 떠오르다니. 이 판국에 할 만한 생각인가. 아무리 잠깐 동안이라지만 아들을 부모님께 소개하려니 긴장된다는 생각 말이다. 이건 자연스러운 감정이라고 말해줄 사람이 맬로리 곁에는 없다. 참고할 책도 없다. 물어볼 친구도 없다. 샘과 메리 월시라면 두 아이를 사랑해주실 것이다. 맬로리는 이 사실을 안다. 하지만 톰에 대한 생각을 하면 시간이 흐를수록 더 암울해진다.

그녀는 걷는다. 귀를 기울인다. 그리고 생각을 한다.

크리처와 그것이 만든 신세계가 자신이 기억하는 구세계에도 존재하는 것처럼 생각될 때면 마음이 아프다. 예전에 맬로리는 언니와 함께 선정성 때문에 준성인영화 등급을 받은 영화를 상영하는 극장으로 몰래 숨어들었다. 맬로리는 자매가 전에는 한 번도 보지 못한 이미지며 진한 키스 장면에도 불구하고 섀넌이 잠에 곯아떨어진 사실을 떠올린다. 맬로리는 꼭 감긴 언니의 눈을 떠올리며 그때 언니가 뭔가를 피해 몸을 숨긴 게 아니었을까, 이제야 의문을 품는다. 언니를 미치게 만들 수 있는 뭔가? 밤중에 블라인드를 내리고는 엄마가(**메리, 메리 월시, 샘과 메리 월시**) 두 딸에게 달빛 때문에 악몽을 꾸게 된다고 하자 두 아이가 낄낄거리고 웃었던 때는 어떤가. 혹시 지금 맬로리처럼 엄마도 안대를 예방 도구로 쓰셨던 걸까?

블라인드를 내려. 눈을 감아.

옛 기억에 섞여드는 현재.

그녀가 어릴 때 쓰던 방의 창문에는 담요가 걸려 있다. 운전사가 앞을 볼 수 없기에 버스로 학교를 통학하는 일은 무시무시하다.

기차 기차 네가 지금 타려고 가고 있는 기차는 눈 없는 기차야. 맬로리, 지금 무슨 짓을 하는 거야, 지금 무슨 짓을 하는 거야?

샘과 메리가 앞자리에 타고 있다. 섀넌과 맬로리가 뒷좌석에서 놀이를 한다. 아빠가 갑자기 운전대를 홱 돌리는 바람에 두 아이가 비명을 지르고 엄마는 하마터면 큰일 날 뻔했다고 말한다. 지금 여기서 맬로리는 그때 도로에 아빠가 봐서는 안 되는, 아빠를 미치게 만든 무엇이 있었던 것처럼 기억한다.

하지만 엄마와 아빠는 미치지 않았을 것이다.

그리고 무슨 까닭인지 그런 사실이 황당무계하게 느껴진다.

"자동차." 톰이 말한다.

순간 맬로리는 톰이 자기 마음을 읽었다고 생각한다. 뛰어난 청각으로 수도 없이 대단한 일을 해낸 아들이 내내 엄마의 머릿속을 듣기라도 한 것처럼 말이다.

"자동차라고?" 그녀가 되묻는다.

"비슷한 거예요." 올림피아가 말한다.

"비슷한 게 아니야." 톰이 반박한다. "자동차 맞아."

"멈춰." 맬로리가 명령한다. "길가로 비켜 서. 지금 당장."

맬로리는 도로에서 벗어나고 싶지 않다. 자신과 부모님 사이로 곧게 뻗은 길을 타협의 대상으로 쓰고 싶지 않다. 지금 당장 그들에게 가고, 그들에게 가고, 그들에게 가고 싶다.

"자동차네." 올림피아가 말한다.

"내가 그랬잖아." 톰이 말한다.

"어서." 맬로리가 재촉한다.

부츠를 신은 맬로리의 발에 풀이 느낌이 전해진다. 하지만 자동차와는 충분히 멀리 떨어져 있지 않다. 신세계에서는 눈을 가린 채로도 운전을 할 수 있을 것이다. 맬로리도 그렇게 운전을 했다.

"더 가야 해." 맬로리가 말한다.

하지만 맬로리의 귀에 속도를 높이는 자동차 엔진 소리가 들린다. 운전자가 그들을 보기라도 한 듯이 말이다. 운전자가 그들 같은 사람들을 찾고 있기라도 한 듯이.

"몸을 낮춰." 맬로리가 말한다. 하지만 너무 늦었다는 사실이 소리로 판명된다. 자동차가 가까이, 가까이 다가오며 속도를 낮춘다.

이제 그들 바로 옆이다.

차가 멈춘다.

엔진이 공회전을 한다. 회전 속도가 올라간다. 다시 공회전을 한다. 그리고 다시 회전 속도가 올라간다.

맬로리는 열린 창문으로 겨눠진 총 한 자루를 상상한다. 그 뒤로 광기에 휩싸인 얼굴.

하지만 아무도 말하지 않는다. 확 트인 시골길 위에 펼쳐진 하늘을 찢어발기는 갑작스러운 굉음도 들리지 않는다.

맬로리가 차를 바라본다.

엔진이 공회전을 한다.

맬로리는 야딘 캠프장을 떠올리며 그곳이 얼마나 안전했는지를 생각한다. 장갑을 낀 손에 만져지던 밧줄의 질감까지 기억날 듯하다. 건물 하나는 통조림을 보관했고 다른 하나는 뒤에 텃밭이 있었으며 그런 건물들은 밧줄로 이어져 있었다. 맬로리는 잠을 깨고, 걷고, 생활하며 항상 안전을 누리던 자신이 눈에 선하다. 두 아이에게 밖에 누가 있는지 물어보는 자신의 목소리가 들린다. 두 아이의 대답이 들린다. 그들은 그들끼리 살았다. 안전하게 살았다.

그들은 안대에 의지해 살았다.

그녀 옆의 풀이 빠르게, 너무 빠르게 바스러진다. 맬로리가 비명을 지른다.

동물의 울음소리 같다.

뭔가가 차의 옆쪽을 탕 친다.

"움직이지 마!" 맬로리가 두 아이에게 소리친다. 하지만 그녀의 목소리는 차량 옆면을 계속 강타하는 소리에 사라진다. 마구 소리치는 남자의 목소리가 들린다. 위험스러울 정도로 분노에 찬, 어쩌면 미쳤을지 모르는 사람의 목소리.

다음 순간 맬로리는 목소리의 주인이 톰이라는 사실을 깨닫는다.

톰이 운전자에게 떠나라고 소리치고 있다.

"가! 가! **가라고!**"

맬로리는 톰의 소리가 나는 곳으로 몸을 날려 그를 붙들고 차에서 떨어트려놓으려 한다. 하지만 엔진이 너무 빠르게 돌아가는 바람에 먼지가 커튼을 치듯 피어오르고 맬로리는 기침을 한다.

엔진이 다시 회전 속도를 높이고 맬로리는 한 손으로는 입을 막고 다른 손은 톰을 향해 뻗는다. 마침내 아들의 어깨에 손이 닿는다.

아니면 톰이라고 생각한 사람일까?

혹시 운전자의 어깨인가?

손이 그녀의 손을 쳐낸다.

"꺼져!" 톰이 소리친다. 맬로리는 뒤로 물러난다. 혼란에도 불구하고, 공포에도 불구하고 톰이 어른이 되었다는 깨달음이 머리를 내리친다.

또다시 차를 강타하는 소리. 마침내 맬로리는 톰의 허리를 부여잡는다. 아들의 허리를 끌어당긴다. 올림피아가 무슨 말을 하지만 엔진이 돌아가는 소리에 묻혀버린다.

차가 움직이자 톰이 뒤로 발라당 넘어지며 맬로리에게 세게 부딪힌다.

"꺼지라고. 이 머저리 새끼야!" 톰이 소리친다. **"그냥 가!"**

눈물 젖은 톰의 목소리. 맬로리는 이해할 수가 없다. 아들의 감정은 방갈로에서 지내던 때보다 더 난폭하고 강렬하다.

"톰." 맬로리가 말한다. "진정해!"

하지만 톰은 진정할 기미가 보이지 않는다. 마침내 차가 멀어져간다.

"왜요, 엄마? 왜냐고요? 저런 사람들만 보면 가라고 했잖아요? 떠나라고 하셨잖아요. 그게 엄마 일이잖아요!"

맬로리는 이런 반응을 예상하지 못했다. 톰은 저 차가 아니라 맬로리에게 화를 낸다. 말없이 차를 공회전시킨 낯선 사람이 아닌, 제 엄마가 위험한 존재인 것처럼 말이다.

"톰, 우리가 지금까지 살아남은—."

"그게 우리가 하는 일이잖아요!"

"톰—."

"우리가 하는 일은 살아남는 것뿐이잖아요."

톰의 말에 맬로리는 숨이 턱 막힌다. 말문이 턱 막힌다.

어느새 멀어진 자동차에서는 아무 소리도 들리지 않는다. 멜로리는 운전자의 의도를 영원히 알 수 없으리라.

구세계였다면 운전자가 남자건 여자건 그들을 기차가 있는 곳까지 태워다 줬을 것이다.

"진정해요." 올림피아가 말한다. 중재자.

두 아이가 도로로 돌아갔는지 아이들의 신발에 자갈이 밟히는 소리가 난다. 하지만 맬로리는 톰이 방금 한 말을 머릿속에서 떨쳐낼 수가 없다.

우리가 하는 일은 살아남는 것뿐이잖아요!

자랑이 아니다. 불평.

맬로리가 걷는다. 다시 부모님의 얼굴이 마음의 눈에 떠오른다. 두 분의 농담. 두 분의 조언. 두 분이 아이를 키우던 모습도.

맬로리는 부모님이 그녀가 고수하는 종류의 규칙으로 살아남으셨기를 바란다.

"갈까요, 엄마?" 올림피아가 묻는다. 여전히 둘을 중재하려는 올림피아. 여전히 톰이 맬로리에게 감정을 폭발시켰다는 사실에 눈을 감아버리려는 올림피아.

맬로리는 아무 대꾸도 하지 않는다. 두 아이가 그녀의 기척을 들을 수 있다는 사실을 알기에, 두 귀로 제 엄마의 위치를 정확히 알아맞힐 수 있다는 사실을 알기에 그냥 걷는다.

걸으면서 부모님이, 톰이 느닷없이 비난을 퍼부은 빌미가 된 생활방식대로 살아오셨기를 바란다.

맬로리는 두 분이 안대에 의지해 살아가시기를 바란다.

두 분이 하시는 일은 오직 살아남는 것뿐이기를 바란다.

10

톰은 맬로리가 잠들기를 기다린다. 사방이 캄캄하지만 톰은 쉽게 알 수 있다. 맬로리와 올림피아가 늘 코를 골진 않지만, 두 사람은 잠들었을 때 숨소리가 다르다. 톰은 두 사람의 꿈꾸는 소리도 들을 수 있다고 자신한다. 야딘 캠프장에서 살던 때 종종 이런 생각을 하면 마음이 편해지면서 깊은 잠에 쉽게 빠져들었다.

그들은 지금 헛간에 있다. 맬로리가 도로에서 벗어나 밤을 보낼 만한 장소를 찾을 때까지 '나란히' 걷자고 말한 후로 2킬로미터를 더 걸었을 즈음 올림피아가 여길 찾아냈다. 이 세 사람에게 나란히 걷는다는 말은 맬로리가 도로 위로 걷고, 톰이 풀숲으로 10미터가량 들어간 곳을 걷고, 올림피아는 거기서 사십 피트가량 더 들어간 곳을 걷는다는 뜻이다. 두 아이는 서로 얼마나 가까이 있는지 소리로 가늠할 수 있다. 게다가 맬로리의 부츠에서 소리가 나므로 돌아오기 힘들 정도로 멀어지지 않는다. 올림피아가 포장이 안 된 진입로를 찾고 그다음에 헛간을 찾았다고 소리쳤을 때 톰은 은밀히 계획을 세우기 시작했다.

이런 모든 일에 톰은 미칠 것만 같다.

톰은 맬로리가 밖을 내다보고, 헛간을 **보고** 이를 바탕으로 혹시 모를 위험을 탐지하는 일이 자연스러웠던 세상에서 나고 자랐다는 사실을 이해한다. 하지만 톰이 생각하기에 맬로리는 자신의 두 아이가 귀만으로 똑같은 일을 할 수 있다는 사실을 제대로 이해하지 못하고 있다. 맬로리는 오랜 세월 동안 두 아이의 뛰어난 청력을 칭찬했다. 하지만 끝도 없는 조심성이 그녀의 본심을 드러낸다. 두 아이는 맬로리가 없으면 무방비 상태라는 것이다. 톰은 여섯 살 이후 처음으로 이 세상에 나왔고 그가 절대 원하지 않는 존재가 맬로리이다. 톰은 뭔가가 헛간에 접근하면 들을 수 있다. 듣기를 뛰어넘는 능력이 있기 때문이다. 그것은 **본능**이다. 한때 맬로리가 믿었던 자신의 눈처럼 톰과 올림피아가 믿는 것.

지금 그는 엄마와 올림피아가 보통 때보다 더 깊이 느릿하게 쉬는 숨소리를 듣고 있다. 두 사람 다 당연히도 몹시 지쳤다. 긴소매 옷에 후드를 입고 안대를 하고 장갑까지 낀 채 뙤약볕을 받으며 다양한 지형을 40킬로미터나 걸었다. 그들은 맬로리가 캠프장에서 긁어모은 음식을 먹고 계곡과 강, 개울에서 길어온 물을 필터로 걸러 마셨다. 캠프장에서 살던 당시 세 사람은 캠프장 주위를 활발히 돌아다녔지만 지난 10년 동안 아무도 이렇게 많이 걷지 않았다.

바싹 마른, 거친 짚단 위에 누워 있던 톰이 일어난다. 가능한 한 소리 없이 움직인다. 맬로리야 작은 소리에 일어날 리 없지만 올림피아라면 잠을 깰 수도 있기 때문이다. 올림피아가 제일 좋아하는 일을 몰래 할 작정이지만 정작 톰은 자신의 계획을 올림피아에게 들키고 싶지 않다.

읽기.

톰은 양팔을 쫙 펼치고 쪼그리고 앉아 한 번에 한 걸음씩 내디디며 어둠 속에서 손가락을 맬로리의 가방으로 뻗는다. 그는 가방이 어디에 있는지 안다. 25분 전 맬로리가 가방을 내려둔 후로 톰은 청력을 해당 지점에, 정확한 지점에 집중했다.

고미다락에서 파닥거리는 소리가 나자 톰이 그쪽으로 고개를 홱 돌린다. 새 한 마리일 뿐이라는 사실을 이미 알고 있다. 그런데 새가 크게 날갯짓을 하려는 걸까? 저 소리에 맬로리가 잠을 깰까?

톰은 걸어오는 내내 가방이 맬로리의 등에 바짝 붙어 있게 해준 가방끈을 찾아낸다. 그리고 짚단에 놓인 가방을 조심스레 들어 올린다.

그가 움직임을 멈춘다. 소리를 듣는다. 헛간 밖에서는 아무 기척도 들리지 않는다.

헛간 문을 여는데 삐걱 소리가 나지 않는다. 톰이 미끄러지듯 헛간을 빠져나가 얼른 주머니에서 손전등을 꺼내고 어느새 말아 놓은 담요를 끄집어낸다.

톰은 눈을 감은 채 헛간 옆으로 가 담요를 뒤집어쓴 채 무릎과 팔꿈치로 담요를 땅바닥에 고정하고는 손전등을 켠다.

그가 눈을 뜬다.

톰은 담요 아래 뭔가가 같이 들어왔을지 모르지만 상관없다 생각해놓고는 머리를 한 대 얻어맞은 것처럼 화들짝 놀란다. 그것을 보기도 전에 들을 수 있으니, 눈을 감을 시간도 충분할 것이라고 자신한다.

크리처를 두려워하는 생활이 지긋지긋하다.

안대에 의지한 삶이 지긋지긋하다.

기록물의 하얀색 가장자리가 그에게 읽으라고, 계속 읽으라고, 새벽까지 계속 읽으라고 유혹한다.

톰은 자신이 어디부터 읽고 싶은지 정확히 알고 있다. 3호 방갈로에서 올림피아에게 주의를 빼앗기기 전, 얼핏 어느 대목을, 자신을 향해 종이에서 튀어나온 것 같은 단어들을 봤다. 이후로 그런 단어들이 톰의 귓전을 맴돌며 말을 걸었다.

톰이 가방에서 종이 뭉치를 꺼내고 이런 제목이 달린 기록이 나올 때까지 종이를 넘긴다. 인디언 리버.

미시간 주 북부에 있는 도시이다. 톰이 꼭 가보고 싶은 곳에 대한 설명이 이어진다.

톰이 읽기 시작한다.

미시간 주의 인디언 리버는 지금껏 내가 본 가장 급진적인 공동체가 됐다. 그곳의 주민은 삼백 명이다. 대부분 천막과 과거에 평범한 사무실이었던 이층 벽돌 건물에서 잠을 잔다. 하지만 낮 시간에는 아무도 실내에 머물지 않는다.

톰의 심장이 점점 빠르게 뛰기 시작한다. 자신이 이들과 같은 부류라고 자신 있게 말할 수 있다. 크리처에게 반격하는 사람들 말이다.

수많은 발명품의 도시인 인디언 리버는 심약한 사람들이 살 만한 곳이 아니다. 어떤 남자는 크리처를 한 마리 잡았다고 주장한다. 하지만

내가 말을 해본 사람들 중에 이 주장을 확인해준 사람은 아무도 없었다. 참고: 내가 물어본 사람들은 거의 모두 그가 그랬으면 얼마나 좋겠냐고 했다.

"바로 이거야!" 톰은 반쯤은 소리를 지르고 반쯤은 속삭이며 말한다. 도저히 소리를 내지 않을 수가 없다. 크리처가 잡혔다는 소식을 듣고 싶은 사람들이 가득한 도시라고 하지 않나!

그리고 어쩌면, 추측일 뿐이지만, 크리처가 잡혔을지도 모른다.

이 도시의 사실상의 지도자는 아테나 한츠라는 여성이다. 그녀가 젊은이의 열정과 훨씬 더 연상인 사람에게서 보이는 위엄을 동시에 갖추고 있기 때문에 나이를 짐작하기 어려웠다. 미스 한츠는 자신이 "크리처를 완전히 받아들였다"고 주장한다. 그들이 더 이상 사람들을 미치게 하지 않으며 그렇게 하려는 의도도 없다고 주장한다. 시간이 흐르면서 크리처들이 변화했다고 확신한다. 그녀는 말한다. "그들은 더 이상 우리를 벌하지 않습니다."

톰이 눈을 휘둥그레 뜬다. 정말 심각한 주장이다. 크리처들이 변했다니…….

톰은 낚시용품점에서 마주친 남자를 떠올린다. 가게를 떠날 때도 그는 죽지 않았다. 남자가 주위를 본 거나 다름없다고 말을 한 후였다.

그는 봤을까?

톰은 계속 읽는다.

그녀가 자신이 내세우는 생활방식대로 살고 있는지 확인할 수 없으므로 나는 우리가 만난 짧은 시간을 바탕으로 판단할 수밖에 없다. 내가 판단하기에 아테나 한츠는 미치지 않았다.

톰은 이 대목을 읽으며 고개를 끄덕인다. 인구조사원 남자가 이 문장을 쓸 수밖에 없다고 느꼈다는 사실에 깊은 인상을 받는다. 그는 엄마를 깨워서 이 대목을 보여주며 보라고, 어서 보라고 말하고 싶다. 맬로리와 다르게 생각하는 사람이 모든 미친 것은 아니다!

아테나 한츠.

어떻게 생겼는지 어떻게 말하는지도 전혀 모르지만, 톰은 아테나 한츠를 자신의 어머니로 상상한다. 이런 데서 이런 사람 손에 키워졌다면 나는 어떻게 되었을까.

톰은 야딘 캠프장보다 인디언 리버가 더 집처럼 느껴진다.

계속 읽는다.

이 공동체에는 뭐든 새로운 것을 시도하는 사람이 있다. 이로 인해 그들은 엄청난 비극을 겪어야 했다.

톰은 고개를 끄덕인다. 물론 그랬을 것이다. 그럴 수밖에 없었으리라. 발명이란 원래 그런 것이다. 실패가 예정된 일이다.

맬로리는 이 사실이 이해되지 않는 걸까? 평생 안대를 쓰고 살 수는 있지만, 그런 행동은 결국 앞을 못 본다는 사실을 영구히 감추려는 것에 불과하다는 사실을 정말 모르는 걸까?

어느 자원자를 나무에 묶은 채 '밤새 바깥을 보도록' 놔두는 방법으로 정신착란 과정을 '둔화'시켜보려는 시도를 하던 중 사건이 일어났다. 이 시도는 미쳐버린 사람이 즉각 만족감을 얻지 못한다면 최초의 충동이 잦아들어 자신이나 남을 해하고 싶은 느낌도 결국 사라진다는 가설을 기반으로 했다. 인디언 리버 공동체는 이 미쳐버린 여자, 즉 나무에 묶인 여자에게 수프를 먹였으나 결국 모두가 아는 최후를 피하지 못했다. 오히려 여자는 나무에 묶여 있는 열흘 동안 멀쩡한 척했으며 마침내 사람들이 풀어주자 공격을 했다. 참고: 이 말은 터무니없고 생존자들은 대부분 고려조차 하지 않겠지만, 인디언 리버 사람들은 이 실험에서 한 가지 사실을 알게 됐다. 최초의 광적인 살육 욕구는 실제로 잦아들었다. 하지만 관련자들에게는 불행히도 광기가 사라진 자리에 교활함이 들어앉았다. 여기에서 의문이 발생한다. 저 밖에는 크리처를 보고 나서 사로잡힌 최초의 환상을 실행에 옮길 수 없었던 사람이 또 있을까? 저 밖에는 제정신인 척하는 사람들이 또 있을까? 나는 아테나 한츠가 이 실험에 참가했는지 여부는 모른다.

톰은 방금 읽은 내용을 곰곰이 생각한다. 모든 이야기가 너무나 놀랍다. 크리처를 볼 방법을 고안하려고 애쓰는 동안에도 정작 그것들이 실제로 사람에게 어떤 영향을 미칠지는 한 번도 생각하지 않았다. 마치 광기가 변화하기 쉽고 길들일 수 있는 성질이라는 듯이 말이다.

톰은 밖에서 처음으로 눈을 떴던 순간을 떠올린다. 그런 사실을 맬로리는 모르지만 올림피아는 알고 있다. 크리처 한 마리가 캠프장을 통과해 지나갔고 화도 나고 뭘 어떻게 해야 할지 아무 생각도 떠오르지 않지만 어떤 영감을 느낀 톰은 그것이 방금 서 있었던 곳으로 다가갔다. 그러고는 손을 말아 눈을 가린 후 땅바닥의 풀을 보았다. 크리처의 발자국, 그러니까 이런 환경에 남긴 흔적도 진짜로 보는 것과 동일한 영향을 미치는지 확인하고 싶었던 것이다. 그는 맬로리와 올림피아도 알아두어야 할 사항이라고 합리화하며 그에 따른 위험을 정당화했다. 온 세상이 알아야 했다. 왜냐하면 땅바닥에 남은 발자국 하나도 사람을 미치게 만들 수 있다면, 사람들 주위에 있는 크리처 혹은 애초에 이 지구에 나타난 크리처의 수는 그렇게 많지 않을 수 있기 때문이다. 어쩌면 최근에 출현한 것뿐만 아니라 전부 다 사라진다 해도 위험은 여전할지 모른다.

실험에 대한 글을 읽고 나자 톰은 왠지 당혹스럽기까지 하다. 인구조사 기록물에는 경이로운 성과들이 실려 있지만, 톰은 자신이 위험을 무릅쓴 순간들이 다른 사람들에게 도움이 되지 않으리라는 사실을 안다. 왜냐하면 아무도 그가 실험을 하고 있었다는 사실을 모르기 때문이다.

바로 이런 점이 맬로리 월시와 함께 사는 데 따르는 수많은 고충의 하나다. 그런 생각을 절대 입 밖에 내서는 안 되는 것.

톰은 계속 읽어나간다.

인디언 리버 사람들은 술을 마시지 않는다. 그것이 공동체의 법령이다. 하지만 마리화나는 피운다. 나는 인간의 상상력이 지닌 창의성을 이처럼 높이 평가하는 곳을 본 적이 없다. 이곳은 평범한 언어로 묘사하기 어려운 도시이다. 왜냐하면 여기서는 다른 데서는 하지 않는 일들을 벌이기 때문이다. 개인적인 입장에서 아테나가 이 도시를 묘사했는데, 정확하거나 소름이 끼친다고 해야 할 것이다. '우리는 그래도 괜찮아요.' 그녀는 이렇게 말했다. 내가 무슨 의미인지 물어보자 그녀는 미소를 지을 뿐이었다.

"아무렴." 톰이 말한다. "아무렴. 바로 그거야."

여기서는 다른 데서는 하지 않는 일들을 벌인다.

활기가 솟는다. 아찔하다.

우리는 그래도 괜찮아요…….

인디언 리버는 랜싱 북쪽에 있다. 톰은 캠프장을 떠나기 전에 맬로리의 지도를 두 번이나 확인했다. 그곳은 매키노 시티로 가는 길에 있다.

어쩌면…… 잘하면…… 이 도시를, 이 사람들을 개인적으로 경험해볼 기회가 생기지 않을까?

그는 목 놓아 울고 싶다. 담요를 옆으로 던져버리고 저 헛간 너머에 펼쳐져 있을 들판 위로 함성을 지르며 달리고 싶다. 이 밤을 느끼고 싶다. 야외의 공기. 인디언 리버에 사는 사람들의 자유.

그리고 직접 눈으로 보고 싶다. 온 세상을. 별들과 하늘, 달, 어둠을.

그는 밤을 **보고** 싶다. 이 밤. 매일 찾아오는 밤. 그가 인디언 리버와 주민들에 대해 알게 된 밤. 다른 사람들도 그처럼 생각한다는 사실을 알게 된 밤. 올림피아라면 이런 일에 어떤 단어를 사용할까.

이어져 있다.

그랬다. 톰은 이어져 있다. 이 사실을 깨달은 것만으로도 헛간 꼭대기에서 할렐루야를 외치고 싶을 정도이다. 이 세상에는 맬로리처럼 생각하지 않는 사람들도 있다. 안대에만 의지해서 사는 사람들만 있는 것은 아니다. 애초에 당신이 이 신세계에 태어났으니 자꾸 안대와 후드를 쓰고 장갑을 끼라고 상기시킬 사람은 바로 당신인데도 거꾸로 당신에게 이런 사실을 귀가 따갑게 이르는 사람들만 이 세상에 사는 것은 아니다.

"바로 이거야!"

톰의 목소리가 너무 크게 울린다. 그래도 개의치 않는다. 엄마가 눈을 가린 채 후다닥 뛰어나와 손으로 헛간 외벽을 만지라지. 엄마가 밤 속으로, 이 밤 속으로, 톰의 밤 속으로 나와 몸서리를 치라지. 저 밖에는 톰과 같은 방식으로 생각하는 사람들이 있다! 16년이 어느 순간 32년이 되고 또 64년이 되고…… 그러다가…… 결국 인생이 끝장나 빌어먹을 크리처에 대한 피해망상으로 점철된 **규칙**으로 빨려 들어갈 거라는 사실을 이해해주는 사람들이 있다.

그는 아테나 한츠가 자신의 엄마이기를 바란다.

기록물을 넘기며 계속 읽어나가고 싶다. 자지 않아도 된다. 그는 지금 열여섯 살이고 새로운 삶을 향한 허기로 견딜 수 없다. 자신에게는 낮이나 다름없는 밤의 하늘 아래에서 잠기운 하나 없이 활짝 깨어 있다. 그는 기차를 떠올리며 맬로리만큼이나 간절히 그것이 정말로 존재하기를 바란다. 톰은 인디언 리버의 주민들 같은 사람들이 기차를 타는 모습을 상상한다. 자신과 비슷한 생각을 하는 사람들과 단지 검은 천 이야기가 아닌 다른 대화를 나누는 모습을 상상한다.

기록물을 코에 더 가까이 가져간다.

헛간 옆을 돌아가는 발소리가 들린다.

톰이 얼른 손전등을 끈다.

담요를 뒤집어쓴 채 웅크리고 앉아서 제일 먼저 본능적으로 기록물을 가슴에 꼭 안는다. 지금 당장 맬로리와 올림피아에게 뭔가가 근처에 있다고 경고하는 것보다 이 기록물을 지켜내는 일이 자신에게 더 중요하다는 사실이 뇌리에 선명하게 박힌다.

눈을 감는다.

귀를 기울인다.

그게 뭐든 가까이에 있다. 그리고 천천히 움직인다. 짐승은 아닌 것 같지만 이런 야외에서는 단정하기 힘들다. 실내라면 참조할 반향과 차원, 청사진이 있지만 말이다.

이 밖은 다르다.

뭔지는 몰라도 점점 더 가까워진다. 톰은 이 원치 않는 두려움을 떨쳐낼 수가 없다. 내면의 두려움을 밖으로 쏟아내어 저 도로로, 야딘 캠프장으로, 맹인학교로, 그가 태어난 집으로 흘러가게 만들고 싶다.

놈이 풀밭에 한 걸음을 더 내디딘다. 이것은 크리처이다. 이제 확실히 알겠다.

하늘은 고요하다. 엄마와 올림피아는 나무 벽 너머에서 고르게 숨을 쉬고 있다. 그는 천천히 머리에서부터 담요를 내린다. 서늘한 밤공기에 한기가 든다. 하지만 크리처 앞에서 떠는 모습을 보이고 싶지 않다.

우리는 그래도 괜찮아. 톰이 생각한다.

그래도 몸서리가 나는 것은 막을 수 없다.

톰이 똑바로 선다. 그리고 후드 티의 소매를 걷어 올린다.

"나를 만져." 그가 말한다. "해보라고."

톰은 자신의 목소리에 흠칫 놀란다. 크리처를 도발하는 대범함에도.

정체 모를 상대가 우뚝 멈춰 선다. 벽 근처에 있다. 톰처럼.

"나를 만져." 그가 다시 말한다. "우리 엄마가 틀렸다는 사실을 증명해보라고."

톰이 크리처를 향해 맨팔을 든다.

이제 할 일은 눈을 뜨는 것이다. 눈을 뜨고 앞을 보아야 한다. 단 한 번. 그것이 어떤 영향을 미치는지 보아야 한다. 그러면 뭔가를 만들거나 획기적인 변화를 끌어낼 수 있다. 그들이 무슨 짓을 하는지도 모르는데 어떻게 놈들의 해코지를 막아낼 수 있나.

그는 모든 가설을 안다. 대부분 사람들은, 그러니까 엄마 같은 사람들은 크리처가 인간의 이해를 넘어선다고 믿고 있다. 그것을 볼 때 사람들은 공동(空洞)이나 무한, 신의 얼굴을 흘낏 보는 것이라고 말이다.

하지만 톰은…… 그것들이 변화했을지 모른다는 의혹을 품고 있다. 우리가 받아들이느냐 마느냐의 문제라면?

그는 헛간에 두고 나온 가방 속 안경을 떠올린다. 그리고 아테나 한츠를 떠올린다.

크리처는 꼼짝도 하지 않는다. 어두운 바람이 불어온다. 톰의 머릿속에, 크리처가 입김을 불어 그의 눈을 뜨게 하려는 모습이 떠오른다. 이 흔들리는 마음을 밤의 탓으로 돌린다. 한때 사람들이 아침이면 집 안의 커튼을 걷었던 것처럼 밤이 찾아와 눈꺼풀을 들어 올렸다고. 맬로리는 톰과 올림피아에게 부모님이 집 안을 빛으로 가득 채웠던 시절에 대해, 바깥세상을 볼 수 있기에 훨씬 더 벅차게 느껴졌던 경험들을 이야기해주었다. 그리고 집 밖의 세상이 자신의 소유처럼 느껴졌던 경험도.

톰이 천천히 눈을 뜨기 시작한다. 정말로 눈꺼풀을 들어 올리고 있다. 안구가 뒤로 넘어가 흰자위밖에 보이지 않는다. 아직 앞을 보지 않았다. 하지만 눈을 살짝 뜬 채로 크리처 앞에 서 있다.

이 기분은 이루 말로 다 할 수 없다.

톰은 말을 하지 않는다. 크리처는 움직이지 않는다. 여전히 눈동자를 뒤로 넘긴 채 양팔을 뻗고 있자 톰은 자신이 천하무적이라도 된 것 같다. 이 지구상에서 최초로 크리처를 포획할 수 있을 것만 같다.

뭔가가 그의 팔을 쓸어내린다.

톰이 얼른 눈을 감는다. 헛간 고미다락에 있던 새가 날아오른다. 톰이 그 소리에 움찔하며 목을 움츠린다. 그리고 자신의 팔을 문지른다. 자꾸 문지른다. 톰이 상상해낸 어둠 속에서 그를 향해 돌진해 오는 맬로리의 말, 맬로리의 최악의 두려움. 헛간에서 요란하게 울리는 날개를 퍼덕거리는 소리. 순간 톰은 크리처가 하늘로 솟구치는 소리로 착각한다.

안에서는 맬로리도 올림피아도 말을 하지 않는다.

크리처는 여전히 앞에 있을까?

크리처가 톰을 만졌을까? 그는 이제 이성을 잃게 되는 걸까?

"너 어디 있어?"

톰은 자신이 어떻게 아는지 말할 수는 없지만 크리처가 계속 저기에 있는 것 같지는 않다. 좀 더 가까이에 있나? 더 멀어졌나? 퍼덕거리며 멀어진 것이 크리처였나?

아니면 그에게 곧장 걸어와…… 만졌을까…….

톰의 피가 차갑게 식는다. 온몸의 피가.

톰은 크리처 앞에서 실눈을 뜨고 무엇을 하려 했을까? 크리처를 보면 어쩌려고? 그랬다면 엄마와 올림피아에게 무슨 짓을 할 줄 알고?

그는 다시 팔을 문지르더니 재빨리 몸을 숙여 담요를 집어 든다.

뒤쪽의 풀이 납작해진다. 그의 왼쪽으로, 더 많이 납작해진 풀. 이제 두 군데. 세 군데. 저 멀리 있는 무엇. 헛간 옆에서 돌아 나오는 무엇.

헛간 위의 무엇.

"오 젠장." 톰이 말한다.

그는 더 이상 몸을 떨지 않는다. 이제 몸이 흔들릴 정도로 부들거린다.

더 많은 크리처들의 소리가, 저 먼 들판에서 더 많은 발소리가 들린다. 헛간 위에 둘째 크리처. 한 마리는 여기 머리 위 벽에 붙어 있나? 말 그대로 헛간 벽에?

"오, 젠장." 톰이 또 말한다. 달리 떠오르는 말이 없기 때문이다. 마음속에 엄청난 공포가 번짐에도 불구하고 맬로리의 가방을 잊지 않고 챙겨서 잽싸게 움직인다.

두려움…… 아니면 광기?

뒤에 나타난 또 다른 크리처. 몇 마리나 모여들었을까?

그가 헛간 문으로 재빨리 다가간다. 안으로 들어간다.

"엄마." 톰이 부른다. "올림피아. 일어나!"

올림피아는 꼼짝도 하지 않는다. 어느새 잠에서 깨어 있다.

"나도 들었어." 올림피아가 말한다.

톰은 눈을 감은 채 등 뒤로 헛간 문을 닫는다.

맬로리도 이제 깨어 있다.

"몇 마리야?" 맬로리가 묻는다. 그녀의 목소리가 어둠 속에서 일직선으로 뻗어 나온다.

"많아요." 올림피아가 대답한다.

맬로리는 두 아이에게 눈을 감으라고 하지 않는다. 후드 티를 입으라고도 하지 않는다.

"이리 와." 그녀가 말한다. "둘 다."

어둠 속에서 톰이 엄마에게 간다. 그는 엄마의 가방을 원래 있었다고 생각되는 장소 근처에 내려놓는다. 맬로리는 가방을 놓아 둔 자리가 약간 바뀌었다는 사실을 알아차릴까? 그게 중요한가? 톰이 세어보니 바깥에 모여든 크리처는 열 마리이다. 세 마리는 헛간 위. 일곱 마리는 풀밭. 톰이 기록물을 읽었다는 사실을 맬로리가 알아차리건 말건 그게 중요할까?

크리처가 그의 맨살을 만졌다는 사실은?

맬로리에게 거의 다 다가가서야 톰은 자신이 여전히 기록물을 움켜쥐고 있다는 사실을 깨닫는다. 그는 엄마에게 들키지 않고 갑

똑같이 다시 가방에 넣을 자신이 없다.

그게 중요한가?

바깥에서 들리는 기척. 소리를 들어보니 올림피아는 이미 헛간 한가운데 맬로리와 함께 있다. 갑작스러운 바깥 소음은 이제 없다. 쿵쿵 치는 소리도 문을 누드리는 소리도 없다. 사방에 내려앉은 정적 속에서 유일하게 들리는 조심스러운 발소리. 점점 모여드는 크리처들.

톰이 미친 듯이 팔을 문질러댄다. 말아 올렸던 소매를 풀어 내린다.

마음이 거세게 소용돌이쳐 단단히 붙들어놓을 수 없다. 맬로리는 크리처와 닿기만 해도 미칠 수 있다고 믿고 있다.

그게 사실일까?

그럴까?

"엄마." 그가 말한다. 목소리에 공포가 깃들어 있다. 하지만 이런 감정을 일부러 숨기지 않는다. 그는 엄마가 필요하다. 엄마가 곁에 있으면 좋겠다. 엄마가 괜찮다고 말해주면 좋겠다.

톰은 자신이 괜찮지 않으면, 자신이 이성을 잃기 시작하면 맬로리가 (크리처한테서 숨어버리듯이) 아들에게서 숨어버릴 거라는 사실을 전혀 의심하지 않는다.

"엄마!"

맬로리의 손이 톰의 손목을 쥔다. 그리고 자기 쪽으로 끌어당긴다. 이미 엄마와 함께 있는 올림피아의 기척을, 함께 모인 세 사람의 기척을 듣는다.

"장갑." 맬로리가 말한다.

톰이 장갑을 낀다.

톰이 귀를 기울인다. 말을 할 수 없다. 귀를 기울인다. 아무것도 모르겠다.

그가 귀를 기울인다.

맬로리가 그의 손목을 더 세게 쥔다. 톰은 자신이 헉헉거리기 때문이라고 생각한다. 톰은 나무에 묶여 있었던 인디언 리버의 여자를 떠올린다. 여자가 미치지 않은 척하는 모습을 그린다. 여자가 제정신인 척하고, 마침내 자기를 속박하는 밧줄을 잘라줄 날을 기다리는 동안 공동체 사람들이 수프를 먹여주는 모습이 눈에 선하다.

"여기에는 없어요." 올림피아가 말한다.

올림피아는 다 아는 것 같다. 머리를 이리저리 돌리며 최선을 다해서 헛간에서 나는 소리를 놓치지 않으려고 애쓰는 톰의 머리가 보이기라도 하는 것 같다.

맬로리는 그것들이 아직도 밖에 있느냐고 묻지 않는다. 톰이 아는 한 맬로리도 그 정도 기척은 들을 수 있기 때문이다.

풀이 납작해진다. 헛간이 삐걱거린다.

"가만히 있어." 맬로리가 말한다.

맬로리의 목소리는 혼란에 빠진 톰이 매달릴 수 있는 단단한 버팀목이다.

톰은 헛간 옆에서 크리처와 마주쳤을 때 한 번 더 눈을 떴다면 자신이 엄마의 목을 조르고, 올림피아의 머리를 바스러뜨렸을 거라 생각한다.

대체 무슨 생각을 한 걸까? 무슨 짓을 한 거야?

올림피아가 헛간에는 한 마리도 없다고 했다, 올림피아가 헛간에는 한 마리도 없다고 했다, 올림피아가.

"그것들이 꼼짝도 하지 않아요." 올림피아가 말한다.

"들어오려고 하지 않아?" 맬로리가 묻는다.

"네. 하지만 가려는 기미도 없어요."

톰은 자꾸 자신의 팔에 신경이 쓰인다. 팔을 쓸어내린다. 뭔가가 몸속으로, 핏속으로 들어와 정신을 향해 쇄도해 들어오는 모습을 떠올린다. 그가 사랑하는 두 사람을 해치고 싶어질 정도로 강력한 뭔가. 그를 미치게 만들 정도로 강력한.

하지만 아무 일도 일어나지 않을 것이다.

그럴까?

진짜 광기에 들리면 무슨 짓까지 할 수 있는지 일깨워준 맬로리의 이야기에 두 아이는 마음 깊이 두려움에 떨었다. 미친 사람은 자신의 정신에 금이 갔다는 사실을 모른다는 이야기, 바로 그런 점이 그를 미치게 만든다는 이야기. 그리고 어쩌면, 정말 가정일 뿐이지만 그것들에 피부가 닿기만 해도 서서히 미쳐간다는 이야기.

톰은 밖에서 크리처를 봤을까? 생각보다 더 크게 눈을 떴을까?

자신이 미쳤다는 사실도 모른 채 어느새 미쳐버렸나?

톰은 점점 숨쉬기가 힘들다. 이런 생각을 당장 멈춰야 한다. 두려움만 몰고 올 뿐이다. 자신이 두려워해야 마땅하다는 잔소리가 지긋지긋하다. 톰은 인디언 리버의 주민들을 생각한다. 그들도 두려움을 느낄까? 그들도 공포 속에서 살까? 그들도 어둠 속에서 고요한 발소리가 들리면, 헛간의 지붕 위에서 뭔가 움직이는 소리가 들리면…… 지금 톰처럼 정신이 무너져버리나?

톰은 힘을 내기 위해 내면 깊이 파고든다. 밖에서 글을 읽을 때 스릴로 충만했던 대목을 되살리는 중이다. 방금 전 헛간 근처에서 크리처가 그렇게 가까이 있는데도 실눈을 뜨고 있던 십 대 소년과 하나가 되려 한다. 그 소년은 어디로 사라졌을까? 어떻게 이토록 쏜살같이 자취를 감추었을까?

"세어보니 열세 마리예요." 올림피아가 말한다.

하지만 맬로리는 이런 순간에 항상 하는 일을 하는 중이다. 자신과 두 아이가 무사히 밤을 잘 넘길 수 있는 이유를 손꼽기 시작한다. 톰이 그녀의 목소리에서 메아리치는 두려움을 알아챌 것만 같은 순간조차.

"저것들이 공격을 했다는 기록은 어디에도 없어."

하지만 그게 무슨 의미가 있을까? 피해자가 어떻게 '공격을 당한' 사실을 전할 수 있을까? 이미 미쳐버린 사람들이……. 한때 곱게 가꾸었던 정원에 자신의 머리를 묻기 직전, 크리처가 억지로 보게 한 것이 아니라 자신들이 실수로 봤다고 한들 누가 믿을까?

"저것들은 우리에게 관심이 없어."

하지만 톰에게는 오히려 반대로 들린다. 저들이 그들에게 몹시 관심이 있다는 뜻으로 말이다. 어느새 지붕에는 크리처가 하나 더 나타났다. 들판에도 더 늘었다.

"저들은 우리에게 해를 입히려는 의도가 없어."

하지만 그들은 떠나지 않았다. 그렇지 않은가? 크리처는 자신이 인간에게 미치는 영향을 그저 관찰할 뿐이라는 어른 톰의 가설을 맬로리에게 들은 적이 있다. 크리처들에게는 아무런 목적도 없다고. 하지만 그것들도 결국은 자신들이 초래한 해악을 보게 될 것이다. 그렇지 않은가? 어느 순간 그것은 단지 선택의 문제가 될 것이다.

"저들은 자신이 뭘 하는지 몰라."

그럴지도. 톰은 생각한다. 그럴지도 모른다. 하지만 지성이 있건 없건, 도덕성이 있건 없건, 저것들의 수는 전보다 늘었다. 그들이 왔던 곳으로 돌아가려 했다는 증거를 가지고 있는 사람도 없다.

지금도, 공포가 휘몰아치는 와중에도, 엄마와 올림피아 옆에서 벌벌 떨며 뭔가가 닿았다고 느낀 팔을 열심히 문지르는 와중에도, 톰은 이 문제에 골몰해 딴생각을 할 틈이 없다.

"그것들이 뭘 하고 있니?" 맬로리가 묻는다. 톰은 생각에 푹 빠진 나머지 평소에 하던 역할을 까맣게 잊고 말았다. 귀 기울여 듣기. 열심히. 톰은 들판에서 들리는 기척에 귀를 기울인다. 바람 소리라기보다 실체가 있는 것들이 일으킨 소란스러움.

"톰, 그것들이 뭘 하고 있어?"

톰은 헛간의 나무 벽을 지나 바람이 뭔가에 가로막혀 불지 못하는 쪽에 귀를 기울인다. 자유로운 공기가 아닌 것이 차지한 곳들.

"톰?"

맬로리의 목소리가 겁에 질려 있다. 맬로리는 늘 겁에 질려 있다. 걱정하지 않아도 되는 이유가 수백 가지라도 맬로리는 당연히 이번이 그때일 수도 있다는 듯이 말한다. 안대조차 그들을 보호해 줄 수 없는 때. 크리처들이 마침내 그녀를, 그녀의 아이들을 미치게 만드는 때.

톰이 귀를 지붕으로 돌린다.

저 위에는 몇 마리나 있을까? 그리고 왜 저곳에 있을까? 해를 끼칠 의도가 없다면…… 한 번도 인간을 공격한 적이 없다…… 왜 저들은 헛간 지붕 위에 올라가 있을까?

“나는 잘 모르겠어요.” 올림피아가 말한다.

이런 말을 하는 쪽은 주로 톰이다. 항상 그랬다. 크리처의 위치를 감지하는 능력은 올림피아가 발군이다. 반면 톰은 그들이 무엇을 하고 있는지 들을 수 있고 때로는 행동을 예측할 수 있다.

톰의 귀가 고미다락으로 향한다.

그는 올림피아도 멀리서 이 소리를 듣는지 궁금하다.

뭔가가 고미다락에 있다.

그 새가 느닷없이 폭발하듯 하늘로 치솟으며 짹짹거리고, 울부짖고, 의미도, 운율도, 목적도 없는 노래를 부른다. 새가 헛간 안을 마구 날아다니다가 나무 벽에 부딪히자 톰의 손목을 잡은 맬로리의 손에 힘이 더 들어간다. 새가 짚단으로 떨어지다가 날아오르고 다시 미친 듯이 벽으로 돌진한다.

새가 떨어진다. 다시. 날아오른다. 다시.

미친 듯이 벽으로 돌진한다.

“고미다락에 한 마리가 있어요.” 톰이 말한다.

맬로리가 일어선다.

"지금이야." 맬로리가 말한다. "**바로 지금.**"

두 아이는 아무런 반박도 하지 않고 일어난다. 톰은 어둠 속에서 제 가방을 재빨리 챙기려 하지만 맬로리 곁을 비우는 찰나에 무슨 일이 일어날지 모른다. 가령 고미다락에 있는 것이 내려올지도 모른다.

그것이 톰을 만지고 싶어 할지도 모른다.

맬로리가 말한다. "왜 기록물이 내 가방에서 나와 있지?"

톰은 움직이며 자신이 인디언 리버에 살고 있다고 상상한다. 그는 다른 사람들, 발명을 할 준비가 된 사람들과 함께 사는 마을에서 잠을 깨는 상상을 한다.

"톰?" 맬로리가 부른다.

"엄마." 올림피아가 말한다. "그게 움직이고 있어요."

그렇다. 톰에게도 그 소리가 들린다.

"**가자.**" 맬로리가 말한다.

그때 톰이 묻는다. 도저히 묻지 않을 수가 없기 때문이다.

"그 기록물 가지고 가실 거예요?"

톰은 알아야만 한다. 그것을 여기에 두고 갈 수는 없다.

하지만 맬로리는 대답하지 않는다. 대신 톰은 손목에 닿는 누군가의 손길을 느낀다. 엄마의 손. 엄마의 손가락이 톰의 팔을 올라오며 소매를 제대로 내렸는지 확인한다. 톰은 소매를 제대로 내렸다.

그로 인해 피부에 뭔가가 닿았던 느낌이 되살아난다.

톰이 진저리를 친다.

하지만 이번에는 바로 그 느낌, 두려움을 마음속에서 몰아낸다. 순간, 노력이 효과를 발휘한다. 소름이 끼칠 정도로 낯선 순간, 엄마에게 헛간 문으로 끌려가고, 올림피아가 옆에서 침착하게 숨을 쉬는 동안, 수많은 크리처를 앞에 두고도 모든 두려움을 잊는다.

맬로리가 문을 연다. 톰은 헛간 안으로 밀려들어와 코와 입, 턱을 어루만지는 추운 밤, 훨씬 더 추운 밤을 느낀다.

"올림피아." 맬로리가 부른다.

맬로리가 톰에게 도움을 기대하지 않는 것이 확실하다. 왜일까? 뭔가가 톰을 만졌다는 사실을 엄마는 알 수 있어서? 톰이 미쳐가고 있다고 생각해서?

"한 마리가 문을 가로막고 있어요." 올림피아가 말한다.

그들 뒤쪽으로 고미다락이 삐걱거린다.

"물러나." 맬로리가 말한다.

"잠깐만요." 톰이 말한다. "움직이고 있어요."

톰은 그것이 비켜서는 소리를 듣는다.

"가요." 올림피아가 말한다. "지금이에요."

맬로리가 먼저 움직이고 올림피아가 뒤를 따른다. 하지만 톰은 헛간을 나서기 전에 안대를 한 얼굴을 돌려 고미다락을 바라본다.

사다리가 삐걱거린다.

짚단 위를 걷는 소리.

톰이 아테나 한츠를 떠올리는 순간 손이, 올림피아의 손이 그를 헛간 밖으로 끌어낸다.

"**얼굴을 가려.**" 맬로리가 말한다. 그녀의 목소리에서 히스테리가 물씬 묻어난다.

톰은 엄마에게 귀를 기울이며 헛간에서 도망치는 동안, 방금 전 헛간에서 솟아나는 용기를 느꼈던 순간을, 대담무쌍했던 느낌을 꼭 붙들고 놓치지 않으려 한다.

특별한 순간이었다.

그런 느낌은 이미 사라졌다.

그래도 톰은 그런 느낌이 다시 찾아오리라 믿는다.

인디언 리버.

톰의 마음속 깊은 곳에서 인디언 리버라는 이름이 불꽃처럼 반짝인다. 마치 이 단어를 이루는 철자들이 불에 달구어진 것처럼, 거대하고 환한 광장들이 그를 손짓해 부르며 이렇게 말하는 것처럼. 이봐, 이봐, 우리도 무서워. 하지만 안절부절못하며 살든가 과감하게 부딪쳐보든가 둘 중 하나야.

시험해본다.

발명을 한다.

인디언 리버.

우리는 그래도 괜찮아요.

어서 와.

어서 와.

"톰!" 맬로리가 부른다. "어서 와!"

마침내 그것들이 살금살금 헛간으로 몰려드는 소리를 뒤로한 채 톰이 움직인다. 그는 엄마와 올림피아의 구둣발이 더 이상 찾는 이 없는 시골길을 밟기 직전, 갓길의 자갈을 밟을 즈음 두 사람을 따라잡는다.

세 사람은 걷는다. 묵묵히 걸을 뿐이다. 그리고 귀를 기울인다. 발걸음을 재촉한다.

그들이 밤의 성소가 되어주리라 기대한 장소에서 충분히 멀어지자 맬로리의 목소리가 침묵을 가른다.

"아니." 맬로리가 말한다.

톰은 엄마의 말이 무슨 뜻인지 안다. 헛간을 떠나기 전에 엄마에게 했던 질문의 답변이라는 사실을 안다. 엄마는 그 기록물을 가지고 오지 않았다고 말하는 중이다.

하지만 톰은 맬로리의 목소리에서 엄마가 톰과 올림피아의 목소리에서 너무 자주 듣는다고 불평하는 소리를 듣는다.

거짓말.

톰도 맬로리의 가방에서 종이가 부스럭거리는 소리를 듣는다.

세 사람이 그들을 북쪽으로 실어 갈 거대한 교통수단이 정차해 있을지 모를 장소로 계속 걸어가는 동안, 톰은 두려워해도 괜찮고 떨릴 때는 물러나야 한다는 가르침을 준 기록물에 감사할 것이다.

그는 이제 큰 세상에 나와 있다. 이곳은 야딘 캠프장이 아니다.

한참 뒤에서 이제 아까보다 더 많은 크리처들이 지붕 위에 올라가 있는지 헛간이 끼익거리는 소리가 들린다.

그들은 도망치는 삼인조를 지켜보고 있을까? 자신들이 뭘 하는지 알까?

그런 것은 톰에게 중요하지 않다. 지금 당장은 상관없다. 이렇게 맬로리와 올림피아와 발을 맞춰 걷는 동안에는 크리처들이 무슨 짓을 할 셈이었는지 몰라도 상관없다.

이제부터는 톰 자신이 무엇을 하려는지가 중요하다.

여기서 밖으로 나가자. 큰 세상으로.

그는 미치지 않았다.

그는 두려움을 모른다. 그는 맞서 싸울 것이다.

그가 침을 꿀꺽 삼킨다.

그렇게 해도 괜찮으니까.

11

올림피아에게는 비밀이 있다.

오래전부터, 자신이 기억할 수 있는 한 줄곧 비밀이 있었다. 제인 터커 맹인학교에서 지내던 시절부터 비밀이 있었으며 어쩌면 그보다 훨씬 전부터 그랬을지도 모른다. 자신이 태어난 집에서부터. 어쩌면 자신이 태어난 순간부터일지도 모른다. 올림피아는 다양한 책을 읽고, 비밀을 간직하는 일이 꼭 수치스러운 일은 아니며 주위 사람들과 원만한 관계를 유지하기 위해서는 혼자만 아는 편이 더 나은 비밀이 있음을 알게 됐다.

하지만 날이 갈수록 괴로움은 더해만 간다.

올림피아는 지난밤 크리처들이 나타났을 때 톰이 헛간 밖에서 기록을 읽고 있었다는 사실을 안다. 그것들이 톰을 보았기 때문에 이끌려 왔다고는 생각하지 않는다. 오히려 톰이 그것들을 해치울 방법을 알아내고 싶어 한다는 사실을 감지할 수 있으리라 생각한다.

혹시 톰이 어떤 형태로든 접촉하고 싶어 한다는 사실을 그것들도 아는 걸까?

올림피아는 톰이 자신의 침대 아래에 숨겨두던 안경을 가져왔다는 사실을 안다. 안경이 제대로 작동할지는 알 수 없다. 다만 톰이 그걸 끼면 절대 안 된다고 생각할 뿐이다.

비밀들. 톰은 올림피아가 안나는 사실을 모른다. 맬로리는 톰이 그것을 챙겨 왔다는 사실을 모른다.

하지만 올림피아는 안다. 많은 것을 안다.

때로 이 사실을 생각하면 자신이 중요한 존재가 된 것 같다. 때로는 거짓말쟁이가 된 것 같다. 오랫동안 맬로리와 톰에게 한 번도 진실한 적이 없었던 것처럼.

올림피아는 늘 진실하지 못했다.

올림피아는 도저히 자신을 속일 수 없다. 설령 자신을 속이는 행동으로 이득을 본 등장인물 이야기들을 많이 읽었다고 해도. 책에 나온 등장인물들은 아끼는 사람들의 내면이 복잡하다는 사실을 이해하고 나쁜 점들 몇 가지는 서로 눈감아버리기로 하는 것 같다. 안 될 게 뭔가? 톰이 맬로리에게 반감을 품는다 한들 그게 대수인가? 맬로리가 톰에게서 점점 거리감을 느끼는 게 중요한가? 구세계는 신세계와 완전히 다르다. 그렇다. 하지만 올림피아는 사람들의 본성이 크게 다르지 않다는 사실을 깨달았다. 올림피아가 책에서 만난 인물들은 현실에서 만난 사람들과 크게 다르지 않다.

오늘, 그들은 동이 틀 때까지 걸었다. 지금은 해가 서서히 기울기 시작했다.

하지만 그들은 딱 붙어 있다.

그들은 느릿느릿 걷는다. 지치고 덥고 계속 헛고생을 하는 기분이 들기 때문이다. 멀지 않은 곳에 기차가 있다고 알려주는 도로 표지판은 없다. 책에서 본 옥외 광고판도 없다.

그래도 걷는다. 희망을 버리지 않는다. 올림피아는 이번 여행을 떠나기로 한 엄마가 마음을 편히 가지도록 할 수 있는 일이면 뭐든 한다.

올림피아는 맬로리의 부모님이 살아 계시기를 너무나 간절히 바란다. 그들은 피가 이어져 있건 아니건 자신의 조부모이며, 올림피아는 십 대 아이들의 인생에 어떤 영향을 미칠 수 있는지를 잘 아는 조부모 이야기를 잔뜩 읽었다.

오, 그분들이 살아 계시면 얼마나 좋을까. 세인트이그네이스에. 아니면 더 가까운 곳에. 기차 승강장에서 가족을 기다리고 계신다면 얼마나 좋을까. 할아버지 할머니들이 으레 그러듯이.

"이제 3킬로미터 남았어요." 톰이 말한다.

그들은 안전하게 이동할 수 있는 범위 내에서 최대한 빠르게 걷고 있다.

올림피아는 톰의 목소리에서 활력을 듣는다. 그는 오늘 거의 말이 없었다. '엄마와 올림피아는 내가 잘 들으려고 말을 아낀다고 생각하겠지?' 올림피아가 보기에 톰은 이렇게 생각하는 것 같다. 하지만 올림피아는 그런 수에 넘어가지 않는다. 톰은 뭔가 꿍꿍이가 있을 때 말수가 없어진다. 야딘 캠프장에서 살던 때에도 톰이 조용하면 새로운 헬멧이나 보호 장구, 더 무거운 장갑 따위를 만드는 데 필요한 재료를 두고 고민 중이라는 뜻이었다. 그런데 지금 여기서 왜 저러는 걸까.

지난밤 헛간을 나가서 기록을 읽은 것과 관계가 있을까?

맬로리도 좀처럼 입을 열지 않지만, 그녀가 무슨 생각을 하는지는 쉽게 짐작이 된다. 맬로리는 지난 17년 동안 부모님이 돌아가셨다고 믿어 의심치 않았다. 이미 슬퍼할 만큼 슬퍼했다는 얘기다. 올림피아는 안대가 전혀 중요하지 않았던 세상이 잘 상상되지 않는다. 하지만 마음을 열면, 맬로리의 입장이 되어보면 알 수 있을 것 같다. 올림피아는 생각해본다. 세상이 너무나 뒤죽박죽으로 뒤집혀서 올림피아 자신이, 엄마인 맬로리가 살아남았을 리 없다고 생각한다면 어떻게 될까? 17년이 지났어도 맬로리의 부모님은 살아 계시다면?

맬로리만 그분들이 죽었다고 생각했다면?

"거기에 도착했다는 걸 어떻게 알아요?" 올림피아가 묻는다. 무슨 말이라도 해야 할 것 같아서. 하지만 이내 후회한다. 올림피아는 이미 답을 안다. 당연히 맬로리는 둘에게 잘 들어보라고 할 것이다. 그리고 혹시라도 누군가와 마주친다면 뭔가 아는 게 있느냐고 물어봐야 할 것이다.

"잘 들어야지." 맬로리가 대답한다. 뒤이어 덧붙인다. "사람들을 만나면 이야기를 해봐야 하고."

올림피아는 톰의 반응을 감지한다. 톰이 말을 하기도 전에 무슨 말을 할지 짐작한다.

"물론이죠." 톰이 말한다. 여기에는 '**물론 엄마가 허락을 해줘야 이야기를 해보겠죠**'라는 뜻이 담겨 있다.

맬로리가 걸음을 멈춘다. 올림피아는 톰에 대해서는 걱정하지 말라고 말해주고 싶다. 하지만 지금은 때가 아니다. 우리는 너무 가까이 있다.

"그런 사람에게는 내가 말을 할 거야." 맬로리가 덧붙인다. "너희는 잘 듣도록 해."

톰도 걸음을 멈춘다.

"그럼요, 엄마. 걱정 마세요." 목소리에서 새어나오는 분노.

"그래. 빌어먹을 정도로 걱정하지 않아."

"엄마는 왜 제가 안 듣는 것처럼 그러세요." 톰이 따진다. "왜 엄마가 우리에게 시키는 지긋지긋한 일들을 우리가 하나도 안 하는 것처럼 그러시냐고요!"

"**듣는 것**만으로는 충분하지 않아." 맬로리가 말한다. "내가 무슨 말을 하든 믿어야 해. **그게** 중요하다고."

올림피아는 그들에게서 떨어져 갓길로 간다. 마침내 저 두 사람이 한바탕할 때인 것 같다.

"우리도 우리 마음이라는 게 있어요!" 톰이 소리를 지른다.

"맙소사, 톰." 맬로리가 말한다. "지금 네가 무슨 말을 하는지 하나도 모르는구나."

"모르긴요!"

"몰라. 너는 몰라. 너는 철저히 은신하는 삶을 살아왔어."

"네, 그게 누구 잘못일까요?"

"내 잘못은 아니지!" 맬로리가 비명을 지르듯 대답한다. 둘 다 고래고래 소리를 지르고 있다.

올림피아는 그들에게서 떨어져 나와 장갑을 낀 손에 닿을 정도로 풀이 웃자란 버려진 땅으로 간다.

신발 뒷굽에 뭔가 부드러운 것이 닿는다.

"처음부터 끝까지 다 엄마 탓이에요." 톰이 말한다. "우리는 엄마가 정한 규칙대로 살고 있으니까요."

"그래. 너는 **살고 있어**. 너는 **살아 있어**. 내 규칙들 덕분에."

"엄마! 엄마는 아무하고도 말을 못 하게 하잖아요!"

"다른 사람이 네게 무슨 짓을 하겠니, 톰? 더 좋은 안대를 어떻게 묶는지 가르쳐줄까?"

올림피아는 키 큰 풀밭에 무릎을 꿇고 앉아 자신이 하마터면 밟을 뻔한 것을 더듬더듬 만져본다.

"너무 꽉 막혔잖아요, 엄마!" 톰이 말한다. "그건 그냥…… 미친 거라고요!"

"톰, 내 말을 잘 들어봐……."

"안 듣겠다면요?"

올림피아는 그것을 만지다가 황급히 장갑 낀 손을 거둔다.

"이제 징글징글해요!" 톰이 말한다.

"네가?" 맬로리가 소리친다. "너는 어떤 일에도 그렇게 느껴서는 **안 돼**."

올림피아의 무릎에 닿은 것은 여자의 몸이다. 심장에 꽂힌 칼 한 자루. 칼의 손잡이를 쥐고 있는 손.

"우리는 그것들이 아직도 우리를 미치게 만드는지 어떤지조차 몰라요." 톰이 말한다. 하지만 말에 힘이 없다.

"우리가 뭐 어쨌다고?" 맬로리가 묻는다. "대체 무슨 말을 하려는 거니?"

올림피아가 장갑을 벗는다. 작열하는 태양에 굳어버린 피가 엉겨붙어 있다. 누워 있는 여자의 목덜미를 손가락처럼 훑어 올라가는 피.

"올림피아!" 맬로리가 소리쳐 부른다.

올림피아가 벌떡 일어선다.

"여기 있어요, 엄마."

뒤이은 침묵. 올림피아의 이름을 부름으로써 맬로리는 균형감각을 더하려는 것 같다.

"더 이상은 안 돼." 맬로리가 말한다. 올림피아는 톰에게만 한 말이 아니라는 사실을 안다. 모든 것에게 한 말이다. 크리처들에게. 그녀가 이미 애도했던 사람들을 찾고 있다는 사실에도.

올림피아가 귀를 앞으로 내민다.

"잠깐만요." 그녀가 말한다. "엔진 소리가 들려요."

아무래도 자동차는 아닌 듯하다. 발전기 소리에 더 가깝다. 확성기가 꾸준히 윙윙거리는 것 같은 소리 말이다. 그것도 아주 큰 확성기.

"앞쪽에서?" 맬로리가 묻는다.

"네."

"차는 아니에요." 톰이 말한다.

"맞아요." 올림피아가 말한다.

"더 자세히 말해봐." 맬로리가 재촉한다.

"그러니까…… 차보다 더 폭이 넓어요……." 톰이 말한다.

"기차." 맬로리가 말한다.

올림피아의 얼굴에서 핏기가 사라진다. 엄마의 말씀이 옳았나? 이런 게 기차 소리인가?

소리가 엄청나다.

"빨리 가야 해." 맬로리가 말한다. "3킬로미터라고?"

"그보다는 더 가까워요." 톰이 말한다.

"어서 가자." 맬로리가 재촉한다. 덩굴처럼 뻗어 나오는 히스테리의 기운. "어서."

기차.

정말 기차일까? 아니면 올림피아가 책에서 수없이 읽은 것처럼 그들이 간절히 바라기 때문에 그렇게 들리는 걸까?

맬로리와 톰이 올림피아에게서 점점 멀어진다. 올림피아는 시골길 옆 키 큰 풀숲에 죽어 있는 여자를 향해 마지막으로 돌아선다.

"죄송해요." 올림피아가 말한다. "거기 계신 줄 몰랐어요, 죄송해요."

하지만 이것이 옳은 결정임을 올림피아는 안다. 엄마와 톰은 한마음으로 나아가고 있고 시신에게 더 이상 암울한 일은 일어나지 않을 것이다.

징조.

불길한 전조.

지금은 아니다.

다시 하는 말이지만 가끔은 비밀은 그냥 가슴에 품고 있는 편이 옳다.

올림피아는 서둘러 두 사람을 따라잡는다. 익숙하지 않는 엔진의 윙윙 소리가 멀리서 계속 들린다. 그러자 올림피아는 자신이 태어난 집보다 더 큰 기계를 머릿속에 떠올린다.

올림피아가 걷는다.

뒤처져 있으나 따라잡는다.

그리고 비밀은 그대로 간직한다.

12

맬로리의 마음은 불길에 휩싸여 있다.

지금 들리는 소리가 기차에서 나는 소리라고 생각한다. 제발 그랬으면 좋겠다. 장담할 수는 없다. 소리에 이렇게까지 집중한 적은 없었다. 어떤 소리에도 말이다. 이렇게 먼 거리에서, 이런 마음일 때 진짜 기차 소리는 어떻게 들릴까?

맬로리가 발걸음을 재촉한다. 너무 빠르다. 하지만 올림피아가 한 걸음 앞서 있다. 딸은 도로에 구멍이 있을 때마다 소리쳐 알려주고 몇 번이고 뒤로 돌아와 맬로리의 팔을 잡아끈다.

방금 전까지 톰과 다툰 일은 중요하지 않다. 지금은 저 멀리서 들리는 믿어지지 않는 윙윙 소리 외에 아무것도 중요하지 않다. 몇 걸음마다 소리가 다른 곳에서 들려오는 것 같다. 오른쪽. 아니, 왼쪽. 이제 1킬로미터도 안 남은 것 같다. 아니, 5킬로미터는 더 떨어져 있다. 때로 소리가 감쪽같이 사라진다. 그러면 맬로리는 텔레비전에 나오는 마술처럼 순식간에 사라지는 기차를 상상한다. 거대한 구조물이 점점 사라져서 완전히 없어졌다고 생각하는 순간, 이 근처일 수도 있고 저 멀리일 수도 있는 지평선 위로 펑 하고 나타나는 것처럼 말이다.

"톰?" 맬로리가 부른다.

"네, 저는 괜찮아요."

올림피아에게는 굳이 물어보지 않는다. 딸은 전에도 몇 번이나 그랬던 것처럼 앞장서서 두 사람을 이끌고 있다. 맬로리는 맹인학교를 떠나 야딘 캠프장에 이르는 긴 여정을 떠올린다. 그때조차 어린 올림피아가 모두를 이끌었다.

"조심하세요." 올림피아가 알린다. "길이 크게 구부러져요."

맬로리는 올림피아에게, 자신의 딸에게 다가가며 자신도 누군가의 딸이라는, 샘과 메리 월시의 딸이라는 사실을 떠올린다. 문득 여기서는 누가 엄마이고 누가 딸인지 모르겠다. 바로 그때 올림피아의 손이 그녀의 팔꿈치를 잡으며 방향을 안내한다.

올림피아가 기차에 대해 무슨 말인가 한다. 출발하지 않으면 어떻게 하느냐고, 애초에 그곳에 없다면 어떻게 하느냐고. 하지만 맬로리의 마음은 부모님을 다시 만날지도 모른다는 생각에 너무 깊이 빠져 기차를 부모님이라 생각해버린다. 저 소리가 윙윙 소리를 내는 엄마와 아빠라고 말이다.

"내가 먼저 뛰어가 볼게요." 톰이 말한다. 넘어질 걱정이 없기 때문이다. 다시 훌쩍 일어날 수 있기 때문이다. 이제 열여섯 살이기 때문이다.

"안 돼." 맬로리가 말한다. 하지만 어쩌면 이번이야말로 그녀가 아이의 바람을 들어줄 수 있는 유일한 경우인지 모른다. "다치기라도 하면 어떡해. 지금은 안 돼."

맬로리는 헐떡거리느라 숨을 내쉴 때마다 말이 뚝뚝 끊어진다. 겁에 질린 걸까?

문득 샘과 메리 월시가 가만히 있는 괴물 옆에 서 **있을 수도 있다**는 생각이 들어 머리를 한 대 얻어맞은 것 같다. 기차가 매키노 시티로 간다면, 그래서 부모님이 어느 시점에 남쪽으로 이동하셨다면, 그분들이 남쪽으로 가는 기차를 탔을지도 모른다고 보는 것이 논리적이지 않을까. 맬로리가 그분들에게 닿기 위해 기차를 타려고 달리는 바로 이 순간에?

논리라.

지금 이 상황에 가장 어울리지 않는 말이다. 미쳐버린 세상에서 **논리**라니. 암흑천지가 된 세상. **바로 지금** 자신들을 향해 달려오는 세 사람의 기척에 입을 꾹 다무는 두 분, 여전히 주를 가로질러 남하하는 두 분, 맬로리를 찾으러 가는 두 분을 맬로리가 지나쳐 달려가는 세상.

기차가 아니야. 맬로리가 생각한다. 왜냐하면 기차일 리 없기 때문이다. 왜냐하면 기차 엔진이 공회전하느라 조용해졌다가 다시 소리가 커지지는 않기 때문이다. 기차는 이런 소리를 내지 않는다. 그리고 진짜 기차가 **있다**면 그녀는 믿어지지 않을 정도로 운이 좋은 셈이기 때문이다.

맬로리가 절대 가지지 못한 것이 있다면 바로 행운이다.

누군들?

하지만 맬로리는 여전히 기차를 향해 간다. 이제 달리다시피

한다.

두 아이가 앞서 가는 중이다. 올림피아가 도로 여기저기가 파여 있다고 큰 소리로 알린다. 톰은 1킬로미터도 남지 않았다고 말한다. 맬로리의 두 다리가 비명을 지른다. 가슴이 뜨겁다. 머리는 기억들로 점점 부풀어 오른다. 맬로리와 섀넌을 동물원에 데리고 가주신 엄마와 아빠. 자매가 근사한 대형 동물이 서 있는 넓은 사육장을 어슬렁거리는 코끼리 그림들을 따라갔지만 막상 가보니 전혀 크지 않았던 기억. 아빠가 맬로리를 안아 들고는 코끼리를 동물원에서 몰래 빼내서 코트 아래에 숨겨 아프리카까지 걸어서 갈 수 있으면 좋겠다고 했던 기억. 맬로리는 이 이야기를 듣고 웃음을 터트린 일이며, 아빠의 말이 무슨 뜻인지 이해한 후 아빠가 좋은 사람이라는 사실을 깨달은 기억이 난다. 두 딸에게 청바지를 사주기 위해 가게에서 줄을 서 있던 엄마를 기억한다. 두 사람 앞에 서 있던 여자가 이 달러가 부족했던 일. 그리고 엄마가 그녀에게 이 달러를 준 기억.

오, 맬로리는 얼마나 두 분을 다시 만나고 싶은지. 상봉의 열망이 그녀의 몸을 차지해버렸다. 그런 희망, 다급함, 가능성…….

하지만 맬로리는 갈망에 마음을 뺏기지 않을 것이다. 그런 일이 일어나도록 내버려두지 않을 것이다. 애초에 기차 따위는 없을지도 모르니까.

그리고 기차가 있다고 해도…… 누가 운행한단 말인가?

"힘내요!" 톰이 한껏 흥분해 소리친다. 톰이 넘어질 뻔하다가 용케 균형을 잡는 소리가 들린다. 팔꿈치에는 올림피아의 손이 느껴진다.

“어서요!” 톰이 다시 소리친다. 열여섯 살의 목소리이다. 올림피아도 마찬가지이다. 지금 현재를, 결코 잊지 못할 것을, 바로 이런 기억을 안고 살고 있는 두 아이. 두 아이에게 이 기억은 결코 잊히지 않으리라. 그녀도 또렷한 기억이 있다. 식탁에서 웃으며 이웃과 담소를 나누는 엄마와 아빠. 핼러윈에 우스꽝스러운 가발을 쓴 아빠. 12월 지붕 위에 크리스마스 장식 전구를 늘어놓는 엄마.

문득 론 핸디가 떠오른다. 분명 누이를 떠올리며, 그녀의 손을 다시 잡고 싶을 뿐 아니라 목소리도 듣고 싶어서 가슴 아플 것이다.

“아닐지도—.” 맬로리는 말을 시작하지만 숨이 차오른다. “아닐지도—.” 차마 이 말을 입 밖에 꺼내지 못한다. “기차가 아닐지도 몰라!”

그 말이 신호가 된 것처럼 기적이 울린다.

그 말이 마음 깊은 곳의 어둠을 뒤흔들더니 진짜 기차의 연기 같은 기세로 자욱하게 피어난 하얀 금속성 증기 구름이 솟아오르며 시커먼 하늘 한가운데가 쩍 갈라진다.

오, 하느님 맙소사. 그녀가 생각한다. **오, 하느님 맙소사, 오 하느님 맙소사, 오 하느님 맙소사**.

맬로리가 달린다. 마음은 거칠게 날뛰고, 시커먼 마음속으로 화사한 색들이, 믿음의 색들이 밀려들어 온다.

정말 기차가 있다. 이제 더 이상 의심할 이유가 없다.

“힘내요!”

이렇게 고함을 지른 사람은 맬로리였나? 톰? 아니, 올림피아.

올림피아가 다시 앞장서고 있다. 올림피아가 무엇을 조심해야 하는지 소리쳐서 알린다. 마치 고양이처럼, 땅이 푹 파인 곳과 꺾어지는 곳에 누구보다 빠르게 반응하는 것 같다. 맬로리라면 언감생심이다. 딸의 격려가 효력을 발휘한다. 나뭇가지들이 맬로리의 팔을 치고, 다시 내리막길이 시작될 때는 무릎에서 힘이 빠져나갈 뻔했지만 맬로리는 더 이상 단순히 발을 놀리는 정도가 아니라 아예 달리고 있다. 눈이 없는 기차, **생존자** 명단에 올라 있는 부모님이 계시는 북쪽으로 가는 기차를 향해 달리고 있다.

태양은 뜨겁고 여전히 높이 떠 있지만 내리막길이라 공회전을 하고 있는 엔진 소리가 아까보다 훨씬 더 크게 들린다. 이 정신 나간 시나리오가 노먼 록웰의 그림처럼 머릿속에 또렷이 떠오른다. 크림 같은 하얀 증기가 검은 기차의 머리에서 피어오르고, 바퀴는 여름 햇살을 받아 눈부시게 번쩍인다. 파라솔을 들고 승강장에 서 있는 여자들과 남자들, 기관사들과 표를 받는 차장, 기차에 오르기를 무서워하는 아이들, 목줄이 바짝 잡힌 반려동물들, 가방과 상자, 바닥을 삐걱거리며 지나가는 구두들, 엄마와 아빠에게로 가는 비밀 문처럼 미래로, 북쪽으로 뻗어가는 선로.

샘과 메리 월시.

맬로리가 넘어진다.

무릎이 바닥에 세게 부딪히는 순간, 그곳은 더 이상 부드러운 흙길이 아니라 단단한 포장도로라는 사실을 깨닫는다. 후드 티를 입고 장갑을 낀 터라 더운 데다 안대 아래로 땀이 줄줄 흐른다. 그리고 다시 일어서는 순간, 올림피아가 두 손을 그녀의 어깨에 올리는 순간, 현실은 구세계의 동화 같은 그림과 조금도 비슷하지 않다는 사실에 충격을 받는다. 기차는 반짝이지 않고, 방치된 채 여기저기 녹슬어 있고, 전기 배선은 아마도 위험천만할 것이다. 안전 규정을 통과했을 리도 없으리라. 창문은 검게 칠해져 있을 것이다. 페인트가 차체 옆면으로 흘러내려 거대한 바퀴에까지 내려간 모습이 눈에 선하다. 맬로리는 기차에서 발판이 군데군데 사라져 있고, 예전과 다르게 지금은 승객을 북쪽으로 데려가는 두 줄의 선로에는 군데군데 끊긴 지점이 있으리라는 데 돈을 걸 수도 있다. 어디 그뿐인가. 승객들은 모두 안대를 하고 기관사조차 밖을 내다볼 수 없는 상태로 운행할 것이다. 기관사가 밖을 내다본들 무엇을 보겠는가. 승강장에는 작별을 고하러 온 가족도, 반려동물도 분명 없다. 승객이 가지고 타는 짐이라고 해봐야 통조림과 건전지, 여분의 신발, 검은 천을 쑤셔 넣은 가방이 다일 것이다.

이런 기차를 또 누가 타려고 할까? 그리고 왜?

무릎은 엉망이 되었지만 맬로리는 일어나서 다시 움직인다. 그들이 기차에 닿기도 전에 기차가 출발할 거라는 생각은 너무나 잔혹해서 떠올릴 수조차 없다. 그들은 기차가 돌아오기를 기다리며 얼마나 오랫동안 여길 집이라 부르며 머물러야 할까?

"거의 다 왔어요." 톰이 말한다.

맬로리도 그러리라 짐작한다. 엄청난 엔진 소리에 톰의 목소리는 거의 들리지 않는다. 맬로리는 아들이 신세계에 집어삼켜지는 모습을 생각한다. 이 신세계는 다시금 산업이 지배하고, 일자리가 필요하고, 노동자들이 필요하고, 여러 직업이 개방된 무한한 길로, 두 아이가 20년 전에 나아갔을지 모르는 여정으로 향하고 있다.

"꼭 붙어 있어." 맬로리가 소리친다.

그녀는 지금 톰과 올림피아가 어디에 있는지 잘 모른다. 얼마나 앞서 있을까? 소음 속에서 올림피아의 목소리가 들린다. 안심 비슷한 감정이 여정의 마지막 단계를 주파하는 안대를 한 여자의 머리를 스쳐 지나가지만, 박쥐가 날 수 있을 만큼 아주 짧은 시간 동안만 느껴질 뿐이다.

맬로리와 두 아이는 기차에 타고 있는 승객들로부터 보호받고, 안전하게 지낼 수 있을까? 먹을거리는 있을까? 물은? 욕실은? 침대는?

기차에 탑승하는 대가로 무엇을 내야 할까?

"얘들아!" 맬로리가 소리친다. 그녀의 팔꿈치에 누군가의 손길이 느껴지지만 금세 사라진다.

기적이 다시 공기를 날카롭게 가른다.

이제 거의 다 왔다.

"톰!" 맬로리가 소리친다. "올림피아!"

하지만 그때 들린 소리는 성인 남성의 목소리다.

"시간이 얼마 없어요." 남자가 말한다. "서둘러요!"

순간 남자가 살 수 있는 시간이 몇 초 안 남았다고 말한 것 같아 공포가 몰려온다. 정말 그런 뜻으로 한 말인지 모른다. 맬로리에게 남은 시간은 고작 그 정도일 것이다.

하지만 맬로리는 양팔을 들어 올리며 앞으로 달린다. 누군가의 두 손이 그녀의 손을 잡는다. 더 작은 손. 올림피아.

기차 소리가 바뀌자 맬로리는 기차가 움직이기 시작했다는 사실을 알아차린다. 잠에서 깨어나는 기계가 토해내는 깊은 숨소리.

"안 돼." 맬로리가 숨을 헐떡이며 말한다.

"아직 여기 있어요." 톰이 말한다.

톰! 톰도 여기에 있다.

하지만 기차는 이미 움직이고 있다. 맬로리는 이제 확신한다.

그리고 다른 사람들이 길에서, 선로에서 그걸 치우라고 소리친다.

엔진이 핑음을 낸다. 기적이 울린다.

증기. 기차. 바로 코앞.

하지만 기차는 이미 달리고 있다.

"어서요!" 올림피아가 말한다.

"기차가 출발해요!" 톰이 소리친다.

하지만 그들은 멈추지 않는다. 그들은 움직인다. 이제 삐거덕거리는 받침대 위에서. 승강장일까? 기차역? 맬로리가 누군가와 어깨를 부딪힌다. 조심하라고 소리를 지른다. 구세계에서 쓰던 말은 앞으로 다가올 것들의 징조 같다.

"우리는 기차 끄트머리로 뛰어올라야 해요." 올림피아가 말한다. 맬로리는 책에서 그런 지침을 읽는 딸의 모습을 상상한다. 등장인물들, 기차에 훌쩍 올라타는 사람들, 무임승차자들. 맬로리는 딸의 말에 동의하는 자신이 믿어지지 않는다. 이런 생각을 정당화할 방법이 없다. 이런 행동은 지난 16년 동안 아이들에게 보여줬던 엄마의 모습이 아니다.

"엄마!" 올림피아가 소리친다.

맬로리가 딸을 향해 손을 뻗지만 딸은 어디에도 없다. 기차가 점점 속도를 올리는 소리가 난다. 너무 빨라서, 엔진이 더 이상 숨을 내쉬지 않고 들이쉬기만 하며 고집스레 북쪽으로 고개를 드는 것만 같다.

"안 되겠어." 맬로리가 말한다. 주유소에서 오래된 위스키가 든 지저분한 유리잔을 들고 있는 론 핸디의 영상이 보인다. 흐느끼며 누이를 보러 가지 않기로 결정하게 만든 두려움을 내쫓으려 몸부림치고 있다.

맬로리는 마음의 눈을 감고, 이미 감고 있는 안대 뒤의 눈을 감고, 지금까지 생명줄로 삼았던 안대 뒤의 모든 것을 감으려 한다. 더 이상 론 핸디나 야딘 캠프장, 어른 톰이나 어른 올림피아, 제인 터커 맹인학교, 아네트나 게리를 떠올리고 싶지 않다. 맬로리는 기차, 움직임, 회전하는 바퀴, 끽끽거리는 금속음, 펌프, 증기, 기계에만 집중하고 싶다. 그러자 상부 반도의 깊숙한 곳에 펼쳐진 트윈 레이크스의 선착장 끄트머리에 서 있는 엄마와 아빠가 나타난다. 두 분은 미소를 지으며 너는 할 수 있다고, 헤엄을 치라고, 힘을 내라고, 이제 다 왔다고 격려한다. 아빠의 머리카락은 여전히 갈색이고 엄마는 아직 안경을 끼지 않으셨으며 두 분은 맬로리가 처음으로 수영하던 어릴 적 모습 그대로이다.

그런데 느닷없이 두 분은 안대를 하고 있으며 두 손을 쭉 뻗는다. 부모님은 맬로리를 볼 수 없다. 어떻게 서로 가닿아야 하는지 아무도 모르는 것 같다. 두 분이 맬로리를 부른다. 마치 그녀가 달릴 때 부르는 목소리 같다. 물속에서 정체 모를 커다란 물체와 함께 있는 것 같고, 이 커다란 (그리고 움직이는) 것이 옆에 함께 있다고 느끼며 내리쬐는 햇빛 속에서 과연 해낼 수 있는지 몰라 불안해서 온몸을 허우적거리며 달릴 때, 바로 그때 부츠 앞코가 선로에 닿는다.

선로!

맬로리가 기차를 향해 달리고 있다.

힘내, 맬로리!

섀넌. 언니조차 선착장에서 맬로리를 응원하는 중이다. 맬로리를 질투해 이곳은 자신이 수영하는 호수이며 엄마와 아빠(**샘과 메리 월시**)에게 위로를 받아야 할 사람은 자신이라고 했던 언니가. 이제 섀넌이 그녀에게 소리친다. 목소리가 청량하고 활력이 넘친다. 맬로리가 해낼 수 있다고 응원하고 있다. 구세계가 신세계에 의해 대체되었고 섀넌이 맬로리보다 먼저 크리처의 존재를 믿었을 때조차 맬로리가 언니에게 신세계에서도 해낼 수 있다고 응원했던 것처럼.

힘내, 맬로리!

맬로리가 앞이 보이지 않는 상태로 선착장을 향해 손을 뻗는다. 머리 위로 물과 어둠이 있는 듯하여 그것을 피해 비켜가며 달리는 중일지 모른다. 땅 혹은 기차로부터 멀어지는 중일지도 모른다.

엄마와 아빠가 웃고 있다. 맬로리는 자신이 해낼 것이기 때문이라는 사실을 안다.

손 하나가 다가와 그녀의 손을 잡는다.

기차는 빨리 달리지 않는다. 빨리 달릴 수 없다. 눈이 없으니까.

누군가 맬로리를 잡아당긴다. 둘째 손이 남은 손 하나를 잡나 싶더니 갑자기 맬로리의 두 발이 질질 끌려간다. 정강이가 금속으로 된 물체에 세게 부딪힌다. 기차의 소음이 끔찍할 정도로 커서 기차가 마치 하늘에서 떨어지는 것 같다. 그것도 맬로리의 머리 위로 곧장.

"발을 들어 올려요." 톰이 말한다.

맬로리를 붙잡아준 사람은 톰이다. 톰이 그녀를 잡고 금속 계단에 발을 올리도록 도와준다.

맬로리는 한쪽 다리를 금속 계단에 내려놓으려 하지만 부츠에 아무것도 닿지 않아 두 다리가 다시 끌려간다.

두 아이는 맬로리를 안전하게 끌어올리기 위해 서로에게 소리치며 빠른 속도로 이야기를 나누고 있다.

맬로리가 다시 다리를 들어 올린다. 이번에는 몸을 훌쩍 들어 올려 부츠 끄트머리로 첫 번째 금속 계단을 딛고 선다.

"엄마, 할 수 있어요." 올림피아가 말한다.

맬로리가 여세를 몰아 몸을 끌어올려 단단한 발판에 올라선다. 그녀는 우뚝 서서—서 있다고!—금속 난간을 움켜쥐고는 이 여행을 얼마나 오래 하건 절대로 안대를 벗지 않겠다고 벌써부터 다짐한다.

그들은 걷지도 않는데 움직이고 있다. 신세계에서.

남자 목소리가 맬로리의 몽상을 깬다.

"여자분을 태웠니?"

"네." 올림피아가 대답한다. 딸아이의 목소리가 선착장에서 들은 새넌의 목소리처럼 들린다.

"그 사람 누구야?" 맬로리가 묻는다. 그녀가 이런 질문을 할 때으레 따라오는 매서운 기색은 느껴지지 않는다.

그들은 막 달리는 기차에 올라탔다.

남자가 다시 무슨 말을 하지만 목소리가 점점 멀어진다. 맬로리는 그가 객실로 들어갔다고 생각한다. 미닫이문이 닫히는 소리가 들린다.

맬로리가 나머지 계단을 오른다.

올림피아와 톰이 거기 있다. 맬로리는 두 아이를 번갈아 안으며 안도하고 잠시나마 희열을 느낀다. 다음 순간 맬로리는 이것이 옳은 결정인지, 혹여 자신이 저지른 가장 위험한 짓은 아닌지 자문하며 막 뚫고 달려온 암흑을 향해 고개를 돌린다.

맬로리는 두 아이의 목숨을 위험에 처하게 했다. 무엇으로도 합리화할 수 없는 사실이다. 아닌 척할 수도 없다.

"우리가 해냈어요." 올림피아가 말한다. 황홀할 정도로 기뻐하는 기색이다. 살아 있다. 인생에서 가장 큰 모험을 막 시작한 십 대 같다.

맬로리가 기차의 뒷문과 비포장도로로 이어진 세상, 점점 멀어지는 야딘 캠프장을 바라본다.

맬로리는 숨을 들이쉬고 잠시 머금었다가 다시 내쉰다.

이 기차에 어떤 사람들이 타고 있을지 누가 알겠는가.

혹은 승객들은 모두 몇이나 될까.

그녀는 **상황이 나빠지면 뛰어내리면 된다**고 생각한다.

"자, 됐어." 이렇게 말하는 맬로리의 목소리에서도 고조된 감정이 언뜻 비친다. "안대를 풀지 말고 후드 티도 계속 입고 있어. 장갑도. 이제 들어가자."

맬로리는 자신의 가방을 쓰다듬는 손길을 느낀다. 톰이 그녀를 다시 안아주려는 걸까?

맬로리가 두 아이 사이에 서서 미닫이문의 손잡이를 찾아 더듬거린다. 엄마와 아빠를 다시 떠올린다. 두 사람을 생각하지 않을 수가 없기 때문이다. 가방 속 기록물에 새겨진 두 분의 이름, 그녀를 이 기차에 오르게 한 두 이름.

"내가 말한 대로 해." 맬로리가 말한다. "그리고 내가 말해도 된다고 한 사람하고만 말해야 해. 우리가 어디로 가는지, 혹은 왜 가는지 **아무에게도** 말하면 안 돼. 우리는 여기 친구를 사귀러 온 게 아니야. 그냥 이동하기 위해 온 것뿐이야. 알겠니?"

"네." 올림피아가 말한다.

"네." 톰도 말한다.

"좋아." 맬로리가 말한다. "너희를 사랑해."

모든 이미지와 추억, 환상이 맬로리의 마음에서 일거에 사라지고 저 앞에서 기다리고 있는 무한한 어둠만 남는다.

맬로리가 문을 밀어 연다.

맬로리가 숨을 들이쉬고 잠시 머금었다 다시 내쉰다.

마침내 세 사람은 눈 없는 기차로 들어간다.

눈이 없는 기차

13

이것도 광기 속에서 끝장날 것이다.

늘 그렇게 되기 때문이다. 맬로리가 다른 사람과 함께 어울리면 누군가 실수를 한다. 누군가 해서는 안 되는 일을 하려고 한다. 누군가 믿어서는 안 되는 일을 믿는다. 내 맘같이 사는 사람은 어디에도 없다는 사실을 맬로리는 잘 안다. 똑같은 방식으로 키워졌고, 태어난 순간부터 지금 이 순간 기차를 향해 달려와 올라탈 때까지 큰일들을 똑같이 겪어온 두 아이조차 마찬가지이다. 마음씨가 고와 보이는 사람도 창밖을 힐끔 내다보고 싶어질 수 있다. 반면 겉으로 거칠어 보이는 사람이라도 그러지 않을 수 있다. 태도가 거슬리는 사람이 외려 충직할 수도 있다. 예전의 선과 악의 체제는 이미 오래전에 안전과 위험의 구조로 대체됐다. 당신은 안전한 사람인가? 맬로리는 자신이 안전한 사람이라고 생각한다. 그렇다는 걸 안다. 맹인학교에서 맬로리는 그런 사실로 인해 비웃음을 샀다. 어떤 사람들은 맬로리가 다른 사람들이 틀렸다고 생각하기에 예방 조치를 한다고 생각했다. 이 세계에도, 구세계에도 속하지 않는 광기를, 크리처의 모습을 앞에 두고 불안과 혼란에 휩싸였을 뿐인데. 열광적인 사람, 성공에 매진하는 사람, 행복한 남자나 여자, 아이 같은 개념은 이미 오래전에 사라졌다. 지금은 보거나 보지 않을 뿐이다. 안대에 의지해 살거나 살지 않을 뿐이다. 평생을 어둠에 파묻혀 가장 가까이에 있는 사람들과 함께 때로는 밧줄에, 때로는 손에, 때로는 목소리에 의지해 살아가거나 혹은 그러지 않거나.

그리고 이곳, 사람들의 체취를 맡을 수 있고, 사람의 몸이 어둠 속에서 움직이는 소리가 들리고, 사람들이 대화하는 소리가 고동치는 엔진 소리와 선로를 굴러가는 바퀴 소리에 뒤섞이는 바로 이곳도 언젠가는 광기 속에서 종말을 맞을 것이다.

맬로리는 예정된 종말보다 먼저 자신과 두 아이가 매키노 시티에 도착하기만 바랄 뿐이다.

누군가 그들을 향해 걸어온다. 맬로리에게는 복도처럼 느껴지는 곳을 밟는 육중한 발소리가 들린다. 아이들을 등 뒤에 둔 채 맬로리는 멈춰서 자신이 방패라도 되듯 두 팔을 뻗는다. 왼쪽에 있는 문 너머에서 인기척을 들은 것 같다. 그렇다면 침대칸임이 분명하다. 선로 위를 시간당 10킬로미터씩 움직이는 집. 이 정도면 좋은 환경이다. 아니, 좋을 수 있다. 사생활이 보장되는 공간. 세 사람이 그런 공간을 받았는데 누군가가 침입해 온다면?

뛰어내리자.

"지각한 승객분들." 남자 목소리. 맬로리의 나이대로 들린다. "하지만 탑승객들은 늘 그러죠. 여러분이 기차에 간신히 올라탔다는 얘기를 데이비드에게 들었습니다. 환영합니다. 근사하지 않나요?"

맬로리는 객차의 흔들림을 느낀다. 자신의 다리를 움직이지 않고도 이동하기. 12년 전 나룻배를 탄 후로 처음 타본 탈것.

맬로리는 대답하지 않는다. 무슨 말을 해야 할지, 어떻게 대답해야 할지 확신이 서지 않는다. 집이라 불렀던 야딘 캠프장에서 누군가와 마주치는 것과는 전혀 다른 상황이다. 주위에 교류할 공동체라곤 없는 숲속에서 사람과 마주치는 일과도 전혀 다르다.

"여러분은 달갑지 않으실 것 같지만." 남자가 말한다. 맬로리는 두 아이를 향해 몸을 뒤로 젖힌다. "이 기차에서는 굳이 안대를 할 필요가 없습니다."

"이 남자 말 듣지 마." 맬로리가 말한다.

"괜찮아요, 괜찮아. 이해합니다." 남자가 말한다. "억지로 우리 방식을 따르게 할 생각은 없습니다. 솔직히 말씀드렸어요. 걱정하지 마세요. 기차에서 내내 안대를 쓰고 싶어 하는 사람들도 있어요. 하지만 사실—"

"당신은 누구시죠?"

남자가 웃는다. 구세계에서 들었던 웃음과 비슷하다. 맬로리가 파티에서 들었을 법한 웃음.

"딘 왓츠라고 합니다." 남자가 말한다. "이 기차의 주인이죠. 주인이라는 단어에서 예전처럼 거창한 느낌은 나지 않지만요, 그렇죠? 이렇게 말하면 어떨까요……. 저는 어차피 죽어 있는 거대한 기차를 다시 살려보면 어떨까 생각한 사람입니다."

맬로리는 한때 어른 톰이 그랬던 것처럼 낙천적인 남자를 그려

본다. 전에도 이 남자는 이런 일을 했을까? 늘 뭔가를 시도하는 삶을 살았을까?

"많이 놀라셨을 거예요." 딘이 말한다. "처음에는 다들 그러죠."

"여러 번 타는 승객도 있었나요?"

"몇 사람 있죠. 스무 번 넘게 왕복한 남자 승객도 있어요. 그 사람은—."

"이 기차는 몇 번이나 운행하죠?"

"이렇게 합시다." 딘이 말한다. "나와 함께 식당칸으로 가시죠. 일단 앉읍시다. 그러면 제가 질문에 다 대답해드리죠. 저를 믿어보세요. 저는 다시 앞이 안 보이는 상태로 돌아가 이 복도에서 충분히 오래 서 있었거든요."

"우리는 가능하다면 개인 객실을 쓰고 싶은데요."

맬로리는 뒤에서 톰이 코웃음 치는 소리를 듣는다. 톰이 사람들과 만나고 싶어 한다는 걸 맬로리도 안다. 이 딘이라는 남자의 목소리와 삶이 톰에게는 얼마나 활달하고 세상을 잘 아는 것처럼 들릴지 맬로리는 그저 상상만 할 뿐이다.

"개인 객실이 있어요." 딘이 말한다. "사실 여러 개 있죠. 이 기차는 모두 열 칸이거든요. 식당칸 하나, 화물칸 두 개, 객실칸이 여섯 개. 화물칸은 이런저런 배달 물품을 넣어두는 곳이죠. 우리는 전보로 각종 주문과 요청을 받아요." 그가 잠시 입을 다문다. "요즘 다시 전보를 이용하는 걸 아나요?"

맬로리가 모른다는 사실을 이미 알고 물어보는 게 분명했다. 그렇다면 이 기차가 무엇을 배달하는지 맬로리가 궁금해한다는 것도 알까?

"질문하시기 전에 미리 말씀을 드리자면." 그가 덧붙인다. "우리는 온갖 물건을 배달합니다. 가구. 담요. 통조림. 시신도 운구하죠. 자신의 위치를 밝힌 사랑하는 이들에게로요."

맬로리는 딘이 하는 말이 전혀 이해되지 않는다. 그가 들려준 믿기 어려운 이야기 하나마다 질문이 열 개는 생겨난다.

맬로리는 자신이 신세계에 대해 어느 정도 파악했다고 생각했다. 그런데…… 누군가 방갈로의 문을 두드리더니 기차와 전보의 존재, 부모님의 이름을 전해주었다.

"제가 드리고 싶은 말은." 딘이 말한다. "저는 승객들이 최대한 편히 지내다 가기를 원해요. 이걸로 돈을 벌려는 게 아니에요. 어차피 돈 따위는 없어요. 그래도 저는 최선을 다합니다. 그것만은 믿어주셔야 해요."

하지만 맬로리는 알지도 못하는 사람에게 믿으라는 말을 듣고 싶지 않다.

"개인 객실이요." 맬로리가 말한다. "그거면 됩니다."

"이 기차에 타신 목적이 뭔지 물어봐도 괜찮을까요?"

기차가 덜컹한다. 맬로리가 구세계에서 탔던 기차의 속도와는 비교도 되지 않는다. 자전거에 탄 것 같다. 하지만 지난 16년 동안 자전거조차 타본 적 없는 상황에서 이 정도 속도로 달리며 덜컹이는 기차에 탄 것만으로도 간이 철렁할 정도이다. 맬로리는 궁금한 게 많다. 다 물어보아야 할까? 미성년인 두 아이를 여기까지 끌어들인 것만 해도 충분히 위험한 행위이다. 사실 미친 짓이다. 그런데 이 기차에 올라타 흔들림에 몸을 맡기고, 윙윙 돌아가는 바퀴 소리를 듣고, 그녀가 볼 수 없는 복도에서 낯선 사람, 심지어 안대도 하지 않고 자기 얼굴을 똑바로 보고 있을 낯선 사람을 마주 보고 있으니 필경 이 기차 여행은 평생 저지른 일 중에 가장 위험천만한 짓이라는 생각이 든다.

더 이상 선도 악도 없다.

오직 안전 혹은—.

"개인 객실만 주세요." 맬로리가 다시 말한다. "그거면 돼요."

딘이 손뼉을 짝 친다.

"좋아요. 알겠어요. 따라오세요. 그럼 가장 가까운 빈 객실로 안내해드리죠."

"이 칸에 그런 객실이 있나요?"

"아뇨." 딘이 말한다. "우리는 지금 화물칸에 있어요. 여러분의 상상만큼 화려한 곳이죠. 이쪽으로 오세요."

그가 움직이자 맬로리가 따라간다. 맬로리는 뒤따라오는 두 아이가 곧 풀려날 순간을 고대하는, 굴레를 쓴 말처럼 마구 뿜어내는 활력이 느껴진다. 두 아이 모두 호기심으로 머리가 터질 것 같으리라. 톰은 지금까지 몇 번이고 타고 이동할 만한 물건을 만들었다. 야딘 캠프장에서는 외바퀴 수레를, 쿠션을 덧댄 바퀴 의자로 개조했더랬다. 그런데 지금 생각해보니 이 흔들리는 거대한 기계보다 톰의 우스꽝스러운 발명품이 더 안전할 것만 같다.

한편 잠시 이야기를 나눠보니 딘은 영리한 사람 같다. 이 사실은 그녀에게 중요하다. 물론 영리하다고 안전하다 할 수는 없지만 영리하지 않은 것보다는 낫다.

“선로에 장애물이 없는지는 어떻게 알죠?” 맬로리가 묻는다.

맬로리는 딘이 미소 짓는 소리를 들을 수 있을 것 같다.

내가 정말 기차에 타고 있는 걸까? 이게 가능한 일일까?

“다 말씀드리죠. 일단 식당칸에 가서 자리를 잡으면요. 당신이 내놓을 질문마다 흥미진진한 대답을 잔뜩 해드릴 수 있어요. 그러니까 제 말은 한번 생각해보시라고요…….” 남자가 우뚝 멈춰 서는 바람에 맬로리는 그에게 코를 박을 뻔했다. 그가 다시 말문을 연다. “잠깐만요. 아직 성함도 안 물어봤네요.”

맬로리는 두 아이들의 목구멍으로 기어 올라오는 단어들이 느껴질 것만 같다.

“나는 질이에요.” 맬로리가 먼저 대답한다. “이 아이들은 존과 제이미고요.”

“몇 살이니, 존?”

“존은 스무 살이에요.”

맬로리는 딘의 얼굴에 다시 미소가 퍼지는 소리를 들은 것 같다. 딘은 맬로리가 거짓말했다는 사실을 안다. 하지만 맬로리는 상관없다. 그저 개인 객실을 얻고 싶을 뿐이다. 문을 닫고 싶다. 문을 잠그고 싶다.

샘과 메리 월시.

“그러면 너는, 제이미?” 딘이 묻는다.

“그애는 스물한 살이에요.” 맬로리가 말한다.

“멋진 나이죠. 이 세상에서는 나이가 몇 살이든 다 좋은 시절이에요. 살아남았다는 뜻이니까요."

그들이 걷는다. 기차가 흔들린다. 맬로리는 휙휙 지나쳐 가는 시커먼 풍경을, 채도가 변해가는 어둠을, 그녀와 두 아이가 절대 보지 못할 세상을 상상한다.

"이게 음악인가요?" 느닷없이 톰이 묻는다.

딘이 다시 멈춰 선다.

"그 소리가 들리니?" 그러고는 다시 입을 다문다. 맬로리는 톰이 무슨 소리를 들었는지 궁금해 귀를 기울인다. "이 기차에 음악가가 세 사람 타고 있어. 식당칸에서 종종 기타를 연주하지. 그 소리를 들었다니 믿을 수가 없구나, 존."

어둠 속에서 맬로리가 톰의 손목을 찾아 낚아챈다. 그들은 다시 신세계에 나왔지만 그렇다고 이 세계의 사람이라는 뜻은 아니다.

해이해지지 마.

이 말이 주문처럼 오랜 세월 동안 그들을 살아남게 해주었다. 자신들이 결코 이길 수 없는 상황을 이길 수 있다고 생각하는 사람들로부터 그녀를 언제나 막아주었으며 지금도 막아주는 짧지만 강력한 주문.

하지만 만류하는 맬로리의 손길에도 톰이 다시 말한다.

"좋은데요."

딘이 다시 웃는다. 맬로리는 딘을 앞에 두고 자신의 얼굴이 벌게지지 않았는지 궁금하다.

"두말하면 잔소리지." 딘이 말한다. "하지만 저 음악이 아무리 근사하고 대단해도 네 청력에 비하면 아무것도 아니야. 존, 네 능력은 정말 환상적이구나."

"누가 선로의 장애물을 치우죠?" 맬로리가 다시 묻는다. 맬로리는 자신의 목소리가 옹졸하게 들린다. 마치 상황을 통제하려고 안달이 난 것처럼. "우리가 장애물에 충돌하지 않는다고 어떻게 자신하시죠?"

딘이 다시 걸음을 멈춘다. 아까와 달리 맬로리가 딘에게 부딪힌다. 그녀는 딘이 자신보다 키가 더 크고 어깨가 더 넓다는 사실을 알아차린다. 그녀가 물러난다.

"버스터 키튼을 기억하세요?" 그가 맬로리에게 묻는다. 아빠가 떠오른다. 아빠는 버스터 키튼을 좋아하셨다.

"제발, 말해주세요. 어떻게—."

"버스터 키튼이 〈제너럴〉이라는 영화를 만들었죠. 그가 떨어진 통나무들을 선로에서 치우는 환상적인 장면이 나와요. 모든 과정이 어찌나 자연스럽게 이어지는지 꼭 마법을 보는 것 같죠. 음, 우리 상황은 영화와 달리 전혀 우습지는 않아요. 기차 앞머리에 금속으로 만든 작은 수레가 달려 있어요. 거기에 마이클이라는 남자가 타고 있고요. 마이클이 선로에 장애물이 될 큰 물체가 떨어져 있는지 여부를 확인합니다."

"위험하지 않나요?" 맬로리가 묻는다. "그분이 하는 일이요."

"물론 위험하죠. 하지만 마이클이 원해서 하는 거예요."

"하지만 그분이 거기서 죽어도 우린 알지 못할 거예요."

"질." 딘이 말한다. "나는 이 모든 질문에 답을 할 수 있어요. 제대로 된 대답들. 혹시 당신이—."

"제발요. 지금 대답해주세요."

맬로리는 아주 오랫동안 느끼지 못했던 감정을 느낀다. 선을 넘는 행동을 하는 느낌. 맹인학교에서 탈출한 후로는 처음으로 자신을 도와주려는 사람에게 답변을 요구하고 있다.

딘이 도움이 되지 않을까? 이 기차가 부모님을 찾아가려는 자신에게 도움이 되지 않을까?

"그러니까 마이클은 스위치박스를 가지고 있어요. 엔지니어—"

"엔지니어가 있어요?"

"당연히 있어야죠. 엔지니어의 이름은 타냐예요. 정말 뛰어난 사람이죠. 타냐가 마이클의 스위치박스에서 10분 이상 신호를 못 받으면, 이유 불문하고 기차를 세웁니다. 나중에 마이클이 박스를 어디에 흘렸을 뿐이라는 게 밝혀진다고 해도요."

"그런 일이 일어난 적이 있어요?"

"아뇨."

"그러면 마이클이 선로에서 장애물을 발견한 적이 있나요? 여러분이 기차를 급히 세워야 할 정도로? 그걸 치우려고?"

"네. 쓰러진 나무들이었어요. 그리고 딱 한 번, 죽은 엘크 떼가 있었죠. 아마도 미친 것 같더군요."

"미쳤다고요……."

"이 기차가 지나가는 노선에 크리처가 몇백 마리씩 어슬렁거리는 구간이 있어요."

맬로리는 발길을 돌리자고 생각한다. 아이들을 데리고 곧장 기차 뒤쪽으로 가서 뛰어내리자고 생각한다. 용기를 내 다시 걸을 수 있으리라. 며칠이면 야딘 캠프장으로 돌아갈 수 있으리라.

하지만 왠지 떠나고 싶지 않다. 아직은. 딘의 목소리에서 느낀 바로도 여기 머무를 이유는 충분하다고 믿는다. 대신 더 많이 질문을 할 것이다. 어느새 이 신세계로 발가락 하나 정도는 담근 기분이 든다.

"그걸 어떻게 알죠?"

딘이 깊이 숨을 들이쉬자 맬로리는 듣고 싶지 않은 답이 나올지 모른다 싶어 마음의 준비를 한다.

"음, 두 가지 방법이 있죠." 그가 대답한다.

"그래요?" 압박하듯 되묻는다.

"네. 하나는 내가 여기 있는 존에 대해 이해하고 있는 사실과 관련이 있어요. 기차에는 당신이나 내가 평생 노력해도 못 따라갈 정도로 청력이 뛰어난 젊은 승객들이 있었어요."

"그러면 다른 방법은요?"

딘이 침을 뱉듯 대답을 토해낸다.

"승객들이 미쳤어요. 창밖으로 휙휙 지나가는 세상을 구경할 수 있는 기회라고 생각한 승객들."

"하지만 어떻게요?" 그녀의 목소리에서 부풀어 오르는 공포. "창문은 전부 까맣게 칠했잖아요, 그렇죠?"

"그럼요. 하지만—."

"하지만 왜요?"

"기차 칸의 연결 부위에서는 누군가 밖을 보고 싶다면…… 볼 수 있죠."

맬로리가 마음을 다잡는다.

"이 기차에서 미쳐버린 승객이 몇 명이나 되죠?" 그녀가 묻는다.

딘은 망설이지 않는다.

"일곱."

이제 형체를 갖춘 공포. 눈앞까지 닥친 위험. 맬로리와 너무나 가까운 곳까지.

"그 사람들은 어떻게 되었나요?"

딘은 이번에도 망설이지 않는다.

"나와 데이비드가 밖으로 몰아냈죠."

"기차 밖으로 밀어내셨다고요?" 올림피아가 묻는다.

"그랬단다. 그들의 처분을 두고 왈가왈부할 것도 없이. 이런 말을 해서 유감이구나."

맬로리는 이 대답이 마음에 든다. 하지만 전혀 안전하게 느껴지지 않는다.

"그 사람들도 미치고 싶어서 미친 것은 아닐 텐데요." 맬로리가 말한다.

"알아요." 딘이 대답한다. "그냥 하는 말이 아니에요. 그 사람들 하나하나가 유령처럼 저를 쫓아다니니까."

맬로리는 개리를 떠올리지 않으려 한다. 마음의 눈에서 가능한 한 멀리 몰아내려고 한다. 하지만 그가 있다. 저 멀리 한 구석에. 어둠의 가장 오른편에.

개리가 손을 흔든다.

"이쪽으로 가면 빈자리가 있는 칸이 둘 있어요." 딘이 말한다.

"자, 갑시다."

맬로리는 이제부터 여기서 지내기로 한다. 딘은 지난 일을 숨기려 들지 않았다. 이런 태도는 중요하다.

맬로리가 짐작하기에 그는 맬로리 일행을 위해 일부러 천천히 걷고 있다. 그녀는 양팔을 옆으로 뻗어 기차의 흔들림에 따라 흔들리는 복도의 벽을 훑는다.

"그리고 아까 말한 대로 여기는 화물칸이에요." 그가 말한다. "여기와 다음 칸이죠. 여기에 욕실도 하나 있어요."

맬로리는 시신을 운반한다고 한 이야기가 생각난다. 이 벽 너머에 관들이 있을까? 그녀가 흔들릴 때 망자들도 함께 흔들리면서?

"온갖 물건들이 다 있죠." 딘이 말한다. "생존에 필요한 물건들."

맬로리는 이 이야기를 좋은 쪽으로 받아들이고 싶다. 생필품으로 그득한 차량 두 칸. 마치 야딘 캠프장의 본관 지하실을 끌고 온 것처럼.

"이건." 딘이 말한다. "다음 칸으로 가는 문입니다."

맬로리는 문을 밀어 여는 소리를 듣는다.

"여러분은 이미 안대를 하고 있으니 눈을 감으라는 말을 따로 하지 않겠습니다. 차량의 연결 공간에서 밖을 내다볼 수 없도록 스무 가지도 넘는 방법을 시도해봤지만, 어떨 때는 바람에 날아가고, 또 어떨 때는 기차가 덜컹 하면서 날아갔죠. 아니면 어떻게든 밖을 보고 싶은 사람들 손에 부서지거나. 갑시다."

맬로리는 자신의 손을 잡는 누군가의 손길을 느낀다. 톰이 아니다. 올림피아도 아니다. 맬로리가 손을 잡아 뺀다.

"미안해요." 딘이 사과한다. "저는 그저—."

"우리가 알아서 할 수 있어요."

"알았습니다. 따라오세요."

맬로리가 뒤로 손을 뻗어 올림피아의 손을 잡는다. 차량 사이에서 느껴지는 공기가 차다. 거세기도 하고.

다음 칸으로 모두 들어오자 딘이 문을 닫는다.

"화물칸이 하나 더 있어요. 옷가지 등이 부족한 사람들에게 줄 생필품이 있는데 사실 너나 할 것 없이 다 부족하죠."

맬로리의 머릿속에 딘과 함께하는 또 다른 현실이 떠오른다. 그의 말에 맞장구를 치며 "우리 다 물품이 부족하죠. 게다가 미시간의 겨울은 혹독하잖아요. 이렇게 옷을 배달하시다니 정말 친절하시군요. 이런 사업을 시작하셨다니 믿어지지 않아요"라고 대답하는 현실.

맬로리는 꼭 필요한 말만 하고 싶다. 자신들만 쓰는 객실을, 그런 공간을 원한다. 그 이상은 필요 없다.

그들이 걸어간다.

"또 문입니다." 딘이 말한다. "앞쪽이 첫째 객실 차량입니다."

누군가 딘보다 먼저 문을 연다. 그 사람이 얼른 다가오자 딘이 맬로리 쪽으로 급히 물러난다.

맬로리가 올림피아의 손을 쥔다. 바로 지금이다. 그들이 기차에서 훌쩍 뛰어내려야 하는 순간. 처음으로 자전거를 타다가 넘어졌을 때처럼 자갈에 팔꿈치와 무릎이 세게 부딪히는 상황이 쉽게 그려진다. 맬로리는 엄마가 옆에 쪼그리고 앉아 상처에 밴드를 붙여주던 모습이 아직도 눈에 선하다.

"죄송합니다." 남자가 말한다. "화장실을 가려고요."

그가 맬로리와 두 아이 곁을 굼뜨게 지나가며 연신 사과를 한다. 급한 용무가 있어서 가쁜 숨 사이로 쏟아지는 말들.

"봤죠?" 딘이 말한다. "구세계와 얼추 비슷해요."

그가 웃자 맬로리도 따라 웃고 싶다. 하지만 방금 화장실이 급한 남자를 실성한 사람으로 착각해 달리는 기차에서 뛰어내릴 준비를 했었다.

"또 문이에요." 딘이 알려준다.

그들이 문을 통과한다. 차량 사이로 들어가면 기차의 움직임이 더 거칠고, 바람은 더 거세고, 해서는 안 될 일을 하고 있다는 맬로리의 느낌도 더 강렬해진다.

"다 왔어요." 문을 통과하자 딘이 말한다. "이 객실이 지금 비어 있어요."

맬로리의 귀에 문이 미끄러지듯 열리는 소리가 들린다. 바퀴 소음이 더 커진다. 멀리서 나는 삐걱 소리가 정확히 들린다. 그만큼 더 가까워진 바깥세상. 마치 딘이 일부를 안으로 들이기라도 한 듯하다.

하지만 이것은 맬로리가 요청한 대로였다. 그녀가 원한 것이다. 사생활의 보장. 톰과 올림피아가 이 기차에 웅크리고 있는 누군가와 무슨 주제로든 이야기를 나누고픈 유혹을 받지 않는 공간의 확보.

맬로리가 객실로 들어간다.

"이 객실은 상태가 꽤 괜찮아요." 딘이 말한다. "안대를 벗으면 긴 의자에 덧댄 붉은 쿠션이 보일 거예요. 일인용 침대가 두 개고요. 거울도 있죠. 지내보니 이렇게 기차가 느리게 달리면 꼭 옛날 호텔방에 있는 느낌이 나더라고요. 아직도 기억해요, 질?"

"그럼요."

맬로리가 손끝으로 방 안을 훑으며 크기를 가늠해본다. 손가락이 빗자루 손잡이에 닿는다.

"좀 더 불안해하는 사람들을 위한 객실이죠." 딘이 말한다. "객실로 돌아올 때마다 원 없이 객실을 쓸어서 확인할 수 있습니다." 그러더니 애초에 그녀가 객실을 떠날 만한 이유부터 설명할 필요가 있다는 듯이 덧붙인다. "다음 차량에 화장실이 하나 더 있어요. 노크만 하시면 됩니다."

"정말 대단하군요." 맬로리가 대답한다. 이렇게 말하지 않고는 배길 수가 없기 때문이다. 더 이상 그런 말을 맘속에 눌러둘 수 없기 때문이다. 물론 관건은 선로이다. 모두 앞을 보지 않는 세상에서 유일하게 안전한 도로는 차량을 꽉 움켜쥐고 어디로 가야 할지 말해주는 길 아니겠는가.

맬로리는 홀로 기차 앞에서 자기만의 방식으로 잔해를 찾는 남자, 마이클을 떠올린다.

"고맙습니다." 딘이 대답한다. "우리는 말할 수 없을 정도로 자랑스러워요. 그리고 내가 말했듯이…… 돈 때문이 아니에요. 이런 세상에서 우리가 뭘 하겠습니까? 평생 암흑 속에서 가만히 앉아 있어야 하나요? 나는 그러지 않을 거예요. 우리는 그러지 않아요.

뭐라도 해야 해요, 그렇지 않습니까? 그리고 내게 좋은 계획이 한 두 가지 있죠."

"옳은 말씀이에요." 톰이 대답한다.

이 순간 맬로리는 오만 가지 감정이 휘몰아치는 탓에 톰이 멋대로 말을 했다는 사실에 화를 내지도 않는다. 자신이 어느새 딘을 신뢰하고 있다는 사실에 충격을 받는다.

맬로리는 자신이 내내 이런 느낌에 빠져 있었다는 사실을 잠시 떠올린다.

"당신이 가진 좋은 생각이 한둘이 아닌 것 같은데요." 맬로리가 말한다.

이런 태도는 좋다. 입으로 내뱉는 말 한 마디 한 마디가 생존과 연관되어 있지 않았던 예전처럼 말하는 태도 말이다.

"인정합니다." 딘이 말한다. "맞아요. 왜냐하면 저는 당신을 설득하려고 이런 이야기를 하는 게 아니에요. 저에게 가장 중요한 가치는 안전이죠. 안전 외에 다른 길이 없잖아요. 오늘날 기차는 17년 전보다 훨씬 더 안전해야만 해요. 무조건 그래야만 하죠. 아니라면 존재할 이유가 없어요. 역설적이지 않나요? 아무런 소송도 고발도 없는 세상에서 우리는 훨씬 더 조심하게 되었으니까요."

"고마워요, 딘." 맬로리가 말한다. 지금 당장은 이 정도면 충분하기 때문이다. 긴장을 푸는 것은 이 정도로 충분하다.

딘은 눈을 뜨고 있다. 딘은 뭐든 볼 수 있다. 맬로리는 폭탄 옆에 서 있는 기분이다. 뭐든 잘못될 수 있다. 모든 것이 폭발할 수도 있다. 언제든. 이 기차에서는 다른 사람들도 눈을 뜨고 있다. 물어보고 싶은 것이 너무 많다. 크리처가 혹시 기차에 오른 적이 있을까? 객실에 들어온 적은?

"여러분, 환영합니다." 딘이 말한다. "이 객실에는 통조림과 물이 구비되어 있습니다. 거울 옆 선반에 전부 다 있어요. 창문은 전부 까맣게 칠해두었고요. 엄밀히 말해서 이 기차는 창문이 없어요. 기차 양편의 유리를 전부 금속판으로 대체했을 뿐 아니라 검게 칠해놓았거든요. 밖에서는 이 기차를 한 번도 보지 않았어요. 여러분이 쉽게 짐작하는 이유들 때문이죠. 하지만 프랑켄슈타인 같은 모습이 아닐까 싶어요. 여러 부품들이 모여서 생명을 얻었으니까요. 여러분이 용케 이 기차에 타서 정말 기쁩니다."

"고맙습니다." 맬로리가 다시 말한다. 말투로 보아 마지막으로 건네는 말이라는 느낌이 든다. 하지만 딘에게 마지막으로 말을 하는 사람은 그녀가 아니다.

"고맙습니다." 올림피아가 말한다. "여기는 모든 것이…… 압도적이에요."

"정말 대단해요." 톰이 말한다.

맬로리는 딘이 자신을 어떤 잣대로 보고 있을지 궁금하다. 천으로 온몸을 가린 데다 안대를 한 두 아이와 그녀를 찬찬히 살펴볼까? 그의 얼굴에 동정의 빛이 배어 있을까? 그는 무엇이 옳고 무엇이 그른지 안다고 생각할까? 심지어 맬로리의 입장에서도?

맬로리는 가방을 내려놓는다. 그건 중요하지 않다. 하루 동안 긴장을 풀 만큼 풀었다. 이번 생에서 충분할 정도로.

"지연될 만한 일이 일어나지 않으면 매키노 시티까지 이틀가량 걸릴 겁니다." 딘이 알려준다. "어떤 사람들에겐 아무것도 아니겠지만, 어떤 사람들에게는 영원 같은 시간이죠. 무슨 일이든 도움이 필요하면 식당칸으로 오세요. 대체로 저는 그곳에 있으니까. 제가 식당에서 인생을 즐기나 보다 싶겠지만, 사실은 데이비드와 새로운 아이디어를 연구하거나 타냐와 이야기하거나 마이클의 작업 상황을 살펴보고 있죠. 어쨌든." 그가 잠시 말을 멈춘다. "그곳에는 음악이 있으니 인생을 즐기지 않는다고 할 수도 없군요." 그리고 이렇게 덧붙인다. "거기서 당신을 만나기를 바랍니다, 질."

맬로리가 숨을 들이쉬고 잠시 머금었다 다시 내쉰다.

"나는 가지 않을 거예요." 맬로리가 대답한다.

지금 한숨을 내쉬는 사람은 딘인가? 아니면 톰?

"알았어요." 딘이 말한다. "즐거운 여행 하세요."

그가 복도로 나가자 맬로리가 문을 밀어 닫는다.

그러자 맬로리는 기차에 오른 후 처음으로 흔들리는 기차에 자신을 온전히 맡긴다. 마치 자신과 부모님 사이의 거리를 아우르는 하나의 파도에 탄 것처럼.

엄마와 아빠가 이 선로의 끝에 계실지도 모른다. 부모님은 이 세상 어디에도 있을 수 있다. 이미 땅에 묻혔을 수도 있다. 맬로리는 기차에서 내려 다리를 건너고 세인트이그네이스에서 샘과 메리 월시를 찾아다니는 자신의 모습을 그린다.

자신을 남에게 맡기는 느낌은 좋고 꼭 필요하기도 하다. 이후 일어나는 모든 사건을 책임질 다른 누군가에게. 지난 17년 동안 한 번도 느껴보지 못한 감정이다.

맬로리는 문을 꼭 닫은 후 이 방에 아이들 말고 아무도 없다는 사실에 잠깐이나마 마음을 놓는다. 그래서 톰이 이런 말을 해도 아무렇지도 않다. “나는 그분이 좋아요, 엄마. 그분이 마음에 들어요?”

14

맬로리의 가족은 객실에서 밤을 지새운다. 몇 시간이 흐른다. 시간이 흐를수록 맬로리는 자신들이 더 가까워진다고 느낀다. 더 안전해진다고. 지금 경험하는 이 현실이, 상황이 점점 더 마음에 든다. 야딘 캠프장에서는 상상도 못 했던 현실. 론 핸디를 찾아갔을 때만 해도 기차에 탄다는 생각이 거대한 거미, 자신을 덮쳐서 공격하고 죽일지도 모르는 괴물에 더 가까웠다. 하지만 지금은 이 기차에서 경험한 자잘한 일들이 그런 느낌을 대체하고 있다. 온갖 소리와 냄새. 긴 의자 쿠션의 느낌. 주도권을 넘겨준 느낌. 그리고 이 새로운 현실(그들은 **기차**를 타고 있다)에서 맬로리는 자신의 힘이자 생존을 위해 지켜온 규칙들을, 그리고 두 아이를 위험에 빠트리지 않았다고 자신을 납득시킬 방법을 찾아낸다. 뛰어내리면 된다. 맞서 싸울 수도 있다. 기차가 멈출 때까지 이 객실에만 머무를 수도 있다.

하지만 맬로리는 그런 일은 일어나지 않으리라는 사실을 안다. 완전히 인정하지는 않았지만 묵인이라는 촉수가 이미 뻗어왔다시간이 흐를수록 이 촉수는 더욱 강해질 것이다.

그렇다. 맬로리는 식당칸으로 갈 것이다. 딘 와츠와 함께 이 기차 이야기를 할 것이다. 자신의 감정에 솔직하다면 이곳이 두 아이가 머무르기에 안전한 공간이기 때문만은 아니라는 사실을 인정할 것이다. 오래전에 사라졌다고 생각했던 구세계풍의 여행을 하게 되었기 때문만도 아니다. 그렇다, 맬로리는 그녀를 태우고 가는 이 기계에 매혹됐다. 그렇다, 낭만화된 과거가 지금 이런 식으로 재현되고 있다.

하지만 이중 어느 것도 맬로리가 딘과 이야기하고 싶은 이유라 할 수는 없다.

이유는, 맬로리가 그를 **좋아하기** 때문이다.

정말 오랜만에 느끼는 감정이었다. 10년, 아니 그보다 더 오랫동안 느껴보지 못한 감정. 오래전에 파묻어버렸다고 생각했지만 지금 눈을 뜬 감정.

"자." 맬로리가 두 아이에게 말한다. 하지만 두 아이는 이미 잠들었다. 깊은 숨소리가 들린다. 지난 며칠 동안의 고생을 휴식으로 보상받을 자격이 있는 두 청소년이 가볍게 코를 고는 소리가 들린다.

맬로리도 쉴 자격이 있다.

마침내 그녀도 자신에게 휴식을 선사한다. 안대 뒤의 눈을 감는다. 그녀는 북쪽으로, 생존자로 기록된 부모님이 계시는 도시와 더 가까운 곳으로 달리는 기차에 몸을 맡긴다. 그 명단은 언제 작성되었을까? 지금 당장은 그런 의문에 신경 쓰지 않을 것이다. 지금 당장은 눈을 붙여야 한다. 기차가 계속 이동하는 몇 시간 동안.

그러다 보면 가급적 빠른 속도로 이틀이 지나갈 것이다. 이 세상에는 사람보다 크리처의 수가 월등히 많다. 이 세상은 이 모든 예방책과 두려움의 원인이 그것들에게서 살아남은 사람들보다 더 자유롭게 어슬렁거리는 곳이다. 이제 더 이상 봐서는 안 되는 세상을 관통해 그들을 이동시키는 기계가 낼 수 있는 최대 속도로 달릴 것이다.

맬로리가 잠을 청한다.

흔들흔들 잠으로 빠져든다.

몇 시간이 흐른다.

그리고 샘과 메리 월시가 나오는 꿈들. 두 사람은 번갈아가며 눈앞에서 살아 있다가 먼지가 되는가 하면 지나가는 기차에 휙 날려가 정신 멀쩡한 여자라면 도저히 찾을 수 없을, 영원 속의 두 개의 작은 점이 된다.

그 꿈속에서도 크리처들이 있다.

어딜 가든 있다.

15

기차 안이라는 장소와 두런두런하는 사람들의 목소리, 누군가 연주하는 기타 소리, 기차의 움직임, 탁자 맞은편 맬로리가 보지 않았고 보지 않을 남자 딘이 앉아 있다는 사실에도 불구하고 맬로리는 여전히 부모님을 생각한다. 어떻게 생각하지 않을 수 있을까? 그녀가 마지막으로 한 기차 여행은 디트로이트에서 시카고로 울버린 노선을 타고 가는 가족 여행이었다. 아빠는 바가 설치된 칸에서 휴가를 시작했고 두 딸은 창밖을 내다보며 미니밴에 탔을 때보다 훨씬 더 주의 깊게 아주 낯선 풍광을 지켜보았다. 자매는 신이 나서 한껏 들떠 있었다. 그도 그럴 것이 상부 반도에서 나고 자란 십 대 소녀 두 명이 난생처음으로 대도시로 가는 길이었다. 그들은 디트로이트의 고작 일부만 보았을 뿐이고, 그들을 태운 차가 다리를 건너 매키노 시티, 게이로드, 베이시티, 플린트, 새기노를 통과해 마침내 부산스러운 디트로이트 근교까지 데려다주었다. 훗날 섀넌과 맬로리가 마침내 이사를 왔고, 이사 직후 섀넌이 창밖을 내다본 탓에 제 손으로 목숨을 끊은 그곳. 다시 기억을 과거로 돌려, 승객이 가득하고 아빠는 처음 만난 사람들과 함께 웃고 엄마는 복도 건너편 자리에서 책을 읽던 울버린 노선의 기차에서 바라본 시카고는 마치 오즈처럼 느껴졌다. 번쩍번쩍한 건축물들과 은은하게 빛나는 정장을 입은 사람들, 벽돌과 뼈대마다 마법이 깃든 도시.

"여기예요." 딘이 말한다. 그는 맬로리의 손을 접시로 가져간다. "과일이 먹고 싶으면 여기 있어요."

여전히 안대를 한 맬로리는 시카고에 가족 여행을 갈 때 탔던 기차가 일종의 화물차 아치(고아들을 이곳저곳으로 옮겨주는)를 통과했기 때문에 예전에 언니와 함께 탔던 바로 그 객실에 앉아서 곧 찾아올 강렬한 감정을 예감하고 있는 게 아닐까 하는 생각이 든다.

"말해봐요." 딘이 말한다. "알고 싶은 것은 다 물어봐요."

맬로리가 말을 시작하기도 전에 여자의 음성이 다가온다.

"딘." 여자가 말한다. "6호 칸에 탄 남자 승객이 거미인지 뭔지 벌레가 자기 몸을 기어 다닌다고 불평을 해. 아무것도 없다고 해도 믿지를 않아."

"그 남자는 우리가 벌레를 없애줬으면 하고?"

"그런 것 같아."

딘이 웃는다. 딘의 웃음소리가 순수하게 들린다.

"이 기차에서 구세계의 사치를 기대하는 승객들이 있어요, 질."

맬로리는 순간적으로 딘이 다른 여자에게 하는 말이라고 생각한다. 자신을 질이라고 소개했다는 사실을 깜박 잊었다.

"6호 칸이라고?" 딘이 되묻는다.

"응."

"내가 처리할게. 고마워."

다시 두 사람만 남는다. 물론 단둘은 아니다. 다른 사람들이 조용히 이야기를 나누고 있다. 미시간의 여러 도시들과 전보, 자신들이 기차에 타고 있다는 사실을 이야기하며 기차가 다시 운행할 수 있다면 다른 일도 가능할 테고 조만간 전 세계가 다시 살아나지 않겠냐며 희망 섞인 의견을 나누고 있다.

맬로리의 맞은편, 아니면 여기 어디든 앉아 있는 어른 톰이 보인다. 16년이 흘렀다. 어떤 점에서 맬로리는 이런 진보가 그의 덕이라고 생각한다. 이 기차가 증거이다. 그가 기차를 되살렸다.

과거에 그가 전화번호부를 가져온 덕분에 맬로리가 맹인학교를 찾아갔고, 다시 야딘 캠프장을 찾아갔고, 결국 부모님의 이름이 적힌 기록물을 전해준 남자를 만나게 된 것처럼 말이다.

"좋아요." 딘이 말한다. "물어봐요."

"크리처가 여기 몇 번이나 탔죠?"

"한 번도 타지 않았어요."

"그걸 당신이 어떻게 알죠?"

"음, 아마 모르겠죠. 하지만 이 기차에서 미쳐버린 사람들은 기차 밖에 있는 뭔가를 봤어요."

"그걸 어떻게 알죠?"

"이 경우에도 나는 알 수 없겠죠. 하지만 나와 승무원들은 기차 안에서 안대 없이 다녀요. 그러니 그것들이 기차에 올라탔다면 지금쯤 우리 중 누군가에게 무슨 일이 일어났겠죠. 그리고 미쳐버린 사람들—."

"사람들이 시신을 옮긴다고 했잖아요."

"우리는 시신을 옮겨요, 맞아요."

"혹시 지금도 있나요?"

"네."

"어디에요?"

"화물칸 하나에 관 두 개가 있어요. 우리가 처음 만났던 곳 근처죠. 뒷문 곁이요. 되도록 그쪽에서 자지 말아요. 무덤 같은 냄새가 나니까요."

"솔직히 말해줘서 고마워요."

"좀 더 유쾌한 질문은 없나요? 이 기차를 다시 움직이게 하려다가 몇 명이나 사망했느냐 같은?"

"미안해요." 맬로리가 말한다. "하지만 지금은 두 아이 말고는 달리 관심이 없어요. 어떻게든 두 아이를 목적지까지 안전하게 데려가는 일 외에는요."

"음, 목적지가 어디죠?"

"그건 말하고 싶지 않아요."

"하지만 내가 당신에게 가장 빠른 길을 알려줄 수 있을지도 모르잖아요."

"말하고 싶지 않아요."

"그럼 그렇게 해요."

"이 기차에 당신이 우려할 만한 승객이 혹시 있나요?"

"내가 우려한다고요? 아뇨. 맹인 여성이 한 명 타고 있지만 그 분은 누구보다 잘 지내고 있어요. 왜 후드 티에 장갑까지 끼고 있는 거죠?"

이 질문에 맬로리는 경계심이 풀어진다. 타인의 시선을 의식하는 것과 비슷한 감정을 맛보다니 실로 오랜만이다. 이런 구세계의 마음 상태를 그동안 전혀 그리워하지 않았다.

"당신은 그것들과 닿기만 해도 미칠 수 있다고 생각하는군요." 딘이 말한다.

말을 듣고 보니 그런 가설이 더 현실적으로 들린다. 더 허무맹랑하게도 들린다.

"그렇게 믿을 만한 근거가 당신에게는 있겠고요." 딘이 말한다.

"그래요."

"맙소사." 그가 말한다. "나는 긴장을 풀라고 당신을 이 식당칸으로 초대했는데 오히려 내 신경이 더 곤두서버렸네요."

"내가 그런 건 좀 잘해요."

딘이 웃음을 터트린다. 하지만 분위기가 가볍지만은 않다.

"말해봐요, 질." 딘이 말한다. "어떻게 이렇게 긴 시간 동안 버틸 수 있었죠?"

"안전을 말하는 거예요?"

"단순히 그런 것만이 아니에요. 당신은 이런 세상이 처음 시작되었을 때, 그것들이 처음 나타났을 때와 전혀 다름없이 행동하잖아요. 당신처럼 계속 긴장감을 유지하지 못한 사람이 얼마나 많을지 상상이나 돼요? 우리는 절대 알 수 없을 거예요. 하지만 당신은 아직도 안대를 하고 그것에만 의지해서 살고 있잖아요."

식당칸에서 울리는 기타 소리가 살짝 음을 이탈하지만 연주자 한 명이 얼른 제 자리를 찾아간다.

"인구조사에 대해서 혹시 아는 게 있나요?" 맬로리가 즉답을 회피하며 말한다.

"그런 조사를 하는 사람들이 있다는 소문은 들었지만 직접 만나지는 못했어요. 왜요?"

"그냥 궁금해서요. 이 세상의 수치들. 통계."

"그래서요? 그런 수치에 의지해서 더 큰 위험을 감수하고 있나요? 아니면 세상이 천지개벽을 했을 때 우리가 했던 행동을 여전히 고수할 건가요?"

다른 사람에게 이런 질문을 받았다면 맬로리는 곧장 이 탁자를, 식당칸을, 어쩌면 기차까지도 박차고 나갔을 것이다. 더 많은 위험을 감수하는 이야기는 하고 싶지 않다. 하지만 이 남자와 함께 있으면 어른 톰의 생각이 몰려와 도저히 매몰차게 등을 돌릴 수가 없다.

맬로리가 자기 또래에게 낙관적인 목소리를 마지막으로 들은 때가 언제였을까? 세상이 변해가는 과정을 지켜보았기에 이 세상을 동일하게 이해하는 사람들과 여러 생각과 가설, 심지어 감정의 기복까지 주고받을 수 있었던 때는 또 언제였을까? 아들인 톰도 딘처럼 이야기한다. 하지만 톰은 고작 열여섯 살이다. 맬로리가 생각하기에, 아들이 무엇을 하고 싶어 하든 경계심을 풀지 않도록 키우는 것이 맬로리 자신의 책임이다. 말인즉 안 된다고 말해야 한다는 뜻이다. 아들의 사기를 꺾어야 한다는 뜻이다. 그 말은…….

기억해. 그녀가 생각한다. **네 아들이 말하는 내용은, 지난 17년 동안 네가 조언이 필요할 때마다 의지했던 사람의 말과 많이 닮았어. 그러니 네가 할 일은 그애에게 하지 말라고 말하는 것뿐이야.**

"나는 아무것도 바꾸지 않을 거예요." 맬로리가 말한다. 하지만 이렇게 말해서는 안 될 것만 같다. 자신의 의도와 완전히 다른 의미로 말한 것 같다. 맬로리는 톰과 올림피아가 이 세상에 태어났다는 사실의 의미를 이해한다. 물론 두 아이가 맬로리보다 더 잘 듣고, 타고난 본능은 그녀가 결코 따라잡지 못할 정도로 뛰어나다는 사실은 안다. 톰과 올림피아는 남자든, 여자든, 크리처든 뭐든 근처에 있을 때 그들이 빨아들이는 공기의 흐름을 감지하기라도 하듯, 어떤 책에 푹 빠져 있을 때도 뭔가가 눈앞으로 튀어나오기도 전에 눈을 감는다는 사실도 안다. 하지만 맬로리는 자신이 두 번의 거대한 사건—맬로리를 제외한 모두가 미쳐서 서로를 해치고 자신마저 해쳤던 이해할 수 없는 비극들—의 유일한 생존자라는 사실도 안다. 셀 수 없이 일어난 참혹한 사건—섀넌의 죽음과 주유소에서 사는 론 핸디, 강을 타고 간 일—이 아니더라도, 맬로리는 두 건의 철도 사고나 다름없는 신세계의 재앙을 말 그대로 걸어서 피했다. 실링엄 레인의 집과 맹인학교에서 일어난 사건. 구세계였다면 맬로리는 이 일로 뉴스의 주인공이 되었을 것이다. 그리고 기자가 어떻게 해냈냐고 물어보면 말없이 검은 천 조각을 들어올릴 것이다.

딘은 그녀에게 일어난 일을 전혀 모르면서도, 맬로리가 다른 누구보다 많은 일을 겪었다는 사실을 알아차린 걸까?

"아이가 있어요?" 맬로리가 그에게 묻는다.

"둘 있었어요. 둘 다 미쳐버렸죠."

"정말—"

"우린 집에 있었어요. 농장인데 이층은 없고 창문은 판자로 막은 후에 다시 담요로 가려두고 집에 달린 문이란 문은 죄다 빈틈을 메웠어요. 우리는 식료품을 잔뜩 쌓아뒀어요. 건조식품. 통조림. 몇 달은 버틸 수 있을 양이었죠. 내 딴에는 단순히 기다리면 된다고 생각했어요. 암흑 속에서요. 메이시는 아홉 살이었고 에릭은 일곱 살이었어요. 그러니 내가 잠든 사이에 두 아이 중 누구든 혹은 둘 다든 어떤 상황이든 무슨 상황이든 맞닥뜨릴지도 모르는 위험을 감수할 수 없었죠. 그래서 모든 곳에 판자를 대고 못을 박아 빈틈을 막고 만전을 기했어요. 불도 켜지 않았어요. 우리는 지하실에서 양동이를 사용하고 평평한 돌로 양동이를 덮어뒀어요. 솔직히 어떻게 그보다 더 안전하게 살 수 있을까 싶었죠."

딘이 말을 멈춘다. 맬로리는 그의 얼굴을 보고 싶다. 맬로리는 아이를 낳았던 집의 지하실에서 어른 톰이 들려준 딸의 죽음 이야기를 떠올린다. 이제 딘의 이야기 중에서 최악의 대목이 시작될 것이다. 맬로리는 마음의 준비를 한다.

"그렇게 살다 보니 밤낮을 분간할 수 없게 되었어요. 이해가 돼요? 우리는 정말 암흑천지에서 살았어요. 몇 가지 선택안이 떠오르더군요. 아마 다른 사람들도 다 그랬을 거예요. 카메라 렌즈로 보면 되지 않을까. 아예 눈이 멀면 평생 미칠까 봐 겁내지 않고 살 수 있지 않을까. 하지만 어떤 생각도 실행에 옮기지 않았어요. 우리는 어둠 속에서 서로를 더듬어서 찾고, 이름을 부르고, 같은 침대에서 잤어요. 늘 어둠에 잠겨 있었죠. 집 자체가 거대한 안대가 된 것 같았어요. 아마도 나는 어떤 연락 같은 걸 기다렸던 것 같아요. 문을 두드리는 소리가 나고 누군가 나타나 모든 것이 끝났다고 말해주기를 기다린 거예요. 구세계에서 태어난 우리들에게 그거야말로 궁극적인 판타지 아니겠어요? 모든 악몽이 끝났다는 소식? 그렇지만 그런 마법의 단어는 들려오지 않더군요. 아직도 오지 않았죠. 그 후로도 여전히 오지 않았어요. 그런 식으로 칠 개월을 버텼던 것 같아요, 질. 그 어둠 속에서도 메이시와 에릭은 자랐죠. 꼭 동굴에서 사는 것 같았어요. 나는 그저 기다리기만 했어요. 우리의 상황을 개선하기 위해 아무것도 하지 않았죠. 그러는 동안 나는 유능한 아빠인 내가 이렇게 쓸모없는 남자가 되다니 너무 불공평하지 않느냐는 생각만 곱씹었어요. 나는 두 아이의 손을 꼭 잡고 지하실로 내려가서 아이들에게 통조림을 따주는 일 외엔 하지 못했어요. 그러다가 아이들이 밖에서 들리는 소리를 듣고 겁을 먹으면 당연히 그래야 한다고 말해줬어요. 너희의 정신을 파괴할 것들이 어슬렁거린다고 말이죠."

딘이 다시 말을 멈춘다. 기차는 미끄러지듯 달린다. 음악가들은 앞으로 뒤로 왔다 갔다 하며 잔잔하고 단조로운 가락을 연주한다.

딘이 이야기를 시작하자 그의 목소리에서 눈물이 느껴진다.

"어느 날 밤인지 낮인지, 누가 알겠어요. 아이들이 웃는 소리에 잠을 깼어요. 즐거운 일인 것 같죠, 그렇죠? 몇 개월 동안 칠흑 같은 어둠 속에서 버티면서 양동이에 오줌 누고 똥 싸는 생활을 해도 아이들이 언제라도 깔깔거리고 웃을 수 있다면 좋은 일 아니냐고 생각할 거예요. 하지만 내 귀엔 아이들 웃음소리가 정상적으로 들리지 않았어요. 행복하게 들리지 않았어요. 나는 얼른 일어나서 꿈에서 그 소리를 들었을지 모른다고 생각하면서 어둠 속을 한참 응시했어요. 그런데 또 들리더군요. 잠이 확 달아났어요. 아이들이 집 안쪽 어딘가에 있었어요. 아이들을 부르자 그애들이…… 좀 더 웃었어요. 나는 얼른 일어나서 방을 나와 거실로 가면 아이들을 찾을 거라고 생각하며 벽을 더듬으며 갔어요. 메이시가 내게 무엇을 보고 그렇게 웃었는지, 무엇 때문에 제 동생이 그렇게 자지러지게 웃는지 말해줄 거라고 생각했어요. 그런데 거실로 가니 더 안쪽에서 아이들 웃음소리가 들리는 거예요. 집 안으로, 세탁실 쪽으로 발길을 돌렸죠. 나는 눈을 감고 양팔을 뻗은 채 아이들 이름을 부르며 거실을 지나갔어요. 마침내 세탁실에 도착했는데, 이번에는 웃음소리가 뒤에서 들리는 거예요. 집 안으로 돌아가서 마치 내가 나온 방으로 돌아간 것처럼."

기차가 한 번 덜컹하며 흔들린다. 딘이 이야기를 계속한다.

"그래서 나는 다시 거실을 지나 복도를 걸어 방으로 돌아갔어요. 아이들을 불렀죠. '메이시! 에릭! 너희가 그러니까 아빠가 무섭잖아! 어디 있니?' 그러자 웃음소리가 다시 들리는데, 바로 내 뒤에서 났어요. 마치…… 마치 아이들이 있는 곳을 내가 관통해온 것처럼. 그게 말이 된다면 말이죠. 두 아이가 거실에서 웃고 있었는데 내가 거기서 찾아내지 못한 것처럼 말이에요.

그래서 이번에는 지하실로 내려갔어요. 소리가 거기서 나는 것 같지는 않았지만요. 나는 아이들을 부르면서 계단을 내려갔어요. 식은땀이 줄줄 흘렀죠. **아이들이 놀이를 하는 거야. 아이들이 놀이를 하는 거야.** 머릿속에는 이런 생각밖에 없었어요. 왜냐하면 그게 사실이기를 바랐으니까요. 왜 아니겠어요. 모든 창문과 문을 틀어막았지만, 저장식품만 먹었지만, 빛도 안 보고 운동도 못 했지만, 애비라는 자가 무서워서 벌벌 떨고 있지만, 끝없는 어둠 속에 갇혀 살지만 그런 모습을 보고 싶었어요. 내 아이들이 **재미있게** 논다고 생각하고 싶었어요. 지하실에 갔더니 이번에는 웃음소리가 위층에서 들렸어요. 그래서 다시 돌아갔죠. 이번에는 고래고래 소리를 질렀어요. '메이시! 에릭! 이러는 거 조금도 재미없어, 젠장! 너희 때문에 아빠가 무섭잖아!' 그러자 두 아이가 소곤거리는 소리가 들리더군요. 이런 종류의 속삭임이 무슨 의미인지 나는 알았어요. 음모를 꾸민다고도 할 수 있겠군요. 대체로 아이들이 재미있는 일을 하려고 들 때 부모들이 그런 표현을 쓰지만요. 그런데 이건 재미있지 않았어요. 나는 암흑 속에 갇힌 내 집에서 아이들을 도무지 찾을 수가 없었어요. 그리고 아이들은 자지러지게 웃다가 속삭이기 시작했어요. 나는 그런 종류의 속삭임을 잘 알았죠. 당신 아이들도 그런 짓을 했을 거예요. 어린아이들이 서로 어떤 일을 하자고 부추기는 소리 말이에요. 이전에는 한 번도 하지 않았던 일을요.

그래서 나는 달렸어요. 온 집을 뱅뱅 돌았어요. 가구들은 제자리에서 치워져 있었죠. 어둠 속에서 살아야 했기 때문에 우린 가구를 다 치웠거든요. 그런데도 나는 벽난로에 엉덩이를 세게 부딪혔고 벽에 옆머리를 박았어요. 그런 세간들 때문에 내가 빨리 달리지 못해서 짜증이 났을 뿐, 어찌 되든 상관없었어요. 집을 다시 가로지르는데 뒤에서 속삭이는 소리가 들리는 거예요. 그래서 몸을 돌려 왔던 길을 돌아갔죠. 그런데 이번에는 아이들이 소곤거리는 소리가 등 뒤에서 들리는 거예요. 순간 비명을 질렀어요. 절규하듯 아이들을 부르면서 어디에 숨어 있는지 제발 알려달라고 사정을 했죠. 그러자 아이들이 가르쳐줬어요. 말이 아닌 다른 걸로요. 다음 순간 나는 뭔가를 치는…… 둔탁한 소리를 들었어요. 마치 칼을 멜론에 박아 넣을 때 나는 소리 같았어요. 나는…… 나는……."

맬로리는 무슨 말을 해야 할지 몰라, 자신의 감정을 어떻게 표현해야 할지 몰라 쩔쩔 맨다.

"그때 아이들을 찾았어요." 딘이 말한다. "내가 일어났던 침대 바로 옆에서. 두 아이는 부엌 싱크대 서랍에서 찾은 칼로 서로를 찌른 채 죽어 있었어요. 내가 아이들에게 통조림 고기와 과일을 천 번도 더 썰어주었던 칼이었죠. 아이들은 서로를 죽이는 순간에도 비명 한 번 지르지 않았어요. 아무 소리도 내지 않았죠. 웃고 또 웃으면서 서로에게 그런 행동을 부추기기만 한 거예요. 정확히 어쩌다 그렇게 되었는지 나는 영원히 알 수 없겠죠. 두 아이가 미처서 서로를 죽인 그날, 나는 뒷문을 열었어요. 아이들을 밖으로 데리고 나가려고. 아이들을 묻어주려고. 그런 순간에도, 절망에 빠져 완전히 피폐해진 와중에도 내 머릿속은 계속 이런 생각뿐이었어요. **아이들이 그걸 봤어. 내가 그렇게까지 사방을 막아뒀는데도. 딘, 그런데도 아이들은 기어이 그걸 봤다고.** 그래서 어떻게 되었는지 알아요, 질?"

"뭐가요?"

"나는 끝내 빈틈을 못 찾았어요."

맬로리는 무슨 말인지 묻지 않는다. 무슨 말을 하는지 알기 때문에.

"나는 아이들이 분명히 들여다보고, 밖을 내다보고, 틀림없이 아이들에게 그런 짓을 한 것들을 본 구멍 하나, 판자의 빈틈 하나, 미세한 구멍 하나 못 찾았어요. 내가 얼마나 열심히 뒤졌겠어요. 그건 의심하지 않아도 돼요. 손전등을 들고 모든 곳을 다 살폈어요. 그러다 그것들을 보든 말든 신경 쓰지 않았죠. 그렇게 육 주 동안 암흑 속에서 돌아다니며 구멍을 찾아다녔어요. 대개는 무릎을 꿇고서요. 내 아이들이, 나와는 다른 식으로 세상을 보았던 아이들이 분명히 찾아냈지만 나는 그냥 보아 넘긴 빛 한 조각을, 그 빌어먹을 작은 공간을 찾아서."

"내 이름은 맬로리예요." 맬로리가 말한다. 달리 할 말이 떠오르지 않기 때문이다.

딘이 웃음을 터트린다. 웃음소리가 경직되어 있고 눈물로 가득 차 있다.

맬로리는 맞은편으로 손을 뻗지만 곧장 그의 손을 찾지는 못한다. 순간 맬로리는 자신이 무릎을 꿇은 채 아이들의 동선을 따라가며 칠흑 같은 집에서 빛 한 줄기를 찾아다니는 기분이 든다.

다음 순간 맬로리가 그의 손을 찾는다. 혹은 딘이 그녀의 손을 찾은 것일지도. 어느 쪽이건 맬로리는 그의 손을 잡는다.

"정말 유감이에요."

"그래요." 딘이 말한다. "정말 그래요. 하지만 그날 나는 다시 눈으로 세상을 보기로 결심했어요. 이건 큰 의미가 있죠." 그리고 이렇게 덧붙인다. "고마워요, 맬로리. 나를 믿고 이름을 알려줘서요. 그리고 남자에게 일어날 수 있는 최악의 일을 들어줘서요. 제길. 지금 내 모습을 봐요. 나는 기차를 다시 움직이게 한 사람이라고요. 신세계에서. 시시한 일이 아니잖아요. 하지만 솔직히 말해서…… 밤이고 낮이고 기차가 달릴 때면 나는 여전히 내가 미처 가리지 못한 작은 틈, 작은 구멍, 이 우주의 작은 얼룩을 찾고 있는 기분이 들어요. 내 아이들이 찾아낸 시공간의 한 점. 아이들을 미치게 만들었던 그것."

16

“엄마가 이걸 보시면 널 죽이려고 하실 거야.” 올림피아가 말한다.

“엄마가 어떻게 봐? 엄마는 절대 안대를 안 벗으시는데.”

올림피아는 이 말이 사실임을 안다. 그리고 눈을 뜨고 있는 사람은 톰뿐만이 아니다.

올림피아는 엄마의 가방에서 멋대로 꺼낸 기록물을, 지금껏 몰두했던 그 어떤 읽을거리보다 그를 들뜨게 한 인구조사 기록물을 읽는 톰을 지켜보고 있다.

“인디언 리버.” 그가 말한다. “그곳에 대한 글 읽었어? 아테나 한츠에 대한 글을 너도 읽었니? 이런 사람들이 있다니 믿어지지가 않아.”

올림피아는 대답하지 않는다. 그녀는 거울을 들여다보고 있다. 딘이라는 남자의 말이 맞았다. 여긴 아늑한 곳이다. 긴 의자와 침대, 심지어 높은 천장까지 갖추어져 있다. 하지만 자신의 두 다리를 움직이지 않고도 이동하는 감각이 너무 낯설어서 올림피아는 균형을 잡으려고 세면대에 손을 짚는다.

마치 자신이 아는 유일한 생명줄에 꼭 매달려 있는 기분이다. 상황이 변했다는 사실을 올림피아는 조금도 의심하지 않기 때문이다. 톰이 이런 사실을 아는지 몰라도, 그들은 다시는 야딘 캠프장으로 돌아가지 않을 것이다.

"이것 좀 들어봐." 톰이 엄마가 오는 소리가 들리자마자 얼른 기록물을 쑤셔 넣을 수 있도록 열어놓은 가방 바로 옆에서 기록물을 들여다보며 말한다. "아테나 한츠가 크리처와 2년 동안 함께 살았다고 주장한대. 듣고 있어, 올림피아? 2년이야! 인구조사원에게 크리처가 한 번도 신경 쓰이게 한 적이 없다고 말했어. 어떨 때는 부엌에 멍하니 서 있고, 또 어떤 때는 거실에 멍하니 서 있더라는 거야. 정말 믿어지지가 않아!"

올림피아는 이런 식으로 말하는 톰이 마음에 들지 않는다. 엄마가 이런 이야기를 들을 때마다 기겁하기 때문만이 아니다. 이유는 오히려 올림피아 자신에게 있다. 그녀가 세상을 보는 방식. 자신의 눈으로 세상을 보는 방식. 올림피아는 톰이 뭔가에 흥분하는 모습을 좋아한다. 살면서 이런 순간이 필요한 인물들을 책에서 숱하게 접했다. 하지만 톰의 이야기를 듣고 있으면 올림피아는 자신이 기차에 타고 있을 뿐만 아니라, 둘째 기차가 자신을 향해 달려오는 것처럼 느낀다. 또 다른 사건이 일어날 것만 같다.

"엄마랑 같이 읽어보는 건 어때?" 올림피아가 말한다.

"너 미쳤니? 엄마는 여기 쓰인 글자들이 크리처처럼 생겼다고 벌벌 떠신다고. 이걸 이해하실 리가 없어."

"하지만 엄마는 이 기록물을 챙겨 오셨잖아. 그런 생각 안 해봤어? 엄마 부모님의 이름이 적혀 있잖아."

"무슨 말인지 알지만 안 돼. 하, 어림도 없지. 엄마는 기록물을 나처럼 생각하지 않아. 그건 정말…… 엄마답지 않아."

올림피아는 이 말에 토를 달지 않는다. 하지만 한편으로는 둘이 매키노 시티에 도착할 때까지, 이 경험을 마칠 때까지 얌전히 앉아 있기를 바란다. 그곳에 도착하면 톰은 온갖 미친 소리를 떠들 수 있을 테지만, 맬로리는 그런 말에 화를 내거나 신경을 쓰지 않을 것이다. 하지만 톰이 조부모님을 만날 기회를, 두 분이 정말 살아 계시는지 알아볼 기회를 방해한다면 올림피아는 미쳐버릴지도 모른다.

올림피아는 이 상황을 이해한다. 하지만 톰도 그런지 잘 모르겠다. 이 순간이 얼마나 중대한지를 알까. 맬로리가 도움을 받을 수 있는 가족이나 친구들이 모두 죽어버렸고 세상에 홀로 남았다고 믿은 채 16년 동안 두 아이를 키웠다는 사실. 너무나 참혹한 일이다. 때로는 부모님이 살아 계신다는 사실을 알게 되는 일이 더 잔인할 것 같다. 마치 맬로리가 자신이 살았다고 생각한 삶을 도둑맞았을 뿐만 아니라 바보같이 슬픔 속에서 살아온 것처럼 느껴지기 때문이다.

"뭐가 문제니?" 톰이 묻는다.

올림피아가 거울 속에 비친 톰을 바라본다. 심각한 생각에 빠져 있었는데 자신의 얼굴에 다 드러난 걸까? 맙소사, 가끔 톰은 그녀의 생각을 들을 수 있는 것 같다.

"아무것도 아니야."

"그러셔." 톰이 말한다. 그는 때로 이렇게 비꼬아 말한다. 올림피아는 톰이 시선을 기록물에 집중한 채 자신의 가방으로 손을 뻗는 모습을 본다. 안을 뒤적이더니 올림피아가 짐작한 대로 그것을 꺼낸다.

그의 안경.

특별한 안경.

톰은 이 안경을 만들고 한 달 동안 시시콜콜한 것까지 모두 설명해주었다. 톰이 몰래 품고 있는 가설에 올림피아는 너무 놀란 나머지 톰이 안경을 사용할까 더 겁에 질리게 됐다.

톰은 이제 글을 읽으며 안경을 쓴다.

"들어봐." 톰이 말한다. "펜실베이니아의 어떤 가족이 옷걸이 상자만 한 헬멧을 만들었는데, 헬멧 안에 음식과 물을 넣어둘 만큼 공간이 넉넉했대. 정말 믿어지지 않아!"

올림피아는 자신의 모습을 응시한다. 톰이 느끼는 흥분을 함께 느끼고 싶다. 숲을 거치고, 텅 빈 도로를 걷고, 나룻배를 타고 있는 동안 엄마에게 길을 안내하라는 말을 들을 일도 없이 북쪽으로 향하는 기차에 타고 싶은 열망에 몸을 맡기고 싶다. 예전 세상의 열여섯 살처럼 자신도 열여섯 살다운 열여섯 살이 되고 싶다. 과거에는 아이라는 사실이 놀라운 일이고 마법 같은 일이었던 것 같다. 또래 아이들과 어울리기. 자동차 운전 배우기. 집을 몰래 빠져나가기. 가고 싶은 곳이 어디건 가고, 걷고, **보기**.

과거의 사람들은 자신이 얼마나 좋은 시절을 보내는지 알았을까? 이건 단지 볼 수 있고 없고의 문제가 아니다. 올림피아는 맹인이지만 눈부신 삶을 살았던 등장인물 이야기를 수도 없이 읽었다. 문제는 두려움이다. 저 밖에 있는 무엇에 대한 두려움. 그리고 자신과 톰에게 '알아들었어? 알아들었어? 알아들었어?'라고 묻고, 요구하고, 명령하며 귓전에서 끊임없이 울리는 엄마의 목소리.

"왜 그러니?" 톰이 다시 묻는다.

올림피아가 거울 속에서 그를 바라본 순간, 톰이 만든 안경 렌즈에 반사된 자신의 모습이 보인다. 이 안경으로 두 개의 거울이 마주 보게 되며 올림피아의 모습은 반사에 반사를 거듭해 무한히 복제된다.

"아테나 한츠 말이, 우리는 봐도 괜찮대." 톰이 말한다. "우리가 크리처들을 받아들이느냐 마느냐의 문제라는 거야. 그들과 함께 사느냐는 문제."

올림피아는 사람들이 크리처의 본질을 이해하지 못하기 때문에 미쳐버린다는 널리 퍼진 가설을 떠올린다. 올림피아는 톰이 이름을 물려받은 어른 톰에 대해서는 물론이고, 그 톰이 자신들이 살던 집, 올림피아와 톰이 태어난 집 밖을 어슬렁거리는 존재들은 그냥 이해할 수가 없다고 확신했다는 이야기를 엄마에게 들었다.

그런데 크리처를 봐도 아무렇지 않은 사람들에게는 이 사실이 어떤 의미가 있을까? 면역력이 생긴 사람들? 그들이 더 영리한 걸까? 그들은 세상을 다른 방식으로, 지금 무슨 일을 하는지도 모른 채 자신을 구하기에 충분할 정도로 세상을 달리 본다는 뜻일까? 그 사람들은 이미 미쳤다는 뜻일까? 그래서 불가해한 정보가 아무리 많아도 지금의 현실을 바꿀 수도 없고, 미치는 과정을 가속화하지도, 피에 물든 결말로 치닫게 되지도 않는다는 뜻일까?

"인디언 리버." 톰이 다시 말한다. 그는 페이지를 넘기며 고개를 절레절레 흔든다.

톰은 진보를 이끌어낸다는 생각에 완전히 매료되어 있다. 올림피아가 기억하는 한 톰은 언제나 아이디어와 가설, 발명품에 푹 빠져 있었다.

올림피아는 제발 톰이 이런 생각을 멈춰주면 좋겠다.

하지만 자신이 단지 맬로리의 생각을 따른 데 불과하다면? 올림피아의 세계관은 자신의 생각과 전혀 상관없는 맬로리의 것이라면? 생모의 손에서 자랐다면 어땠을까? 아이들이 이름을 물려받은 두 어른의 아이들로 키워졌다면 어땠을까?

그랬다면 올림피아와 톰은 지금 어디에 있을까? 무엇을 알고 있을까?

무엇을 믿고 있을까?

만약 사람들의 말이 옳다면, 크리처가 인간의 이해를 넘어서는 존재이기 때문에 사람들에게 해를 입힌다면…… 어른 톰 같은 사람들은 크리처의 존재에 대한 지식을 가지고 자란 사람들과 무슨 일을 했을까? 평생 함께 살아왔기에 크리처들을 이해하는 사람들은 어떨까?

올림피아는 노크 소리가 몽상을 깨트리기 직전에 재빨리 고개를 들고 문을 바라보는 톰을 본다.

"안녕하세요." 남자 목소리가 들린다. "거기 누구 있어요?"

톰이 올림피아를 바라본다. 대답을 해야 하나? 그래서는 안 된다는 걸 잘 안다. 그랬다가는 맬로리가 둘을 죽이려 들 것이다.

하지만 톰이 대답을 해버린다. 올림피아는 톰이 그러리라 이미 짐작했다.

"네." 톰이 말한다. "누구세요?"

"아!" 남자가 말한다. "나는 헨리라고 해요. 우리는 이웃인 셈이죠. 이 기차를 타고 여행하는 사람들 모두 잠시 같은 동네에서 사는 셈이니까요."

올림피아는 남자의 목소리로 보아 엄마보다 나이가 많을 것이라 짐작한다. 샘과 메리 월시만큼 나이가 많을지도 모른다. 누군가는 이 사람도 오래전에 죽었다고 생각하고 있을까? 이 남자도 올림피아와 톰의 조부모님들이 그랬듯이, 기억하는 이 하나 없는 익명의 존재가 되어 신세계에서 살아남은 걸까?

"만나서 반갑습니다." 톰이 말한다. 그가 올림피아를 보며 미소 짓는다. 이 모든 일이 현실이라니 어안이 벙벙할 따름이다. 첫째, 집을 떠났다. 둘째, 기차를 탔다. 그런데 이제 이 기차에서 낯선 남자가 인사를 하러 찾아온다.

"괜찮다면." 남자가 말한다. "문을 열고 싶은데요. 나는 구식 사람이라 서로 보면서 이야기하는 게 좋거든요. 이 기차에서는 그래도 괜찮아요."

"뭐가 괜찮다는 거죠?" 톰이 되묻는다.

"서로 봐도 괜찮다고요!" 남자가 웃음을 터트린다.

톰과 올림피아가 눈빛을 교환한다. 올림피아의 흥분이 시들어버린다. 지금까지 저 남자가 둘의 이야기를 엿듣고 있었나? 아니면 이 진짜 세상에서는 '괜찮다'가 유행어인가?

"나는 잘 모르겠어." 올림피아가 톰에게 말한다.

그녀는 자신과 톰이 낯선 승객과 이야기를 나눴다는 사실을 엄마에게 들킬까 봐 두렵다. 이 낯선 승객에게 문을 열어주기가 무섭다.

그러면서도 올림피아는 그의 말을 들어줄지 말지 고민하고 있는 건가? 문을 열어주려고? 이렇게 은근슬쩍 진짜 세상을 들여놓으려고?

그녀가 고민을 하고 안 하고는 중요하지 않다. 톰이 이미 일어나 객실을 가로지르더니 문을 여는 중이기 때문이다.

올림피아는 눈을 감아야 한다고 생각한다. 평생 그렇게 하라는 말을 들으며 살아왔기 때문이다. 여긴 안전하다는 딘의 이야기를 들었으면서도 말이다.

맹인학교는 안전한 곳으로 여겨졌다. 그들이 태어난 집도 안전한 곳으로 여겨졌다. 이 기차라고 뭐가 다르겠는가?

하지만 여긴 **정말** 다르다. 올림피아는 이 사실을 부인할 수 없다. 그리고 자신이 허물 같은 것을 벗고 분명히 새로운 단계에, 제2의 인생에 발을 들여놓았다고 느낀다.

"안녕하세요." 톰이 인사를 건넨다. "저는 톰이라고 해요."

심지어 제 본명을 알려주는 톰.

"톰." 남자가 미소 짓는다. "정말 근사한 이름이군요."

올림피아가 보기에, 이 남자는 맬로리보다 훨씬 나이가 많다.

머리가 하얗게 세었고 턱과 얼굴에 희끗희끗한 수염이 까칠하게 자랐다. 올림피아는 이런 연배의 남자를 10년 만에, 맹인학교에서 도망친 후 처음으로 보았다.

"그럼 그쪽은?" 헨리가 눈썹을 올림피아 쪽으로 들어 올리며 묻는다.

그의 표정과 몸짓에 올림피아는 어쩐지 소름이 돋는다. 뭔가가 더 있다. 그런 느낌을 넘어서는 뭔가가. 야딘 캠프장을 뒤로하고 떠났던 일과 비슷한, 뭔가를 다시 찾을 수 없을 것만 같은 느낌.

"저는 제이미예요." 올림피아가 대답한다.

헨리가 미소 짓는다. 그는 이렇게 더운 날에도 스웨터를 입고 있다. 그래서인지 땀방울이 볼을 따라 흘러내린다.

올림피아가 가짜 이름을 댔다는 사실을 그는 알까? 어쩐지 아는 듯하다.

"음." 그가 말문을 뗀다. "나는 그저 내가 누구인지 알려주고 싶었어요. 그리고 말해주고 싶은 것도 있었고……. 혹시 이 기차든 다른 무엇이든 궁금한 게 있으면 망설이지 말고 내 객실 문을 두드려요. 나는 이른바 단골이거든요. 절친한 친구인 네이선과 나는 저쪽으로 두 칸 떨어진 곳에 있어요. 16호 객실일 거예요."

그가 복도를 가리키는데 순간 기차가 덜컹 하며 흔들린다. 순간 올림피아의 눈에 그가 흐릿하게 보인다. 초점을 벗어난 것처럼.

이윽고 남자가 고개 숙여 인사를 한다. 막 공연을 마친 사람처럼 한 손을 배에 대고 다른 손을 쭉 뻗는다.

올림피아는 여기에 꼭 들어맞는 단어를 알고 있다. **연극적**.

"고맙습니다." 톰이 대답한다.

헨리가 윙크한다.

그가 객실을 나가 이내 모습이 보이지 않게 되자 올림피아가 서둘러 문으로 다가가 밀어 닫는다.

"너 왜 그러니?" 올림피아가 말한다. "진짜 이름을 가르쳐주면 어떡해?"

"오, 그만해." 톰이 말한다. "여기에 온 이상 엄마는 우리를 예전처럼 쥐락펴락하실 수 없어."

"그게 무슨 말이야?"

따져 묻기는 했지만 올림피아는 톰과 다투고 싶지 않다. 대신 닫힌 문으로 시선을 돌린다.

올림피아는 불쾌할 정도로 배 속이 요동친다.

"여기에는 나쁜 사람들이 있어." 올림피아가 말한다.

"그런 소리 그만해."

"진심이야, 톰. 그리고 그 사람……."

"그 사람이 뭐?"

"엄마가 조심해야 한다고 말한 부류의 사람처럼 행동했어."

"오, 그래? 너는 그렇게 생각해?"

"그래, 나는 그렇게 생각해. 엄마는 연극적으로 행동하는 사람을 조심해야 한다고 백만 번은 더 말씀하셨어. 그런 사람들은 가면을 쓰고 있다고 하셨잖아."

톰이 코웃음을 친다. "지금 너 꼭 엄마처럼 말하는구나."

"그래? 그게 뭐가 나빠? 너 생각 좀 하고 말해야겠다."

하지만 올림피아의 시선은 여전히 닫힌 문에 꽂혀 있다. 그녀의 귀도 여전히 문에 집중하고 있다. 헨리라는 남자가 아직도 저 문 밖에 있을까? 자신의 객실로 돌아갔을까? 그가 복도를 걸어가는 소리를 들을 수 있을까?

"야." 톰이 말한다. "나는 엄마를 기겁하게 하려는 게 아니야. 그건 걱정하지 마. 알았어? 나는 그저…… 이 세상에는 야딘 캠프장보다 더 많은 것들이 있어. 지금 우리가 직접 보고 있잖아. 바로 지금 말이야."

톰이 무슨 말을 하건 그건 중요하지 않다. 올림피아는 지금 복도에서 들리는 기척에 집중하고 있다.

아까 그 남자가 밖에서 돌아다니나?

올림피아에겐 아무 소리도 들리지 않는다. 그래서 문으로 다가간다.

"우리가 어디에든 도착할 수 있는 유일한 방법은." 톰이 계속 말하는 중이다. "만약 우리가—."

"눈 감아, 톰."

"뭐라고?"

"하라면 해."

톰이 눈을 감는다.

올림피아가 문을 홱 연다. 머리가 허옇게 센 남자가 객실을 빤히 바라보며 서 있는 모습을 보리라 기대한다.

하지만 복도는 텅 비어 있다. 올림피아가 문을 닫는다.

"무슨 일이야?" 톰이 묻는다.

"아무것도 아니야. 미안해."

톰이 다시 코웃음을 친다. "너 요즘 점점 엄마처럼 행동한다는 생각 안 드니? 세상에. 유일한 차이점이라면 네가 가끔 안대를 푼다는 거야. 심지어 우리가 밖에 있을 때도!"

올림피아는 속내를 완전히 들킨 기분이다. 어떻게 톰이 그런 사실을 알고 있지?

"네가 어떻게 알아?"

"너 지금 장난해? 네가 안대를 하면 천이 네 피부에 닿는 소리가 다 들려." 톰이 말한다. 그러더니 일어나서 올림피아의 등 뒤에 선다. 이제 두 사람 모두 거울 앞에 서 있다. "그리고 나는 네 얼굴에 천이 없으면 없다는 걸 알아. 그러니 너나 연극적으로 굴지 마. 너도 규칙을 깨는 주제에."

올림피아는 그의 시선을 피하려고 한다.

너나 연극적으로 굴지 마.

연극적으로.

맬로리는 천 번도 넘게 말한 단어였다. 언제나 경고의 의미로.

그런 타입이 있나? 이 무대에서, 신세계에서 연기를 하는 사람들이 가장 미쳤을까?

"어쨌든." 톰이 말한다. "눈 감을 준비나 해. 규칙을 잘 지키는 척하려면. 엄마가 방금 식당칸을 나오셨으니까."

17

맬로리는 식당칸에서 나오자마자 팔을 뻗은 채 걷기 시작한다.

그녀의 손끝이 누군가의 어깨를 스친다.

"죄송합니다." 맬로리가 얼른 말한다.

어떤 여자가 누군가에게 속삭이는 소리가 들린다. "저 여자는 왜 아직도 안대를 하고 있는 거야?"

질문에서 두려움이 들린다. 그 여자가 자신도 안대를 써야 하나 걱정스러워한다는 사실을 맬로리는 안다. 하지만 조롱기도 느껴진다. 맹인학교에서 너무나 흔히 들었던 어조. 맬로리는 그때와 같은 어조를 느낀다. 그녀가 누군가를 지나칠 때마다, 흠칫 멈춰 설 때마다 들리는 똑같은 대화에서 맬로리는 이 기차의 승객들이 그녀를 궁금해한다는 사실을 알아차린다.

편집증.

하지만 이 기차도 어차피 망가질 운명이다. 맬로리는 이 사실을 안다. 그녀가 톰을 낳았던 집이 어차피 망가질 운명이었던 것처럼. 그리고 맹인학교처럼. 그들이 다시 찾지 않을 야딘 캠프장도 어쩌면.

이 기차도 미쳐버릴 것이다.

이 기차에는 그 집에 살던 사람들보다 더 많은 사람들이 타고 있다. 하지만 맹인학교에 살던 사람들보다는 적다.

"실례합니다." 맬로리는 장갑을 낀 손끝이 누군가의 정수리로 여겨지는 부위에 닿자 얼른 말한다.

첫째 칸은 전생처럼 느껴지는 과거에 섀넌과 함께 탔던 기차를 닮았다. 그때도 승객들은 지금처럼 앉아 있었다.

맬로리는 발걸음을 재촉한다.

톰과 올림피아, 둘이서만 너무 오래 있게 했다.

이 기차도 미쳐버릴 것이다. 맬로리는 안다. 딘이 기차의 옆면을 보강한 철판도 느슨해질 것이다. 구세계의 의미로 미쳐버린 누군가가 결국에는 선로에 뭔가를 내려놓지만 마이클이 너무 늦게 알아차릴 것이다. 결국 **누군가**는 뭔가를 보고 미쳐버릴 것이다. 미친 사람도 아무런 제지를 받지 않고 이 기차에 탑승할 것이다. 크리처를 믿지 않는 누군가. 모든 사람들이 자신과 같은 식으로 생각하기를 바라는 누군가.

맬로리가 차량 끄트머리에 도착한다. 그리고 문을 연다.

차량과 차량 사이에 선 순간, 그녀는 눈의 깜박임을 떠올린다. 아니, 역전된 깜박임일까. 어둠, 어둠, 어둠, 세상의 깜박임 한 번, 어둠, 어둠, 어둠. 맬로리는 섀넌이 황폐해진 건물들과 괴상한 도시 이름들을 가리키던 모습을 떠올린다. 맬로리는 언니의 농담에 웃음을 터드렸고 자매는 곧 이야기를 지어내 자신들이 지평선 저 끝까지 뻗어 있는 들판에서 본 사람들에게 이름을 지어주었다. 그들에게 삶과 관심사를 만들어주고 관계와 골칫거리를 안겨주었다. 맬로리는 복도 건너편에 앉은 엄마가 딸들을 보며 미소 지었던 일을 기억한다. 그 순간 엄마에게 잘 보이고 싶었고, 메리 월시가 딸들을 재미있는 애들이라고 여겨주기를 원했다. 학교에 어떤 남학생이 있었는데, 이미 작가의 소질을 보여서 모두가 창의력이 뛰어나다고 입을 모았다. 그래서 맬로리는 자신도 엄마와 아빠(**샘과 메리 월시**)가 그렇게 말해주면 좋겠다고 생각했다.

그리고 엄마는 그렇게 해주었다.

신호를 받기라도 한 것처럼 엄마가 맬로리 쪽을 보며 고개를 끄덕였다. **그런 이야기들이 내가 읽고 있는 글보다 더 좋아.**

이제 엄마를 떠올리면 어쩔 수 없이 지금의 나이대로 보인다. 더 늙었고, 머리가 더 희어졌고, 더 온화한 모습. 엄마는 분명 안대를 하고 계실 것이다. 왜냐하면 맬로리의 상상에서조차 엄마는 공공장소에서 누군가를 **바라볼** 수 없기 때문이다. 특히나 그녀가 아끼는 사람이라면 더욱.

맬로리는 앞을 볼 수 없는 엄마가 복도로 손을 뻗는 모습이 보인다. 엄마의 손가락은 하얗고 주름이 져 있다. 엄마는 이렇게 말한다. **그 소리 들리니? 네가 지나친 객실에서 사람들이 쑥덕거리더구나. 사람들이 말을 할 때는 본성이 드러난단다. 그러니까 그들이 본성을 드러낼 때는 잘 들어야 해.**

맬로리는 오른쪽에서 들려오는 사람들의 말소리에 움찔할 뻔한다. 장갑을 낀 손을 벽에 댄 채 지금 톰과 올림피아가 사용하는 것과 같은 객실들이 줄지어 있는 객차에 도착했다는 사실을 알아차린다. 여기서부터 사람들은 자신만의 공간에서 머무른다. 침대 두 개와 붉은 쿠션을 댄 긴 의자, 거울 한 개가 있는.

여기서도 사람들이 쑥덕거린다.

맬로리가 멈춰 선다. 귀를 기울인다.

말소리가 들린다.

"……새 출발. 그게 전부야. 단지 우리가 어디에서 사는지가 아니라, 주디, 어떻게 사느냐. 그리고 우리가 서로를 어떻게 대하는지도……."

나도 새 출발을 하려는 걸까, 맬로리는 자문한다. 하지만 맬로리는 자신의 행동이 새 출발이 아니라는 사실을 안다. 이미 살아온 삶을 정당화하려는 것뿐이다.

맬로리는 장갑을 낀 손으로 양쪽 벽을 훑으며 계속 걷는다. 오른손 손가락에 띄엄띄엄 문이 닿는다. 목소리들이 들린다. 새로운 목소리들. 맬로리는 잠시 멈춰 선다. 귀를 기울인다.

이런 말소리가 들린다.

"……서둘러서 욕조를 찾아봐야 해."

"……우리가 가장 오랫동안……."

맬로리는 계속 걷는다. 화물칸의 시신이 생각난다. 이 기차에서 가장 안전한 승객들.

장갑 낀 손끝에 벽이 만져진다. 또다시 문.

이런 말소리가 들린다.

"……이번 생에서는 다시는 없겠지. 진심으로 하는 말이야. 더 이상 큰 집에서 살 수 없어. 나는 우리가 집이라고 부를 만한 아주 작은 판잣집이라도 구할 수 있으면 좋겠어……."

맬로리는 계속 걷는다. 누군가와 부딪힌다.

"죄송합니다." 맬로리가 말한다.

이 사람도 맹인학교 사람들처럼 자신을 바라보고 있다. 장담할 수 있다. 이 기차에서 맬로리는 후드 티를 입고 장갑을 낀 것도 모자라 그럴 필요가 없다는데도 굳이 안대까지 하고 있다. 긴소매 옷에 긴 바지. 목덜미는 머리카락으로 덮어버렸다.

맬로리는 그 사람을 지나치려다가 다시 부딪힌다.

남자다. 맬로리는 장담할 수 있다. 이 남자는 허리 부분이 물렁물렁하고 키는 맬로리보다 더 크고 체취가 남자 같다.

"실례합니다." 맬로리가 다시 말한다.

어쩌면 이 남자는 노인일지 모른다. 지금의 아빠처럼. 맬로리는 아빠가 나이 든 모습을 처음 봤던 순간을 떠올린다. 섀넌이 출전한 축구 경기를 보던 중이었다. 맬로리는 엄마와 아빠와 함께 관중석에 앉아 있었고 섀넌의 팀은 다섯 골을 앞서가고 있었다. 그런데 어떤 남자가 축구장 옆에 있는 작은 농구 코트에서 농구를 하지 않겠느냐고 물었다. 아빠는 그러자며 그와 함께 농구를 하러 가셨다. 맬로리는 두 사람이 일대일로 농구를 하는 모습을 잠시 지켜보았다. 잠시 후 섀넌의 상대 팀이 골을 넣었고 맬로리는 다시 언니의 축구 경기에 몰입했다. 그러다가 맬로리가 다시 농구 코트를 돌아보니 아빠가, 세상에서 제일 힘세고 호리호리한 몸매에 강단이 있고 맬로리처럼 검은 머리가 풍성하게 난 샘 월시가 그라운

드에 주저앉은 채 인상을 쓰고 있었다.

맬로리가 엄마에게 자신이 본 장면을 전하려는데 아빠는 이미 일어나는 중이었다. 상대 남자가 아빠에게 볼을 다시 던져주자 아빠는 슛을 하려다가 멈췄다. 아빠는 그대로 공을 상대에게 돌려주고는 관중석으로 돌아왔다. 그리고 맬로리 곁에 다시 앉으며 이렇게 말했다. **이제 더는 못 하겠어.**

맬로리가 팔을 뻗자 장갑을 낀 손가락 끝이 앞에 선 사람의 몸에 닿는다.

"실례할게요." 맬로리가 말한다. 그러다 멈춰 선다. 이 남자는 뭘 하고 있는 걸까? 그리고 맬로리는 뭘 하고 있는 걸까? 자신이 크리처를 피하기 위해 온갖 조치를 다 한다는 이유만으로 사람들이 언제나 그리고 앞으로도 계속 심술궂게 굴 거라는 사실을 벌써 잊었나?

"비키세요." 맬로리가 말한다.

하지만 남자는 움직이지 않는다.

맬로리가 숨을 들이쉬고 잠시 머금었다 다시 내쉰다. 그녀는 미쳐버린 붉은 머리의 아네트를 떠올린다. 어떻게 그녀를 잊을 수 있겠나? 눈먼 여자가 미쳐버렸다. 크리처와 접촉했기 때문이 아니라면, 혹시 남자와 접촉했기 때문일까.

"제발, 부탁이에요." 맬로리가 말한다. "비켜주세요."

남자는 노인일지도 모른다. 그대로 잠들었을 수도 있다. 어쩌면 등을 돌리고 있어서 맬로리의 말을 제대로 듣지 못했을지 모른다. 어쩌면 이 사람도 안대를 하고 있는 걸까. 어쩌면 귀가 먹었을 수도 있다.

어쩌면.

움직이는 기척이 들리지 않는다. 더 이상 무슨 말을 해야 할지 모르겠다. 맬로리는 가장 가까운 문을 두드릴 수도 있을 것이다. 도움을 청할 수도 있다. 누군가 이 복도로 들어와 맬로리가 지나가도록 비키라고 남자에게 말해줄 때까지 서서 기다릴 수도 있을 것이다.

기차가 흔들린다. 맬로리는 기차와 함께 흔들리고 있으려니 이 모든 상황이 너무 시시하다고, 이 세상 모든 사람이 오로지 다른 누군가의 기차, 다른 누군가의 대단한 아이디어에 무임승차할 뿐이라고, 한 사람이 안전하다는 이유로 어떻게 모두에게 다 안전하다고 말할 수 있는지 의문이라고 생각하게 된다.

톰과 올림피아는 이 남자를 지나가야 있다. 절대 움직이려 들지 않는 남자.

"제발요." 맬로리가 말한다.

그녀는 마음을 정해야만 한다. 가만있을 수는 없다. 알지도 못하는 사람에게 겁을 먹고 가만히 서 있기나 하려고 두 아이를 데리고 집을 떠나 여기까지 온 게 아니다. 한 번도 본 적 없는 사람에게 겁을 먹으려고? 다시는 볼 일 없을 사람에게 겁을 먹으려고?

그래서 맬로리는 걷기 시작한다. 애초에 그 남자가 여기 없었던 것처럼 걷는다. 이제 남자가 있어야 할 곳을 지나간다. 남자의 존재가 느껴지지 않는다. 그를 치지도 않는다. 아무것에도 부딪히지 않는다.

맬로리가 멈춰 서서 뒤로 손을 뻗어 양쪽 벽을 만진다. 앞으로 한 걸음 내디디려는데 마침 기차가 덜컹 한다. 손을 뻗는다. 아무도 만져지지 않는다. 복도 끝까지 갔다가 돌아온다. 그러는 내내 아무도 마주치지 않는다. 그녀는 객실 문이 전부 다 닫혀 있는지, 아까부터 닫혀 있었는지 알아보고 싶다. 왜냐하면 문이 열리는 소리가 들리지 않았기 때문이다. 맬로리는 공기 중에 떠도는 냄새를 맡는다. 여전히 사람의, 남자의 체취가 남아 있다. 그 남자의 몸에 손이 닿은 느낌을 쉽게 떠올릴 수도 있다. 덩치가 더 큰 몸. 아빠처럼.

맬로리가 보이지도 않는 눈을 들어 위를 본다. 마치 그 남자가 천장에 매달려 있을 수도 있다는 듯.

맬로리가 다시 복도 끝까지 걸어간다. 또다시 한 쌍의 문을 통과해야 다음 칸으로 갈 수 있다. 그리고 그 칸의 끄트머리에서 또 한 쌍의 문을 통과. 그리고 반복.

맬로리가 귀를 기울인다. 옆의 객실에서 들리는 목소리들.

이런 말소리가 들린다.

"……기차에 탄 승객이 한 마리를 잡았대."

"그게 무슨 말이야?"

"차량 사이에서 그 남자를 만났어."

"누구?"

"그 사람 말이 화물칸에 있는 관 하나에 그게 들어 있대."

움직이겠다고 생각하기도 전에 몸이 먼저 움직인다. 맬로리는 문을 지나 다음 복도로 들어간다. 양팔을 뻗는다. 마음의 눈은 너무나 많은 추억, 너무나 많은 두려움으로 마구 채워져서 어둠이 한층 짙어졌다. 마치 지금까지 몇 년 내내 불을 활짝 켜놓았는데, 방금 낯선 기차의 낯선 객실의 닫힌 문틈으로 들은 말들이 스위치를 영원히 꺼버린 것처럼.

승객이 한 마리를 잡았대.

기차에.

화물칸에 있는 관 하나에 그게 들어 있대.

"톰." 맬로리가 부른다. "올림피아."

숨이 쉬어지지 않지만 숨을 쉰다. 제 발로 걷고 있지만 결과적으로 기차에 실려 간다.

누군가의 대단한 아이디어 덕분에.

누군가의 안전에 대한 아이디어 덕분에.

18

"우리는 도착할 때까지 이 객실에서 나가지 않을 거야." 맬로리가 선언한다. 그녀는 여전히 안대를 하고 후드 티를 입고 장갑도 끼고 있다. 그리고 두 아이도 똑같이 하고 있는지 확인한다.

맬로리는 자신의 말을 아이들에게 반복하라고 하지도 않는다. 다급한 음성이면 충분히 전달되리라 믿는다.

하지만 과연 그럴까?

"무슨 일이에요?" 톰이 묻는다.

물론 톰은 이렇게 물을 것이다. 그리고 당연히 저항할 것이다. 맬로리는 톰에게 가까이 가려고 객실 안쪽으로 들어간다. 그런 행동으로 자신이 얼마나 진지한지, 두말하면 잔소리라는 사실을 전하려고 한다.

"그건 중요하지 않아." 맬로리가 말한다. 음성이 떨리고 있다. "여기서 꼼짝도 하지 않을 거라고 내가 말했어. 우리는 바로 여기 있겠다는 뜻이야."

"하지만 엄마……."

"톰."

……**한 마리를 잡았대.**

이 말은 공포 그 자체이다. 인구조사원 남자가 그런 주장을 한 누군가에 대해 말했더랬다. 맬로리는 남자가 두고 간 기록물에서 비슷한 주장을 여러 번 읽었다. 이곳 미시간 주에 있는 인디언 리버. 이 근처. 신세계는 나름의 거친 서부이다. 무법천지이며 다들 으스대니까. 맬로리는 크리처를 잡았다는 주장이 입증될 가능성이 거의 없다는 사실을 알고 있다. 애초에 어떻게 생겨먹는 사람들이기에 이런 일을 떠벌릴 수 있을까?

그것도 공공장소에서…….

맬로리는 그렇게 말한 사람이 화물칸의 시체만큼이나 우려스럽다.

"엄마." 올림피아가 전부터 꼭 하고 싶었던 이야기를 막 꺼내려는 것처럼 말문을 연다. 하지만 맬로리는 더 이상 아무 말도 듣고 싶지 않다. 더 이상 견디지 못할 것 같다. 그들은 지금 이 세상에 나와 있다. 모르는 사람들과 함께 기차에 타고 있다. 다른 사람의 손에 모든 것을 내맡긴 채.

"나중에 얘기하자." 맬로리가 말한다.

맬로리는 자문한다. 실은 내가 크리처보다 남자들을 더 두려워하는 게 아닐까? 솔직히 말하면 그걸 잡았다고 주장하는 사람이 그 자랑스러운 포획물보다 더 고약하게 느껴진다.

마음 깊이 도사린 어둠이 녹색이 되더니 역겹게 변한다. 마치 온 세상이 쪼글쪼글해지고 부패하는 것처럼. 마치 모든 기억과 생각이 검은 천을 통해 걸러지고, 비통함의 반대편에 있는 감정들과 희망을 모두 도둑맞아 오로지 싸늘한 바람만이 휘몰아치는 것처럼.

맬로리가 오랫동안 머릿속에 떠올린 적도 없는 생각이다. 혼잣말로도 하지 않았던 생각.

지금까지 그녀를 편집증 직전의 상태로 몰아간 것은 사람이 아니었다.

크리처였다.

그것들이 맬로리에게서 삶을 훔쳤다. 그녀가 사랑한 세상을 파괴했다. 언니를 앗아가고 그것으로도 모자라 부모님마저 앗아갔다고 믿게 만들었다. 그것들이 어른 톰과 어른 올림피아의 목숨을, 맹인학교에서는 릭과 아네트의 목숨을 앗아갔다. 도무지 정체를 알 수 없는 그것들의 개체 수를 헤아리는 사람들조차 그들을 똑바로 볼 수 없기 때문에 인구조사원 남자조차 얼마나 많은 사람이 그것들로 인해 목숨을 잃었는지 알지 못했다.

맬로리는 한기가 들며 욕지기가 올라온다. 그래서 거울이 있다고 생각되는 곳으로 걸어가 세면대를 찾아 더듬거린다. 하지만 세면대가 아니다. 그녀는 무릎을 꿇고 어떤 용기든 손에 잡히기를 바라며 더듬거린다.

마침내 하나를 찾아낸다. 작은 금속 쓰레기통. 그것을 얼굴로 가져가는 순간 욕지기가 치밀어 올라 토사물이 튀지만 볼을 더럽히는 데 그친다. 볼을 제외한 신체 부위가 모두 천과 옷들로 감싸여 있기 때문이다.

올림피아가 옆에 있다.

"좀 누우셔야겠어요." 올림피아가 말한다.

하지만 그 충고가 너무나 거슬린다. 다른 것은 몰라도 누워서 쉴 생각은 전혀 없기 때문이다. 그때 문득 이제는 추억이 된 똑같은 경험이 떠오른다. 맬로리가 학교 화장실에서 토했을 때 맬로리를 데리러 온 엄마도 누워서 쉬어야 한다고 하셨다. 지금 맬로리는 엄마의 목소리가 귀에 들리는 것만 같다. 맬로리는 차를 타고 집으로 돌아가면서 본 풍경을 기억한다. 가을이었다. 엄마가 알록달록한 단풍을 가리키며 계절이 바뀔 때 병이 나는 사람들이 많으니 걱정하지 말라고 다독여주셨다.

세상이 변하면요, 엄마? 맬로리는 생각한다. **그리고 세상이 변한 지 17년이 흐르면요? 그때도 사람들은 병이 날까요? 그리고 토를 하면 상태가 더 괜찮아질까요?**

그런 이미지들을 떠올리면 여전히 마음이 안정된다. 지금처럼 마음이 급하고 겁에 질렸을 때조차. 그 가을의 풍경과 향기. 그때 그 모습. 맬로리는 아무 증거도 없지만, 지금도 여전하리라 믿는다.

"아니야." 맬로리가 대답한다. "나는 괜찮아."

하지만 두 아이가 아무런 대꾸도 없는 것으로 보아 제 엄마의 말을 전혀 믿지 않는 듯하다. 괜찮다. 이 기차의 누군가가 크리처를 한 마리 잡았다고 주장하는 남자에 대해 말했다. 그것이 화물칸의 관에 누워 있다고.

지금은 누워 있을 때가 아니다.

맬로리가 숨을 들이쉰다. 잠시 머금는다. 그리고 다시 내쉰다.

이윽고 맬로리가 다시 일어난다. 이런 일이 정말 일어날 수 있을까? 그것들이 사람을 만질 수 있다(만질 수 있나?)는 사실도 충분히 끔찍하고, 그것들이 전보다 더 늘어났다(그런가?)는 사실도 충분히 끔찍하고, 자신들이 타고 있는 이 기차가 딘이 말한 집중지역, 다시 말해 무슨 빌어먹을 이유인지는 몰라도(맬로리는 그 이유가 궁금하지도 않다) 그것들이 선로를 따라 모여드는 곳을 통과할 거라는 사실도 충분히 끔찍하지만, 이 상황은 어떤가? **이 기차** 승객들이 크리처와 함께 여행을 하고 있을지 모르는 상황은?

"승객들 모두에게 눈을 감으라고 말해줘야 해." 맬로리가 말한다. 왜냐하면 이제 맬로리는 이 기차에 탄 사람들이 걱정되기 때문이다. 그들의 행복을 걱정하는 게 아니다. 관에 든 그것(정말 그곳에 있을까?)이 밖으로 나와 맬로리가 방금 걸어온 복도를 걸어다닐 경우 기차의 승객들이 맬로리와 그녀의 두 아이에게 저지를지도 모르는 일이 두렵기 때문이다. 모든 종류의 접촉을 두려워해 온몸을 천으로 꽁꽁 감싼, 덩치도 더 작고 안대를 한 여자의 부탁에 반응을 보일 필요가 없다고 생각하는 남자들이 있는 저 밖에서.

젠장, 맬로리가 생각한다. **열부터 좀 식혀야겠어.**

"음, 우리가 이 객실을 나가지 않으면 사람들에게 알려줄 수도 없어요." 톰이 말한다.

순간 맬로리가 톰의 따귀를 때린다.

맬로리조차 생각지도 못한 돌발 행동이었다. 하지만 달리 다른 반응이 일어나지 않았다.

왜냐하면 맬로리가 더 이상 객실 밖으로 나가지 않을 거라고 말한 순간부터 톰은 여길 빠져나갈 핑계를 찾고 있었기 때문이다. 왜냐하면 **톰은 자신이 제 엄마가 하는 모든 빌어먹을 말**에 저항해야 한다고 믿는 지랄 맞은 사춘기이기 때문이다.

톰이 한 손을 얼굴에 대고서 제 엄마에게서 떨어진다. 맬로리는 아들의 뺨을 때릴 때 장갑을 낀 손가락의 끝에 안대 같은 천이 닿았다는 생각에 자랑스러움을 금할 수가 없다. 이런 상황에서도, 17년 전이었다면 자신이 할 수 있으리라 꿈도 꾸지 못한 일을 저지른 후에도 맬로리는 이렇게 생각하지 않을 수 없다. **다행이야, 안대를 하고 있어.**

"와우." 톰이 말한다. 그리고 더 많은 말을 쏟아놓으려는 참이다. 맬로리는 알 수 있다. 그 짧은 말에서 들을 수 있다. 마치 그 말의 모음과 자음이 말의 수문을 활짝 열어놓기라도 하듯.

"잠깐만요." 올림피아가 말한다. "진정해요. 다들 왜 이래요. 엄마, 감정을 좀 가라앉히세요. 우리는 괜찮아요. 여기 상황은 아무 문제가 없어요. 우리는 기차에 타고 있잖아요. 엄마의 부모님이 계신 곳으로 가고 있다고요. 우리는—."

그때 톰의 분노가 터져 나온다. 아무도 예상하지 못한 방식으로 폭발한다. 맬로리는 톰이 분노에 찬 말을 쏟아내리라 생각한다. 되받아칠 말을 준비하며 마음을 단단히 먹기까지 한다. 하지만 아니다. 객실 문이 스르르 열리더니 다시 닫힌다. 그리고 분노에 찬 톰의 발소리가 복도에 천둥처럼 울린다.

"안 돼." 맬로리의 머릿속에서는 화물칸의 관이 열려 있고, 뚜껑이 옆으로 밀리고, 끔찍한 것이 일어나 앉아 있는 모습이 떠오른다. 맬로리가 문으로 향하자 올림피아가 그녀를 붙잡고 만류하며 이런 말들을 쏟아낸다. **엄마, 진정하세요. 톰은 잠시 시간이 필요해요. 엄마, 괜찮아요. 엄마, 화를 내면서 밖으로 나가지 마세요. 톰을 혼자 있게 해주세요. 엄마, 톰이잖아요. 기억하시죠, 톰? 엄마의 아들요?**

기억하시죠, 톰?

엄마?

물론 맬로리는 기억한다. 아니, 엄밀히 말해 그렇지는 않다. 맬로리는 지금 톰이 아닌, 아들이 이름을 물려받은 어른 톰을 기억하고 있으니까.

믿어지지 않을 정도로 놀라운 그 남자가 세세한 모습까지 또렷하게 마음의 눈에 서린다. 그러자 맬로리는 자신이 아들을 때리는 모습을 그에게 들켰다는 사실에 순간적으로 당황한다.

톰. 맬로리는 생각한다. **미안**.

이건 그 남자와 아들 중 누구에게 하는 사과일까? 이제 맬로리는 안대를 한 채 올림피아의 품에서 흐느끼고 있다. 개리가 돈을 꼬드겨 집 안으로 들어오게 한 크리처들이 저 아래 집 안을 돌아다니는 가운데, 맬로리가 산고 중인 다락방으로 들여보내 달라는 톰의 절규가 메아리치는 가운데 흐느끼고 있다.

"괜찮아요." 올림피아가 말한다. "우리는 그곳까지 안전하게 도착할 거예요. 우리는—"

"아니야." 맬로리가 말한다. "우리는 안전하지 않아. 이번에는 아니야. 우리는 굴러온 복을 찬 거야. 거길 떠나지 말았어야 했어. 우리는 운이 좋았어. 그 집에서 살아남았어. 맹인학교에서도. 내내 운이 좋아서 **내가 탐욕스러워졌어**. 부모님 이름을 보고 내가 정신이 나갔던 거야. 해이해졌어, 올림피아. **내가 해이해졌어**."

마지막 말을 하는 맬로리의 목소리는 이미 쉬어버렸다. 올림피아가 무슨 말을 하려 한다. 하지만 맬로리는 자신의 어깨에서 벌써 딸의 손을 치우려 한다.

맬로리는 올림피아가 장갑을 끼고 있다는 데 자부심을 느낀다.

이런 상황에서조차.

그리고 곧장 문을 열고 나간다. 아들을 찾기 위해. 이 기차에 탄 누구보다 관에 들어 있는 크리처에게 흥분할 톰을.

그리고 지독한 공포를 자아낼 수 있는 진보의 증거도 찾아낼 셈이다.

19

톰은 눈을 크게 뜨고 있다. 죄다 지긋지긋하기 때문이다. 눈을 못 뜰 건 뭔가? 이 기차를 운행하는 남자도 눈을 뜨고 다닌다. 게다가 톰은 지나간 시간 내내 안대에 시달렸다! 맬로리는 선을 넘었다. 참을 만큼 참았다. 톰과 올림피아가 어렸을 때는, 나룻배를 타고 그 학교를 찾아가던 때는 이해할 수 있다. 그때는 엄마가 그렇게 해야 할 이유가 있었을지 모른다. 하지만 오늘은? 여기서는? 그들 세 사람은 지금 넓은 세상으로 나왔다. 톰은 이런 것을 느끼거나, 듣거나, 냄새 맡거나, 본 적이 한 번도 없다. 톰은 지금 복도를 걷고 있다. 왼쪽으로 문이 늘어서 있다. 오른쪽으로는 검은 벽이다. 문이고 벽이고 모두 흔들린다. 덜커덕거린다. 왜? 기차에 타고 있기 때문이다. 그와 올림피아가 한 번도 해보지 못한 일. 맙소사, 두 사람이 전에 해본 일이 있기는 한가?

맬로리는 선을 한참이나 넘었다.

엄마에게 맞은 것은 톰과 올림피아가 아기였을 때 눈을 감은 채 잠에서 깨라고 배우며 파리채로 맞은 이후로 처음이다. 이번에는 가르치기 위해서가 아니었다. 분노 때문이었다. 어둠, 어둠, 어둠. 엄마는 이걸 이해하지 못하나? 이 세상에 태어났든 아니든, 과거에는 어떠했다는 이야기를 듣는다. 그러면 그 후에는? 당연히 이 세상을 직접 알아가고 싶다.

누구라도 직접 보고 싶은 것이다.

복도 끄트머리의 문이 열린다. 여자 한 명이 들어온다. 내내 눈을 감은 채 문을 닫는다. 그리고 눈을 뜬다. 톰을 보더니 어색하게 미소 짓는다. 톰은 저 여자가 아주 잠깐이라도 그를 크리처로 생각하지 않았는지 궁금하다. 저 여자를 어떻게 생각하면 좋을지 모르겠다. 지금까지 본 여자가 몇 명이나 될까? 남자는? 예전에 살았던 맹인학교에는 사람들이 많았다. 하지만 그때 톰은 여섯 살이었다. 지금은 열여섯 살이다.

엄마는 이 상황이 이해되지 않나?

톰이 손을 흔든다. 작정하고 그런 게 아니다. 어쩌다 보니 손이 올라갔다. 톰보다는 나이가 많지만 맬로리보다는 적은 여자가 고개를 끄덕인다. 여자가 톰을 향해 걸어온다. 톰도 여자를 향해 걸어간다.

톰은 무슨 말이든 해야 한다고 생각한다. 왜냐하면 전기충격이라도 받은 것처럼 들뜨기 때문이다. 아까 얻어맞은 얼굴은 여전히 화끈거리지만 어느 때보다 가슴이 두근거린다.

그는 이 감정이 얼마나 진실한지 느닷없이 깨닫고는 희열을 느낀다.

이처럼 해방된 느낌은 진정 처음이다.

이 해방감을 느끼기 위해서는 맬로리에게 등을 돌리고 걸어 나오는 것으로 충분했다.

톰이 할 말을 떠올리고 입을 연다. 하지만 여자는 오른쪽 문을 열고 객실 안으로 들어간다.

여자가 문을 닫는다.

톰은 저 객실에도 끝없이 규칙을 만들어내는 사람이 있는지 궁금하다. 그녀도 복도에서 눈을 뜬 적이 없는 척하며 객실에서는 눈을 감고 있는지 궁금하다.

톰이 미소 짓는다. 와우. 정말 유쾌하다.

그는 장갑을 벗고 후드 티의 모자도 벗는다. 더 이상 장갑을 끼고 모자를 쓰고 싶지 않다. 그는 야딘 캠프장의 3번 방갈로에서 지낼 때 간이침대 옆에 옷을 던져두듯 복도 바닥에 옷가지를 툭 떨어트린다.

기분이 끝내준다.

톰은 그 칸의 끄트머리에 있는 문을 연다. 눈을 감는다.

엄마는 이 상황이 이해되지 않나? 그 남자는 톰이 가족에게 무엇을 해야 하는지 말해줬다. 어떻게 해야 안전한지. 그래서 지금 톰은 그대로 하고 있다. 이렇게 하면 되니까. 원래부터 이렇게 하면 되는 거였으니까. 기차를 타고 있는 내내 객실에서 쥐 죽은 듯이 있지 않아도 된다. 안대를 하고 장갑을 끼고 있을 필요도 없다. 겁을 낼 필요도 없다.

하지만 맬로리는 아무것도 이해하지 못한다. 본능을 잃어버렸으니까.

그런 생각을 하자 톰은 또다시 미칠 것만 같다. 감정이 점점 더 격렬해진다. 하지만 분노에 휩싸이고 싶지 않다. 그저 자유롭고 싶다.

톰이 차량 사이를 지나간다. 이어 문을 연다. 등 뒤로 문이 스르르 닫히게 둔다.

그리고 눈을 뜬다.

또 다른 복도. 왼쪽으로 늘어선 문들. 맬로리가 숨어 있듯이 숨어 있는 사람들. 톰은 더 이상 숨지 않을 것이다. 더 이상 맬로리의 규칙에 따라 살지 않을 것이다. 다시는 야딘 캠프장으로 돌아가지 않을 것이다.

톰이 잠시 멈춰 선다. 다시는 과거로 돌아가지 않으리라, 이런 마음을 깨닫자 심장이 미친 듯이 뛴다.

그곳으로.

다시는.

그들이 진정으로 집이라고 불렀던 유일한 곳으로는.

결코 돌아가지 않을 것이다.

"좋아." 톰이 말한다.

왼쪽에 있는 문이 열린다. 남자가 나온다. 그가 문을 닫는다.

"안녕하세요." 그가 인사를 건넨다.

톰은 이 상황을 믿을 수가 없다. 이것이 바로 올림피아가 읽던 책에 나오는 세상이다. 거기서 사람들은 현관문으로 나와 손짓으로 인사를 나누고 하루를 어떻게 보냈는지 안부를 묻는다.

"오늘 하루 별일 없으셨어요?" 톰이 묻는다.

나이 지긋한 남자가 수상쩍어하는 눈초리로 톰을 본다. 열여섯 살밖에 안 된 소년이 홀로 돌아다니며 무엇을 하는지 궁금해서 그럴까? 이 남자는 톰이 위험하다고 생각할까? 톰이 방금 뺨을 맞았다는 사실을 알아볼 수 있나?

톰이 자신의 얼굴로 손을 가져간다.

"별일 없었다네." 남자가 대답한다. 그는 움직이지 않는다. 톰이 안으로 슬쩍 들어가 뭔가를 가져가기라도 하듯 닫힌 문 앞에 떡 버티고 서 있다.

톰이 그를 지나친다. 그 칸의 끄트머리에 도착해 뒤돌아보니 남자는 여전히 버티고 서서 톰을 바라보고 있다. 다만 지금은 눈을 감고 있다.

톰도 눈을 감는다. 문을 연다. 차량과 차량 사이로 발을 내디딘다.

그리고 멈춘다.

톰이 주머니에서 안경을 꺼내 얼굴에 낀다.

여기서는 공기가 소용돌이친다. 차량과 차량 사이에서 일어나는 작은 폭풍. 허술하게 묶었다면 안대가 얼굴에서 벗겨져 날아갈 정도로 바람이 거세다.

바람이 셔츠의 짧은 소매를 통해 올라오고 목덜미를 따라 내려간다.

이다지도 황홀한 느낌이라니. 가만히 서 있는데도 세상이 휙휙 지나간다. 그는 걷고 있지 않다. 노를 젓고 있지도 않다. 이래라 저래라 잔소리를 듣고 있는 것도 아니다.

톰이 눈을 뜬다. 고개를 왼쪽으로 돌린다.

안경을, **자신**의 안경을 통해 스쳐 지나가는 세상의 풍경을 바라본다.

나무들. 표지판들. 적힌 글을 읽을 수 있을 정도로 표지판이 시야에 오래 머무르지는 않는다. 하지만 글자가 보인다. 이 밖에서는. 이 진짜 세상에서는.

톰이 미소 짓는다.

황홀한 경험이다.

오른쪽으로 시선을 돌린다.

지평선이 오른쪽으로 영원히 뻗어나가는 것 같다.

저곳에 혹시 크리처가 돌아다니고 있을까? 지금 그중 한 마리를 보고 있나? 그가 만든 안경으로? 인구조사원 남자의 기록물에 사용법이 적혀 있을지도 모르는 바로 그런 안경으로?

너무 압도적인 경험이다. 뺨을 맞은 게 대수인가? 톰은 이렇게 생각을 행동에 옮길 계기를 마련해준 맬로리에게 감사라도 하고 싶은 심정이다. 그녀 곁을 떠날 이유를 만들어준 데 감사하고 싶다.

인디언 리버.

인디언 리버라고 적힌 커다란 글자가 나무와 도로 표지판으로 둘러싸인 채 톰에게 나타난다. 그는 인디언 리버가 지금 보고 있는 것과 같은 지평선을 수도 없이 품은 곳이라고 상상한다. 끝도 없는 풍경과 그런 풍경을 보고 싶어 하는 수많은 사람들.

아테나 한츠.

맬로리처럼 생각하지 않는 여자. **톰**처럼 생각하는 여자.

세상이 지나간다. 녹색과 갈색. 표지판. 가옥. 울타리.

정말 **감격스럽다**.

톰은 무슨 일이든 다 할 수 있을 것만 같다. 지금까지 하고 싶었던 일들 전부 다.

그때 앞쪽 문이 열린다. 그를 향해 다가오는 남자가 보인다. 눈을 감고 있다. 그런데 이 사람은 평범한 승객이 아니다. 딘 와츠다.

톰은 옆으로 비켜서서 이 기차의 주인이자 창조자인 딘 와츠가 그를 지나쳐 다음 문을 열고 안으로 들어가 다시 문을 닫는 모습을 **지켜본다**.

지금 기분이 어찌나 환상적인지 믿어지지 않는다. 자신이 이 기차에서 가장 영리한 사람을 놀려먹은 것 같다. 망자의 세계에서 이 기차를 끌고 온 사람을 말이다.

톰은 이 순간이 지나가지 않았으면 좋겠다고 생각한다. 이 순간이 또 한 차례, 16년간 이어지면 좋겠다고 생각한다. 밖에 나와, 눈을 뜨고, 자유를 만끽하는 이 순간이.

톰이 두 차량을 잇는 연결 부위의 끄트머리로 간다. 여기서는 뛰어내리고 싶으면 뛰어내릴 수도 있다. 어쩌면 이곳에서 딘이 미친 승객들을 던져버렸을지 모른다.

톰은 여전히 안경을 쓴 채 책상다리를 하고 앉는다. 바람이 자신을 향해 불어오자 양팔을 들어올린다.

이 느낌을 만끽한다. 이 모든 것을. 이 순간의 모든 것들을 빠짐없이.

이곳에는 톰 외에 아무도 없다. 차량 사이를 지나가는 사람은 아무도 없다.

그에게 지시를 내리는 사람은 아무도 없다. 절대적으로 아무도 없다.

20

맬로리는 그와 부딪히기도 전에, 그가 말을 하기도 전에 딘임을 알아차린다. 신세계에서 살게 된 후로 나머지 감각들이 더 예민해졌다고는 생각하지 않지만 어떤 사람과 마주치거나 어떤 장소에 닿기 직전에 그런 사실을 먼저 알아차리게 됐다.

"맬로리." 딘이 말을 건다. "괜찮아요?"

맬로리는 자신이 들은 말을 딘에게 하고 싶지 않다. 화물칸의 관. 그녀는 공포를 불러일으키고 싶지 않다. 다만 틈을 찾아서 모두 미쳐버리기 전에 여길 빠져나가고 싶은 마음뿐이다.

"아뇨." 맬로리가 대답한다. 그녀는 자신의 목소리에서 두려움이 드러난다는 사실이 증오스럽다. 한때 지적이고 재미있는 사람으로 여겨졌을 사람에게 말하고 있는데, 정작 자신은 무서워 벌벌 떨고 있다는 사실이 한심해 죽겠다.

"무슨 문제라도 있어요?"

"전부 다 문제예요." 맬로리가 말한다. "기차. 우리가 해낼 수 있다는 생각. 이 모든 게 다 미쳤어요."

"이봐요, 맬로리. 잠깐만요……."

"나는 내 아들을 찾아서 같이 내릴 거예요. 걸어서 집으로 돌아갈래요. 왜냐하면 거기서는 아이가 화가 나서 집을 나가도 어디로 갈지, 누구와 함께 있을지 파악할 수 있으니까요."

맬로리가 그를 지나치려 한다. 딘은 그녀를 붙잡아 세우려 들지는 않지만 그의 목소리가 맬로리의 발목을 잡는다.

"당신 아이들이 이 기차를 봤고, 기차에 탔으니 집으로 돌아간다고 해도 전과 같지 않을 거라는 생각은 안 들어요?"

맬로리는 지금 그런 생각을 하고 있을 시간이 없다. 계속 움직여야 한다. 지난 16년간 보호해온 아들이 위험천만한 짓을 하지 않는지 확인부터 해야 한다.

오, 세상에. 맬로리가 생각한다. **내가 톰을 때리다니.**

지금 막 아들을 또 때린 것 같다. 지금 또다시. 아들을 때린 기억이 다시 떠오를 때마다 점점 더 생생히 인식된다. 그녀가 볼 수 있는 색깔은 맞은 아이의 얼굴에 남은 자국 색깔뿐이다.

"그애가 이쪽으로 간 것은 확실해요?" 딘이 묻는다.

"네. 아뇨. 모르겠어요."

"내가 지금 식당칸에서 오는 길이에요." 딘이 말한다. "하지만 그애는 못 봤어요."

상황이 생각보다 더 심각하다. 마치 기차가 톰을 삼켜버린 것 같다. 흡사 탯줄을 잘라서(심지어 맬로리에게조차 그렇게 느껴졌기 때문이다) 톰이 맬로리의 마음속 깊이 어둠 속으로 들어가 다시는 볼 수 없는 곳으로 끌려 들어간 것 같다.

"여기 어딘가 있을 거예요." 딘이 말한다. "우리가 찾아줄게요. 그러니 걱정 말아요. 도와줄게요."

맬로리는 도움을 원하지 않는다. 그냥 여기에 있고 싶지 않다. 왜냐하면 결국 모두 미치는 이유는 딘 와츠 같은 사람들 때문이다. 안대 너머를 생각하는 사람들 때문이다.

그때 어둠 속에서 어른 톰이 나타난다. 맬로리가 그를 만났던 집의 거실 소파 앞에 서 있다. 발치에는 끝내 제대로 조립하지 못한 헬멧의 부품들이 놓여 있다.

"당신이 톰을 찾기 전에는 나는 어차피 아무것도 할 수 없어요." 딘이 말한다.

"좋아요." 맬로리가 말한다. "그럼 나를 도와줘요."

왜냐하면 그 집이 미쳐버린 이유는 어른 톰 탓이 아니기 때문이다. 그날의 비극, 개리의 양손이 붉은 피로 얼룩진다. 개리, 돈을 꼬드겨 커튼을 모두 찢어버리게 한 남자. 개리, 배우의 옷을 입고 자그마하고 치명적인 거미처럼 집으로 들어왔던 남자. 16년이 지난 지금도 그를 떠올리면 소름이 돋는다. 그의 음성. 얼굴. 턱수염. 재킷. 공책. 말. 돈의 어깨를 짚고 있던 핏기 없이 하얀 그의 손. 악마처럼 돈의 귀에 속삭였다. 크리처는 현실이 아니라고, 인류는 집단이성을 잃었을 뿐이라고 꼬드겼다. 그가 두려워한 크리처는 사람이었다.

맬로리가 잰걸음으로 복도를 걸어간다. 딘이 뒤에 바짝 붙어 있다.

"두 사람 싸웠어요?" 그가 묻는다.

"그런 셈이죠."

"음." 딘이 대꾸한다. "나는 눈을 뜨고 있어요. 그러니 이 복도에는 아들이 없다고 말해줄 수 있어요."

"객실은 어떨까요? 다른 사람 객실에 들어가 있다면?"

"그애가 누구 객실에 들어가겠어요?"

두 사람은 복도 끝에 이르렀다. 딘이 문을 연다.

바깥 공기가 쏟아져 들어온다. 신선하고 시원한 공기. 맬로리가 눈을 가린 채 움직이는 기차에서 훌쩍 뛰어내리는, 차량 사이에서 뛰어내리는 톰을 상상하며 고개를 왼쪽으로 돌린다.

찰싹 소리가, 자신의 손이 톰의 얼굴을 치는 소리가 들린다.

"그애는 이 복도에도 없어요." 딘이 다음 차량으로 들어가더니 말한다. "하지만 저 앞에 당신이 좋아하지 않을 것이 있어요."

"뭐라고요?" 맬로리가 얼어붙는다. 그녀는 화물칸의 관을 떠올린다.

"유감이에요." 딘이 말한다. "옷뿐이에요. 옷이라지만…… 후드티와 장갑 한 켤레. 그리고, 그래요, 안대도 있군요."

"오, 맙소사."

톰이 그냥 객실만 뛰쳐나간 것이 아니기에 맬로리는 탄식한다. 톰은 갑옷을 벗어버렸다.

맬로리는 똑바로 생각할 수가 없다. 일단 톰을 찾아야 한다. 이 기차에서 내려야 한다.

아까 들은 이야기를 더 이상 마음속에 담아둘 수 없다.

"어떤 사람이 이 기차에 있는 크리처에 대해서 하는 말을 우연히 들었어요." 맬로리는 거의 다 쉬어 거칠한 목소리로 말한다. "어느 객실을 지나는데 누군가가 화물칸의 관에 담긴 크리처 이야기를 하더군요."

딘은 조용하다. 맬로리를 찬찬히 뜯어보는 중일까? 맬로리의 편집증이 얼마나 심한지 가늠하는 중일까? 그렇다면 그가 할 다음 말은…… 그녀를 달래는 말일까? 비위를 맞추려는 말일까?

"내가 화물칸을 확인해보죠." 그가 말한다. 단호하게. 과감하게. 그리고 진지하게. "당신은 계속 가요. 톰을 찾아요."

"알았어요."

그가 자리를 뜬다. 맬로리는 무릎을 꿇고 톰이 버리고 간 옷가지를 줍는다.

"그애가 자기 보호막을 벗어버렸어." 그녀가 말한다. 아니, 생각한다. 맬로리도 어느 쪽인지 알지 못한다.

신세계로부터 그를 보호해주는 것이 오직 피부뿐이라면 어떻게 하지?

자꾸만 마음이 무너지려 한다. 기차가 덜컹거린다. 딘의 발소리가 점점 멀어지더니 문이 열렸다가 닫히는 소리가 들린다. 그녀는 다시 혼자다. 아들을 찾아다니고 있는 그녀. 아니, **보지** 않는다. 절대 보지 않는다. 결단코 보지 않는다.

하지만 바로 그런 이유로 톰이 떠나간 것이 아닐까? 이런 삶에서? 바로 그런 이유로 이 세상에 태어난 사람들조차 누구라도 제 피부를 벗어버리고 싶어 하는 것 아닐까?

맬로리는 계속 찾는다. 톰의 이름을 소리쳐 부른다. 제일 가까운 문을 두드리자 안에서 자신들은 아무것도 필요하지 않다는 목소리가 들린다. 맬로리는 그들에게 아들을 찾고 있다고 말한다. 당신 아들은 이 안에 없다는 여자 목소리가 들린다.

맬로리는 계속 찾는다.

기차가 흔들린다.

맬로리가 다음 문을 두드린다. 이번에는 아무도 대답하지 않는다. 맬로리는 톰이 이 객실에 조용히 서 있는 모습을 떠올린다. 문을 열어보려 한다. 하지만 문이 열리지 않는다. 잠겨 있다. 이제야 누군가 대답한다. 그들은 아무것도 필요 없다고 한다. 맬로리는 아들을 찾는 중이라고 한다. 우리는 기차에 탔어요. 난생처음이죠. 제발. 도와주세요. 그애가 안에 있나요? 아뇨. 그들이 대답한다. 없어요. 가세요. 제발.

맬로리는 계속 찾는다. 문 앞까지 간다. 부들부들 떨며 차량과 차량 사이로 나아간다. 다음 칸으로 들어가기 전에 맬로리는 차량 사이의 공간이 얼마나 넓은지, 여유 공간이 얼마나 되는지 확인한다. 열여섯 살 소년이 차량 사이의 공간에 몸을 숨길 수 있을까? 여기서 훌쩍 뛰어내릴 수 있을까?

바람이 맨투맨 셔츠의 긴소매 위로 기어오른다. 결코 볼 수 없었던 크리처의 손가락처럼.

그러려면 손가락이 있어야겠지. 손가락이든 발가락이든 뭐라도 달려 있어야겠지.

맬로리는 모른다. 크리처들에 대해 아무것도 모른다.

아직도.

맬로리는 다음 칸으로 들어간다.

딘이 화물칸에서 뭔가를 찾았을까? 텅 빈 관? 아니면 그보다 더 끔찍하게, 훨씬 더 끔찍하게 관에 담긴 크리처? 딘 와츠는 자신의 기차를 너무 자랑스러워한 나머지 관을 열 때 방심하지 않을까?

맬로리 자신이 딘이 미칠 지경으로 몰아간 걸까? 그녀가 모두에게 사형선고를 내린 걸까?

다시 그녀 옆에 서 있는 딘이 쉽게 그려진다. 느닷없이. 강압적으로. 그는 전에 했던 말을 되풀이할 것이다. 정확한 단어를 사용해서. 하지만 그녀에겐 들릴 것이다. 그 안의 광기가. 어쩌면 그가 듣기도 전에 맬로리에게 먼저 들릴 것이다.

맬로리는 다음 칸에 들어가자마자 가장 가까운 문을 두드린다.

"네?" 젊은 여자 목소리다. 겁을 먹은 것 같다. 누군가에게 속삭이는 소리가 들린다. 톰일까?

"아들을 찾고 있어요." 맬로리가 말한다. "그애는 열여섯 살이에요. 혹시 안에 있나요? 그애를 보셨나요?"

"제발, 가세요." 여자가 말한다.

맬로리는 느닷없이 분노가 솟구친다. 문을 뜯어내버리고 싶고, 이 여자의 객실로 무작정 들어가 이런 판국에 어떻게 자기 생각만 할 수 있냐고 물어보고 싶다.

"제발요." 여자가 말한다. 단호하게. "가세요."

여자의 말소리는 예전 맬로리를 떠올리게 한다. 강에서 마주친 보트를 딘 남자가 맬로리와 두 아이에게 다가왔을 때, 맹인학교에서 사람들이 그들의 방문을 노크했을 때. 심지어 최근 인구조사원 남자가 찾아왔을 때.

"미안해요." 맬로리가 말한다. 마치 자신에게 말하는 것 같다. 톰을 잃어버려서 미안하다고. 아들을 때려서 미안하다고. 이렇게 편집증적인 사람이 되어버려서 미안하다고.

맬로리는 문가에서, 자신과 톰과 올림피아가 객실 안에 안전하게 머무르는 환상에서 물러나다가 발을 헛디딘다. 마치 그런 가능성을 두고 떠나는 것만 같다. 안전과 안도감을 완전히 버려두고 떠나는 것 같다. 그러다 결국 위험해진 것 같다.

일 년 전에 이 기차를 타려고 집을 떠났어도 이런 일이 일어났을까? 톰이 그녀와 함께 자신의 목적지에 닿았을까?

그녀도 톰과 함께 자신의 목적지에 닿았을까?

맬로리는 이런 생각에 잠겨 있을 수 없다. 지금은 아니다. 부모님의 이름이 머릿속에서 환하게 타오르고, 두 분의 이름이 적혀 있던 페이지가 타오른다. 달리는 기차의 어둠 속으로 톰이 사라졌다는 사실조차 그 불길을 잠재우지 못한다.

역시 모든 것이, **모든 것**이 잘못되었다는 느낌이 든다. 움직임, 목소리, 냄새, 그들이 다른 사람의 손에 안전을 맡기고 있다는 사실, 객실에 혼자 있는 올림피아, 분노에 휩싸여 홀로 떠도는 톰, 혼자서 그런 톰을 찾아다니는 맬로리.

화물칸의 관들. 그것들을 확인하는 딘.

어떻게? 어떻게 크리처가 거기 있는지 확인해보지도 않고 없다고 말할 수 있을까?

절대적으로 모든 것이 잘못된 것 같다. 모든 것이 잘못되고 있다. 마치 모든 것이 엉망이 되었을 때처럼, 예전에 소중했던 것을 자신이 망가뜨렸을 때처럼. 그녀는 정신을 바짝 차리려고, 칠흑처럼 깜깜한 이곳에서 꽉 붙들고 디딜 것을 찾으려고 애쓰는 중이다.

젠장.

집을 떠나지 말았어야 했다.

맬로리가 다음 객실 문을 두드린다. 남자 한 명이 문을 연다. 목소리가 위쪽에서 들린다. 이 남자는 키가 크다. 예전에 사람들이 보수적이라고 했을 법한 느낌을 주는 목소리다. 물론 이 단어는 신세계에서는 더 이상 사용할 곳이 없지만. 맬로리에게는 그렇다. 여기에는 오로지 안전한 사람과 위험한 사람이 있다. 오늘 그녀는 위험한 사람이다.

"내 아들." 맬로리가 말한다.

그녀가 더 말을 할 틈도 없이 그 남자가 말한다.

"남자애요? 십 대이고? 당신처럼 머리가 검은?"

"네." 맬로리 자신의 목소리에서 빛, 희망이 들린다. 그런 사실에 맬로리는 깜짝 놀란다.

"복도 끝에서 봤어요. 그애가 저기 끝에 도착했을 때 나는 눈을 감았죠."

"그렇군요. 고맙습니다."

이건 중요한 정보이다.

"그런데 그애가 차량 사이에 한참 동안 서 있더군요."

"그걸 어떻게 아세요?"

"내가 귀를 쫑긋 세우고 들었으니까요, 부인. 그리고 둘째 문이 닫히는 소리를 듣지 못했어요. 다음 차량의 문 말이에요. 한참, 한참 동안 열려 있었죠."

"얼마나요?"

"2분이나 3분."

"하지만 그 문이 열리는 소리를 들으셨죠?"

"그래요."

"그러면 아이가 문으로 들어갔다는 걸 아신다는 거죠?"

"내가?" 남자가 되묻는다. "내가 어떻게 알겠어요? 애초에 눈 없는 기차에 올라탔으니 우리 모두 제정신이 아니라고 생각해요. 내가 아는 거라곤, 그다음 문을 연 게 크리처였을 수도 있다는 겁니다."

"하지만 방금—."

"미안합니다, 부인." 그가 말한다. "내가 아는 건 이게 다예요."

단호하다. 이것으로 끝.

맬로리는 이해한다. 그녀는 문이 다시 닫히자 감사한다.

2분이나 3분.

차량 사이에서.

톰은 무엇을 하고 있었을까? 후드 티도 없이. 장갑도 없이. 안대도 없이.

맬로리가 서둘러 걸어가 문을 연다.

톰이 서 있었던 곳에 선다.

귀를 기울인다.

생각을 한다.

느낀다.

바람. 탁 트인 공간. 이게 다인가? 아니면 톰은 여기서, 바로 이 지점에서 기차를 내렸을까? 톰이 기차를 뛰어내리는 모습이 눈에 선하다. 톰은 2호 방갈로 지붕 위에서 미리 깔아놓은 매트리스 더미 위로 뛰어내렸다. 한 번은 야딘 캠프장의 가장자리에 있는 숲에서 꽤 가파른 언덕을 굴러 내려온 적도 있다. 톰은 눈을 감은 채로 호수를 헤엄쳤다. 부상을 입고 뼈가 부러져서 몇 주 동안 제 침대에 누워 있기도 했다. 아이는 평생 모험을 감행했고, 감행해왔으며, 자신의 운명에, 그들의 운명에, 신세계에 전속력으로 부딪혔다. 맬로리에게 맞아 얼굴이 벌게진 톰이 결단 내리는 모습을 쉽게 떠올릴 수 있다. 달리는 기차에서 뛰어내리고, 자갈에 팔꿈치가 부딪히고, 선로에 맨손이 찢어지는 순간에도 톰이 미소 짓는 모습이 보이는 듯하다.

그런데 뛰어내린 후에는 어떻게 할까? 어디로 갈까? 또, 톰이 설령 맬로리와 그녀가 요구한 규칙으로부터 도망친다고 해도 남매인 올림피아에게 작별 인사도 없이 떠날까?

맬로리는 언니를 떠올릴 수밖에 없다. 섀넌, 이층의 침실 창문에서 봐서는 안 될 것을 본 탓에 위층에서 죽은 언니. 그들이 함께 살기 위해 이사를 왔을 때 서로 쓰겠다며 다퉜던 침실에서.

맬로리가 다음 칸으로 들어가자마자 마주친 첫째 문을 두드린다. 안에서 들리는 침묵.

누군가 복도를 걸어오고 있다. 어떤 여자가 말한다.

"괜찮아요?"

맬로리는 가만히 서 있다. 마치 야딘 캠프장에서 똑같은 질문을 하는 사람을 느닷없이 만난 것처럼.

하지만 이 기차는 집이 **아니다**. 그리고 때로 안전으로 향하는 가장 확실한 길은 타인을 통하는 것이다.

"혹시 십 대 아이를 보셨나요?" 맬로리가 묻는다. "남자아이예요. 키는 저만 하고요. 검은 머리에 반팔 티를 입고 있어요."

"누굴 잃어버렸어요?"

그녀가 말하는 태도에 맬로리는 어둠 속으로 팔을 뻗어 이 여자를 붙잡고 싶다.

아뇨, 나는 누굴 잃어버리지 않았어요. 누군가가 나를 떠나갔어요.

"네." 맬로리가 대답한다.

"아뇨. 나는 그런 사람을 본 적이 없어요."

"식당칸에서도요? 자리에 앉아 있지 않았나요? 잘 좀 생각해 보세요."

"생각하고 있어요." 여자는 맹인학교의 사람들처럼 말한다. 이 여자는 안전하다는 말을 들은 곳에서 왜 맨투맨 셔츠를 입고 장갑을 끼고 안대를 하고 있는지 의아해하는 중임이 분명하다. "나는 못 봤어요, 확실해요."

맬로리가 걸어간다. 다음 객실 문을 두드린다. 안에 인기척이 있다. 문이 스르르 열린다.

"누구예요?" 누가 묻는다. 아마 딘이 말한 맹인 여성인 듯하다.

"제 아들이 사라졌어요." 맬로리가 말한다.

"어머나 세상에나."

"그애는 열여섯 살이에요. 혹시…… 검은 머리의 십 대 남자아이를 보셨거나…… 말소리를 들으셨나요?"

"나는 안대를 하고 있어요."

그 말에 맬로리는 숨이 헉 막힌다. 자유롭게 앞을 봐도 된다고 말하는 곳에서 이 여자는 여전히 안대에 의지해 살고 있다.

맬로리처럼 살고 있다.

"부탁이에요." 여자가 말한다. "내게 보라고 하지 마세요."

"그럴 리가요. 이해해요."

두 사람 사이에 잠시 침묵이 감돈다. 맬로리는 유대감을 느낀다. 인격이나 성격이나 심지어 세계관보다 더 깊은 것.

본능.

맬로리는 이 단어의 어감이 어쩐지 평소처럼 좋게 느껴지지 않는다. 맬로리는 세상이 미쳐버린 후부터 자신의 본능을 신뢰했다. 지금껏 본능의 덕을 많이 보았다. 그녀는 살아 있다. 두 아이도 살아 있다. 그들 주위에서 연이어 벌어진 끔찍한 비극에도 불구하고 그들은 살아남았다. 하지만 고작 며칠 전, 맬로리는 처음으로 본능을 외면했다. 설령 부모님의 이름이 기록물 페이지에서 환하게 불타오른다 해도, 두 분의 예전 모습과 세월이 흘러 변했을 현재 모습이 마음 깊은 곳의 어둠 속에서 채색된 안개처럼 피어오른다고 해도, 맬로리의 감은 머무르라고 했다. 그녀의 감은 지금까지 올바르게 해왔다고, 지금의 생활이 살아남을 유일한 방법이었다고, 어중이떠중이가 움직인 기차를 잡아타기 위해 서둘러 집을 떠나 어중이떠중이들과 함께 기차를 타고 가는 일은 단순히 위험하다기보다 끔찍하다고 힘주어 말했다. 이 시도는 한 번에 너무 많은 카드 게임을 하는 셈이며 판돈을 날리기 십상이라고 말해주었다.

마침내 그녀는 자신의 옛 자아를 마주 본다. 엄격하고 본능적인 자아. 이렇게 와버린 자신이 수치스럽다.

"이 세상에서 내가 안대를 벗는다면 이유는 하나뿐일 거예요." 여자가 말한다.

"그게 뭐죠?" 맬로리가 묻는다.

"내 아들." 잠시 후 이렇게 말한다. "죄송하지만 나는 당신에게 도움이 되지 못해요."

여자가 문을 닫는다. 뒤이어 걸쇠가 딸깍 걸리는 소리와 함께 두 세계가 분리된다.

맬로리는 다시 혼자가 된다.

맬로리는 숨을 들이쉰다. 잠시 머금는다. 그리고 다시 내쉰다.

맬로리가 다음 문으로 가 노크를 한다. 잠시 기다린다. 맬로리가 문을 열려고 한다. 문이 스르르 열린다.

맬로리가 안으로 들어간다.

누군가의 객실로 들어가는 순간 기차가 덜컹 한다. 맬로리는 얼어붙은 듯이 서 있다. 그리고 귀를 기울인다.

공기가 흔들린다. 그녀가 마주 보고 있는 벽 너머의 바퀴들 때문일까? 아니면 여기서 누가 움직이고 있나?

"아들을 찾고 있어요." 맬로리가 말한다. 누가 이 객실에 있건, 안대를 하고 겁에 질리고 후드 티에 달린 모자를 쓴 이 여자를 본다면 분명히 동정하고, 이해하고, 대답해줄 것이다.

맬로리가 양팔을 뻗은 채 방 안으로 더 들어간다. 장갑을 낀 손끝이 거울로 짐작되는 물건에 닿는다.

그녀 뒤에서 느껴지는 인기척. 문이 스르르 닫힌다.

맬로리는 꼼짝도 하지 않는다. 그리고 기다린다.

기차가 윙윙거린다. 바퀴가 돌아간다. 그녀가 여기 서 있는 동안 딘은 크리처가 들어 있는 관을 열고 있을까? 눈을 크게 뜨고 불가해한 그것을 기차에 들일까? 그가 첫째 관을 검사하는 동안 둘째 관의 뚜껑이 끼익 하며 열리지 않을까?

이 객실에 미쳐버린 딘이 있나?

"거기 누구세요?" 맬로리가 묻는다.

이 어둠 속에서 온갖 일을, 모든 종류의 일을, 일어날 만한 모든 위험을 상상할 수밖에 없다. 사람들, 표정, 이목구비, 감정, 동물, 냄새, 강, 가정, 학교, 방갈로, 기차, 광기.

하지만 아무 대답도 없다.

맬로리가 앞으로 다가가 벤치를 확인한다.

톰은 이렇게 고요한 곳에서 기다리고 있지 않을 것이다, 그렇지 않은가? 톰이라면 일부러 숨거나 하지 않을 것이다, 그렇지 않은가?

맬로리는 이제 침대로 재빨리 다가간다. 위쪽 침대를 손으로 훑어보니 담요만 만져진다. 그녀는 몸을 숙여 아래층 침대로 손을 뻗는다.

누군가 그녀의 손목을 잡는다.

"나가." 그 사람이 말한다. 맬로리는 남자인지 여자인지조차 구별할 수 없다. 심장이 미친 듯이 뛴다. 이 사람은 톰이 아니다. 누군지는 몰라도 고래고래 소리를 지른다. **"꺼지라고!"**

누군가 맬로리를 떠민 것 같다. 아니, 찬 것 같기도 하다. 어느 쪽이건 맬로리는 느닷없이 수많은 암흑 속으로 굴러떨어지며 뒤로 확 나자빠진다. 마침 기차가 세게 덜커덕거린 탓에 우스꽝스러운 자세로 바닥에 떨어지는 순간 맬로리는 어깨부터 바닥에 충돌한 후 턱을 찧는다.

"나가라고!" 누군가가 소리친다. 이제 그들은 더 이상 숨어 있지 않고, 더 이상 침대 아래 어둠 속에 몸을 웅크리고 있지 않다.

그들이 밖으로 나온다. 그녀를 향해 달려든다.

맬로리는 겁에 질린 채 방향감각을 잃고 버둥거린다. 문이 어디에 있는지 감도 잡을 수 없다. 누군가의 손이 그녀의 후드를 잡아채더니 미닫이문 소리가 나는 쪽으로 끌어당긴다. 다음 순간 맬로리가 일어난다. 그들이 내던질 만한 틈을 주지 않고 얼른 일어난다.

"죄송해요." 맬로리가 말한다. 하지만 정말 하고 싶은 말은 이것뿐이다. **"좆까! 내 아들이 이 신세계에서 사라졌다고!"**

문이 쾅 닫힌다.

맬로리가 몸을 돌려 복도를 걸어간다.

누군가 그곳에 있다.

"그애를 봤어." 어떤 남자가 말한다. "이쪽에서."

"뭐라고요? 내 아들을 봤다고요?"

"그래." 남자가 말한다. "따라와. 내가 알려줄게."

맬로리는 짧은 순간이나마 이 남자가 어떻게 생겼는지 그려본다. 나이는 어느 정도인지. 해롭지 않은 사람인지. 하지만 맬로리는 그를 따라 자신이 왔던 쪽으로 발길을 돌린다. 문을 지나 객실을 전전하며 아들을 찾는다는 이유로 맬로리가 겁을 줬을 게 분명한 사람들을 지나치며.

"그애는 저기 있어." 남자가 말한다.

그가 맬로리의 손을 잡는다. 맬로리는 손을 잡아 빼야 한다고 생각하지만 아들이 있다는 곳으로 얼른 가고 싶다. 톰에게 가고 싶다.

"그애는 괜찮아요? 살아 있어요?"

"그럼." 남자가 대답한다. "더할 나위 없이 잘 있지. 이쪽이야."

맬로리는 반쯤은 끌려가고, 반쯤은 남자 옆을 종종거리며 뛰듯이 따라간다. 두 사람은 이제 다음 칸의 복도로 들어선다.

"지금 우리가 화물칸에 있나요?" 맬로리가 묻는다.

이렇게 멀리까지 왔나?

"그애는 바로 여기에 있어." 남자가 답한다. "한 칸만 더 가면 돼."

"그애를 본 게 확실—."

"백 퍼센트 확실해."

남자가 그녀를 잡아끌며 다음 문까지 간다.

맬로리는 다른 손을 뻗어 뭐든 익숙한 물건을 찾아 더듬는다. 무슨 차량에 와 있을까? 기차 안쪽까지 얼마나 깊이 들어온 걸까?

맬로리는 오른쪽에서 뭔가 움직이는 소리를 듣는다. 화물칸에 누가 있나?

“이 문 두 개만 지나면 돼.” 남자가 말한다.

맬로리가 그에게서 손을 잡아 뺀다.

“십 대였나요? 검은 머리?”

남자가 웃음을 터트린다. “이봐, 내가 봤다고 했잖아. 여기만 지나가면 있다니까.”

그는 양손을 맬로리의 어깨에 얹은 채 미닫이문을 통과해 기차 밖으로 나간다.

맬로리는 주위를 볼 수 없지만 자신이 기차에 올라탔던 곳이라는 사실을 알아차린다. 안전한 야딘 캠프장에서 멀어지면서 두 아이가 그녀를 끌어올릴 때 서 있던 발판.

“톰?” 맬로리가 부른다.

그러나 대답하는 목소리가 다르다. 톰이 아니다. 그녀를 여기 데려온 남자도 아니다.

하지만 언제 들어도 알아들을 수 있는 목소리.

“그 여자 처치해, 네이트.” 둘째 남자가 말한다. 맬로리는 턱수염을 떠올린다. 서류 가방. 그녀가 아들을 낳은 집의 커튼을 쥐다 잡아 뜯는 두 손.

“안 돼.” 맬로리가 말한다.

하지만 이 말은 명백히 된다는 뜻이다.

그녀의 얼굴에서 안대가 찢겨 나간다.

“아테나의 집에서 만나지.” 둘째 남자가 첫째 남자에게 말한다.

“안 돼.” 맬로리가 말한다.

하지만 이 말은 '된다'는 뜻이다. 다시 주워 담을 수도 없는 말.

그녀는 몸을 돌려 기차의 뒷문으로 가려 하지만 양손이 다른 사람의 손에 닿는다. 그녀의 손을 거세게 움켜쥐는 손.

이내 그녀를 기차에서 떠밀어버리는 손.

맬로리는 선로에 떨어지며 머리부터 부딪히기 직전, 의식을 잃고 지상의 어떤 안대도 선사할 수 없는 어둠 속으로 빠져들기 직전, 두 사람 중 한 명도 기차에서 뛰어내리는 소리를 들은 것 같다는 생각이 얼핏 든다.

21

맬로리와 십 대 두 명이 함께 기차에 올랐을 때 통과했던 문을 누군가 지나가는 소리가 들렸을 때 딘은 기차의 맨 끄트머리에 달린 첫째 화물칸에 있었다. 그는 자신이 맬로리에게 들은 말 때문에 어느새 동요하고 있다는 사실을 깨닫는다. 행방이 묘연한 아들. 화물칸의 크리처.

그리고 맬로리는 피부 접촉으로도 미칠 수 있다고 믿는다는 사실.

딘은 이런 것들이 걱정스럽다. 들은 이야기를 무조건 믿기 때문이 아니라 맬로리의 말은 유난히 설득력이 있기 때문이다. 그녀는 예리하다. 또 헌신적이다. 무엇보다 이 긴 세월을 버티며 아이들과 함께 살아남았다. 딘은 이렇게까지 버텨온 부모라면 누구라도 헤아릴 수 없는 존경을 품게 된다.

그는 그러지 못했다.

딘은 안대를 한 채 통조림과 옷가지가 든 상자들 사이를 지나간다. 뭐든, 부딪혔을 때 부상을 입을 수 있는 뭔가가 기차가 흔들릴 때 튀어나오지 않도록 손바닥으로 물건들을 더듬으며 천천히 조심스럽게 움직인다.

그는 손에 닿는 뭔가를 떠올린다. 자신이 미쳐가는 모습을 상상한다.

상상 속의 자신은 은밀하게 행동하지 않는다. 그가 생각하는 광기에는 정교함이라는 특성이 없다. 오히려 그는 자신의 행동에 당황한다. 눈을 부릅뜨고 입에 거품을 문 채 손에 도끼를 들고 미친 듯이 기차의 복도를 뛰어다니는 자신을 상상해본다.

그가 고개를 가로젓는다. 일부러 이런 상상을 할 필요는 없다. 맬로리라는 여자가 크리처가 숨어 있을지 모른다고 생각하는 관을 찾는 동안에는 말이다.

그녀는 누구에게 그런 이야기를 들었을까? 그건 중요하지 않다. 눈이 없는 기차에는 소문이 흘러넘친다. 겁에 질린 사람들이 한가득이다. 하지만 안전이야말로 가장 중요한 가치이므로 지금 이 사실을 꼭 확인해봐야 한다. 다만 결코 해서는 안 되는 행위는 **보는** 것이다.

보거나 말거나 둘 중 하나다.

"그 여자 탓에 묘한 생각을 하고 있군." 그는 혼잣말한다.

정말 맬로리 때문이다.

관에 무엇이 들어 있는지 어떻게 확인해야 할까. 그는 여전히 묘수를 떠올리지 못했다.

처음에는 뚜껑을 열어서 손을 집어넣어볼 생각이었다. 크리처에 대한 지식은 17년 전과 비교해 조금도 늘어나지 않았다. 하지만 딘은 몇 가지 정도는 가늠해볼 수 있다고 생각한다. 예를 들어, 그것들이 차지하는 공간. 만약 딘이 관을 열어 시신이 만져진다면 당연히 크리처가 들어가 있을 만한 공간이 없다고 보는 것이 논리적이다.

하지만 맬로리는 그런 **논리**에 의문을 품게 한다.

다른 논리는 없을까? 또 다른 것은?

그들이 애초에 얼마만큼 자리를 차지하는지, 사람의 몸뚱이가 차지할 공간에서 어느 정도를 차지할지 누가 알겠는가?

그의 엉덩이가 툭 치는 바람에 탁자 위에 있던 상자가 떨어지자 그것을 집어 들기 위해 몸을 숙인다. 무게로 짐작해보니 내용물은 옷이다. 딘이 상자를 탁자에 올려놓는 순간 기차가 덜컹 한다. 그가 균형을 잡으려고 손을 뻗는다. 아무것도 만져지지 않자 자신을 미치게 만들 수 있는 존재의 손가락을 상상한다.

옷이 든 상자를 연다.

목도리들. 겨울 모자들. 장갑은 없다. 그래도 상관없다. 모자로도 충분할 것이다.

그는 모자 두 개를 장갑처럼 손에 낀다. 여전히 안대를 한 채 화물칸 깊숙이 들어간다. 관을 제일 먼저 싣는데, 대체로 가장 무거울뿐더러 필요하면 받침대로도 쓸 수 있기 때문이다. 그런 연유로 화물칸 안으로 깊이 들여놓아야만 한다.

"맬로리." 그가 말한다. "내가 이런 짓까지 할 정도로 용기 있는 사람이라는 걸 알아주면 좋겠군요."

그는 승무원들을 떠올린다. 물론 그들을 승무원으로 부를 수 있다면 말이다. 데이비드와 타냐, 마이클, 르네는 딘과 한마음으로 진보를 추구하는 유일한 사람들이다. 그들은 도저히 해내지 못할 일들을 해냈을 때 동료라기보다 한 가족이나 다름없는 존재가 됐다. 신세계에서 기차가 달리게 만들지 않았는가. 그는 동료들이 다치게 할 수 없다. 그런 기억을 안고 살아갈 수 없으리라. 아이들을 잃었을 때의 고통이 되살아나는 기분일 것이다. 어쩌면 첫 번째 경험으로 아무런 교훈을 못 얻었다는 점에서 훨씬 더 끔찍할지 몰랐다.

그가 둘째 탁자에 부딪힌다. 여전히 손에 모자를 낀 채로 드디어 관이 있는 곳까지 도착했음을 깨닫는다.

관은 두 개. 매키노 시티까지 운반해야 한다. 그것들을 옮겨달라고 부탁한 사람들이 관을 받아 어디든 자신들이 묻고 싶은 장소에 묻을 것이다.

딘이 숨을 들이쉰다. 잠시 머금는다. 그리고 다시 내쉰다.

약도 치료사도 없는 세상에서 그가 생각해낼 수 있는 가장 효과적인 불안치료법이다.

그는 첫째 관의 넓은 표면을 손으로 따라가며 훑는다.

아무것도 없다.

목제 뚜껑을 연다.

냄새가 강렬하다. 너무 강렬하다. 딘은 고개를 돌리며 구역질을 한다. 모자 하나를 입으로 가져가 다시 구역질을 한다. 눈은 감았지만 이 냄새가 무엇을 의미하는지 쉽게 떠올릴 수 있다. 악취를 없애주는 (과거) 현대과학의 도움을 받지 못해 부패하는 시신.

"맬로리." 그가 다시 말한다. "정말 고마워요."

상자 안으로 팔을 뻗으니 팔이 만져진다. 가슴. 나머지 팔. 두 다리.

다음은 머리.

그가 뚜껑을 덮는다.

상자로부터 몇 발짝 떨어져서 정상적으로 호흡을 한다.

둘째 관은 더 깊숙이 들어가 있는 데다 첫째 관에 가로막혀 있다. 그는 첫째 관 위로 올라가 둘째 관을 더듬거리며 찾는다. 무슨 이유인지 관이 모두 그곳에 있다. 딘은 기차가 자꾸 흔들리는 바람에 관이 밀려왔다 생각하지만 그가 짐작도 하지 못할 논리로 누군가 혹은 다른 뭔가가 관의 위치를 바꾸는 모습도 쉽게 상상할 수 있다.

논리.

그는 여전히 모자를 손에 끼운 채 무릎을 꿇고 두 번째로 뚜껑을 들어올린다. 이번에는 마음의 준비를 했기에 오직 입으로만 숨을 쉬며 재빨리 내용물을 확인하는 작업을 시작한다.

먼저 두 다리가 만져진다. 손가락들. 두 팔. 이 남자는 나체다.

딘의 손이 빠르게, 너무 빠르게 움직인다. 그 때문에 왼손에 끼운 모자가 벗겨진다.

그가 팔을 얼른 뒤로 빼낸다.

"맙소사." 그가 말한다.

딘은 다시 관으로 손을 넣어 모자를 되찾을 엄두가 나지 않는다. 시신을 만지고 싶지 않다.

(혹시 다른 것일까?)

그것도 맨손으로.

"그 여자 때문에 **확실히** 묘한 생각을 하는군, 이 사람아." 그가 말한다.

하지만 맬로리의 이야기가 사실이라면. 경험을 서로 공유하지 못하는 이 세상에서 그녀가 독자적으로 어떤 법칙을 발견했는지 누가 알겠는가?

그가 뚜껑을 닫기 시작한다. 그런데 머리를 아직 만져보지 않았다.

이유는 모르겠지만 이 점은 중요하다. 결국에는 광기와 이성을 분리하는 것이 머리이기라도 한 것처럼.

한 손으로 뚜껑을 들어 올린 채 손가락을 모자로 감싼 다른 손을 안으로 뻗는다. 제일 먼저 코끝이 만져지자 그는 얼굴이 아닌 다른 것이 그를 빤히 바라보는 모습이 불쑥 떠오른다.

만질 수 있는 손가락을 가진 존재.

그가 재빨리 손을 움직여 얼굴의 나머지 부위를 만진다.

이윽고 만족 혹은 그 비슷한 감정을 느낀 후에야 팔을 뒤로 빼내고 뚜껑이 쾅 소리를 내며 떨어지게 내버려둔다.

그때 복도에서 소란을 피우는 듯한 소리가 들린다. 이번에는 아무도 서두르지 않는다. 그의 귀에 여러 사람 목소리가 들려온다. 한 명 이상. 누군가 소리를 지르는 것 같다.

눈을 감고도 여전히 불안을 떨치지 못한 채 딘이 관에서 내려와 문으로 향한다. 너무 급하게 움직이다가 또 다른 상자를 바닥에 떨어트린다. 하지만 이번에는 굳이 집어 들려고 몸을 숙이지 않는다.

복도로 나와 문을 닫은 후에야 딘이 눈을 뜬다.

그때 그를 향해 걸어오는 익숙한 얼굴이 눈에 들어온다.

"개리." 그가 인사한다. "안녕하세요."

개리의 은빛 머리와 희끗희끗하게 막 자란 수염이 불빛을 받아 반짝이는 순간 그는 광인처럼 보인다.

이윽고 개리가 미소 지으며 스웨터에 손을 문질러 닦는다.

"바람 좀 쐬려고요." 개리가 말한다.

딘은 여전히 몸이 떨리지만 고개를 끄덕인다. 그는 개리를 좋아한다. 개리는 전에도 기차를 탄 적이 있다. 수도 없이 많이 탔다. 그는 언제나 인디언 리버에서 내린다.

"늘 내리시는 정거장에 다 와갑니다." 딘이 알려준다. 사실 기차는 인디언 리버에 정차하지 않기 때문에 우스갯소리로 들릴지 모르지만, 어쨌든 개리는 거기서 내릴 것이다.

"그렇군요." 개리가 바로 앞에서 걸음을 멈추며 말한다. "얼른 도착했으면 좋겠네요."

"네이선은요?" 딘이 묻는다.

개리가 엄지손가락으로 기차 뒷문을 가리킨다.

"그 친구는 방금 내렸어요. 혼자 걸어가겠다네요. 이 근방에서 아이스크림을 만드는 남자를 안다나요. 그 친구, 단거라면 사족을 못 쓰거든요."

딘이 다시 고개를 끄덕인다. 그는 맬로리가 해준 이야기 때문인지, 아니면 화물칸에서 시신 두 구를 막 더듬었기 때문인지 알 수는 없지만 개리와 이야기하고 있어도 영 마음이 진정되지 않는다. 혼란스럽다. 마치 개리가 뭔가를 숨기고 있는 느낌이 든다.

"내 객실까지 같이 갈까요?" 개리가 말한다.

딘은 그러고 싶지 않다. 그런데 이유를 콕 집어낼 수가 없다.

"고마워요. 하지만 할 일이 있어서요." 딘이 대답한다. 그는 관 안에 무엇이 있는지 알고 싶어 오매불망 답을 기다리고 있을 맬로리를 떠올린다.

개리가 미소 짓는다. "다시 만나지 못할 때를 대비해서, 고마워요." 그가 말한다. "언제나 즐거운 여행 하고 있어요."

"떨어지지 않게 조심하세요." 딘이 말한다. 그런 점이 걱정스럽다. 어쩌면 그래서 마음이 불편한지 모른다. 개리와 그의 친구인 네이선은 원할 때 아무 때고 기차에서 훌쩍 뛰어내린다는 사실에 딘은 걱정스럽다. 이 속도에서는 위험하지 않다지만 그래도 걱정이 된다.

"늘 조심하고 있어요." 개리가 대답한다.

그가 딘을 지나쳐 간다. 딘은 그가 멀어져서 다음 칸으로 사라지는 모습을 지켜본다.

"그 여자 탓에 묘한 생각을 하게 됐어." 그가 말한다.

그는 손을 머리로 가져가 손가락으로 머리카락을 훑어 내린다. 하지만 피부 대신 모직물 느낌만 난다. 죽은 사람을 만졌던 모직 천.

그는 손을 흔들어서 모자를 떨어뜨리며 아까 그곳에서 뭔가가 자기를 만신 것 같다고 잠시 생각한 일이며 진짜 확실한 광기가 만연한 가운데 최후를 맞이할 것 같다는 생각이 얼마나 터무니없는지 생각한다.

22

차량과 차량 사이에서 기묘하게 생긴 안경을 쓰고 책상다리를 하고 앉은 채 어느 십 대보다 만족스러운 표정을 짓고 있는 톰에게 개리가 다가오더니 멈춰 선다.

"톰." 그가 바람 소리에 자신의 목소리가 날려가지 않도록 목청을 높인다. "기차 여행을 즐기고 있니?"

톰은 누군가에게 들켰다는 사실에 놀란 표정을 짓는다. 개리가 이곳, 차량 사이에서 안대도 없이 자기를 보고 있다는 사실에 분명 충격을 받은 것이다.

"네, 여기서 무엇을…… 대체 어떻게……."

개리가 미소 짓는다.

"대단한 물건이야. 기차 말이야."

톰이 일어난다.

"헨리." 그가 말한다. "대체 어떻게—."

하지만 개리는 톰이 말을 끝맺을 기회를 주지 않는다.

"이봐, 내가 보여주고 싶은 게 있는데. 내 객실로 같이 갈까?"

개리가 보기에 톰은 지금 심연처럼 아득한 곳에서 울리는 제 엄마의 목소리를 듣고 있는 것 같다. 그 여자가 아들에게 장갑을 끼라고 한다. 맨투맨 셔츠를 입으라고. 안대를 하라고. 톰에게 낯선 사람의 객실에는 들어가지 말라고 단단히 이른다.

하지만 지금까지 개리는 이 소년이 성장하는 모습을 지켜봤다. 야딘 캠프장을 수도 없이 드나드는 동안 맬로리가 절대 거길 떠나지 않으리라는 믿음은 더욱 강해졌다. 어느 겨울에 개리는 보트 장비를 넣어두는 창고에서 삼 주를 보낸 적도 있다. 맬로리 가족이 잠을 자는 3호 방갈로에 들어가기도 했다.

그는 톰이 인구조사원 남자에게 기록물을 두고 떠나라고 부탁할 때도 거기 있었다. 그러므로 톰이 입을 열기도 전에 그 말을 하리라는 사실을 알고 있다.

"그럼요, 헨리." 톰이 말한다. "저도 보고 싶어요."

23

톰은 아직도 기차의 움직임에 익숙해지지 않았고 앞으로도 그러지 못할 것 같다. 난생처음 큰 세상에 나와, 난생처음 맬로리라는 짐 없이 낯선 사람과 함께한 자리이다.

엄마 따위 알 게 뭐야.

톰이 보기에 헨리는 덩치 큰 아이 같다. 아래층 침대의 매트리스 가장자리에 간신히 걸터앉을까 말까 한 모습이 그렇다. 커다란 두 손을 펴서 무릎에 올려놓은 모습도 그렇다. 반짝반짝 빛을 내는 두 눈동자도. 톰은 지금껏 어른에 대해 이런 식으로 생각해본 적이 한 번도 없었다.

"환영해." 헨리가 말한다.

톰이 의자에 앉는다. 그들 사이에는 작은 탁자가 놓여 있다. 그리고 탁자 위에는 공책이 있다.

"네이선이라는 친구분은 어디에 계세요?" 톰이 묻는다.

"네이트? 그 친구는 내렸어."

"내리다니……. 기차에서요?"

헨리가 미소 짓는다. "우리는 원하면 언제든지 내릴 수 있어. 너도 마찬가지야."

헨리가 앞에 놓인 공책을 가리키자마자 톰의 시선이 그곳으로 향한다.

"내 생각을 적어둔 거야." 헨리가 말한다. 그는 쑥스러운 척하지만 톰은 헨리가 자기 글을 자랑스러워한다는 사실을 알 수 있다. "나는 지금까지 내가 해온 말에 누가 뭐라든 신경도 안 쓰는 사람이야……. 하지만 17년 동안 관찰을 하고 나면 자신의 관찰이 중요하다는 사실을 서서히 깨닫게 되지. 눈으로 봐서는 안 된다는 말을 듣고 살아야 하는 세상에서는 더욱 그래."

관찰이라.

톰은 이 단어를 좋아한다. 야딘 캠프장의 사무실에서 떼어낸 재료로 직접 만든 안경을 쓴 채로 기차의 차량 사이에서 주위 풍경을 바라보던 순간을 떠올린다.

"한번 읽어보고 싶어요." 톰이 말한다.

솔직히 말하자면 톰은 공책에 적힌 글보다 조금 더 재미있는 것을 기대했다. 올림피아라면 다른 것보다 글을 더 좋아할 것이다. 하지만 인구조사원 남자가 두고 간 기록이 글에 대한 톰의 태도를 바꾸는 데 얼마간 기여했다. 그리고 톰은 글이 발휘하는 힘을 경험했다.

"그래?" 헨리가 되묻는다. 또다시 튀어나온 덩치 큰 어린아이의 모습. 순진한 미소. 휘둥그레 뜬 눈. 그리고 공책을 향해 뻗었다 톰의 방향으로 밀어주는 커다란 두 손. "마음껏 읽어."

톰은 눈앞의 남자가 지금 당장 글을 읽어주기를 바랄 거라는 생각은 하지 않았지만 지금 당장 어디 갈 데가 있는 것도 아니다. 엄마는 그가 여기 있는지 알지 못한다. 그러니 더할 나위 없이 좋은 상황이다. 헨리가 크리처에 대한 자신의 생각을 톰에게 알려주고 싶다면, 외면할 이유가 뭔가? 그는 헨리가 맬로리와는 다르게 생각한다고 장담할 수 있다. 확실하다. 무엇보다 그는 안대를 하지 않았고 톰에게 강요하지도 않는다. 게다가 이 기차에 맬로리가 타고 있는데도 더 이상 불안하지 않다. 규칙에 대한 옹고집 같은 태도.

톰이 공책을 펼친다. 순간 맬로리가 잔소리를 퍼부을 준비를 하는 소리가 들리는 것 같다.

네가 그림만 봐도 미칠 수 있어.

이 책에 사진이 있나? 내가 안경을 써야 하나?

"걱정하지 마." 헨리가 톰의 마음을 속속들이 읽은 것처럼 말한다. "이 공책에 사진은 없어. 글뿐이야."

그래도 맬로리라면 걱정할 것이다.

묘사조차도 사람을 미치게 할지 몰라, 톰.

이번에도 헨리에게 마음을 들키자 톰은 애써 맬로리에 대한 생각을 떨쳐버리려 한다.

"내 객실에 들어올 때 네가 말했던 사람 같은 어머니라면 아무래도 신세계에 맞지 않겠구나. 미안, 감정을 상하게 하려고 이런 말을 하는 게 아니야. 하지만 나는 언제나 솔직하고 정직하게 의견을 말했고 이제 와서 그런 태도를 바꿀 생각은 없어. 이야기를 들어보니 네 어머니는 은둔자에 더 어울릴 사람이야."

톰은 헨리가 정곡을 찔렀다고 생각한다. 펼쳐 든 공책의 첫 페이지에는 이렇게 적혀 있다.

이 모든 일이 어떻게 시작되었나: 떼로 몰려온 히스테리

속이 불편하다. 헨리의 글을 읽고 불안해진 탓인지, 아니면 낯선 사람과 크리처 이야기를 나누다 보니 너무 흥분한 탓인지 알 수가 없다.

그는 계속 글을 읽는다. 읽어보니 터무니없는 내용이다. 헨리가 예전에 그것을, 크리처를 직접 본 것처럼 적어둔 글이다.

톰이 그를 바라본다. 어느새 미소를 지워버린 채 위층 침대의 그림자 속에서 오직 두 눈만을 빛내고 있는 덩치 큰 아이 같은 어른을.

"네가 양육된 환경을 생각하면 분명히 내 글에 기록된 일부 관찰 내용은 믿기 힘들 거야." 헨리가 말한다. "하지만 글을 읽을수록, 그것들을 실제로 관찰할 수도 있다는 **개념**을 실제로 많이 경험할수록 점점 더 이해할 수 있게 될 거야. 그렇지 않니? 네 어머니는 네가 그것들을 이해할 수 없기 때문에, 네 지성이 너무 보잘것없어서 그것들을 이해할 수 없기 때문에 볼 수가 없다고 말하지 않니?"

"맞아요."

"음, 톰." 헨리가 말한다. 그가 몸을 앞으로 내밀자 눈, 코, 입이 그림자 속에서 스윽 나타난다. "나는 그래도 괜찮아. 내가 말한 내용을 바탕으로 했을 때 지금 내 말이 무슨 뜻인지 알겠니?"

그래도 괜찮다. 톰은 인디언 리버에 산다는 아테나 한츠가 떠오른다. 그녀도 단지 크리처를 받아들였다고 주장했다. 그것들과 공생해야 한다고도. 그런데 헨리도 그녀처럼 크리처를 받아들인 걸까?

"네."

헨리가 고개를 끄덕인다.

"나는 세상을 봐도 괜찮은데, 무슨 생물학적 복권에 당첨된 것은 아니야." 그가 손가락으로 자신의 오른쪽 관자놀이를 가리킨다. "바로 여기에서 생겨난 거지."

그가 한 말을 이해하니 톰은 감전이 된 것 같다.

"그래서." 톰이 말한다. "그렇다면⋯⋯ 그걸 보셨어요?"

헨리가 미소 짓는다. 하지만 그의 눈은 웃지 않는다.

"많이."

평생 처음으로 톰은 자신의 귀를 의심한다.

"어떻게⋯⋯." 톰이 움찔하더니 결국 질문을 한다. "어떻게 생겼나요?"

헨리는 톰의 눈을 지그시 바라본다. 그렇게 한참을 응시하는 것 같다. 톰은 그가 끓어오르는 열정을 주체하지 못하고 벌떡 일어나 온갖 손짓과 몸짓을 동원해 설명해주리라 기대한다. 하지만 그러기는커녕, 헨리의 머릿속에 찬 서리가 내린 듯 시선도 덩달아 냉담해진다.

"네 안경을 쓰고 직접 보면 어떨까?" 헨리가 말한다.

톰이 웃음을 터트린다. 긴장한 기색이 역력한 웃음. 지금 여기 톰이 있는 곳은 낯선 사람의 객실로, 상대는 맬로리의 존재 자체를 세포 하나하나까지 부정하는 남자이자 온갖 언행으로 또 다른 규칙을 깨버리는 남자, 톰의 안경이 구세계에서 눈에 끼던 안경 이상의 의미가 있음을 꿰뚫어 보는 남자이다.

"아까 밖에서 그 안경을 썼잖아." 헨리가 말한다. "너를 봤어. **네** 식으로 이 세상을 바라볼 때 말이야. 그때 저 밖에서 너를 미치게 만든 것을 봤니? 너는 미친 사람이니, 톰?"

"아뇨. 미치지 않았어요."

"물론 미치지 않았어. 내가 고래에 대한 지식이 없는 세상에서 자랐다고 상상해보자. 고래를, 깊은 바다에서 솟아오르는 그 거대한 생물을 보는 것만으로도 충분히 미칠 수 있지 않을까? 내가 혼자 작은 배를 타고 바다에 나갔다가 물속에서 솟구치는 그것을, 괴수를 만난다면, 그것만으로도 정신을 잃기에 충분하지 않을까?"

"나는—."

"나는 아마 그럴 거라고 생각한다. 오로지 공포, 불신에 휩싸인 순간만으로 현실은 영원히 금이 가는 거야. 하지만 생각해봐, 톰. 나는 고래에 대해 **알아**. 나는 고래에 대한 지식이 갖추어진 환경에서 자랐지. 우리 모두 그랬어. 그렇기 때문에 크리처가 나타나서 사람들이 이성을 잃었을 때 이 이야기를 떠올린 거야. 나는 그것들을 **이런 식**으로 봤어. 언제나 그것들을 알고 있었던 것처럼. 그랬더니 아무 일도 없었지. 나는 그것들이 나를 놀래키도록 내버려두지 않았어. 나를 당황하게 만들도록 내버려두지 않았어. 너와 네 누이, 너희 남매는 그것들이 존재하는 세상에서 자랐어. 그러니 그것들을 이해할 수 있지 않을까?"

"그래요."

"허, 그 이상일 테지. 나무처럼 흔하고 일상적인 풍경으로 이해할 거야. 너는 구세계에서 태어난 더 윗세대들이 신기술을 제대로 이해하지 못했다는 이야기를 들을 거야. 왜 그들은 신기술을 사용하지 않거나 애초에 시도조차 하지 않았을까? 그들은 실제로 비디오카메라를 사용할 능력이 없었던 게 아니야. 사용하지 않기로 선택했던 거지. 이것은—." 헨리가 한 손을 흔든다. "이 모든 것은 선택의 문제야. 네 어머니는 현대인들이 말하는 안대에 매여서 살 필요가 없어. 그리고 네 어머니는 네가 억지로 그것에 매여 살게 해서도 안 돼. 내가 그 안경을 봐도 될까?"

갑작스럽게 질문을 받았지만 톰은 거부감을 느끼지 않는다. 헨리가 한 이야기는 하나부터 열까지 다 수긍이 된다. 이 남자는 누구든 엄두도 못 낼 수준으로 톰과 공명하고 있다. 인디언 리버에서도 이런 느낌을 받을까?

"여기요." 톰이 말한다. 그리고 안경을 건넨다. 헨리가 안경을 요모조모 살펴보고 이리저리 뒤집어보더니 마침내 껴본다. 그가 톰을 보자 톰이 미소를 짓는다. 하지만 헨리는 웃지 않는다. 톰의 발명품 뒤에 있는 그의 얼굴은 돌처럼 굳어 있다.

헨리가 안경을 벗는다.

"이 안경을 시험해봤니? 이 안경을 쓰고 정말 밖에 나가거나 창문으로 자연 풍경 같은 것을 봤니?"

톰의 얼굴이 벌게진다. 그는 당황하고 있다. 왜 이 안경을 쓰고 시험해보지 않았을까?

맬로리.

"그렇군." 헨리가 말한다. "네가 깜짝 놀랄 이야기가 있어. 하지만 아무에게도 말하면 안 된다!" 그가 손가락을 하나 든다.

"약속해요." 톰이 대답한다.

헨리가 톰에게 안경을 돌려주더니 앉아 있던 아래쪽 침대에서 일어나 벽으로 다가간다. 과거에는 창문이 나 있었지만 지금은 검은 금속판으로 막혀 있는 벽이다. 헨리가 양손을 펼쳐서 금속판에 대고는 톰을 보더니 금속판을 민다. 그러자 삼각형의 햇살이 객실로 쏟아져 들어온다.

"자, 이제 기회가 생겼구나." 헨리가 말한다. "네가 봐주기를 기다리고 있는 넓은 세상."

톰은 쉴 새 없이 경고를 퍼부어대는 맬로리의 목소리가 들린다. 마치 맬로리가 그의 머릿속에 들어앉아 있는 것처럼.

나는 네가 신뢰할 수 있는 유일한 사람이야. 네가 태어난 집은 미쳐버렸어. 우리가 안전하다고 생각한 학교도 미쳐버렸지. 우리가 어디를 가든, 그곳에 다른 사람들이 있다면 그곳도 미쳐버릴 거야. 무슨 말인지 알겠니?

네, 엄마. (항상 네, 항상.)

한때는 우리처럼 살았지만 모든 것이 다 지겨워져서 자포자기한 사람들이 저 밖에는 있기 때문이야. 그리고 애초에 크리처의 존재를 절대

믿지 않았던 사람들이 있어. 무슨 말인지 알겠니?

네.

좋아. 그 사람들은 해이해진 사람들이기 때문이야. 어떤 사람들은 크리처가 도착한 후에 해이해졌어. 어떤 사람들은 그것들이 오기 오래 전부터 이미 그랬고.

"톰?" 헨리가 부른다.

톰은 앉은 자리에서 창문도 바깥도 볼 수 없다. 하지만 그 빛은 보인다.

머릿속 맬로리의 목소리가 더 커진다.

네가 하려고 하는 일을 하려면 아직도 갈 길이 멀어. 네가 이름을 물려받은 남자도 나중으로 미뤘어. 그리고 안대를 절대 벗지 않았지. 그 사람은 결코 해이해지지 않았어. 무슨 말인지 알겠니?

"네." 톰이 정말로 소리 내어 대답한다.

헨리가 미소 짓는다. 그리고 안경을 향해 손바닥을 편다.

"카르페 디엠, 톰."

톰은 바로 이 순간을 위해 살아온 기분이 든다. 이곳에 맬로리가 아닌 남자가, 어른이 있다. 그의 철학에서는 진실의 울림이 들린다. 이곳에 톰이 절대로 할 수 없었던 것을 똑똑히 말할 수 있는 남자가 있다. 여기 톰에게 안경을 시험해볼 기회뿐만 아니라 그의 결심, 배짱, 맬로리가 일컫는 신세계가 아닌 톰에게 유일무이한 세상을 바라보는 시각을 시험해볼 기회를 준 남자가 있다.

톰이 안경을 쓴다.

맬로리가 그의 머릿속에서 벌떡 일어선다.

맬로리는 그의 뺨을 때리지 말아야 했다. 하지만 톰은 그렇게 해줘서 기쁘다. 그가 자기 객실을 떠나기 위해, 엄마 곁을 떠나기 위해, 꼭두각시의 줄을 자르기 위해, 혼자 출발하기 위해 필요한 것이었기 때문에 기쁘다. 어쩌면 그는 헨리를 만날 운명이었을지 모르겠다. 헨리도 톰을 만날 운명이었을지 모른다. 그리고 톰은 바로 지금 창문으로 다가가 밖을 내다보며 헨리가 보는 것을 전부 다 보고 이 모든 감정들, 이 모든 아이디어들이 결국 정당한 근거에서 비롯되었다는 사실을 자신에게 증명할 운명을 타고났는지 모른다.

"어때?" 헨리가 묻는다. 그는 톰을 보고 있다. 톰이 안경을 쓴 채 그를 본다. 자신의 얼굴에서 느닷없이 낯설게 느껴지는 안경. 가면 같다. 올림피아가 눈을 흘길 우스꽝스러운 물건에 불과한 것 같다.

하지만 톰은 이 순간이 지속되길 원한다. 맬로리가 이 객실로 들어와 자기 삶의 궤적으로 영원히 끌고 들어가기 전에 이 창문 밖을 바라보고 싶다. 지금 이 순간에 행동하지 않으면 언제 할 수 있을까?

톰이 유리창으로 다가간다.

헨리가 옆으로 몸을 비켜준다.

톰이 창문으로 몸을 기울인다.

그러자 밖에서 그것들의 소리가 들린다.

잔뜩 몰려와 있다.

"왜 그러니?" 헨리가 묻는다.

뭐라고 대답해야 할지 모르겠다. 톰은 자신의 발명품을 시험해 보고 싶다. 하지만 지금처럼…… 너무 많은 수가…… 밖에 있으면 그럴 수 없다.

헨리가 금속판을 밀어서 다시 유리창을 가린다.

"이렇게 하면 어떨까." 그가 말한다. "이런 종류의 물건을 용인할 뿐만 아니라 장려하는 곳으로 가는 거야." 그가 톰에게 다가온다. "우리가 어디에 있는지 아니……? 지금 말이야."

톰이 고개를 흔든다. 알 리가 없다. 지난 10년 동안 한때 여름 캠프장이었던 곳에서 지냈으니까.

헨리가 미시간 주의 모양을 만들기 위해 한 손으로 엄지장갑 모양을 만든다. 그리고 중지의 중심을 가리킨다.

"인디언 리버." 그가 말한다.

그가 미소 짓는다.

톰의 심장이 미친 듯이 뛰기 시작한다. 감당하기 버거울 정도로 감정이 복받친다.

"그곳에 대해서 들어봤니?" 헨리가 묻는다.

"그럼요!" 톰은 숨도 못 쉴 것만 같다.

헨리가 고개를 끄덕인다.

"네가 너를 안내해줄 수 있어. 그곳 사람들에게 네 안경을 보여줄 수도 있고. 네가 한 일의 가치를 제대로 평가해줄 사람들에게."

"그곳에…… 가본 적이 있어요?" 톰이 묻는다.

헨리가 웃음을 터트린다.

"나는 그곳에 살았어." 그러더니 물었다. "네 생각은 어때,

톰? 네 인생을 바꿔보고 싶니? 더 이상 네 어머니의 인생이 아니라…… 네 인생을 살아보고 싶지 않니?"

톰이 한 손을 들어 얼굴로, 맬로리에게 맞은 부위로 가져간다.

"네." 톰이 대답한다. "그렇게 하고 싶어요. 나는 내 인생을 살고 싶어요. 지금 당장."

24

올림피아는 기차 근처로 크리처들이 몰려들었다는 사실을 굳이 창문 너머로 보고 확인할 필요가 없다.

소리가 들린다.

올림피아는 사슴의 발걸음 소리와 엄마를 (구세계의 의미로) 미치게 만들 뻔한 것들의 발소리가 다르다는 사실을 배워서 안다. 차이점은 무게가 아닌, 폭과 발걸음의 너비, 거기에 담긴 의도(혹은 의도의 부재)이다.

그랬다. 올림피아는 그것들에게 둘러싸여 있다는 사실을 안다. 저 밖에 수백 마리는 모여든 듯한 소리가 들린다. 바퀴 위로 들리는 소리만으로 충분히 알 수 있다.

맬로리는 아직 돌아오지 않았다. 그렇다고 엄마가 톰을 아직 못 찾았다는 뜻은 아니겠지만, 아마 못 찾았을 것이다. 올림피아는 톰이 이 기차에서 도망쳤을지 모른다고는 믿고 싶지 않다. 하지만 예전에는 맬로리가 톰의 따귀를 때린 적이 없다는 사실이 무엇을 의미하는지 안다. 톰은 지금 이 순간 무슨 생각을 하고 있을까?

올림피아는 현실과 구세계 작가들이 쓴 글을 비교할 수밖에 없다. 그리고 여기에 더해 '성인이 되는' 내용을 다룬 수많은 이야기들도. 결국에는 자신의 목표, 자신의 미래를 찾아내는 소녀 혹은 소년이 나오는 수십 편의 소설들. 톰도 비슷한 벼랑에 위태롭게 서 있는 걸까?

만약 그렇다면, 톰이 맬로리와 올림피아 없이 완전히 새로운 미래로 발을 내디딜 수 있을까?

객실 밖에서 들리는 목소리들. 두런두런 들리는 말소리에서 두려움과 근심이 느껴진다. 어쩌면 그들도 밖에 뭔가가 있다고 짐작했는지 모른다. 올림피아는 자신이 들은 소리를 모두에게 알려야 한다. 맬로리가 무엇보다 강조했던 공포가 있다면, 성냥 한 통을 죄다 태워버리는 데는 밖을 내다본 단 한 사람, 그가 본 크리처 하나, 미친 사람 한 명이면 충분하다는 사실이다.

올림피아가 객실 문을 밀어 연다. 솔직히 털어놓는다면 맬로리가 말했던 개리를 떠올리게 하는 헨리라는 남자가 보일지도 모른다고 반쯤은 생각한다. 맬로리의 악몽이 복도에 있다. 도끼를 든 채.

잡았다!

하지만 없다. 대신 겁에 질린 승객 여섯 명이 열여섯 살에 불과한 소녀를 바라보며 길잡이를, 정보를, 희망을 갈구하고 있을 뿐이다.

"무슨 일이에요?" 어떤 여자가 묻는다.

"딘 아저씨가 말씀하신 것처럼." 올림피아가 말한다. "우리는 그것들이 많이 모여 있는 곳을 지나가고 있어요."

그것들.

이 신세계에서 더 이상의 설명이 필요한 사람은 아무도 없다.

하지만 그들은 올림피아를 뚫어지라 바라본다.

"제발요." 올림피아가 말문을 연다. 그러더니 엄마의 단호한 어조를 흉내 낸다. "기차가 그것들 있는 데를 지나갈 때까지 객실에서 나오지 마시고 눈을 감으세요."

이끌기. 인도하기. 올림피아는 지난 몇 년 동안 이런 일들을 다양한 방식으로 해왔다.

그녀가 복도를 걸어간다. 객실 문이 다 열려 있다. 사람들이 뭔가 일어나고 있음을 감지한다.

"눈을 감아요." 올림피아가 승객을 마주칠 때마다 주의를 준다. "가만히 앉아 계세요."

올림피아는 그 칸의 끄트머리에 도착하자 자신도 눈을 감는다. 문을 열고 발을 내디딘다.

여기엔 더 많은 사람들이 모여 있다. 더 많은 대화가 오간다. 모두 당황한 것 같다. 너무나 취약해 보인다. 이들은 생존을 위해 지켜야 할 유일한 규칙이 있다는 사실을 모르나? 언제라도 무슨 일이 일어났다는 생각이 들면 얼른 눈을 감아야 한다는 사실을 이해하지 못하나?

"이봐요!" 올림피아가 이제 자신만만한 태도로 지시를 내리며 사람들 주의를 끈다. "모두 눈을 감아요. 밖에 잔뜩 모여들었어요."

어떤 남자가 올림피아를 막아선다.

"너는 뭘 알고 있니?" 그는 의심이 가득 찬 눈빛으로 따져 묻는다. 올림피아는 오래전부터 맬로리에게 배운 것들을 떠올린다.

네가 누구를 만나건, 우리가 누구와 마주치건, 그들이 상실을 경험했다는 사실을 기억해야 해. 그들의 부모건, 자녀건, 친구들이건…… 그들은 이 신세계에서 누군가를 잃었어. 그러니 네가 그들에게 말을 걸 때, 그들이 너를 믿어주지 않을 것 같을 때, 그들이 네가 위험한 존재라도 되듯 바라볼 때 이 사실을 꼭 명심해.

"기차 밖에 그것들이 잔뜩 있어요." 올림피아가 설명한다.

그 남자가 눈을 감는다.

"고맙다." 남자가 말한다.

올림피아가 다시 앞으로 간다. 톰을 생각하며. 맬로리를 생각하며. 두 사람은 지금 어디 있을까?

"이보세요." 올림피아가 한때 창문이 있던 곳에 달려 있는 검은색 금속판을 바라보며 서 있는 여자에게 말한다. "눈을 감으세요."

그 여자의 옆모습을 언뜻 본 올림피아는 전에 한 번도 보지 못한 슬픔을 본다. 크리처들이 나타났을 때 맬로리는 무섭게 분노했다. 두려움에 사로잡혔다. 올림피아는 그런 사실을 안다. 하지만 맬로리는 신세계의 슬픔에 한 번도 지배당하지 않았다.

엄마. 올림피아가 생각한다. **제가 지금 가고 있어요.**

맬로리는 17년 동안 부모님이 죽었다고 생각했다. 올림피아가 이 세상에서 산 기간보다 더 오랫동안! 그런데도 맬로리는 힘을 내어 자신의 아이들을 키웠다. 맬로리는 단호한 의지를 발휘해 수도 없이 자신의 규칙을 반복하고, 입이 닳도록 말해서 아이들 머리에 안전에 대한 의식을 새겨 넣었다. 생존자 명단에서 친엄마의 이름을 본다면 올림피아라면 어떻게 할까? 맬로리처럼 신속하게 행동에 나설까? 아니면 다 포기할까?

"다 끝났어." 그 여자가 말한다. 하지만 올림피아가 들으라고 한 말은 아닌 듯하다.

올림피아는 여자에게 다시 눈을 감으라고 말하려다가 입을 다문다.

여자는 감은 눈꺼풀에 눈동자를 그려 넣었다.

"다 끝났어." 여자가 다시 말한다.

객실 문이 열린다. 남자가 밖을 내다본다.

"눈을 감으세요." 올림피아가 말한다. "저 밖에 크리처들이 잔뜩 모여들었어요."

그 남자는 눈만 감는 게 아니다. 객실로 얼른 모습을 감추더니 문을 닫아버린다. 올림피아는 그가 문 앞에서 뭔가를 움직이는 소리를 듣는다.

좋아. 올림피아는 생각한다. 맬로리라면 자신과 똑같이 생각할 터였다. 그런데 기분이 좋다. 세상에, 맬로리의 역할을 대신하는 데 기분이 좋다. 지금쯤 톰을 찾아 헤매느라 제정신이 아닌 데다 그렇게 오랫동안 부모님을 죽은 사람으로 생각했던 맬로리의, 엄마의 눈으로 세상을 보기.

죽은 사람으로 생각했다고!

올림피아가 이 칸의 끄트머리에 도착한다. 문을 열고 밖을 내디딘다. 아직 맬로리나 톰이 보이지 않는다. 어쩌면 두 사람은 식당칸에 있을지도 모른다. 어쩌면 두 사람은 괜찮을 것이다.

그렇다면 왜 맬로리는 올림피아를 살펴보러 오지 않을까?

그들이 만나려는 사람들, 샘과 메리 월시, 그녀가 너무나 간절히 살아 있기를 바라는 분들은 오랫동안 맬로리를 잘 돌보았으리라 생각하니 올림피아는 머리를 한 대 맞은 것 같다.

크리처가 나타나기 전까지 두 분은 그랬으리라.

이제 크리처가 몇백 마리까지 늘어났다. 올림피아는 소리로 안다. 바깥 풍경이 온통 크리처로 이루어진 것만 같다. 마치 이곳이 미국 미시간 주 한복판인 것처럼, 마치 이곳이 그들이 왔고, 돌파해냈고, 구세계로 들어가서 신세계로 만든 곳처럼.

왼쪽에 있는 문이 열린다. 한 아이가 밖을 내다본다.

"안 돼. 안 돼." 올림피아가 말한다. "안으로 들어가. 그리고 눈을 꼭 감아."

"왜요?"

어린 소녀이다. 아이를 보니 톰이 떠오른다. 검은 머리. 강렬한 눈빛.

"왜냐하면 우리가 지금 위험한 지역을 통과하고 있기 때문이야. 최대한 안전하게 머무는 게 좋아. 알겠지?"

하지만 소녀은, 올림피아보다 훨씬 어린 아이는 한때 그녀가 맬로리를 바라보았던 눈빛으로 마주 본다. 아이의 반응은 올림피아보다 더 유하다. 두려움도 덜하다. 이 아이는 크리처가 일상인 세상에서 자라고 있다. 올림피아가 아는 것은, 이 아이는 지금까지 천 번도 넘게 크리처 곁에 서 있었으리라는 사실뿐이다. 그녀가 아는 한, 소년은 조금도 두려워하지 않고 있다.

이런 일이 가능할까? 그렇다면 한 세대가 지나갈 때마다 점점 더 편안하게 느껴서 언젠가는…….

언젠가는 뭘?

"안으로 들어가." 올림피아가 반복해 말한다. 그러더니 "부모님은 어디 계시니? 너와 함께 계시니?"

올림피아가 이렇게 묻는 순간 소년의 뒤에서 손 하나가 쑥 나오더니 아이의 팔을 잡고 객실로 끌어들인다. 문이 쾅 닫힌다.

올림피아는 앞으로 간다.

여전히 올림피아는 답을 찾지 못했다. 언젠가는 뭘?

맬로리라면, 크리처가 여기 남아 있는 한 사람들은 반드시 안대를 해야 한다고 말할 것이다. 하지만 톰은 결국 그것들을 퇴치할 방법을 찾아내는 사람이 나타날 거라고 반박할 테지. 그렇다면 객실에 있는 소년에게…… '그것들을 퇴치한다'는 말은 무슨 의미일까?

올림피아는 이 칸의 끄트머리에 도착해 문을 열고 다음 칸으로 들어간다.

그곳에 딘이 있다. 좋다. 다행이다. 어쩌면 딘은 맬로리를 봤을지 모른다. 그런데 올림피아가 묻기도 전에 딘이 먼저 묻는다.

"네 어머니를 봤니?"

그는 불안해 보인다. 올림피아는 안다. 딘이 크리처가 집중적으로 출몰하는 이곳을 여러 차례 기차를 몰고 지나갔다는 사실을.

크리처 말고 또 다른 걱정거리가 있는 걸까?

"아뇨. 혹시 식당칸에 계시지 않을까요?"

딘이 올림피아의 눈을 잠시 바라본다. 그렇다. 분명 걱정을 하고 있다.

그것도 많이.

"너를 걱정시키고 싶지 않지만." 딘이 말한다. "네 엄마와 형제를 찾아 이 기차를 전부 다 뒤졌단다. 그런데……."

올림피아의 마음속에서 뭔가가 뚝 부러진 것 같다. 그게 뭐든 나쁜 일이 일어났음이 분명하다.

"그런데 두 사람 다 이 기차에 없는 것 같아."

올림피아는 아주 오랜만에 자신이 나이보다 더 어리게 느껴진다. 시간을 거슬러 맹인학교를 탈출했던 아이로 돌아간 것 같다. 아니, 그보다 더 어려진 것 같다.

"여기 있어야 해요." 올림피아가 말한다. "두 사람은—."

"두 사람 말고도 보이지 않는 사람이 있어." 딘이 말한다.

올림피아는 그 사람이 누구인지 직감한다.

헨리. 그와 이야기한 것을 알면 맬로리가 죽여버릴지도 모르는 남자.

딘이 그의 이름을 말하고 외모를 설명하려는데 올림피아는 어느새 반대편으로 달리고 있다. 그 칸을 끝까지 달린 후 다음 칸을 달리는 올림피아의 심장이 너무나 거세게, 무겁게 쿵쿵 뛴다. 맬로리는 무서울 때면 늘 심호흡을 하라고, 단순하기 짝이 없게도 산소가 두려움을 치유할 최고의 명약이라고 말해주었다.

하지만 숨이 쉬어지지 않는다.

개리.

딘은 그를 '헨리'라고 부르지 않았다. 개리라고 불렀다.

"**톰.**" 올림피아가 소리 지른다. "**엄마!**"

개리도 사라졌다.

화물칸으로. 이곳에는 객실 문이 없다. 딘이 올림피아의 이름을 부르며 따라온다. 하지만 올림피아는 멈추지 않는다.

둘째 화물칸. 기차의 끝.

문 너머에는 드넓은 세상이 펼쳐져 있다.

거기에는 크리처가 우글거린다.

올림피아가 문을 열고 밖으로 나가 금속 받침대에 서서 거친 바람을 맞아들인다.

어느새 딘도 나와 있다. 조심하라고, 하지만 걱정 말라며 올림피아가 생각하는 것만큼 상황이 나쁘지 않을 수도 있다고 한다.

하지만 올림피아의 귀에는 그의 목소리에 가려진 다른 소리가 들린다.

발치에서 펄럭거리는 것.

올림피아가 무릎을 꿇고 그런 소리를 내는 물건을 찾아낸다. 발판이 문과 만나는 곳의 쇠살대에 걸려 펄럭거리는 천 조각이다.

이 특별한 천 조각을 수도 없이 만져보았기 때문에 새삼 무엇인지 확인해볼 필요도 없다.

기차는 그녀를 점점 더 북쪽으로 데려가지만 올림피아는 일어나서 남쪽을 바라본다.

"엄마." 올림피아는 모든 것을 이해한다.

맬로리 월시가 절대 잃어버리지 않을, 절대 몸에서 떼어놓지 않을 물건이 있다면, 이 미친 세상에서 맬로리라는 사람을 무엇보다 확실히 규정해줄 물건이 있다면, 올림피아가 지금 손에 쥐고 있는 천 조각일 것이므로.

올림피아는 최악의 상황이 벌어졌다는 사실을 깨닫는다. 맬로리가 변을 당했다.

그 증거는 맬로리의 부재가 아니라…… 지금 올림피아가 손에 쥐고 있는 것, 마치 화난 듯이 거세게 펄럭이는 검은색 물건이다.

엄마의 안대.

더
안전한
공간들

25

맬로리는 집에서 가장 멀리 떨어진 정원 구석의 덤불 사이에 숨어 있다. 맬로리가 있는 곳과 집 사이에는 연못이 있다. 집에서는 부모님과 새넌이 필사적으로 맬로리를 찾아다니고 있으리라.

맬로리는 화가 나 있다.

엄마와 아빠가 선생님이 지정해준 수업 교재인 동화책을 읽으라고 하시기 때문이다. 하지만 맬로리는 동화책을 읽고 싶지 않다. 엄마가 읽고 있는 어른들의 책, 성인의 머리에서 나온 생각을 성인 여성이 쓴 책을 읽고 싶다. 맬로리는 자신이 위선의 책이라고 부르는 책들이 영 마음에 들지 않다. 부모님만큼 뇌가 발달하지 않았고, 영리하지도 않은 것으로 보이는 사람들을 위해 만들어진 책이기 때문이다. 그런데 맬로리가 부모님만 못한 존재인가? 맬로리가 부모님만큼 영리하지 않다는 건가? 부모님이 맬로리를 만류하는 것보다 더 기분 나쁜 점은 부모님이 평소에는 맬로리를 늘 격려해주신다는 사실이다. 그렇다. 맬로리는 바로 이 사실이 가장 속상하다. 맬로리가 옳다는 사실이 불을 보듯 뻔한데 두 분이 콘 선생님

편을 들어주신 사실 말이다.

그래서 맬로리는 집에서 도망쳤다. 물론, 멀리 가지는 못했지만 부모님이 말과 행동을 돌아보고 당신들이 틀렸다는 사실을 깨달으시기에 충분하다.

맬로리가 몸을 숨긴 곳에서는 가족의 목소리가 들리지 않는다. 그들을 볼 수도 없다.

그래도 상관없다. 어차피 가족도 맬로리의 기척을 듣거나 모습을 볼 수 없다.

맬로리는 땅바닥 여기저기에 떨어진 바늘잎과 솔방울을 깔고 앉아보지만 너무 축축해서 다시 일어난다.

엄마는 내가 어디에 있는지 아실까? 아신다면 여기로 걸어 나와 곧장 맬로리를 혼낼 것이다. 맬로리는 집으로 돌아가지 않을 것이다. 이 세상의 무엇을 준다고 해도.

그때 나뭇가지가 파삭 부서지는 소리가 들리자 맬로리는 '아하, 섀넌이 이야기하러 왔구나' 하고 생각한다. 부모님을 대신해 온 외교 사절. 섀넌이 오면 이렇게 말하리라. 어서 나와, 맬, 어서. 부모님은 옳은 일을 하시는 거야. 엄마와 아빠잖아. 너도 두 분이 어떤지 알잖아, 어서 가자. 하지만 맬로리는 가지 않을 것이다. 지금이 바로 맬로리가 성장하는 순간이다. 바로 그 순간. 가족은 그런 사실이 보이지 않나? 모두 세상이 변한 것을 보고도 모르나?

하지만 맬로리가 나무들 사이로 밖을 바라봐도 섀넌도 부모님도 보이지 않는다. 아무도 보이지 않는다. 아무것도. 짐승 한 마리도.

그렇다면 어디서 난 소리지? 덤불 밖에서 뭔가가 발에 밟힌 게 분명했다. 쾌청한 한낮의 하늘만큼, 낮의 기세가 잦아드는 것만큼, 해가 서쪽으로 넘어가는 것만큼, 맬로리가 서 있는 곳이 점점 더 추워져서 코트 안과 담요, 소파, 집의 온기가 주는 안온함을 잠시 생각한 것만큼이나 명백하다.

하지만 안 된다. 맬로리는 가지 않을 것이다. 지금은 아니다. 적어도 엄마와 아빠가 독서기록장에 쓸 책으로 성인용 책을 읽어도 된다고, 외계를 여행하는 개에 대한 책은 읽지 않아도 된다고 말해줄 때까지는.

또다시 우지끈 소리가 나자 맬로리는 얼른 덤불에서 튀어나간다. 섀넌이 이미 여기 와 있어서 맬로리를 겁주려고 덤벼들 준비를 하고 있을 것이다. 아니면 맬로리와 이야기를 하려고 엄마와 아빠가 왔을지도 모른다. 여기 이야기를 하려고 왔을 것이다. 어쩌면 세 사람이 몰래 숨어서 맬로리가 무엇을 하는지 염탐하는 중일지도 모른다.

집에서 더 멀리 도망쳐야 할까?

"섀넌." 맬로리가 부른다. 왜냐하면 언니라면 분명 맬로리를 그렇게 대할 것이기 때문이다. 불리한 순간을 노려 활짝 웃는 얼굴로 나타나 맬로리를 겁주고 놀려먹고는 조금 떨어진 데서 눈알을 굴리는 일이야말로 섀넌다운 행동이다.

하지만 언니는 거기 없다.

아무도 없다.

아무것도 없다.

맬로리는 한기가 느껴진다. 어째서 오늘은 평소보다 더 일찍 해가 지는 걸까?

"지옥에나 가버려." 맬로리가 말한다. 텔레비전에서 들은 표현이다. 그런데 이 말을 내뱉자마자 머리를 한 방 맞은 것 같다. 지금 이 순간 부모님에게 하고 싶은 말이 바로 이것인 듯하다.

맬로리는 이제 정말 깜깜해진 하늘을 뒤로하며 다시 자리에 앉는다. 그리고 무릎을 가슴에 꼭 붙인다.

더 따뜻하게 입고 나왔어야 했다. 십오 초만 짬을 내어 필요한 것들을 챙겨서 나왔어야 했다. 이런, 어쩌자고 그렇게 서둘러서 뛰쳐나왔을까? 엄마와 아빠는 맬로리가 집을 뛰쳐나간 사실을 알고 있을까? 혹시 맬로리가 제 방에서 조용히 속을 끓이고 있다고 생각하시는 걸까?

집을 나간다고 선언하고 나올 걸 그랬다. 그래야 했다. 확실한 효과를 내기 위해. 하지만 그때는 분노만으로 충분한 듯했고, 온 세상이 그녀의 분노를 느낄 것만 같았다.

우지끈. 또다시 들리는 소리. 이번에는 소리가 아주 가까이서 났기에 맬로리는 숨을 헉 들이쉬고 소리가 난 쪽으로 고개를 돌린다. 이제 맬로리는 누군가 나무 사이를 뚫고 나와 훌쩍 뛰어오르리라 직감한다. 그녀를 향해 뻗은 손과 희미한 빛을 받은 얼굴.

맬로리는 텔레비전에서도 그런 장면을 보았다. 무서운 프로그램. 귀신들과 악마들, 그리고 맬로리에게 최악의 존재인 **크리처들**.

도저히 설명할 수 없는 종류, 뱀파이어나 늑대인간, 고블린, 굴(ghoul: 사람 시체를 먹는 전설의 악귀—옮긴이)처럼 상자 안에 딱 맞게 들어가지 않는 것들. 추상적인 모호함이 무엇보다 깊은 곳에 도사린 두려움을 자극한다. 왜냐하면 이해하기 위해 참고할 만한 것이 전혀 없기 때문이다.

"저리 가." 맬로리가 말한다. 이렇게 덧붙인다. "제발."

혹시 모를 일 아닌가. 혹시라도 엄마 아빠와 달리 내게 몇 센티미터라도 더 가까이 있는 존재가 내 말에 귀를 기울일지도 모른다. 이 근처에 무엇이 있건 그녀의 소망을 존중해줄지 모른다. 어쩌면, 어쩌면, 어쩌면—.

"맬."

맬로리는 벌떡 일어서며 두 팔을 벌려 무엇이든 가까이 있는 것에게, 도망치는 자신을 쫓아 이 정원 구석까지 따라왔을 존재에게 주먹을 날릴 준비를 한다.

"들어가도 되니?"

본능은 '안 돼, **안 된다고**'라고 말하지만 맬로리는 목소리의 주인을 안다.

"잔소리 들을 기분이 아니에요, 아빠."

덤불 밖 어둠 속에서 아빠가 미소 짓는 소리가 들릴 것 같다.

"그러면 잔소리하지 않는다고 약속할게." 샘 월시가 말한다.

바로 그때 덤불이 둘로 갈라지고 그 사이로 순간 하늘이 보이고, 아직도 남아 있는 빛이 보이나 싶더니 아빠가 저물어가는 저녁놀에 보라색과 오렌지색으로 물든 모습으로 덤불 속 빈터로 성큼 들어와 맬로리를 뒤덮은 어둠에 삼켜진다.

"이런." 그가 말한다. "여기는 정말 말끔하고 좁구나. 처음 들어와 본다. 이렇게 작은 공간이 있는 줄은 몰랐어."

맬로리는 이곳을 자신만의 공간이라고 생각한다. 일종의 클럽하우스이자 요새이자 자신과 사고방식이 똑같은 사람들만 입장이 허락되는 장소이다.

"이해해." 아빠가 말한다. "그리고 나는 네 요구를 진심으로 존중한단다."

맬로리는 이 말을 믿어야 할지 잘 모르겠다. 아빠가 정말 이해하시는 걸까? 엄마는?

"알았어요. 그런데 대체 왜 제가 엄마 책을 읽으면 안 된다는 거예요?"

"읽어도 돼." 아빠가 말한다. "네가 읽고 싶으면 언제든지. 지금 당장도 괜찮아."

"읽어도 돼요?"

"물론. 다 읽고 독서 감상문을 써도 돼. 하지만 다른 책도 읽어야 해."

"왜요?"

"왜냐하면." 아빠가 말한다. 아빠의 실루엣은 좁고 쌀쌀한 공간에 편안하게 자리 잡은 듯하다. "두 가지 일을 한 번에 다 하는 방법이 있으니까."

"둘 다요?"

"그래. 규칙을 지키면서도 동시에 규칙을 깨는 방법. 어떤 사람들은 그런 방식을 '낼 돈을 낸다'고 하지. 있잖니, 네가 아동서를 읽으면 다른 책도 읽을 수 있어. 하지만 나는 그런 표현을 좋아한

적이 없단다. 뭐랄까, 네가 반드시 할 필요는 없다고 생각했던 일들도 하다 보면 뭔가를, 심지어 아주 중요한 것을 알아갈 수 있다고 말하는 편이 좋겠구나. 이를테면 잔디를 깎는 일. 너는 내가 매주 그 일을 하고 싶어 할 거라고 생각하니? 그런데 말이야, 잔디를 깎을 때마다 내 마음은 어딘가를 헤매고 다닌단다. 그래서 일을 다 끝내면 아까보다 더 행복한 기분이 되는 거야."

"하지만 아빠……."

"왜?"

"저는 그런 책을 읽기에는 다 컸단 말이에요."

"그러면 지금까지 쓴 독후감 중에 가장 뛰어난 독후감을 쓰면 되겠구나, 맬로리. 그리고 엄마 책을 읽고 일주일 후에 독후감을 제출해. 나를 믿어봐……. 콘 선생님은 다시는 너를 전과 같은 눈으로 보시지 않을 거야."

근처에서 들리는 발걸음 소리. 누군가 잔디밭에 나와 있다. 덤불이 다시 한 번 갈라진다.

"찾았군요." 메리 월시가 말한다.

메리 월시도 어둠 속으로 들어온다. 어둠 속이지만 부모님과 함께 있으니 나름대로 아늑하다. 두 분은 맬로리의 얼굴을 볼 수 없다. 당황한 모습도 볼 수 없다. 동시에 맬로리는 원하는 바를, 또 지금 기분을 말로 전하면서도 그렇게 말할 때 자신이 어떻게 보일지 걱정하지 않아도 된다.

"여기는 춥구나." 엄마가 말한다.

"여기서 자려고 했어요." 맬로리가 말한다.

"정말?" 그리고 이어지는 말. "음, 나는 네가 손전등을 가져간 줄 알았어."

맬로리는 처음에는 자신의 손에 닿은 것이 엄마의 손이라고 생각한다. 하지만 손이 아니다. 책이다. 어른의 책.

맬로리가 그것을 받아 든다.

"우리가 네게 책을 읽지 말라고 하는 일은 상상도 안 되는구나." 엄마가 말한다. "그리고 이건 좋은 책이야."

"고마워요." 맬로리가 말한다. 이 순간에 울고 싶지 않다. 부모님이 자신을 약하다고 생각하는 게 싫다.

덤불이 다시 갈라진다.

섀넌.

"무슨 일이야, 맬?" 섀넌이 묻는다. "너 뒷마당으로 도망쳤지?"

"닥쳐." 맬로리가 말한다.

하지만 아빠가 웃음을 터트린다. 그러자 엄마도 웃는다. 잠시 후 맬로리도 웃는다. 도저히 웃지 않을 수 없고 도무지 웃음을 멈출 수 없다. 더군다나 웃음을 멈추고 싶지도 않다.

"네가 숨어 있는 동안 내가 그 동화책을 읽어봤어." 섀넌이 말한다.

"그거 재미없어." 맬로리가 말한다.

"너는 읽지도 않았잖아!"

그건 사실이다.

"재미있어?" 맬로리가 묻는다.

"아니." 섀넌이 대답한다. "진짜 재미없더라."

그들은 다시 웃는다.

아빠는 솔방울과 바늘잎 위에 책상다리로 앉는다.

엄마도 앉는다.

섀넌도.

그러자 이 세 사람만이 맬로리의 새 클럽하우스에 입장할 수 있다고 생각하며 맬로리도 앉는다.

그리고 네 사람은 이야기를 시작한다.

그러자 아직 어린애인 맬로리는 자신의 부모님은 언제나 두 딸이 있는 곳을 찾아낼 거라고 생각한다. 설령 두 딸이 도망치더라도. 어둠 속에 숨어 있더라도. 그리고 선생님이 굳이 말해주지 않더라도 이 교훈을 죽을 때까지 마음 깊이 간직할 거라는 사실을 맬로리는 알고 있다.

26

맬로리가 정신을 차린다.

흙냄새가 난다.

구세계의 본능이 눈을 뜨라고 말한다.

그러나 차가운 공기의 감촉, 야외에 있다는 느낌은 눈을 뜨지 말라고 한다.

"이게 무슨……."

맬로리는 눈꺼풀에 닿는 찬 공기를 느낀다. 이런 감촉은 10년이 넘도록 느껴보지 못했다.

아무런 가림막이 없는 눈에 닿는 바깥세상.

"이게 무슨……."

맬로리는 양팔을 들어 올리지만 아무것도 만져지지 않는다. 팔을 뻗어 옆쪽을 더듬는다. 흙이 만져진다.

냄새를 맡는다. 흙. 지하실 냄새가 난다.

머리가 아프다. 이런 통증은 난생처음이다. 두통이 아니다. 수면 부족으로 인한 통증도 아니다. 부상으로 인한 통증이다.

그리고 안대를 하고 있지 않다.

맬로리는 일어나 앉아 마치 근처에 누가 있건 공격을 준비하는 것처럼 팔을 뻗는다.

누군가 이곳에 맬로리를 가뒀다.

하지만 아무런 기척이 느껴지지 않는다. 숨소리도 들리지 않는다. 말소리도 들리지 않는다.

맬로리는 흙벽이 만져지는 곳까지 기어가 본다. 일어선다. 머리가 아프다. 손을 죽 뻗어 벽을 만져보지만 꼭대기에 닿지 않는다.

맬로리는 현기증에 바닥으로 쓰러진다. 안대가 없다니 끔찍하다. 저 위에 하늘이 있는 느낌. 언제라도 상처를 입을 것 같은 느낌.

맬로리는 둘째 벽을 찾는다. 그리고 천장 쪽을 향해 손을 뻗는다. 하지만 아무것도 손에 닿지 않는다.

이곳은 습하다. 지하실 특유의 축축함.

맬로리는 기차 뒤쪽에서 들은 귀에 익은 목소리를 떠올린다.

"아니야." 맬로리는 부정한다. 너무 끔찍하기 때문이다. 그녀가 들었다고 믿는 익숙한 목소리가 떠오른다. 같은 억양의 말소리를 들었다고 착각한 적이 얼마나 많았던가. 개리가 살짝 열린 문 너머에서 이야기했지만 이건 오직 꿈속에서 벌어진 일이라는 사실을 퍼뜩 잠에서 깨어나며 알아차린 적이 얼마나 많았던가.

"아니야."

하지만 어쩌면. 혹시.

머리를 만지니 혹이 만져진다. 뭔가가 머리를 강타했다. 기차 발판에서. 그 사실이 떠오른다.

"오, 세상에."

기차. 그리고 아직도 기차에 타고 있을 톰과 올림피아.

이제 그녀에게서 멀리 떨어진 곳을 달리고 있을 기차.

"여기요!" 그녀가 소리친다. 그래야 한다.

맬로리는 누군가에게 맞았다. 머리를 강타당했다. 그리고 기차에서 내던져졌다.

그렇지?

맬로리는 숨을 들이쉰다. 하지만 숨을 머금고 있을 수 없다. 진정할 수가 없다.

맬로리는 공간을 가로질러 셋째 벽을 더듬는다. 이번에도 손이 꼭대기에 닿지 않는다.

사방이 흙.

땅에 판 구덩이일까?

인구조사원의 기록에서 본 글이 마음의 눈 앞에 떠오른다.

더 안전한 방.

크리처가 이 세상을 완전히 차지할 때를 대비해 벙커를 지으려 한 사람들이 기울인 노력의 결실.

그것들이 세상을 차지했나? 맬로리가 이 세상에 마지막 남은, 미치지 않은 여자일까?

맬로리가 더 빨리 움직인다. 넷째 벽을 찾는다. 재빨리 움직여 네 벽을 다 만져본다.

공간이 넓다. 여느 무덤보다 넓다. 하지만 어차피 땅에 판 구덩이일 뿐이다.

"도와주세요!" 맬로리가 소리친다. 하지만 소리치고 싶지 않고, 자신의 위치를 알리고 싶지 않다. 일단은 귀 기울여 들어야 한다. 생각해야 한다.

지금까지 온갖 일을 겪었지만…… 살아남았다.

그녀는 벽을 파기 시작한다. 빠져나가야 한다. 두 아이를 찾아야 한다. 기차로 돌아가야만 한다.

지금 당장.

맬로리는 한 번에 한 가지씩 하자고 자신에게 이른다. 먼저 이 구덩이에서 빠져나가자. 그 후에 아이들을 찾자. 기차로 돌아가자.

맬로리는 차분하게 숨을 쉴 수가 없다. 호흡을 다스릴 수 없다.

"톰!"

맬로리는 이렇게 소리를 지르면 안 된다. 저 위에 누가 있을지 모르니까. 그녀를 여기 가둔 사람들. 맬로리는 네이선이라는 이름을 떠올린다. 개리의 목소리를 떠올린다.

정말 기억하기는 하는 걸까?

혹시 개리가 저 위에서 기다리는 건 아닐까? 구덩이 속의 맬로리를 내려다보고 있는 것은 아닐까?

아니면 그녀를 방해하기 위해 이 구덩이에 가둔 걸까?

"톰! 올림피아!"

맬로리는 벽을 더듬어보지만 발을 디디거나 손으로 잡을 만한 것이 없다.

맬로리는 톰이 기차의 객실을 떠나던 모습이, 따귀를 맞아 볼이 벌게진 모습이 떠오른다.

“오, 안 돼.” 맬로리는 괴로워한다.

이것이 어떤 상황이건, 무슨 일이 일어났건, 다 자기 탓인 듯한 기분이 불쑥 찾아왔기 때문이다.

“톰.” 맬로리는 아들이 이 방(더 안전한 방?)에 함께 있는 것처럼 부른다. “톰, 제발. 화내지 마. 위험한 행동은 절대 하지 마. 제발, 톰, 위험해지면 안 돼.”

제발,

톰.

미치지 마.

귀에 익은 목소리가 말했던 **인디언 리버**라는 도시가 떠오른다. 기차에서 떠밀려 떨어지기 직전. 하지만 목소리의 주인이 개리라고 생각하는 순간, 목소리는 작게 쪼그라들어 맬로리의 머릿속으로 들어온다. 도저히 찾아낼 수 없는 거미처럼.

맬로리는 인디언 리버가 자신에게 어울리지 않는 곳이라고 생각한다. 그들이 거기에서 크리처를 잡았는지의 여부는 중요하지 않다. 그런 것을 높이 치는 종류의 공동체…….

“빌어먹을 미친놈들.” 맬로리가 말한다. 공포와 죄책감이 뒤섞여 언성이 높아진다.

다시 호흡이 가빠진다. 맬로리는 가만히 앉아 있을 수 없다. 벽을 타고 올라가려고 해본다.

역시, 톰과 올림피아를 데리고 기차를 타지 말았어야 했다. 아이들에게 신세계를 맛보이지 말았어야 했다. 확실히 기차는 피해야 했다. 두 아이를 데려오지 말았어야 했다. 다른 선택지도 있었다. 혼자서 부모님을 찾아볼 수도 있었다.

하지만 이제…….

모두 맬로리 자신의 탓이다.

사람들이 그녀에 대해 하는 말은 다 사실이다. 편집증 환자. 고압적 인간. 헬리콥터 맘. 그때는 맬로리도 다른 수가 없다고 생각했다. 다른 방법이 있을 리 없다고 말이다.

맬로리는 두 살이 된 톰이 잠에서 깨어날 때 눈을 떴다는 이유로 파리채로 찰싹찰싹 때린 일이 떠오른다. 기차에서 그 아이의 따귀를 때린 일이 떠오른다. 톰에게 소리치고, 노상 소리치고, 노상 안 된다고 한 일을 떠올린다. 안 돼, 안 돼, 안 돼, 톰, **안 돼!**

하지만 누군가에게 아주 오랫동안 '안 돼'라고만 말하면 상대는 어느새 된다고 생각하기 시작한다. 단지 다른 이야기를 듣고 싶어서, 단지 다른 말을 듣고 싶어서 **된다**고 생각하기 시작한다.

맬로리의 머릿속에 신세계의 광인들 무리 앞에 서 있는 톰의 앳된 얼굴이 떠오른다. 그들은 대부분 흥분해서 방수포를 벗겨 자신들이 잡은 것을 톰에게 보여주려고 한다. 그것이 톰이 원하는 세상이다. 인디언 리버에 펼쳐진 종류. 맬로리는 마음의 눈으로 휘둥그레 뜬 톰의 푸른 눈과 자신의 검은 머리칼과 같은 색깔인 톰의 머리카락을 본다. 엄청난 반란을 감행한 자신을 옹호하려고, 자신이 실제보다 더 대단한 사람이라 느끼고 싶어서 작은 두 주먹을 불끈 쥔 톰. 그렇게 하여 자신을 속이려는 아이. 맬로리의 눈에는 아들의 마음속에서 뇌 속에서 뭔가, 진짜 광기가 시작되는 지점이 보인다. 그것이 생명을 얻어 파닥거리는 소리가 들린다.

멜로리는 방수포가 벗겨지는 모습을 상상한다.

톰이 눈을 크게, 더 크게 뜨는 모습이 보인다.

그래서 그들이 맬로리를 제거하려고 했겠지. 그렇지 않은가? 이곳에 그녀를 가둬둔 사람들이? 그녀의 아이들을 데려갈 속셈이 아니라면 왜 이런 짓을 하겠는가?

멜로리는 입을 열어 **개리**의 이름을 소리 내어 말하려 하지만 그러지 않을 것이다. 그럴 수가 없다.

맬로리는 톰의 마지막 저항, 동화되려는 마지막 시도로 호기심에 고개를 갸웃거리며 방수포 아래에 있는 것을 향해 고개를 숙이는 모습을, 광기의 근원이 힘껏 날아오르고, 그의 머리카락처럼 새까맣고 눈동자처럼 새파란 새 한 마리가 그의 마음속 무한을 향해 날아오르는 모습을 상상하며 벽을 더듬는다. 톰이 그 새를 잡아 상자에 다시 집어넣고 퍼덕거리는 날갯짓 소리를 지워버리려 하지만 광기는 이미 시작되어 앳된 남자가 미쳐버리고, 그의 정신은 자신의 생각이 틀렸을 뿐만 아니라 미쳤으며 이치에 맞지 않는다는 사실을 깨달을 수 있을 정도로 성숙하지 않다. 맬로리는 톰이 생각하는 성공한 사람의 이미지를 그려보며 시야를, 어떤 시야를, 모든 시야를, 모든 것을 훔쳐 갔던 도적 떼이자 자신을 그토록 오랫동안 억압했던 크리처를 이겼다고 생각하는 모습을 상상한다.

마침내 해냈다고 생각하는 바로 그 순간 톰이 광기에서 빠져나와 제 손가락을 얼굴 쪽으로 가져가는 모습을 상상한다.

그리고 잡아 찢는다.

그리고 잡아 뜯는다.

그리고 미친 사람만이 낼 수 있는 끔찍한 비명을 지른다. 무엇이 새의 발에 채여 손 닿을 길 없이 까마득히 높은 곳으로, 소리도 안 들리는 곳으로 가는지 이해할 만한 나이도 아직 아닌데.

설령 톰이라도.

맬로리는 흙을 마구 파헤친다. 여기서 나가야 한다. 지금 당장.

그녀는 그 집에서 함께 살았던 사람들, 펠릭스와 셰릴, 올림피아와 돈을 떠올린다. 검게 칠한 커튼을 향해 마구 짖어대던 빅터를 떠올린다.

그녀는 계속 판다.

누구의 목소리를 들었지? 그때의 동거인들 중 한 명?

안대가 없으니 알몸이 된 것 같다. 완전히 노출된 느낌. 맬로리는, 손에 칼을 쥐고 머리에서 피가 터져 나온 듯 붉은 머리를 산발한 채 모퉁이를 돌아 자신을 미치게 만든 근원을 향해 거슬러가던 아네트를 떠올린다.

그녀는 벽을 계속 판다. 훌쩍 뛰어본다.

도무지 마음을 진정할 수 없다.

"톰!"

그가 듣기만 하면 된다. 들리기만 하면 된다! 그애는 지난 16년 동안 누구보다도 그 일을 잘 했다. 잘 들었다!

그러니 엄마의 목소리도 들을 것이다. 그래야만 한다.

……함께 ……함께 기차에 있는 것만…… 아니라면.

그녀는 오른쪽으로 걷다가 속도를 조절하지 못하고 흙벽에 부

닫힌다. 벽에 양 손바닥을 대고 위로, 위로, 위로 뻗는다.

자신이 떨어진 구멍을 빠져나갈 출구를 상상한다.

그녀는 떠올린다. **더 안전한 방들.**

여기서 나갈 방법이 있을까? 아니면 더 안전한 방이라는 건 사실…… 미치지 않은 채…… 자신이 정한 방식으로 죽는 방법을 가리키는 은유인가?

등 뒤의 공기가 흐트러지는 느낌에 맬로리는 눈을 꼭 감고 양팔을 들어 올린 채 몸을 홱 돌린다. 벌벌 떤다. 가쁘게 숨을 몰아쉬며.

귀를 기울인다.

그것이 움직인다.

"저리 가!" 그녀가 소리친다.

그녀의 목소리에서 히스테리가 느껴진다. 날아오를지 말지 생각 중인 검고 푸른 새 한 마리.

이 소리를 언젠가 들었는지, 아니면 너무 겁을 먹은 나머지(**톰, 톰 그리고 올림피아, 올림피아**) 예전 다락방에서 지금 너무나 간절히 찾고 싶은 소년을 낳을 때 등 뒤에서 들렸던 소리와 비슷한 소리로 착각하는 것인지 모르겠다.

오른쪽으로 아주 가까이에서 느껴지는 기척. 맬로리는 몸을 돌리며 방어 자세를 취한다.

"오, 제발, 안 돼." 맬로리가 말한다. 그것이 있다고 믿기 때문이다. 그것이 있다는 사실을 **알기** 때문이다.

그녀와 함께 있는 존재는 사람이 아니다.

"저리 가."

그녀는 가장 가까운 흙벽에 몸을 바짝 붙인다.

그녀는 남자를 상상하지 않는다. 여자를 상상하지도 않는다. 상대는 도저히 사람이라고 상상할 수 없다. 상상하기는커녕 마음의 눈에 벗겨진 방수포와 그 아래가 보인다. 무슨 대가를 치르더라도, 무슨 수를 써서라도, 하루하루 매 순간 이이들에게 꼭 피해야 한다고 가르쳤던 존재가 보인다.

"저리 가."

맬로리는 혼자가 아니다, 아무렴.

"저리 가라고!"

맬로리가 후드 티의 모자를 머리 위로 바짝 끌어올린다.

크리처가 먼저 접촉을 시도해 사람에게 자기를 보게 했다는 기록은 없다.

하지만 당신이 내던져진 구덩이에 함께 떨어진 크리처가 있다면 그때는 어떨까?

"이쪽으로 오지 마."

시간이 흐르면서 맬로리는 크리처가 인간과 같은 제약을 받지 않는다고 믿게 됐다. 넘어지는 나무가 그것들을 깔아뭉갤 수 있을까? 안대를 쓴 여자가 모는 차는 어떨까? 왜냐하면 그녀는 죽은 몸뚱이를, 죽은 크리처를 봤다는 믿을 만한 이야기를 한 번도 들은 적이 없기 때문이다. 그러니 목숨이 위태로운 상태에 있는 크리처를 도저히 상상할 수 없다. 하지만 지금 이곳에…… 그것도 그녀처럼 더 안전한 방에 갇혀 있다면?

이것은 맬로리에게 아주 중요한 의미가 있다. 지금 이 순간이 허락하는 것보다 훨씬 더 중요한 의미가.

그것이 구덩이를 가로지르자 맬로리가 그것의 움직임을 가늠하고는 벽으로 돌아서서 다시 벽을 타고 올라가려고 버둥거린다.

훌쩍 뛰어올라 보지만 구덩이 입구의 가장자리가 만져지지 않는다.

더 크게 일렁이는 공기. 흙을 타고 미끄러지는 무언가. 축축한 것? 또렷한 소리? 톰이 여기에 있어서 미지의 존재가 무엇인지 알려줄 수 있다면 좋겠다. 두 사람이 세상에 나올 때면 톰이 얼마나 자주 **가르쳐주곤** 했던가? 톰의 귀가 그들의 목숨을 구하고, 길잡이가 되고, 어떻게 해야 할지 알려준 적은 또 얼마나 많은가.

"제발." 맬로리가 말한다. 하지만 이것은 이렇게 읍소할 가치가 없다.

뭔가가 그녀의 맨투맨 셔츠의 소매를 훑는다.

그녀가 비명을 지르며 땅바닥으로 나뒹굴더니 장갑을 낀 손으로 얼굴을 가린다.

크리처가 후드를 벗기려는 걸까? 장갑을? 자취만 남은 것이나 다름없는 마지막 갑옷을?

그것이 물러가 그녀가 있는 데서 가장 먼 구석으로 간다.

맬로리는 꼼짝도 않는다. 톰과 올림피아가 멀어져가는 느낌이다.

영원히.

그 아이들을 언제까지 보호해줄 수 있을 거라고 생각했을까?

맬로리는 이미 걸어 다니는 안대와 같은 존재인데. 검은 천으로, 자신이 힘을 얻는 원천인 검은 머리로 만들어진 맬로리. 톰과 올림피아를 얼마나 오랫동안 안전하게 지켜줄 수 있을 거라고 생각했을까? 일 년? 하루? 10년? 열흘? 더 이상 옳은 것도 그른 것도 없다. 맬로리도 안다. 엄마 되기란 그녀가 절대 엄마가 될 생각이 없었던 17년 전과 더 이상 같지 않다. 심지어 생존의 대가가 생존자를 서서히 압박하기 시작해 그들의 멀쩡한 정신이 예전 방식으로 야만적으로, 잔인하게, 천천히 시험에 들게 되었던 10년 전과도 다르다.

구덩이 한구석에 몸을 웅크리고 있으니 맬로리는 자신이 안대 그 자체인 것만 같다. 너무나 오래 썼기 때문에 구덩이에 버려져 다시는 쓸 일이 없을 안대.

인디언 리버 사람들이 크리처를 잡았다고 주장한다…… 덫으로 포획…….

오, 그래? 맬로리는 생각한다. **나도 한 마리 잡았는데.**

바로 여기서.

여기 더 안전한 방에서.

맬로리가 양팔을 내린다. 그리고 귀를 기울인다. 구덩이 저쪽 끝은 정적만이 감돈다.

크리처는 지금 뭘 하고 있을까? 예전에 어른 톰이 가설을 세웠던 것처럼 가만히 맬로리를 관찰하고 있을까? 그녀가 보기를 기다리는 중일까?

그녀가 일어선다. 그래야만 하기 때문이다. 이 무덤 한구석에 웅크리고 있다간 그대로 죽을 것이기 때문이다.

"너는 여기서 나가야 해." 맬로리가 말한다. "나가는 방법을 찾아야 해. 나는 네 곁에서 죽을 수 없어. 너는 이미 너무 많은 것을 빼앗아 갔어."

그녀는 동거인들을 떠올린다. 시니컬한 돈, 맬로리는 지하실에서 어른 톰이 그의 어깨에 손을 올리며 럼주를 한 잔씩 더 하러 위층으로 올라가자고 할 때의 모습이 아직도 눈에 선하다. 새들에게 먹이를 주다가 겁을 먹은, 복도를 따라 들려오던 셰릴의 목소리. 경보 시스템처럼 걸려 있던 새장의 새들. 줄스, 자신의 개 빅터를 너무나 사랑했던 남자. 톰이 집 밖으로 나가는 시간이 길어질수록 점점 더 창백해졌던 펠릭스. 그리고 톰.

톰.

맬로리는 꼬리를 물고 떠오르는 생각을 차단하려고 노력했다. 지금도 노력하고 있다. 그녀는 예전 동거인들을 전부 다락방으로 몰아넣는다. 하지만 그들은 자꾸자꾸 자기 몫의 럼주가 든 유리잔을 둔 탁자 주위에 나타난다.

맬로리는 그들의 그런 모습을 가장 좋아한다. 주어진 상황에서 최대한의 행복을 만끽하는 모습.

톰이 자신이 만든 헬멧을 쓰고 있다. 어쩌면 그는 피아노 앞에 앉아 있을 것이다. 어쩌면 그들은 아직 전화번호부가 없어서 밖으로 나갈 생각도 하지 않았을지 모른다. 왜냐하면 나가려고 할 경우 바퀴가 움직이기 시작해 A 지점에서 B 지점으로 나아가듯, 전화번호부에서 현재로, 옐로페이지에서 더 안전한 방으로 이어지기 때문이다. 마치 톰이 운명에게 전화를 걸어 이렇게 말하기라도 한 것처럼. **우리는 준비가 되었어요. 이제 우리는 당신 처분에 맡기겠어요.**

그리고 운명은 뜻대로 했다.

그녀에게 말이다.

맬로리는 복도와 위층과 아래층, 거실, 지하실 문 곁에 널브러져 있던 시신들이 기억나서 이미 감고 있는 눈을 또 감으려 한다. 하지만 쉽지 않다. 지금 그녀는 크리처와 얼마나 멀리 떨어져 있을까? 어른 올림피아가 아기 올림피아를 낳을 때 봤던 그 지독한 놈일까?

바로 그놈일까?

맬로리는 진저리를 친다. 그런 생각. 각자에게 각자의 악마가 있다. 각자에게 각자의 크리처가 찾아온다. 당신이 실수하고, 해이해지고, 바라보기를 기다리며…….

해이해지지 마.

보지 마.

그녀는 세 번째, 네 번째로 눈을 감으려 한다. 겹겹이 쌓인 생각 하나하나에, 그녀가 빠진 구덩이로부터 피어오르는 생각의 사슬 하나하나에 달려 있는 삐걱거리는 문. 사람은 자신의 눈을 얼마나 많이 감을 수 있을까? 사람의 마음 깊이 도사린 어둠은 얼마나 더 어두워질 수 있을까?

"너……." 맬로리가 말한다. 그녀는 기차 뒤쪽에서 들었던 목소리에 대해 생각한다. 두 남자, 그렇지? 한 명이 다른 한 명에게 말을 했지? 한 명이 말했고, 다른 한 명이 떠밀었지? 맬로리가 다시 진저리를 친다. 그 생각을 멈출 수 없다. 지금은 안 된다. 절대 안 된다. 맹인학교의 릭과 맬로리가 그곳에 도착하기 전 평생의 안전을 도모하기 위해 자신의 눈을 파내버린 사람들에 대해 생각할 때가 아니다.

'평생에 걸친 어둠도.' 맬로리는 생각한다. **'기억이 중첩되는 곳. 어디에서 구세계가 끝나고 신세계가 시작되는지 사람이 서서히 잊기 시작하는 그곳도.'**

맬로리가 몸으로 벽을 밀어붙인다. 이제 이런 생각들이 들어설 자리가 없다. 이곳에도, 머릿속에도 없다. 이 튀어나온 바위의 키는 얼마나 클까?

"나는 절대 보지 않을 거야." 이렇게 말하는 목소리에서 공포가 고스란히 드러난다. "나는 절대 보지 않을 거야."

그러자 떠오르는 미친 생각. 보고 싶다는 욕망.

맬로리가 벽에서 한 발 떨어진다. 양팔을 쭉 뻗는다. 마치 자신을 데려가라고 말하는 듯. 소매를 찢으라고. 만지라고. 앞을 보게 만들어보라고 말하는 듯.

한참을 이렇게 서 있다 보니 어느새 기가 죽는다. 맬로리가 양팔을 내린다. 다시 흙벽으로 뒷걸음질 친다.

크리처가 한 걸음 앞으로 나왔을까?

맬로리가 숨을 들이쉰다. 잠시 머금는다. 그리고 다시 내쉰다.

미쳐버릴 것만 같다. 구세계의 의미로.

맬로리가 눈을 뜬다. 진짜 눈을 뜬 게 아니라 눈 뒤에 감은 눈과 그 눈 뒤에 감은 눈, 그리고 그 뒤의 눈 그리고, 그리고, 그리고.

그녀는 펄럭거리는 공기를, 문이 열려 그녀의 심장박동에 맞추어 부채 바람처럼 흔들리는 공기를 느낀다.

맬로리는 톰이 왜 늘 그런 식으로 생각하는지 이제야 깨닫는다. 구덩이 속에서는 숨을 수 없으니까. 뭐라도 해보는 것 말고는 달리 선택권이 없으니까.

맬로리는 맞서야 한다.

"너는 잡혔어." 그녀가 말한다. "네 신세도 나보다 나을 게 없어. 하지만 너는 내가 스러져가는 모습을 지켜볼 자격이 없어. 너는 초대한 사람도 없는데 나타나더니 우리에게서 모든 것을 앗아갔어. 너는 우리의 자매들을, 우리의 부모님을, 우리의 아이들을 훔쳐갔어. 너는 하늘을, 풍경을 훔쳤고 낮과 밤을 가져갔어. 길 건너편의 풍경. 슬쩍 내다보는 창밖도. 너는 시야를, 모든 시야를 앗아갔고 더불어 세상을 바라보는 시각도 가져갔어. 네가 뭐야? 네가 뭔데 여기 와서 모든 걸 앗아가고는 여기 가만히 앉아서 내가 미쳐가는 모습을 지켜보는 거야? 네가 상처를 입었으면 좋겠어. 너도 여기 갇힌 거라면 좋겠어. 네가 우리에게서 빼앗아간 것을 너도 전부 빼앗겼으면 좋겠어. 이런 세상에서, 네 세상에서 내가 어떻게 제대로 된 엄마가 되겠어? 내 아이들은 세상을 볼 수 없어. 이 세상에서 내가 뭘 어떻게 느껴야 해? 그 아이들은 나를 몰라. 내 아이들 말이야. 그애들이 아는 나는 자기들이 뭔가 제안을 할 때마다 당혹스러워하고, 편집증에 걸리고, 지칠 대로 지친 여자야. 그애들이 아는 나는 **돼**보다 **안 돼**라는 말을 너무 많이 해서 그 말이 입에 붙어버린 여자야. 안 된다는 말을 천 번도 더 했을걸. 아니,

십만 번은 더 했을 거야. 그애들이 아는 나는 그애들이 뭘 하건 매일 낮 매일 밤 틀렸다고만 하는 여자야. 너희가 오기 전에 나는 달랐어. 내 아이들은 그 시절의 나를 절대 알지 못할 거야. 나도 그 사람을 다시 알지 못하겠지. 왜냐하면 설링 너희가 떠난다 해도, 설령 너희가 올 때처럼 갑자기 사라진다고 해도…… 나는 그 시절을 지나왔으니까. 너희가 나를 질질 끌고 그 시절을 지나왔으니까. 너희가 우리 모두를 질질 끌고 다니는 통에 우리는 예전 모습을 모두 잃어버렸고, 젠장할, 앞으로 **되었을지도** 모르는 모습조차 빼앗겨버렸어. 뭐가 더 끔찍한 짓일까? 누군가의 어린 시절을 훔치는 것? 아니면 그 사람이 되어야 할 모습을 빼앗는 것? 나는 모르겠어! 나와 내 아이들 중에 누가 더 못난 인간인지 나는 모르겠다고." 맬로리의 목소리가 쉬어버렸다. 반쯤은 패배한 듯. 반쯤은 그렇지 않은 듯. "더 이상 무지도 없고 축복도 없어. 우리는 모두 겁에 질려 있었어. 네 앞에 있는 이 여자? **이건 내가 아니야!** 어둠 속에 살고, 감은 눈 뒤에서 울부짖고, 17년 동안 사는 **낙**이라곤 몰랐던 이 여자. **이건…… 내가 아니야.** 나는 내가 걸어 다니는 안대 같아. 이런 내가 여자가 맞기는 할까? 기계처럼 안 돼 안 돼 안 돼 안 돼 **안 돼 안 돼 안 돼 안 돼**만 반복하는 여자. 밖으로 나가고 싶니, 톰? 안 돼. 농담을 하고 싶니, 톰? 안 돼. **저 밖에 나가봐야 웃을 일이 뭐가 있어?** 저 밖에는 미소 지을 일이 하나도 없잖아? 머리를 뒤죽박죽으로 만드는 게 또 뭐가 있어? 너희가…… 아니라면? **너희.** 한 번은 아이들이 '크리처' 놀이를 하는 걸 봤어. 오두막 사이를 뛰어다니며 이렇게 말하는 거야. **나를 보지 마!** 나는 그 아이들을 내버려뒀어야 했어. **재미있게** 놀라고 그냥 두어야 했어. 하지만 그럴 수 없었어. 다시 그런 상황이 된다고 해도 그애들 맘대로 하도록 내버려둘 거라는 확신이 없어. 나는 기계야. 왜냐하면 너희가 인간성을 빼앗았기 때문이야. 너희는 시선을, 윙크를, 눈을 마주치며 알아가는 것을, 공원에서나 산책로에서, 운전 도중에 누군가를 보는 즐거움을 뺏어갔어. 너희는 우리가 누릴 뻔했던 모든 관계를 앗아갔어. 그리고 이제 이 **똥 같은** 구덩이에 나와 같이 앉아서 내가 미쳐가는 꼬락서니를 지켜보고 있구나. 제길, **좆까!** 너희들 모두 좆까라고! 꺼져! 가버려. 내가 홀로 죽게 내버려둬. 내가 너희의 존재가 시작될 때 그곳에 있을 자격이 없는 것처럼 너도 나의 마지막 순간을 볼 자격이 없어. **가!** 여기서 나가라고! 우리가 미쳐가는 모습을 그만 지켜보라고! 우리가 빌어먹을 눈을 감을 수밖에 없도록 빤히 보이는 곳에 서 있지 마! **그만!** 네가 온 곳으로 돌아가! 너희가 우리에게 한 짓을 똑똑히 봤잖아! 17년이야, **17년**. 뭐가 더 필요해? 너희가 우리에게 상처 준다는 걸 모르겠어? 우리한테서 모든 것을 앗아간다는 걸? 너희가 여길 죄다 파괴했다는 걸? 나는 어머니야! 하지만 나는 아이들로 하여금 너희들을 피하게 하는 일 말고 아무것도 할 수가 없어! **너**. 너희는 지독해. 너희는 탐욕스러워. 너희는 얼마나 많이 뺏어갈 수 있는 걸까? 얼마나 더 해야 충분하다고 느낄까? 너희는 원하고 원하고 가져가고 가져가고 이제 내 아들은 너희를 때려잡는 것 외에 선택권이 없고 내 딸은 너희를 받아들이는 것 외에 선택권이 없고 나는……."

맬로리는 더 이상 말을 끝맺을 수 없을 것 같다. 하지만 어떻게

든 끝내야만 한다는 생각이 든다.

"그리고 나는…… 나는 너무나 오랫동안 살아남았지만 결국에는 미쳐버리고 말 사람이야."

맬로리는 자신이 흙바닥으로 쓰러졌다는 사실이 기억나지 않는다. 자신이 언제부터 두 개의 흙벽이 만나는 곳에 웅크린 채 누워 있었는지 기억도 없다. 하지만 그녀는 여기 있다. 머리 위로 솟은 바위는 높이가 얼마나 높을지 모른다. 그녀가 아기를 낳은 집보다 더 높이 튀어나와 있을지 모른다.

그녀가 울음을 터트린다. 주먹으로 땅을 친다. 그때 뭔가가 다시 근처로 다가온 것 같다.

"다가오지 마."

맬로리는 섀넌이 몹시 좋아했던 바보 같은 놀이를 떠올린다. 언니가 **제3의 눈 테스트**라고 부른 놀이. 당신이 눈을 감고 있으면 상대방이 손가락을 들어 당신의 미간으로 가져간다. 당신은 언제 그 손가락이 느껴지는지 말하면 된다. 상대방의 손끝이 미간의 피부에서 멀리 있을수록 당신의 제3의 눈이 더 강력하다는 사실을 증명한다. 이 세상에 속하지 않는 것들을 얼마나 확실히 포착하는지 증명한다. 맬로리는 지금 그것의 존재를 느낀다. 손끝이 아니다. 그것의 존재 전체를 느낀다. 그것은 그녀만 하거나 어쩌면 더 커서 더 안전한 방의 나머지 부분을 꽉 채울 정도라 맬로리는 그저 흙바닥에 웅크리고 누워 있을 수밖에 없다. 그것과 함께 있으니 춥기도 하고 덥기도 하다. 그때 맬로리는 섀넌의 손끝을 떠올린다. 언니가 자신의 몸에 가위를 찔러 넣은 손에, 그 손가락에 달린 바로 그 손끝.

"꺼져!"

맬로리의 목소리가 갈라진다. 이미 한계에 다다랐다. 더 이상 말을 할 수도 소리를 지를 수도 없다. 울부짖는 동안 눈물도 말라 버렸다.

그 존재가 좀 더 다가와 탁한 공기가 압축되자 맬로리는 고르게 숨을 쉴 수조차 없다. 호흡이 거칠어진다. 너무 무서워서 가만히 있을 수조차 없기에 일어선다. 그녀는 흙벽에 더 납작하게 달라붙는다.

차라리 이 크리처가 지구에서 유일한 크리처라면 좋겠다. 그것들 모두 동일한 대상이자 멀리 바라보이는 전망의 한 점이자 맬로리가 볼 수 없는 단 한 곳이면 좋겠다.

모든 곳.

맬로리가 벽으로 돌아서서 마음을 진정시키려 한다. 차분히 가라앉히려 한다.

그것이 가깝다. 너무나 가깝다. 들이댈 작정인가? 그녀를 아예 밀어붙이려는 걸까?

그것이 맬로리를 죽일 작정이다.

바로 지금.

그것이 그녀의 얼굴에서 안대를 잡아 찢을 작정이다.

바로 지금.

그것이 그녀에게 앞을 보게 할 작정이다.

봐!

지금 당장.

맬로리는 비명을 지르고 싶지만 그럴 수 없다. 도망치고 싶지만 그럴 수 없다.

맬로리가 한 팔을 들어 도저히 손이 닿지 않았던 튀어나온 바위를 향해 뻗는다.

맬로리가 비명을 지르자 손 하나가 그녀의 손을 잡는다.

맬로리는 정신착란에 가까운 상태에서 손을 잡아 뺄 뻔했다. 하지만 잠깐, 이것은 피부다. 이것은 뼈다. 이것은 인간이다. 이것은 도움의 손길이다.

"엄마!"

맬로리는 누구의 목소리인지 금세 알아차린다. 왜냐하면 이토록 불공평한 방식으로 그 목소리를 듣는다 해도 결코 말이 안 되는 일은 아니기 때문이다. 눈을 감은 채 이 소리를 어찌나 많이 들었는지 횟수를 헤아릴 수조차 없다.

"엄마, 왼쪽으로 뿌리가 튀어나와 있어요." 올림피아가 알린다. "왼발을 거기에 올려놓으세요. 그러면 제가 끌어당길게요. 그러면 나올—."

올림피아가 무슨 말을 하는 거지? **대체** 올림피아가 무슨 말을 하는 거야?

맬로리가 왼쪽 벽면을 더듬거리니 정말 나무뿌리가 만져진다. 아까는 왜 이걸 못 만졌지?

그런데 올림피아는 이게 여기 있다는 사실을 어떻게 안 걸까?

"준비되셨어요, 엄마?"

"아니, 올림피아……. 어떻게 된 일이니…… 어떻게 네가 그걸……."

"어서요, 엄마. 발을 올리면 제가 끌어올릴게요. 그러면 나올 수—."

맬로리는 올림피아의 말을 자른다. 그런데 그녀의 목소리가 의도한 것보다 훨씬 더 차분하다.

"어떻게 그 뿌리를 봤어, 올림피아?"

이 구덩이에는 맬로리뿐만 아니라 크리처도 있다. 이 무덤. 이 더 안전한 방.

"엄마……." 그러더니…… 오랜 세월 비밀을 혼자만 간직해왔던 열여섯 살 소녀가 속으로 꾹꾹 눌러왔던 침묵.

"올림피아. 이 뿌리가 여기에 있다는 사실을 어떻게 알았는지 내게 말해줘야 해. 지금 당장 꼭 말해줘야 해."

부모의 역할을 저버리지 않는 맬로리. 아직은.

"엄마." 올림피아가 말한다. "구덩이에 크리처는 없어요."

뭐라고?

"네가 그걸 알 리 **없어**."

"저는 알아요. 그곳에는 엄마밖에 없어요."

"네가 그걸 알 리 없어!"

위쪽은 고요하다. 자신의 어머니에게 진실을 말하려 하는 딸의 목소리.

"저는 구덩이 안을 보고 있어요, 엄마. 저는 봐도 돼요. 저는 봐도 괜찮아요."

맬로리가 손을 잡아 뺀다.

"올림피아……."

올림피아가 봐도 괜찮다는 사실을 아는 것만으로도 맬로리 자신이 미칠 수 있다는 것처럼.

잠시 후 위에서 떨어지는 눈물. 올림피아가 울고 있다. 그리고 맬로리는 이런 울음소리의 의미를 알아차린다.

수치심.

맬로리가 다시 손을 뻗어 올림피아의 손을 잡는다. 그리고 왼쪽에 튀어나온 뿌리를 딛고 올라서자 딸이 잡아당긴다. 내내 손이 닿을락 말락 닿지 않았던 바위가 만져진다.

맬로리의 손가락들이 구덩이 입구의 흙으로 파고들자 올림피아가 제 엄마의 두 손목을 잡는다. 맬로리는 올림피아가 방금 한 말의 의미를 제대로 이해할 겨를도 없이(하지만 그 사실을 이미 받아들였다. 왜냐하면 막연히 알 것 같은 상황이 떠오르기 때문이다. 그렇지 않을까? 그런 상황이 잔뜩 떠오른다) 자신의 몸을 끌어올리며 바위에 납작 달라붙는다.

맬로리는 지금까지 있는 줄도 몰랐던 의지와 힘을 발휘해 마침내 더 안전한 방에서 완전히 빠져나온다.

그녀는 기진맥진했지만 땅바닥에 드러누워 있을 겨를도 없이 일어난다. 다시 올림피아가 도움의 손길을 내민다. 수천 년처럼 느껴지는 시간 동안 수천 번도 넘게 맬로리를 도왔던 그 손.

"얘야……."

맬로리가 딸을 꼭 안는다.

"엄마가 화를 내실 거라고 생각했어요." 올림피아가 말한다. 여전히 울면서. "엄마가 무서워하실 것 같았어요. 사람들이 나를 두려워할 거라고 생각했어요."

맬로리는 여전히 눈을 감은 채 올림피아의 양 어깨를 꼭 움켜잡는다.

"그것들을 봤니?"

"네."

"얼마나 많이?"

"전부 다요."

"그게 무슨 뜻이야? 그게 무슨 **뜻이냐고**?"

"제가 눈으로 볼 수 있을 정도로 가까이에 있는 것들을 하나하나 전부 다요."

"올림피아…… 언제부터 그것들을 봐도 괜찮았던 거니?"

맬로리의 마음의 눈에 다락방에 있는 올림피아의 생모가 떠오른다. 그녀가 맬로리 앞에 서 있는 크리처를 본 순간 어떤 표정을 짓는지 맬로리에게 보인다. 올림피아의 생모가 그리 나쁘지 않다고 크리처에게 말하는 소리가 들린다. 그녀가 이성을 잃어가는 동안 갓 태어난 아기는 여전히 그녀의 다리 사이에 놓인 채 탯줄로 어미와 이어져 있었다.

"원래 그랬어요." 올림피아가 말한다. "정말 죄송해요."

맬로리가 양손으로 딸의 얼굴을 감싼다.

그 구덩이에는 정말 나 혼자밖에 없었나? 나는 정말 미치기 일보 직전이었나……. 맬로리가 생각한다.

……구세계의 의미로?

"오, 세상에, 올림피아. 미안하다는 말은 하지 마."

올림피아는 지난 세월 동안 무엇을 보았을까? 무엇을 혼자 짊어져야 했을까?

"이건 제 친엄마와 관계가 있는 것 같아요." 올림피아가 말한다. 여전히 울면서. "친엄마가 저를 낳을 때 크리처를 봤다고 하셨잖아요."

맬로리가 고개를 끄덕인다. 하지만 너무나 감정이 복받쳐서 그렇다는 말을 할 수가 없다.

"너는 다 봤구나. 그동안."

"네."

"그런데도 내 말을 순순히 따랐어."

"네." 목소리에 깃든 두려움. "그런 셈이죠. 그리고 제가 엄마를 찾았고요."

"어떻게?"

"딘 아저씨가 엄마가 기차에 안 계신다고 했어요."

"그래서 내렸구나……."

"네."

"톰은 어디에 있니? 어디에 있어?"

너무나 엄청난 일들이라 한 번에 다 소화시키기 쉽지 않다. 올림피아는 면역이 되어 있다.

톰은…….

"톰도 기차에 없었어요."

"오, 세상에."

"딘 아저씨가 그러셨는데, 톰이 어떤 남자와 같이 있을지도 모른대요……."

"어떤 남자, 올림피아? **어떤 남자를 말하는 거야?"**

올림피아가 좀처럼 털어놓기 힘든 진실을 말하기 위해 각오를 다지는 것처럼 침을 꿀꺽 삼키는 소리가 맬로리의 귀에 들린다.

"헨리."

"누구?"

"그 아저씨는……."

올림피아가 무슨 말을 하려는 것인지는 중요하지 않다. 맬로리가 알고 있는 진실과 올림피아의 이야기가 일치하건 말건 상관없다.

……**그 아저씨는 엄마가 늘 말씀하셨던 남자 같았어요. 이름이**…….

"기차에서 떠밀리기 직전에 그 남자 목소리를 들었어." 맬로리가 말한다. 그녀의 목소리는 강철처럼 단단하다. 그녀의 목소리는 결코 깨지지 않는다. "개리."

지난 16년 동안 어딘가에 숨어 있던, 맬로리만 아는 괴물.

"캠프장 근처에서 그 사람을 본 적이 있니?" 맬로리가 묻는다. 목소리가 냉혹하기까지 하다.

맬로리는 이 남자를 죽여버리겠다고 각오를 다지고 있다.

"아뇨."

맬로리가 숨을 들이쉬고 잠시 머금었다 다시 내쉰다.

"내 말 잘 들어." 맬로리가 말한다. "나는 그 남자가 인디언 리버라고 하는 말을 들었어. 어떤 곳인지 아니?"

"네."

"톰에게 들어서?"

"네, 거의요. 저도 조금 읽었고요."

"좋아."

하지만 전혀 좋지 않다. 지난 세월 내내 개리가 그들을 몰래 지켜보았든 아니든 간에, 그가 야딘 캠프장의 어느 구석을 집이라 불렀든 아니든 간에, 본관의 눅눅한 지하실에서 잠을 잤든 아니든 간에 그는 단 한 번도 맬로리를 놓치지 않았기 때문이다.

맬로리는 이제 그런 사실을 확신한다.

"너는 면역이 되어 있어." 맬로리가 말한다. "그 남자처럼."

"엄마, 그런 말씀은 마세요. 제가 마치—."

맬로리가 딸의 말을 중간에 자른다. 정작 그녀의 생각은 발 딛고 서 있는 여기서 몇 광년이나 멀어져가고 있다.

"아니야, 이건 좋은 일이야. 덕분에 우리는 같은 입장이니까. 인디언 리버가 어디에 있는지 아니?"

"아뇨. 하지만 찾을 수 있어요. 엄마, 저는 엄마의 말투가 왠지 마음에 들지 않아요. 우리는 할 수—."

"우리는 할 수 있어, 올림피아. 우리는 무엇을 원하건 뭐든 다 할 수 있어."

맬로리가 올림피아의 손을 잡은 채 가만히 서 있다.

"너는 긴소매 옷을 입지 않았구나." 맬로리가 말한다.

"우리는 그러지 않아도 돼요."

"하지만……."

"우리는 그럴 필요가 없어요. 제가 보증해요."

"어떻게 너는 우리가 긴소매 옷을 입어야 한다고 생각하도록 내버려뒀니?"

맬로리는 이 말을 뱉자마자 괜한 소리를 했다고 후회한다. 그녀는 모두 다 알고 싶다. 모든 것을 한꺼번에. 하지만 지금은 아들부터 찾아야 한다.

"안내해주겠니?" 맬로리가 말한다. "나를 인디언 리버에 데려가줘."

"엄마……."

"올림피아, 우리는 지금 당장 그곳에 가야 해."

"그 말이 아니에요."

맬로리는 자신의 목에 닿는 딸의 손길을 느낀다. 올림피아가 그녀의 얼굴을 가까이 끌어당긴다.

"이거요." 올림피아가 말한다.

잠시 후 올림피아가 맬로리의 눈에 천을 댄다. 안대를, 맬로리의 안대를 머리에 단단히 묶어준다.

"나는 지금까지 단 한 번도 사람을 죽이지 않았어." 맬로리가 자신의 생각을 들려준다.

"엄마, 그렇게까지 할 필요는 없어요."

"아니, 할 거야." 맬로리의 목소리는 결연하다. 목소리가 바로 진실이다. "왜냐하면 우리가 하지 않으면 그 작자는 어둠 속으로, 우리의 어둠 속으로 영원히 숨어버릴 거니까."

맬로리가 구덩이를 향해 다시 돌아선다.

올림피아는 면역이 되어 있다. 올림피아는 봐도 된다. 그리고 올림피아는 이 구덩이가 텅 비어 있다고 한다.

하지만 맬로리는 더 이상 광기를 느낄 수 없다. 어떤 식으로든 두 번 다시 미칠 일은 없을 것 같다.

"서둘러야 해." 맬로리가 말한다. "진짜 괴물이 톰을 잡아갔어."

27

"음, 그냥 평범한 안경이에요." 톰이 긴장해서 떨리는 목소리로 말한다. "제가 이…… 이걸로 그 안경을 만들었어요. 혹시 양면 거울 아세요?"

앞에 놓인 스툴에 앉아 있는 여자가 고개를 끄덕이다. 그녀는 목제 의자의 끄트머리에 걸터앉아 핏줄이 도드라진 손으로 무릎을 꼭 부여잡고 있다. 포니테일로 묶은, 흰머리가 드문드문 섞인 갈색 머리가 어깨 아래까지 내려와 있다.

톰은 헨리의 손에 이끌려 이 천막으로 들어온 후로 그녀의 커다란 눈이 깜박이는 모습을 한 번도 본 적이 없다.

이 여자가 아테나 한츠다.

"알았어요. 좋아요." 톰이 말한다. "네……. 우리가 살았던 야딘 캠프장에 사무실이 있었는데, 거기서는 마치 영원 속에서 사는 것 같았죠. 그렇게 느껴본 적 있으세요? 네? 좋아요. 음, 그 사무실에 양면 거울이 설치되어 있어서 야영객들이 아래층에서 음식을 먹거나 뭘 하면 관리소장이 들키지 않고 살펴볼 수 있었어요."

톰이 말을 멈춘다. 아테나 한츠가 그의 이야기를 이해하며 따라오고 있을까? 여기 있는 다른 사람들도?

맬로리보다 나이가 적어 보이는 남자 두 명이 아테나 양옆 땅바닥에 앉아 있다. 이 천막에는 다른 사람들도 있다.

천막 밖에서는 사람들의 기척이 끊이지 않고 들린다. 인디언 리버는 살아 움직이는 곳이다.

"계속해요." 아테나가 말한다. "흥미가 돋네요."

"네, 그러죠." 톰이 말한다. 그러더니 다시 말을 멈춘다. 지금부터 하려는 이야기를 정확히 전하고 싶기 때문이다. "그러니까…… 저희 엄마가, 엄마가 그러시는데 이런 양면 유리가 식료품점에 설치되어 있었대요. 예전에 사람들이 자유롭게 밖을 바라볼 수 있던 때에는, 아시죠? 그리고 이런 유리가 영화에 많이 나왔다고도 하셨어요. 형사물이라고 하나요? 잘 모르겠네요. 어쨌든 엄마 말씀에 제가 이름을 물려받은 톰이라는 분이 계셨는데 정말 대단한 분이셨나 보더라고요. 제가 친구가 되고 싶은 분 같은. 음…… 엄마는 그분에게서 처음으로 어쩌면 크리처가…… 무한(無限)일지도 모른다는 이야기를 들으셨어요. 설명하기 어렵네요."

"우리도 그 이론을 알아요." 아테나가 말한다.

"네, 좋아요." 톰이 말한다. "음…… 그래서…… 만약 크리처가 우리가 도저히 이해할 수 없는 존재라, 우리 두뇌로는 이해할 수 없기 때문이라면…… 우리가 뭐랄까…… 우리가 그것들을 이해할 수 있는 존재로 바꾸면 어떨까요? 그게 제 가설이에요. 우리가 그것들을 어떻게든 말이 되는 존재나 익숙한 존재로 바꿀 수만 있다면…… 음, 혹시 그러면 그들을 이해할 수 있을지 모르잖아요. 아주 약간만이라도요."

땅바닥에 앉아 있던 두 남자가 시선을 교환한다. 톰은 두 사람이 그를 미쳤다고 생각할 것만 같다. 아니면 멍청하다고. 하지만 다시 톰에게 시선을 돌린 두 사람은 그의 이야기에 흠뻑 빠진 것 같다.

아테나가 손을 뻗어 톰의 무릎을 톡톡 두드린다.

"계속해봐요." 그녀가 재촉한다.

"그래서…… 제가 한 가지 생각을 해봤는데……. 어느 날 제가 사무실에 앉아 있는데 문득 이런 생각이 드는 거예요. 만약 내가 양면 거울을 통해서 본관으로 들어온 크리처를 보면 어떨까? 이해되시죠? 음, 제가 미칠지도 모르죠. 엄마도 그렇게 생각하실 거예요, 어쨌든. 아마 다들 그렇게 생각할 거예요. 그런데 제 누이, 그 애는 크리처에게 얼굴이 없다고 생각해요……. 아마 우리 같은 얼굴은 없다는 말이겠죠. 그애는 그것들이 온통 얼굴이면서 동시에 얼굴이 아니래요. 어쨌거나 그애의 가설이죠. 그래서 한 가지 생각이 퍼뜩 떠올랐는데……. 만약 크리처가 본관으로 들어온다면…… 그리고 그것의 모습이 거울에 반사된다면, 아시겠어요? 그러니까 크리처가 거울을 바라본다면…… 정말로 그것이 온통 얼굴이라 모든 면이 얼굴이라면, 그래서 앞을 보는 모습이 거울에 반사된다면? 그렇다면 그 크리처는 **저**를 보는 게 아니겠죠. 아시겠어요? 크리처는 자신의 모습을 보게 되는 거예요. 거울 속에 비친."

천막에 모인 사람들이 조용하다. 헨리는 이게 자신의 가설인

양 미소 짓는다.

아테나의 두 눈이 얼어붙은 듯이 톰에게 고정되어 있다. 지금까지 톰은 사진에 대고 말한 듯하다.

"그러자 이런 생각이 따라오더군요……. 만약 크리처가 자신을 본다면…… 혹시…… 어쩌면 그것이…… 자신에 대해 **곰곰이 생각할** 수도 있지 않을까요? 정확한 표현은 저도 모르겠어요. 하지만…… 그것이 자신의 모습을 보고 거울 속에 비친 것이 무엇인지 곰곰이 생각할 수밖에 없을 거예요. 그리고 그것이…… 자신을 보는 동안은…… 그러니까 곰곰이 숙고하는 동안은…… 거울에 비친 것이 무엇인지 말이에요……. 그렇다면 그것이 바로 내가 이해할 수 있는 존재일지 몰라요. 그것이 내가 파악할 수 있는 상황인 거죠. 덕분에…… 우리가…… 봐도 안전한 거예요."

톰은 이런 주제라면 몇 시간이고 이야기할 수 있지만 오늘은 할 만큼 한 것 같다. 안경의 용도를 설명했고 이야기를 들은 이 사람들은 모두 그가 미쳤다고 생각하는 듯하다. 또 한편으로는 아닌 것 같기도 하다.

"그래서 제가 양면 거울을 잘라서 안경을 만들었어요." 톰의 귀에 시계 초침이 재깍재깍 돌아가는 소리가 들리는 것 같다. 이윽고…….

"천재야." 아테나가 말한다. "절대적인 천재."

"내가 말했듯이 말이죠." 헨리가 말한다.

땅바닥에 앉아 있던 남자들 가운데 한 명이 이제부터 토론을 하자는 듯이 한 손가락을 세운다. 그리고 다시 손을 내린다.

"음, 내가 지금까지 들어본 가장 명민한 발상인 것 같아요."

"정말요?" 톰이 되묻는다. "그렇게 생각하세요?"

"실제로 안경을 시험해봤나요?" 아테나가 묻는다.

"아뇨." 톰이 자신의 대답에 수치심을 느낀다.

"괜찮아요." 아테나가 말한다. "곧 시험해보게 될 테니까."

그녀의 얼굴은 커다란 미소 그 자체이다. 마치 입술 뒤에 두 번째 미소가 숨겨져 있는 것처럼.

"한 번 써봐도 될까요?" 그녀가 안경으로 손을 뻗으며 묻는다.

톰이 안경을 건넨다. 그녀는 안경을 오른쪽에 앉아 있던 남자에게 넘긴다. 그녀의 시선은 여전히 톰에게 고정되어 있다.

곧 시험해보게 될 테니까.

무슨 뜻으로 한 말일까?

그 남자가 안경을 쓴다.

"안경을 조금 더 손봐야겠어요." 남자가 말한다. "주변시야가 보이지 않도록."

"저들을 시범 부대라고 해요." 아테나가 톰에게 말한다. "나는 차라리 당신이 만든 원래 형태가 더 마음에 들어요. 위험하죠. 그런데 안경을 만들고 남은 거울을 가지고 있나요?"

"아뇨." 톰이 대답한다. 지금 그것이 있다면 얼마나 좋을까.

"우리에게 있어요." 천막 안쪽에 서 있던 남자가 말한다.

"어디에?" 아테나가 묻는다.

"예전 파머 잭 마트에요. 저 소년의 어머니가 말한 것처럼 식료품 점 사무실에 있어요."

잠시 침묵이 내려앉는다. 아테나가 안경으로 시선을 돌린다. 톰도 안경을 보았을 때 그녀의 눈이 안경에 반사된다.

그녀는 지금껏 맬로리가 보여준 행복한 모습과는 비교도 안 될 정도로 행복해 보인다.

"여기서 그걸 잡았나요?" 톰이 갑자기 묻는다. 묻지 않고 배길 수 없다. 인구조사원의 기록에는 인디언 리버 사람들이 한 마리 잡았다고 주장한다고 적혀 있었다.

톰은 자신의 질문이 무슨 뜻인지 굳이 설명할 필요도 없다. 이 사람들은 다 알고 있다.

"우리가 크리처를 일종의 우리에 가둬놓고 있느냐는 질문이라면 대답은 '아니다'예요." 아테나가 대답한다. "하지만 인디언 리버에는 크리처라면 부족하지 않아요."

천막 밖에서 부산스러운 소리가 들린다. 맬로리의 설교가 머릿속에서 다시 울리기 시작하자 톰은 그 소리를 차단한다. 설교가 난자당해 흘리는 붉은 피가 눈에 보일 것만 같다.

"그 식료품점에서 거울을 가져오세요." 아테나가 말한다. 그녀는 여전히 톰에게서 시선을 떼지 않는다. 순간 톰은 아테나가 시험을 지시했는지 모른다고 생각한다. 하지만 천막 뒤쪽에 있던 남자가 입구 쪽으로 다가간다.

이 사람들이 안경을 시험할 작정인가? 지금 당장?

곧 시험해보게 될 테니까.

"여기는 이런 식으로 돌아가요." 아테나가 설명한다. "우리에게는 지원자들이 있어요. 명단이 아주 길죠. 담요를 뒤집어쓰고 숨어 있느니 목숨을 걸어보는 편이 더 현명하다고 생각하는 사람들. 톰 당신 같은 사람들."

"누군가 제 안경을 써본다고요?" 톰이 되묻는다. "저 때문에 다른 사람이 다치는 모습은 보고 싶지 않아요."

아테나는 웃음을 터트리지도, 미소를 짓지도, 그의 두려움을 달래주려고도 하지 않는다.

"이 두 사람이." 그녀가 양쪽에 앉은 남자들을 향해 손바닥을 흔든다. "다음 차례예요."

톰은 무슨 말을 해야 할지 알 수가 없다. 자신의 발명품을 모두에게 소개하는 거야 좋은 일이다. 게다가 이렇게 인정까지 받다니 감격스러울 지경이다. 하지만…… 지금 당장 이 남자들이?

그들은 이미 일어나 있다. 이미 준비가 되어 있다.

"걱정 마." 헨리가 옆에 불쑥 나타나더니 말한다. "저들은 바로 이런 일을 하기 위해 여기서 사는 거니까."

아테나가 스툴에서 일어나 톰에게 한 손을 내민다.

"당신이 인디언 리버에 와줘서 정말 고마워요." 아테나가 말한다. "그리고 용기를 발휘해 자신의 가설을 들려준 점도 감사하게 생각해요." 그러더니 미소 지으며 말한다. "그것들을 우리가 이해할 수 있는 것으로 만들자. 그것들이 스스로 고민에 빠지게 만들자……. 그것들이 내면을 바라보게 만들자……. 마치 우리가 내면을 들여다보듯. 자아성찰을 할 때만큼 저들과 우리를 긴밀하게 연결 지을 수 있는 순간이 또 어디 있겠어요. 눈부실 정도로 훌륭해요, 톰. 당신은 이곳 사람이에요. 우리처럼. 그거 알았어요? 대답하지 말아요. 지금 이 순간은 당신이 감당하기에 너무나 벅찰 테니까요. 내게도 그렇고요. 환영합니다, 톰. 인디언 리버에 온 것을 환영합니다."

28

내면에서 휘몰아치는 감정이 너무나 극단적이어서 올림피아는 실제로 물리적인 통증을 느낄 정도이다.

그녀가 마침내 맬로리에게 비밀을 털어놓았다.

엄마에게 말했다!

그런데 맬로리의 반응은…… 자부심이었나? 반응은 나쁘지 않았다. 지금 상황을 고려해보면 맬로리는 최선을 다해 반응해주었다. 그리고 휘몰아치는 감정을 불러일으킨 것은 지금 이 상황이다.

톰.

개리.

올림피아는 톰이 인디언 리버에서 끔찍한 일을 벌일 만큼 오래 머무르지는 않았으리라 생각한다. 어쨌든 두 사람은 그곳으로 가는 중이다. 톰이 자취를 감춘 지 몇 년이나 흘렀고, 인구조사서에서 위험하기로 악명 높은 도시에 사는 생존자들 중에서 그의 이름을 발견한 것과는 다르다. 그런 게 아니다. 그는 약간 앞서 있다. 물론 시야를 벗어나기는 했다. 하지만 그렇게 멀리 갔을 리 없다.

그곳 사람들이 톰에게 위험한 일에 동참하자고 말하려면 먼저 톰이 어떤 사람인지 알아보아야 할 것이다.

그렇다면 다시 똑같은 질문과 마주친다. 올림피아는 지금 무엇을 알고 있나? 인디언 리버 사람들이 그것을 포획해놓은 건물로 톰이 들어갈지 모른다. 그것을 정말로 잡았다면 말이다. 올림피아는 가능한 일이라고는 생각하지 않는다. 올림피아는 그것들을 보았다. 평생 동안. 올림피아에게 그것들은 포획될 만한 존재로 보이지 않는다.

"이쪽이에요." 올림피아가 맬로리의 장갑 낀 손을 꼭 붙잡고 길가에 나뒹굴고 있는 시신을 빙 둘러 가도록 이끈다. 노인의 시신. 백 살은 된 것 같다. 600미터 떨어진 곳에 천막이 하나 있다. 올림피아는 노인이 거기에서 살았으리라 짐작한다. 스스로 목숨을 끊은 흔적은 없다.

고령, 올림피아는 생각한다. 하지만 굳이 입에 담지 않는다. 지금은 적당한 때가 아니다.

그렇다면 언제가 적당할까? 적당할 때가 있기는 할까?

"그애가 보이니?" 맬로리가 묻는다.

톰.

톰이 기차에서 내렸다.

이건 심해도 너무 심하다. 해도 해도 너무 한다.

"아뇨." 올림피아가 대답한다. "하지만 그리 멀지 않은 곳에 있을 거예요."

"언제부터니?" 맬로리가 묻는다.

발걸음을 재촉하느라 맬로리가 헉헉거리며 묻는다. 올림피아는 엄마의 질문이 무슨 뜻인지 안다.

"여섯 살 때부터였어요."

그랬다. 맹인학교에서. 그때가 처음이었다. 올림피아의 마음의 눈에는 그 일이 지금 벌어지는 것처럼 여전히 생생하다. 올림피아와 톰이 태어난 날 밤에 전화를 걸어왔던 남자 릭, 그가 올림피아에게 비품 창고라고 부르는 방에서 바구니를 가져다달라고 부탁했다. 올림피아가 막 집이라고 부르기 시작한 맹인학교에 있는 수많은 벽돌 건물 중 하나에 있는 평범한 교실. 학교에서는 그 방에 종이와 각종 도구, 사다리, 가위를 비롯한 온갖 물건을 보관했다. 올림피아는 그런 부탁을 받아서 기분이 좋았다.

내게 바구니 하나를 가져다줄 수 있을 정도로 다 컸는지 한번 볼까?

릭이 이렇게 말했다. 그 말에 올림피아는 환하게 미소 지었다. 릭이 미소를 볼 수 있는지 없는지는 중요하지 않았다. 아니, 그 건물에 사는 사람들 대부분이 그녀의 얼굴을 결코 볼 수 없을 거라는 사실도 상관없었다. 올림피아는 아무리 작은 역할이라도 일이 주어졌다는 사실이 좋았다.

그 방으로 가는 도중 복도 한쪽 끝에서 올림피아는 그것을 보았다.

보자마자 무엇인지 알 수 있었다. 고작 여섯 살이었지만 평소 맬로리가 두려워해야 한다고 가르쳤던 것이라는 사실을 알아차렸다. 하지만 그것을 보았는데도 아침에 눈을 떴을 때보다 기분이 더 나빠지는 것 같지 않았다. 무서웠다. 하지만 그뿐이었다. 그런 두려움은 올림피아가 일상에서 느꼈던 여느 두려움과 크게 다르지 않았다. 수영조차 하지 못했던 강을 따라 배를 타고 갈 거라는 이야기를 맬로리에게 들었을 때 느꼈던 두려움에 비하면 아무것도 아니었다.

더 중요한 사실은 따로 있었다. 올림피아는 자신이 미쳤다는 생각이 들지 않았다. 그런 느낌은 조금도 없었다. 어쩌면 너무 어려서 광기가 어떤 느낌인지 모를 수도 있겠지만, 스스로 생각을 하지 못할 정도로 어리지는 않았다.

사실 그때 올림피아는 다른 사람이 그것을 볼 수도 있다는 생각에 걱정되어 자신이 미쳤는지는 안중에도 없었다. 누군가 모퉁이를 돌아 왔다가 미치는 바람에 만나는 사람을 모두 해칠지도 모르지 않는가. 맬로리는 언제라도 그런 일이 벌어질 수 있다고 늘 이야기했다.

그때 누군가가 정말로 모퉁이를 돌아 나왔다.

아네트.

올림피아는 자신이 맹인이라고 말하는 빨강 머리 여자를 오래전부터 미심쩍게 생각했다. 왜냐하면 어느 날 깊은 밤에 올림피아가 화장실을 가려고 엄마와 톰과 함께 쓰는 침실(다른 방들처럼 교실을 개조한)에서 혼자 나왔을 때 일어난 일 때문이었다. 화장실에 앉아 있던 올림피아는 누군가 들어오는 소리를 들었다. 그곳에 자신밖에 없을 거라고 생각하는 누군가.

올림피아는 곧 가슴에 품게 될 비밀에 비하면 아무것도 아니지만 그래도 소소한 비밀을 몇 가지 숨기고 있었기에 당황해 어쩔

줄 몰라 하는데 밖에서 성냥을 켜는 소리가 나더니 촛불이 환하게 타오르면서 칠흑같이 어두운 화장실에 빛무리가 만들어졌다. 올림피아가 화장실 문틈으로 밖을 살펴보니 양초로 거울을 비추고 있는 여자가 보였다. 거울에 비친 모습은 아네트였다.

아네트. 눈이 보이지 않는 사람.

그런데 보고 있다.

그렇다면 왜 맹인인 척한 걸까? 어린 나이임에도 올림피아는 번거로운 일을 피하고 싶어 하는 성격과 관계가 있으리라 짐작했다. 자신을 가만히 내버려두기를 바라는 마음 말이다. 앞을 볼 수 있는 사람이면 누구나 골칫거리가 될 수 있는 세상에서 자신은 위험을 끼치지 않을 사람으로 여겨지기를 바라는 마음. 맬로리는 아네트와 이야기할 때면 두려움을 느끼지 않았다. 이것은 중요한 의미가 있었다. 맬로리가 '신세계'라고 일컫는 세상에서는 남의 눈의 띄지 않는 것이 좋았다. 이런 이유로 얼마 후 올림피아는 아네트가 단지 선하게 행동하려고 애쓰는 것이라 믿게 됐다.

사유재산이랄 게 없는 세상에서 비밀은 실로 소중했다.

올림피아는 양초를 켜지 않았다면 깊은 어둠에 잠겨 있을 공간에 이목구비가 둥둥 떠 있는 듯한 여자의 얼굴을 거울 속에서 또렷하게 보았다. 그녀의 눈을 처음 본 순간, 그 눈이 거울에 반영된 영상과 이어진 모습을 본 순간, 자신밖에 없다고 확신하기에 여기서는 주위를 봐도 괜찮다는 안도감 어린 얼굴을 본 순간, 올림피아의 작은 심장은 미친 듯이 쿵쾅거렸다.

바로 그때 아네트가 올림피아를 보았다.

올림피아는 숨을 헉 들이쉬고 소리를 지르며, '오, 괜찮아요, 걱정하지 마세요, 나는 절대, 절대로, 절대로 아무에게도 아주머니가 맹인이 아니라는 사실을 말하지 않을 거예요'라고 말하고 싶었다.

하지만 아네트는 단지 시선을 그쪽으로 돌렸을 뿐이었다. 잠시 후 그녀가 촛불을 후 불어 끄자 거울 속 얼굴도 휙 사라져 한 줄기 밀랍 연기만 남았고 어둠은 그녀의 눈, 코, 입을 다시 집어삼켰다.

올림피아는 꼼짝도 하지 않았다. 맬로리보다 훨씬 나이가 많은 그 여자가 움직이는 소리도 들리지 않았다. 두 사람은 올림피아에게 아주 오랜 시간이 흐른 것처럼 느껴질 동안 꼼짝도 하지 않았다.

아네트가 다시 움직였을 때 올림피아는 화장실 문이 와락 열리거나, 더 끔찍하게는 거울 속에 비친 얼굴을 포착한 한 쌍의 눈의 주인을 찾아 노인의 쭈글쭈글한 양손이 시커먼 사각형 공간으로 들어오려는 바람에 문이 삐걱거리며 천천히 열리는 사태를 대비해 마음을 다잡았다.

아네트의 비밀을 아는 여자아이.

하지만 아네트는 그곳에 들어오지 않았다. 대신 욕실의 타일 바닥을 맨발로 찰싹찰싹 소리를 내며 걸어 나갔다. 문이 닫힌 뒤로도 올림피아는 한참이나 그곳에 앉아 있었다.

"보지 마세요." 얼마 후, 그러니까 몇 달 후 릭이 부탁한 바구니를 가지러 갔을 때 올림피아가 이렇게 말했다. 그녀가 모퉁이를 돌아 나왔을 때. "복도 끝에 한 마리가 있어요."

아네트의 붉은 머리가 그녀가 입고 있는 연푸른 가운 위로 치렁치렁 흘러내렸다.

"본다고?" 그녀가 되물었다. "하지만 나는 맹인인걸."

"아, 그렇죠." 올림피아는 그렇게 말할 수밖에 없었다. 달리 무슨 말을 해야 할지 몰랐기 때문이다. 게다가 난생처음 제 눈으로 크리처를 봤기 때문이기도 했다. '크리처'라는 이름조차 복도 끝에 도사리고 있는 그것에게는 어울리지 않는 듯했다.

그리고 아네트가 보았다.

몇 년이 흐른 지금 맬로리를 안내해 인디언 리버로 가는 길 위에서 가족을 버리고 도망쳐 생사를 알 길이 없는 톰과, 딸이 면역이 되어 있다는 사실을 알게 된 엄마가 그 딸을 어떻게 받아들일지 모른다는 불투명함에 올림피아는 몸이 퉁퉁 부풀어가는 듯한 느낌에 사로잡혀 자기 안의 확신에 찬 공간에 빈틈이 생겼다고, 또다시 이해할 수 없는 빈틈이 생겼다고 느낀다. 왜 아네트는 사람들에게 눈이 보이지 않는다고 말했을까?

아네트는 욕실의 거울 속에서 올림피아를 보았고 올림피아가 알게 된 것이 진실이 아니라고 믿게 만들고 싶었기 때문일까? 아네트 입장에서는 자신에게 경고한 목소리가 너무 어렸고 본인은 너무 늙어 지시라면 받을 만큼 받았으며 이 신세계에서 따라야 할 삶의 방식이 지겨워졌기 때문일까?

어쩌면, 어쩌면 그녀는 궁금했을지 모른다고 올림피아는 여전히 생각한다. 그게 다다.

올림피아는 이제야 그 이야기를 맬로리에게 들려준다. 하지만 이 이야기를 누군가에게 들려준다고 해도 진실의 실마리가 더 명확해지는 것도 아니다. 그리고 맬로리는 아무 의견도 제시하지 않는다.

엄마는 이제 톰 생각뿐이라는 사실을 올림피아는 안다.

"너는 맹인학교에서 벌어졌던 참혹한 사태를 모두 봤겠구나." 맬로리가 말한다.

"다 봤어요."

올림피아가 맬로리의 손을 잡고 다시 방향을 바꾸게 한다. 여전히 톰을 금방 만날 조짐은 없다. 그 공동체로 가는 지름길을 개리가 알고 있을 수도 있다. 맬로리가 그렇게 말했다.

"정말 미안해." 맬로리가 말한다. "네가 험한 꼴을 당하지 않게 보살폈어야 했는데. 내가 그럴 수 있었는데."

엄마의 목소리에서 슬픔이 들린다. 엄마의 슬픔에 올림피아도 마음이 좋지 않다. 올림피아는 맬로리가 지금보다 더 우울에 빠지는 것만은 피하게 하고 싶다. 무슨 일을 맞닥뜨리든 말이다.

두 사람은 톰을 찾기 위해 발길을 재촉한다.

그러기 위해 두 사람은 맬로리의 부모님이 계신 곳으로 향하는 기차에서 내렸다.

올림피아는 맬로리가 지금까지 겪은 고통만으로도 충분하다고 생각한다.

"괜찮아요." 올림피아가 말한다. "진심이에요, 엄마. 엄마는 우리 둘에게는 세상에서 제일 좋은 엄마였어요."

맬로리가 딸의 손을 꼭 쥔다. 올림피아도 엄마의 손을 꼭 쥔다.

한 번 더 방향을 틀자 올림피아의 눈에 그것이 보인다. 지난 세 월 동안 숱하게 봐왔듯이. 맹인학교에서 야딘 캠프장까지 정신없이 길을 가는 동안 수십 마리가 있었다. 그것은 올림피아의 인생에서 가장 무시무시한 여행으로 남아 있다. 그 여행 이래로 올림피아는 줄곧 은밀하게 가족을 인도해왔다.

이쪽이에요.

조심해요.

이제부터 오르막길이에요.

나는 조금 앞서 걷고 있어요. 걱정 마세요, 나는 그게 좋으니까요.

이 소리 들리니, 톰? 나도 들려.

하지만 올림피아는 그 소리를 듣지 않았다. 그것을 보았다. 전부 다.

그녀의 청력은 톰의 청력에는 상대가 안 된다. 또 다른 비밀.

“혹시 뭐가 있니?” 맬로리가 묻는다.

올림피아는 지금도 첫 걸음을 내디딘 여섯 살 때를 자신이 어른이 된 순간으로 여긴다. 올림피아는 좋은 책들은 인생의 전기를 경험하는 등장인물 이야기를 들려준다는 사실을 알 정도로 책을 많이 읽었다. 올림피아에게 그런 계기는 자신이 크리처에게 면역이 되어 있다는 사실을 혼자서 받아들인 것이었다.

그들이 캠프장에 도착한 후로 올림피아는 얼마나 많은 크리처를 보았을까? 지난 몇 해 동안 얼마나 많이 봤을까? 그것들을 크리처라고 부를 수 있다면, 얼마나 많은 크리처들이 그들이 지내는 방갈로 밖에 그리고 다른 방갈로 안에 서 있었으며, 본관과 주방을 돌아다녔을까? 맬로리가 딸도 당연히 안내를 했으리라 믿고서 선반의 통조림을 더듬거리며 찾는 동안 본관의 지하실에서 올림피아는 얼마나 많은 크리처들을 찾아냈을까?

오, 맬로리에게 아네트에 대해 털어놓고 싶었던 적이 얼마나 많았는지 모른다. 크리처가 그 여자를 만진 게 아니라고, 그러므로 그들이 긴소매 옷을 입고 후드를 쓰고 장갑을 낄 필요가 없다는 사실을 엄마에게 알려주고 싶었던 적은 또 얼마나 많았는지. 오, 엄마에게 자신의 비밀을 얼마나 털어놓고 싶었는지 모른다. 진실을 말이다.

그런데 두 사람이 길모퉁이를 돌고, 저 앞에 서 있는 크리처를 발견하는 지금 이 순간에도 올림피아의 본능은 아무것도 말하지 말고 오로지 길만 인도하라고 한다.

그러나 상황이 바뀌었다. 어쩌면 사람은 인생이 바뀌는 계기를 여러 번 경험하는지도 모르겠다.

"약 1킬로미터 떨어진 곳에 한 마리가 있어요, 엄마."

맬로리가 우뚝 멈춰 선다.

"눈을 감아." 맬로리가 말한다.

하지만 올림피아는 눈을 감지 않는다. 대신 지금까지 수도 없이 그랬듯이 크리처를 피해 돌아가는 길을 살펴본다.

길이 이쪽으로 구부러져요. 하지만 길은 구부러지지 않았다.

길에 뭔가가 놓여 있어요. 만약 그것이 엄마가 무엇보다 무서워하는 것이라면.

"올림피아." 맬로리가 말한다.

하지만 이제부터는 맬로리가 익숙해져야 할 것이다.

“길 한가운데에 있어요.” 올림피아가 말한다. “저를 따라오세요. 그걸 빙 돌아서 갈 거예요.”

올림피아의 귀에 맬로리가 헉헉대는 소리가 들린다. 엄마가 지금 두려워하고 있다는 사실을 올림피아는 안다.

“나는 미치지 않을 거예요.” 올림피아가 말한다. “약속해요.”

말을 하고 보니 바보처럼 들리지만 맬로리가 그녀의 손을 다시 꼭 쥔다.

그리고 올림피아가 엄마를 이끈다.

올림피아는 엄마를 이끌며 크리처를 빙 돌아간다. 하지만 비밀을 털어놓고 한층 대담해진 올림피아는 어느 때보다 가까운 거리까지 다가간다.

“됐어요.” 올림피아가 말한다. “이제 우리 뒤에 있어요. 하지만…….”

“앞쪽에 몇 마리가 더 있구나.” 맬로리가 말한다.

“네.” 올림피아가 대답한다. “너무 많아서 아주 천천히 지나가야 해요.”

“올림피아.” 맬로리가 올림피아의 팔을 잡아 끈다.

하지만 올림피아는 엄마가 그저 겁이 나서 그런다는 사실을 안다.

만약 올림피아가 더 이상 비밀을 간직하지 않을 거라면, 그녀도 두렵다는 사실을 솔직히 인정하는 편이 낫다.

올림피아가 맬로리의 팔을 잡고 이끈다.

"톰." 올림피아가 말한다.

맬로리가 숨을 들이쉬고 잠시 머금었다 다시 내쉰다.

"좋아." 그녀가 말한다. "안내해줘."

그러자 새롭게 변화한 올림피아가 가슴을 활짝 펴고 엄마를 인도한다.

29

이것은 톰이 지금껏 원했던 전부이다. 지금까지 살아온 삶과 정반대되는 삶.

사람들이 뭔가를 **해보는** 공동체.

이거야말로 톰이 여태껏 엄마에게 허락해달라고 부탁했던 삶이다. 새로운 시도. 새로운 것들. 새로운 길. 그는 보지 않는 법을 안다. 그리고 여기서는 이미 다 아는 이야기를 귀가 따갑게 들을 일도 없다.

헨리는 이해한다. 오, 정말이다. 너처럼 생각하는 사람들이 있는 곳으로 가라고, 가야 한다고 말해준 사람이 헨리였다. 타고난 대범함을 살려라! 이 말들이 어찌나 톰의 폐부를 찔렀던지. 맬로리와 이야기할 때는 한 번도 느껴보지 못한 강렬한 충격을 헨리와의 대화에서 받았다. 헨리처럼 말해준 사람은 아무도 없었다. 엄마도, 올림피아도, 맹인학교에서 만난 어느 누구도. 그런 생각을 하면 할수록 그 기차가 운명의 개입이었다는 믿음은 더 강해졌다. 예전에 올림피아가 운명에 대해 이야기한 적이 있었다. 인구조사원 남자가 문을 두드리지 않았다면, 톰이 그에게 기록물을 두고 가라고 부탁하지 않았다면, 톰은 절대 인디언 리버에 대해 알지 못했을 테고 맬로리도 기록물에서 결코 부모님의 이름을 보지 못했을 것이다. 그리고 톰은 헨리를 만나지 못했을 것이다. 자신처럼 생각하고 느끼는 사람들로 채워진 세상이 저 밖에 있다는 사실은 꿈에도 모른 채 하마터면 남은 평생을 야딘 캠프장에서 썩을 뻔했다고 생각하면 소름이 돋을 정도다.

그 사람들은 정말, 정말 톰처럼 생각한다.

앨런이라는 남자가 벌써 양면 거울을 찾아왔다. 지금 그를 비롯한 여러 사람이 커다란 십 인용 천막에서 거울을 시험하고 있다. 톰은 옆 천막에 있는데, 이곳에서는 지원자인 제이컵과 캘빈이 톰의 가설에 대해서 토론하는 중이다. 그들이 다음 차례의 지원자들로, 인디언 리버 사람들은 이 새로운 가설을 시험해보고 싶어 안달이 났다고 헨리에게 들었다.

톰은 그 이유를 안다. 그들은 톰이 살아왔던 삶보다 더 크고 중요한 대의에 참여하고 싶어 하기 때문이다. 그들은 누군가 다칠 수도 있지만 누군가는 그렇지 않을 수도 있다는 사실을 이해하기 때문이다. 인디언 리버 사람들은 닫힌 문을 부수는 사람들이다. 사방을 바라볼 수 있는 안전한 방법을 찾아내는 사람이자 시야와 보는 행위를 박탈당하고 슬픔에 잠긴 세상에 두 가지를 다시 돌려주는 사람이 되고 싶어 한다.

맬로리는 이걸 왜 이해하지 못할까? 인생이 곧 끝날지도 모르는 이 순간에도 토론을 하고 있는 사람들 곁에 톰과 맬로리가 함께 있다면 맬로리는 이 시간을 버틸 수 있을까? 함께 있으면서도 돌파구를 코앞에 둔 시점에도 톰이 느끼는 이 흥분을 느끼지 못하는 것 아닐까? 톰은 이런 의문에 대한 대답을 안다. 그걸 생각하면 구역질이 난다. 맬로리가 여기에 있다면 이런 일은 일어나지 않을 것이다. 그녀는 히스테리를 부리기 시작할 것이다. 모두에게 눈을 감으라고 요구할 것이다. 엄마는 톰의 팔을 잡고 장갑을 낀 손으로 톰의 얼굴을 가린 채 여기서 끌어내려 할 것이다.

어쩌면 톰을 또 때렸을지도 모른다.

"네 어머니는……." 헨리가 또다시 톰이 무슨 생각에 빠져 있는지 아는지, 톰이 제 엄마보다 이 일을 훨씬 잘 알고 있다는 사실을 또다시 확인해주려는 듯이 말한다. "이 모든 것을 절대 이해하지 못할 거야, 그렇지?"

"절대 이해 못 하죠." 톰이 대답한다.

하지만 톰은 헨리가 지금 엄마 이야기를 꺼내는 것이 싫다. 엄마에 대해서는 아예 생각도 하기 싫다.

"그 여자는 이 도시에 사는 사람들을 하나하나 붙잡고 이건 빌어먹을 살인행위라고 고래고래 고함을 지를 거야." 헨리가 계속 말한다. "그 사람들을 전부 미쳤다고 하겠지. 너도 거기에 포함될 거야."

톰이 고개를 끄덕인다. 하지만 지금은 정말 그 이야기를 하고 싶지 않다. 지금은 제이컵과 캘빈의 토론을 듣고 싶고 두 사람의 대화에 끼어들고 싶을 뿐이다. 그들의 발상. 그들의 용기.

제이컵이 말한다. "이건 거울에 비친 크리처의 모습을 보는 것과는 달라. 우선, 안경을 쓰면 주변 시야에 있는 뭔가를 볼 수 있을 텐데 안경이 주변 시야를 제한하는 형태라 그것이 반사되지 않아."

캘빈이 말한다. "이 경우 관건은 크리처로 하여금 우리가 파악할 수 있는 행위를 하도록 만드는 거겠지."

두 사람은 지금 톰의 가설에 대해 이야기하는 중이다.

톰은 오로지 이런 세상을 원했다.

"세상에, 그 여자 목소리가 벌써부터 들리는 것 같네." 헨리가 말한다. "신세계를 한탄하는 새된 목소리. 끝도 없는 규칙들. 너도 알게 될 거야." 그가 두툼한 손을 톰의 어깨 위에 내려놓는다. 톰은 헨리가 제발 손을 치워주면 좋겠다. "마침내 네가 그것을 눈으로 보고 나면 네 엄마가 얼마나 지독한 편집증 환자였는지 실감하게 될 거야."

제이컵과 캘빈이 거울에 대해서 토론하는 중이다. 반영. 이해할 수 없는 크리처의 정신을 이해하기. 톰은 그들의 말에 푹 빠져들고 싶다. 그들의 이야기를 몇 주라도 듣고 싶다.

하지만 맬로리의 말소리가 관성처럼 자꾸 되돌아온다.

"그 여자라면 제일 먼저 나를 찾아올 거야." 헨리가 껄껄거리며 말한다. "틀림없이 누가 너를 여기로 데려왔냐고 물을 거야. 그래서 내가 손을 들면……."

"엄마는 절대 그걸 보시지 않을 거예요." 톰이 말한다.

"바로 그거야!" 헨리가 말한다. 그의 웃음소리가 너무 커서 토론하는 두 사람의 말소리가 묻혀버린다.

헨리는 이 이야기가 웃기다고 생각하지만 톰은 전혀 그렇지 않다. 지금은 아니다.

"결국에는 그 여자가 찾아낼 거야." 헨리가 말한다. "마침내 나를 찾아오겠지. 단…… 네가 말했듯이 그 여자가 어디로 눈을 돌려야 할지 알아야겠지만. 이 정도면 대략 판단할 수 있지 않나, 톰? 여기, 어떤 여자가 있어. 너무나 정의롭지만 완전히 타성에 젖어 있어. 음, 말하자면 그 여자는 이런 짓을 한 거야. 어둠에 너무 깊이 빠져 있는 나머지 안전한 방법이 코앞에 있다는 사실을 끝내 알지 못하는 거야."

나중에 해요. 톰이 생각한다. **나중에 하라고요.**

"맙소사, 그 여자가 제멋대로 했다면 너는 송아지 고기처럼 상자에 갇혀 있을 거야. 너한테 송아지 고기가 뭔지 말해줬니? 그리고 어떻게 키우는지도? 아마 아닐 거야. 그 여자는 네가 실제로 무슨 일이 일어나고 있는지 알게 하고 싶지 않았을 거야."

앨런이 천막으로 들어온다. 그가 양면 거울 안경이 완성되었다고 알린다. 공원 이야기도 한다. 제이컵과 캘빈이 대화를 멈춘다.

톰은 그들이 미쳐가는 모습이 자꾸 상상되어 견딜 수가 없다.

"……우리에 갇힌 짐승처럼 말이야, 톰. 그런 걸 삶이라고 할 수 있니? 생각해봐. 너를 그보다 더 끔찍한 상황에 몰아넣은 작자가 누구냐? 저 바깥세상일까…… 아니면 네 엄마라는 여자일까?"

앨런이 제이컵과 캘빈을 인도해 천막 밖으로 데리고 나가는데 두 사람이 톰을 보며 미소 짓는다.

"잠깐만요." 톰이 부르지만 그들은 이미 천막을 나갔다.

"과연 누굴까?" 헨리가 묻는다. "이 질문은 네게 이런 의문을 품게 할 거야. 너는 이렇게 자문하게 되겠지. 누가 진짜 괴물인가? 나는 아니야, 톰. 우리도 아니야. 인디언 리버는 나를 받아들였어. 이곳이 모두를 받아들이듯. 네 엄마는 이런 곳이 정신병자들을 끌어들인다고 하겠지. 어쩌면 그럴 수도 있어. 하지만 평온한 미치광이가 불안정한 멀쩡한 여자보다 더 안전해. 크리처들이 괴물일지는 몰라도 네 어머니와 그 여자가 너에게 강요했던 삶이 증명하듯이…… 고약한 것들은 문제가 아니야. 인간이 두려워하는 크리처는 바로 인간 자신이야."

그 말이 야딘 캠프장의 3호 방갈로 바깥에서 부러진 나뭇가지처럼 톰의 머릿속에서 덜거덕거린다. 톰은 방금 들은 말이 무엇을 의미하는지 안다. 하지만 정신이 다른 것에 팔려 있다.

환상적인 것에.

밖에서 아테나 한츠가 그를 부른다. 그녀의 목소리 너머에서 군중의 환호성이 들린다.

벌써. 톰이 생각한다.

그 안경을 아직 시험해보지도 않았는데.

이거야말로 그가 원한 전부 아닌가? 자신의 노력에 대한 공을 인정받는 것? 모두를 놀라게 할 결과물?

"가보는 게 좋겠다." 헨리가 말한다. 하지만 여전히 톰의 어깨에 손을 얹은 채 그를 땅에 뿌리내리게 하려는 듯 붙잡아둔다. "너는 기차를 떠나는 걸로 꼭두각시를 조종하는 줄을 끊었다고 생각하겠지……." 헨리가 웃음을 터트린다. 기분 좋은 웃음이 아니다. "너는 이제 저들을 확실히 도륙할 거야."

30

맬로리가 썩은 냄새를 맡기 몇 초 전 올림피아가 그녀의 팔을 잡아당긴다.

"엄마……."

맬로리가 멈춰 선다. 자신의 딸은 **봐도** 괜찮다는 현실을 받아들이는 일만 해도 충분히 끔찍하다. 하지만 올림피아의 심각한 목소리를 듣는 순간 한기가 온몸을 훑고 지나간다.

"얼마나 안 좋은 거니?"

그들은 인디언 리버에 도착했다. 안대를 한 맬로리에게 그곳은 어느 때보다 캄캄하다.

"음." 올림피아가 말한다. "우리가 서 있는 곳에서 보면 이제 막 경계에 도착했어요. 말 그대로……."

"올림피아. 그냥 말해."

"시체들이에요, 엄마. 시체가 너무 많아요."

맬로리는 지금 이 순간 자신이 어느 때보다 강해져야 한다고 생각한다.

"그리고 저기에……." 누군가 끔찍한 광경을 지켜볼 때처럼 올림피아의 목소리가 점점 줄어든다. "깃발들이 있어요. 플라스틱 깃발들이…… 시신의 가슴마다 꽂혀 있어요."

"그게 무슨 말이니?" 하지만 그게 무슨 뜻이건 상관없다. 그들 앞에 어떤 지옥도가 펼쳐져 있든 두 사람은 그곳을 뚫고 지나가야 하니까.

"영웅들." 올림피아가 말한다. "찬사, 같아요. 스러진 사람들에게 보내는."

맬로리의 뇌리에 단어 하나가 떠오른다. **희생**.

"끔찍해요." 올림피아가 말한다. "난생처음 봤어요……. 너무나 지독해요……."

묘지를 가득 채울 수 있을 정도로 많은 시신을 매장하지 않고 방치하는지 냄새가 지독하다.

"괜찮아." 맬로리가 말한다. 그녀는 침착해지려고 애쓰는 중이다. 그래야만 한다. "톰이 보이니?"

"아뇨." 올림피아가 떨리는 목소리로 대답한다. "그럴 분위기가 아니에요. 길이 건물들을 향해 뻗어 있어요. 길에 시신들이 널려 있고요."

"그것들은 보지 마. 아예 생각을 하지 마. 저 앞에 톰이 보이니?"

맬로리는 자신의 목소리가 얼마나 흔들림이 없는지 알아차리지 못한다. 어떤 생각이 멀리서 펄럭거린다. 서서히 꿈틀거리는 편집증적인 망상, 지금 이 순간까지 모든 규칙을 버리지 않고 가져왔다.

그녀는 준비가 된 걸까? 자신에게, 두 아이에게 옳은 일을 한 걸까?

"세상에." 올림피아가 울음을 참으며 소리친다. "엄마. 이 사람들은 자살을 했어요. 얼굴이 다 찢겨져 있어요. 이 사람들은……."

"그 사람들은 미쳤어." 맬로리가 말한다. 맬로리가 숨을 들이쉰다. 잠시 머금는다. 그리고 다시 내쉰다. "하지만 우리는 움직여야 해. 가야 해. **지금 당장**."

맬로리가 올림피아의 손을 만진다. 태양이 여전히 높이 떠 있고 점점 더워진다. 악취는 더 심해진다.

그들은 걷는다. 올림피아가 맬로리의 손을 꼭 쥘 때마다 맬로리는 길에 펼쳐진 또 다른 참혹한 장면을 상상한다.

"그런데 여기에." 이렇게 말문을 연 올림피아의 목소리가 확연히 떨리고 있다. "저기에도. 그것들이 있어요."

맬로리의 몸이 그대로 굳는다.

"크리처?"

"아뇨. 꼭…… 조립해 만든 것들. 톰이 만들곤 하던 것들요. 정확히 무슨 용도인지는 모르겠어요. 나무와 플라스틱, 밧줄…… 금속…… 같은 것들로 만들어졌어요……."

맬로리는 더 빨리 움직여서, 이 광기를 뚫고 나가, **어서** 톰을 찾고 싶을 뿐이다. 인구조사원이 남기고 간 기록물에는 이 공동체가 기꺼이 떠안으려는 위험에 대해 적혀 있었다. 그녀는 이 부서진 물건들이, 미쳐버린 채 썩어가고 있는 사람들이 남긴 실패한 실험 도구라는 사실을 안다.

“뭐가 보이니?” 맬로리가 묻는다. “말해줘.”

“거리 표지판들. 주유소. 상점들. 모르겠어요. 엄마, 사람들이 안 보여요. 잠깐만요…….”

올림피아가 멈춘다.

“뭔데 그러니?”

“저 소리 들리세요?” 올림피아가 묻는다.

맬로리가 귀를 기울인다. 열심히.

“아니. 너는 뭐가 들리니?”

“사람들. 환호하고 있어요. 그런 것 같아요.”

맬로리가 다시 걷기 시작한다. 그러자 올림피아가 엄마를 이끌고 구부러진 도로를 따라간다.

시체에서 풍기는 악취가 더 심해진다. 하지만 어쩐지 맬로리는 이 상황이 무서울 정도로 당연한 일상 같다. 지옥을 뚫고 지나가는 이런 느낌 속에서 얼마나 오래 걸었을까? 몇 년이나? 얼마나 오랫동안 안대 뒤 어둠 속에서 신세계를 죽음과 부패의 장소로 보았을까?

끔찍하게도 바로 이곳이 그녀가 있어야 할 곳이다. 인디언 리버. 지난 17년이라는 시간이 그녀를 이끌었고 궁극적으로 지금 자신이 도착한 이곳.

“시체가 너무 많아요.” 올림피아가 말한다. “**너무 많아서…….**”

실패가 너무나 흔한 일이라 자신의 이성과 목숨까지 희생한 사람들을 풀밭까지 수레에 싣고 와 도시의 관문에 무심하게 버려둔 채 태양 아래에서 썩어가게 내버려두는 걸까?

“뼈도 보여요.” 올림피아가 말한다.

맬로리는 이런 상황을 예감했다. 도시에 가까워질수록 죽은 지 더 오래된 시신이 널려 있다. 모든 묘지가 그러듯이 이 시체 무더기가 차지하는 면적도 점점 확장된다.

이제 그것의 중앙, 그것의 근원에서 퍼져 나오는 목소리가 맬로리에게도 들린다.

환호하는 함성. 의심의 여지가 없다.

“괜찮을 거야.” 맬로리가 말한다. 하지만 자신의 목소리에서 뭔가 거짓이 느껴진다.

이런 공동체의 중심지에서 대체 누가 맬로리와 올림피아를 기다리고 있는 걸까? 누가 보초를 설까?

기억 속 텅 빈 술집에서 개 빅터가 자기 자신을 죽이는 소리가 들린다.

“괜찮을 거야.” 맬로리가 말한다.

“뼈도 보여요.” 올림피아가 다시 말한다.

맬로리가 딸의 목소리에서 이토록 큰 두려움을 느낀 적은 한 번도 없었다. 그녀는 올림피아가 무엇을 보고 있는지 알고 싶지 않다. 차라리 자신이 딸을 **대신해** 보고 싶다. 이 기억을 자신이 짊어질 수 있다면 그렇게 할 것이다.

군중이 환호한다. 그 중심에서 목소리가 튀어나온다. 확성기로 연설하는 여자.

맬로리는 인구조사원의 기록에서 본 이름을 떠올린다. 아테나 한츠.

고성과 잡음이 뒤섞인 소리를 듣고 있으니 마케트 농산물품평회가 떠오른다.

이 상황에서 맬로리를 가장 불안하게 하는 것은, 올림피아가 목격한 사태에도 불구하고…… 저 소리가 축제처럼 들린다는 사실이다.

"저 앞에." 올림피아가 말한다. "건물과 인도를 따라서 시신이 더 많이 놓여 있어요. 세상에, 엄마. 어떻게 이럴 수가. 아이도 있어요."

맬로리는 왜, **왜**라고 묻고 싶다. 어떤 공동체가 시신을 이렇게 길거리에 나뒹굴게 하는 걸까?

하지만 그녀는 해답을 알고 있다.

미쳐버린 사람.

모두.

안전하지 않은 사람.

폭발적인 함성에 맬로리는 군중이 자신의 오른쪽에 있다는 사실을 깨닫는다. 하지만 들려오는 소리는 여전히 작다. 더 걸어야 거기에 이를 수 있다.

"한 단 내려가요." 올림피아가 말한다.

"괜찮을 거야." 맬로리가 다시 말한다. 할 수 있는 말은 이것뿐이다. 온갖 각오를 하고 수많은 고난을 겪었지만, 지금까지 살아남기 위해 온갖 일을 했지만, 지금 당장 딸에게 해줄 더 나은 말이 생각나지 않는다.

맬로리의 몸이 떨린다.

그래도 포기하지 않을 것이다. 왜냐하면 그들이 저 군중에게 다가가면, 인디언 리버의 심장부에 마침내 도착하게 되면, 지혜와 결단력이 필요할 것이기 때문이다.

그들은 톰을 찾아 여기까지 왔다.

"다시 올라가요." 올림피아가 말한다. "보도로 올라가세요."

올림피아는 구불구불한 길로 맬로리를 안내한다. 맬로리는 이게 다 시신을 피해 가는 길이라는 사실을 안다. 얼마나 많은 사람들이 자신의 가슴에 가위를 찔러 넣었을까? 얼마나 많은 사람들이 피 웅덩이에 빠져 있을까?

이제 군중의 함성이 더 분명하게 들린다. 확성기를 통해 흘러나오는 여자 목소리. 그들의 목소리에서 무슨 일이건 일어나기를 갈구하는 이들의 일종의 허기가 느껴진다.

무슨 일이 일어나려는 걸까?

맬로리는 지금 생각이 말로 만들어지지 않는다. 이 모든 요소를 끼워 맞춰 한 점의 그림으로 만들 수가 없다. 시신들, 군중, 개리, 이 도시, 자신의 아들.

인디언 리버는 그녀가 지금은 물론이고 이제껏 한 번도 된 적이 없었던 모든 것이다.

사람들이 웃는다. 폭발하듯 터져 나오는 진심으로 즐거워하는 듯한 웃음소리. 사람들이 하는 말은…… 농담인가? 또다시 들려오는 목소리. 점점 흥분하는 군중. 저 사람들이 안내를 하고 있을까?

인디언 리버 사람들은 모두 미쳐버렸나?

"멈추세요." 올림피아가 말한다.

그녀가 맬로리를 건물 옆으로 잡아 끈다.

"왜 그러니?" 맬로리가 이렇게 묻고는 자신의 목소리가 차분하다는 사실에 깜짝 놀란다. 지금 그녀의 마음은 결코 잔잔하지 않으므로.

"아…… 괜찮아요. 아무 일도 아니에요……."

"무슨 일인데?"

"도시 한가운데 공원이 있는데 거기에 사람들이 많이 모여 있어요. 전부 안대를 했어요."

"침착해, 올림피아. 우리는 톰을 찾을 거야. 우리는 해낼 수 있어."

"알았어요. 그리고…… 저기 연단이 있어요. 깃발들. 플래카드들도 있고요."

올림피아가 말하기도 전에 맬로리의 가슴이 두방망이질한다.

"그리고 톰이 연단에 올라가 있어요." 올림피아가 말한다. "톰 옆으로…… 거울이 있어요."

맬로리의 마음 깊이 도사린 어둠에서 말이 튀어나오는 것 같다. 마치 이 어둠으로 만들어진 것처럼.

"톰이 안대를 했니?"

맬로리는 고함을 지를 생각이 아니었다.

"잘 모르겠어요."

"뭐?"

"엄마, 잘 모르겠다고요……."

"알았어. 우리는 반드시—."

"연단 앞 풀밭에 크리처가 한 마리 있어요. 이 상황을 어떻게 설명해야 할지 모르겠어요, 엄마. 마치…… 무슨 일이 일어날지 보려고 기다리는 것 같아요."

올림피아가 말을 끝맺기도 전에 맬로리의 몸이 먼저 움직인다.

그녀는 딸의 손을 잡지 않는다. 딸을 따라가고 싶지 않다. 강해 보이거나 위험해 보이려 하지 않는다. 위협하려는 것처럼 보이려 하지도 않는다. 다만 팔을 펴고 균형을 잡으며 앞에 나타날지 모르는 굽은 길과 경사와 오르막과 시체를 감안하며 앞으로 걸어갈 뿐이다.

맬로리 주위에서 사람들이 박수를 친다. 사람들이 환호한다. 누군가 돌파구를 찾았다고 외친다. 누군가 신을 찬양한다. 너무나 많은 목소리들. 히스테리에 차 있고, 얼떨떨해하고, 확신에 차 있는 목소리들.

"톰!"

맬로리가 톰의 이름을 크게 부르는데 주위 사람들도 모두 톰을 연호한다.

톰을 부르고 있다.

연단 위의 톰, 군중 속의 크리처.

"톰!"

맬로리는 톰이 자기 목소리를 들을 수 있다는 것을 안다. 저렇게 멀리 떨어져 있어도 만약 원한다면 도시의 관문에서 이미 제 엄마의 말소리를 들었을 것이다.

너무나 많은 사람들. 끝없이 들려오는 목소리들.

"톰!"

맬로리는 굽은 길로 짐작되는 곳으로 걷다가 하마터면 넘어질 뻔하지만 이내 바로 선다.

누군가 자유에 관해 이야기한다.

"톰!"

어른 톰을 소리쳐 불러 얼른 다락방으로 올라오라고, 아래층에 있지 말라고, 그곳에 개리…… 개리…… 개리……가 있다고 말하려는 것처럼 간절한 마음이다.

"맬로리."

이 목소리. 그녀 옆에서 귓가에 대고 속삭이는 이 목소리.

"내게서 물러나!"

그녀가 남자를 밀친다. 허공을 찬다.

잠시 후 인산인해를 이룬 사람들. 노랫소리. 환호성.

"맬로리." 개리가 말한다. (맬로리는 이 목소리의 주인이 개리라는 걸 안다. 언제나 그였다. 안대 뒤에서 언제나 영원히 그와 함께했기에.) "톰은 네가 여기 있는 걸 원하지 않아. 톰은 지금 성장하고 있어. 지금 바로 이곳에서 말이야!"

"톰!"

개리를 밀어내려 하지만 어디에도 그는 없다. 발로 차보지만 그는 거기에 없다.

"톰이 지금 그걸 보고 있어." 개리가 말한다. "믿을 수가 없어, 맬로리. 자신이 만든 도구로 그것을 보고 있어."

맬로리가 얼른 움직이지만 너무 서두르는 통에 개리를 향해 휘두른 팔이 빗나갈 때, 톰이 지금 크리처를 보고 있다, 그와 크리처가 **지금 서로를 바라보고 있다**고 외치는 아테나 한츠의 목소리가 확성기를 통해 울려 퍼진다.

"톰!"

맬로리의 몸이 서서히 넘어간다. 개리의 웃음소리는 주위에 몰려와 있던 사람들이 내지른 억제할 수 없는 함성에 묻힌다.

그리고 연단에서…… 누군가의 목소리가 느닷없이 살며시 귀에 닿는 순간 맬로리가 땅에 넘어진다.

"엄마?"

톰.

톰이 엄마의 목소리를 들었다.

그리고 아들의 말소리…….

"미치지 않았어." 맬로리가 양 손바닥으로 풀밭을 짚고 무릎으로 일어나며 말한다. 아들이 미쳐버렸을지 모른다는 두려움과, 아이가 끝내 이겨내지 못한, 가늠할 수 없는 가능성에 대한 두려움으로 팔꿈치가 덜덜 떨리고, 양 손목이 덜덜 떨리고, 온몸이 덜덜 떨린다.

"엄마?" 톰이 부른다. 그러더니 외친다. "맬로리!"

맬로리가 일어난다. 하지만 군중의 함성이 너무 크다. 그녀는 이 해이해지고 위험천만한 낯선 자들의 물결 속에서 아들의 목소리를 잃어버린다.

누군가 그녀의 팔꿈치를 잡아 몸을 뒤로 돌리더니 등을 떠민다.

개리.

개리, 개리, 개리

맬로리가 밀어내려고 하지만 올림피아의 목소리에 움직임을 멈춘다.

"엄마, **엄마**. 괜찮아요. 톰 말이에요. 톰이 보고 있어요……. 그런데 멀쩡해 보여요."

맬로리가 듣기에, 주위에 몰려든 사람들은 인간이 안전하게 크리처를 볼 수 있는 방법을 발견할 날을 위해 오래전부터 에너지를 아껴뒀나 싶을 정도로 폭발하듯 환호한다.

그런 일이 정말 일어났다고?

그날이 바로 오늘이야?

그리고 그 일을 해낸 사람이 바로 톰이야?

어른 톰이 마음의 눈에 나타난다. 이런 식으로 세상을 즐겁게 해줄 수 있기를 너무나 간절히 원했던 남자.

"눈 감아!" 맬로리가 소리친다. 목소리가 천 조각처럼 찢어진다.

올림피아가 그녀를 인도하지만, 올림피아조차 지금 벌어진 사건에 매혹된 것 같다.

개리는 어디에 있지?

"개리는 어디에 있지?"

"엄마!" 올림피아가 울고 있다. 딸의 목소리에서 느껴지는 희열. "엄마! 톰이 해냈어요."

"개리는 어디에 있지?"

그때…… 목소리.

남자의 목소리. 하지만 개리가 아니다. 너무나 오랫동안 고통받았기에 이제는 악몽이 되어버린 꿈에 빠졌는지 맬로리의 귀에 아빠 목소리가 들린다. 그 소리가 마음 깊이 도사린 어둠, **그녀의 어둠**, 있는 줄도 몰랐던 마음속 깊은 곳에서 나온다. 맬로리는 그 소리를 물리치려고, 밀어내려고, 방금 전 개리를 밀쳐내려고 했던 것처럼 거부하려고 한다.

지금은 헛된 희망에 매달릴 때가 아니다. 지금은 다시 꿈을 꿀 때가 아니다.

"맬로리?"

하지만 **이 목소리**의 주인은 아빠가 분명하다. 진짜일까? 아니면 상상?

"누구세요……." 올림피아가 물어본다.

"무슨 일이 벌어지고 있는 거야?" 맬로리가 묻는다.

"누구세요……." 올림피아가 다시 말한다.

"맬로리 월시?" 그 남자가 묻는다.

다시 들린 아빠의 목소리. 어둠 속에서 나온 목소리. 귓전에서 속삭이는 목소리.

"오, 세상에……." 맬로리가 말한다. 그녀는 쓰러지지 않으려고 올림피아의 팔을 부여잡는다.

꿈이 현실이 되자, 다시 말해, 이곳에 샘 월시가 있고 맬로리의 얼굴에 그의 손길이 닿자 오히려 마음이 찢어질 듯이 아파온다. 이 목소리가 암시하는 사실, 꿈이 아닌 진짜 목소리가 너무나 강력해서 17년 만에 처음으로 안대 뒤에서 불을 밝힌다.

"도와주세요." 맬로리가 말한다. 왜냐하면 맬로리는 지금 이 순간을 도저히 버틸 수 없기 때문이다. 한꺼번에 몰아닥친 이 모든 것을 말이다.

샘 월시가 다시 말한다.

"저 소년이 네 이름을 부르는 소리를 들었어." 그가 말한다. "그리고 네 목소리…… 네 목소리를 알아들었지……."

또다시 그녀의 얼굴에 닿는 손길.

"맬로리?"

맬로리가 숨을 들이쉰다. 그리고 잠시 머금는다.

그녀가 희망을 품는다.

"아빠?"

익숙한 두 손이 이제 그녀의 어깨 위에 놓여 있다. 올림피아가 이 사람이 맬로리의 아빠일 거라며 말도 안 되는 이야기를 하고 있다.

그리고 올림피아는 그를 볼 수 있다.

"오, 세상에, 엄마." 올림피아가 말한다. "오, 어떻게 이런 일이……."

"나는 샘 월시요." 아빠의 목소리가 말한다. "당신은 맬로리가 맞습니까?"

맬로리가 스르르 무너지며 무릎을 꿇는다. 이럴 리가 없다. 한번에 받아들이기가 너무 버겁다. 주위에서 수많은 목소리들이 들린다. 톰이 연단에 서 있다. 올림피아는 그녀 옆에 있다.

그리고 아버지…….

얼굴에 묶인 안대를 잡아 뜯고 싶다.

하지만 이런 순간에도…… 그녀는 안대에 의지해 살고 있다.

그 남자도 몸을 낮춘 채 맬로리 옆에 있다. 그도 무릎을 꿇었다. 올림피아는 도저히 믿기지 않는 장면을 설명해준다. 그녀는 맬로리에게 맞다고, **사실**이라고 말한다. 순간, 죽은 동료들을 매장도 하지 않고 내버려둔 군중이 그녀의 아들, 어쩌면 미쳐가고 있을지 모를 아들에게 환호성을 보내고, 올림피아는 톰이 미치지 않았다고 말하고 있다. 이렇게 말하는 올림피아의 목소리는 이 모든 일로 인해, 톰으로 인해, 그뿐 아니라 이 지옥의 비현실적인 거리에서 맬로리에게 너무나 익숙한 손길과 체취, 목소리를 가진 채 옆에서 함께 무릎 꿇고 있는 이 남자로 인해 잔뜩 흥분해 있다.

"맬로리." 이번에는 확신을 가지고 그녀의 아빠가 말한다. "오, 이런 일이 실제로 일어나다니. 맬로리."

두 사람이 얼싸안는다. 맬로리의 안대는 눈물로 젖어간다. 아빠의 어깨를 부여잡을 수 있을 만큼 손가락에 힘이 들어가지 않을 것 같다. 하지만 손가락들로 아빠의 어깨를 꼭 붙잡고 있다. 할 수 있는 한 깊숙하게 손가락으로 살을 움켜잡고 있다.

"아빠……."

"맬로리."

샘 월시가 울고 있다. 그가 말하려고 한다. 맬로리는 아빠의 얼굴에서 안대가 만져지자 웃음을 터트린다. 아빠도 안대를 하고 살아오셨기 때문이다. 아빠가 **살아 계시기** 때문이다.

"우리는 알고 있었어." 샘이 말한다. 그의 목소리에서 가늠할 길이 없는 안도감이 느껴진다. "여기에 오면 너를 만날 수 있을 줄 알았어."

올림피아가 말하고 있다. 다음 순간 이제 가까이 온 톰도 말을 한다. 그는 맬로리가 괜찮은지 묻고 있다. 올림피아에게 자신의 가설이 적중했다고 말하고 있다. 올림피아에게 왜 눈을 뜨고 있는지 묻고 있다. "연단에서 네가 눈을 뜬 걸 봤어." 톰이 이야기한다. "거울 뒤에서. 네가 눈을 뜨고 있더라."

그리고 크리처도 봤다고 한다. 자신이 크리처를 봤다고 올림피아에게 말한다.

하지만 이 모든 소동을 뚫고, 크리처가 처음으로 출현했을 때보다 더 어지러운 혼돈을 헤치며 맬로리의 귀에는 여전히 도저히 믿을 수 없지만 생존한 아버지가 방금 한 말이 들린다.

우리는 여기에 오면 너를 만날 수 있을 줄 알았어.

"아빠." 맬로리가 말하자 아빠의 얼굴에 두른 천에 입술이 닿는다. "아빠, 왜 여기로 오셨어요?"

샘이 웃음을 터트린다. 그의 웃음소리에서 잠시 유예된 끝없는 고통 같은 것이 들린다.

"너는 우리 가족 중에 가장 반항적인 아이였어." 그가 말한다. "너는 우리가 무서워서 감히 생각도 못 한 위험을 툭하면 무릅쓰곤 했지."

그가 딸을 힘껏 안는다. 맬로리가 생각한다. **내가 과거에는 위험을 무릅쓰는 사람이었다니…….**

그 사람은, 예전의 나는 어디로 갔을까?

톰의 목소리에서 자부심과 의젓함이 들린다. 올림피아의 목소리에서는 경탄이 들린다. 그들을 에워싸고 있는 사람들의 함성이 더욱 커진다. 그러자 맬로리는, 톰이 해냈다고 주장함에도 불구하고, 이 군중이 만끽하는 통제할 수 없고 불안이 감도는 기쁨에도 불구하고 전혀 두렵지 않다는 사실을 깨닫는다.

17년 만에 처음으로 전혀 무섭지 않다.

순간 아빠가 말한 어린 소녀가 맬로리의 뇌리에 불꽃처럼 나타났다 사라진다. 그녀는 부당하다고 느꼈던 세상을 향해 마구 돌진하는 자신의 모습을 기억한다.

그녀는 톰처럼 굴었던 자신을 기억한다.

"네 어머니가……." 샘이 말한다. 아빠가 더 이상 말을 잇지 못하자 맬로리는 덜컥 걱정이 앞선다. "그 사람이 봤더라면……."

"엄마는……." 맬로리는 말을 다 끝맺지 못한다.

엄마는 돌아가셨다.

샘이 일어나 맬로리를 일으켜 세워준다. 그러자 올림피아와 톰도 맬로리의 손을 잡는다.

모두 함께 맬로리가 일어서도록 도와준다. 하지만 아빠가 다시 엄마 이야기를 시작하자, 아빠가 두 아이와 함께 서 있자, 맬로리가 일찍이 알았던 무엇보다 위험천만한 공동체가 고양된 감정을 주체하지 못하자, 이 새로운 현실을 아직 완전히 받아들일 수 없고, 이 환상적인 상황을 광기의 발현으로 받아들일 수밖에 없는 맬로리는 그만 사랑하는 사람들의 품속에서 정신을 잃고 만다.

31

맬로리가 눈을 감은 채로 잠에서 깬다. 뭔지 모를 폭신한 것에 누워 있다. 담요가 가슴까지 덮여 있다.

맬로리는 그 방에 다른 사람들이 있다는 사실을 알아차린다.

"엄마?"

톰이다. 톰이 여기에 있다.

"눈을 떠도 괜찮아요."

올림피아다. 올림피아가 여기에 있다.

하지만 눈을 뜬 순간 맨 처음 눈에 들어온 얼굴은 아빠다.

"오…… 아빠……."

그 순간 갑자기 터져 나온 눈물에 아빠의 얼굴이 흐릿해진다. 얼마 전까지만 해도 도저히 현실이 되리라 믿을 수 없던 일이 일어났다. 형언할 수 없는 기쁨.

"울지 마." 아빠가 말한다. 그의 눈도 이미 촉촉해져 있다.

그는 나이가 들었지만 건강해 보인다. 흰 머리. 밝게 빛나는 눈동자. 세상이 미쳐 돌아가기 전부터 기억하고 있던 미소. 옷은 달라졌다. 플란넬 셔츠와 운동복. 아빠가 입었는지 전혀 기억나지 않은 옷들. 아빠는 지난 17년 동안 차를 타는 대신 늘 걸어 다닌 사람처럼 보인다. 텔레비전을 본 적도 없고, 컴퓨터를 사용하지도 않았고, 레스토랑에서 외식을 한 적도 없는 사람처럼 보인다.

그런데 눈빛에 전에는 없던 것이 보인다. 맬로리는 그의 눈동자에 어린 엄청난 감정과 기억, 지식을 알아본다.

맬로리가 톰에게 시선을 돌린다. 이제 모든 것이 기억나기 때문이다. 아들의 이름을 미치광이 군중이 연호했었지. 톰이 눈을 뜨고 있다고 말하던 올림피아.

크리처를 바라보며.

"톰……."

맬로리가 일어나 앉으려 하지만 실패한다.

톰이 그녀를 지켜보고 있다. 미치지 않고 온전한 채로.

올림피아. 역시 미치지 않았다.

"네 아이들은 대단하더구나." 샘이 말한다.

맬로리가 고개를 들어 아빠를 보지만 또다시 눈물이 터져 나와 말을 쉽게 이을 수 없다. "아빠의 손주들이에요."

"물 좀 가져다 드릴게요." 올림피아가 말한다. 그러더니 일어나서 문을 열고 나간다.

맬로리가 방을 둘러본다. 창문마다 걸린 담요들. 벽에 붙은 나무판들. 그녀는 손님방처럼 보이는 방의 작은 침대에 누워 있다.

이곳은 깨끗하다. 그리고 아늑하다.

아빠가 여기 계신다.

맬로리가 다시 톰을 본다.

"무슨 일이 있었던 거니?"

그새 톰은 나이가 들어 보인다. 아빠처럼 나이가 들어 보인다는 뜻이 아니다. 맬로리의 아들은 자신의 목표를 성취해낸 사람의 평온한 눈빛을 하고 있다.

신세계인 이곳에서조차 가능한, 성공한 사람의 눈빛.

"내 손자가 그것들을 볼 수 있는 방법을 개발한 것 같구나." 샘이 말한다.

맬로리가 다시 일어나 앉으려 하자 샘이 의자에서 일어나 그녀 옆에 무릎을 꿇는다.

"지금 당장 이야기를 다 들을 필요는 없어." 그가 말한다. "하지만 조만간 꼭 다 들어야겠지."

"여기는 어디예요?"

샘이 미소 짓는다.

"내가 지난 몇 년 동안 집이라고 부르는 곳이지. 그것들이 온 후에 네 엄마와 함께 남쪽으로 내려왔어. 내 이야기를 글로 쓰면 도서관 하나는 거뜬히 채울 거야."

맬로리가 미소 짓는다. 톰이 크리처를 바라볼 수 있는 방법을 개발해냈다고 하지만 여전히 두려움 한 조각이 마음의 지평선을 배회하고 있다.

"오, 아빠……. 저도 그래요." 맬로리가 말한다.

"우리는 네가 도착했을 때 미친 듯이 흥분한 군중들로부터 가능한 한 멀리 떨어진 집에 있었어." 그가 말한다. 그는 담요를 둘러

친 창문으로 눈을 돌린다. 맬로리는 어릴 때 아빠가 똑같은 행동을 하시던 모습을 쉽사리 기억한다. 그때 아빠는 걱정에 잠겨 창밖을 바라보시는 것 같았다. 그렇다면 지금은? "메리는 네가 꼭 올 거라고 했어. 그 일로 우리가 얼마나 많이 싸웠는지 말도 못 해."

"그러면 엄마는……?"

"그래."

아빠의 목소리에서 더 이상 슬픔이 느껴지지 않는다. 샘은 이미 상실감을 극복한 것이다. 맬로리가 그를 잃은 슬픔을 극복했던 것처럼.

"새넌……." 맬로리가 말문을 연다.

샘이 고개를 끄덕이며 손가락을 입술에 갖다 댄다.

"올림피아가 우리에게 다 이야기해줬단다."

그가 여전히 미소 짓는다. 맬로리는 부모님이 딸들의 죽음을 오래전에, 아주 오래전에 받아들였기 때문이라는 사실을 안다.

"우리라고요?" 맬로리가 되묻는다.

"네 어머니가 저세상으로 갔다고 해서 내가 우리 소식을 계속 알리지 않는다는 말은 아니란다. 네 어머니는 뒷마당에 잠들어 있거든."

"오, 어떻게, 아빠. 혼자 감당하시게 해서 정말 죄송해요."

샘은 고개를 끄덕이며 괜찮다는 듯이 손을 들 뿐이다.

"엄마가 보고 싶어요." 맬로리가 말한다.

샘이 일어나서 한 손을 내밀어 맬로리를 일으켜 세운다.

"네 엄마도 네가 정말 보고 싶을 거야."

맬로리는 깊이 숨을 들이쉰 후 집의 뒷문을 나선다. 그녀는 샘의 손을 잡는다.

요즘 인디언 리버 주민들 사이에서는 양면 거울 보안경이 유행하고 있지만 두 사람은 안대를 하고 있다.

"두 분은 언제 여기 오셨어요?" 맬로리가 묻는다.

"3년이 다 되어가는구나."

"인구조사원 남자가 여기에도 왔었어요?"

샘은 지금 그 일에 대해 생각하는 듯하다. 맬로리의 귀에 바람이 나뭇잎 사이를 스르르 지나가는 소리가 들린다. 낙엽이 풀밭을 살며시 쓸고 가는 소리가 들린다.

"그래." 샘이 대답한다. "체구가 자그마한 남자였지. 그가 하는 일은 정말 위험해. 네 어머니는 고귀한 일이라고 했지. 우리는 그에게 하룻밤 쉬어갈 곳을 마련해주려고 했지만 그 사람은 할 일이 많다고 하더구나."

맬로리는 안대 뒤에서 또다시 눈물이 솟아나는 것을 느낀다. 그 남자를 꼭 찾고 싶다. 그가 어떤 일을 했고 어떤 일을 하고 있으며 어떤 결과를 낳고 있는지 꼭 알려주고 싶다.

"가서 메리를 보자꾸나." 샘이 말한다.

그는 맬로리를 인도해 콘크리트 계단을 내려가 풀밭에 도착한다. 아까 불어온 바람이 울타리를 흔드는 소리가 들린다. 안대가 그녀의 얼굴에 꼭 묶여 있다.

"여기야." 샘이 말한다. "대단한 무덤은 아니야. 하지만 내가 직접 땅을 팠단다. 내게는 큰 의미가 있어."

"엄마는 어떻게……."

"자는 동안 갔단다, 맬. 크리처 때문이 아니었으니 하느님이 도우셨지." 그가 무릎을 꿇으며 맬로리도 똑같이 하게 한다. 맬로리는 손가락으로 돌을 더듬는다. 커다란 돌덩이다. 나뭇잎과 풀도 있다. "여기다."

잠시 후 샘의 손이 미끄러지듯 맬로리의 손을 떠나고 맬로리는 메리 월시와 단둘이 남겨진다. 지금까지 맬로리는 어머니의 죽음을 충분히 애도했다고 믿었다. 하지만 지금 이 자리에 와 있으니 단 한 번도 제대로 애도할 수 없었다는 사실에 머리를 세게 얻어맞은 것 같다.

크리처들이 그렇게 할 시간을 훔쳐 갔다.

"엄마, 정말 보고 싶었어요." 마침내 맬로리가 말문을 연다.

그러더니 말도 못 할 정도로 통곡한다.

맬로리는 아이들과 함께 이 주간 그 집에 머무르는 동안 매일 엄마를 찾는다. 맬로리가 지난번 광장에서 보지 않고도 알아챘던 것처럼 인디언 리버 사람들이 전부 다 진보적이지는 않다. 그녀는 왜 아빠가 떠나지 않으셨는지 이해가 된다. 이 주 전 가늠할 수 없을 정도로 위험하다고 생각했던 사람들이 벌인 행동에도 불구하고 맬로리도 안다. 신세계 사람들은 두 가지 부류로 나눌 수 있다. 안전한 사람과 그렇지 않은 사람.

하지만 어느 쪽의 삶이 더 낫고 더 충만하다고 누가 딱 잘라 말할 수 있을까?

맬로리는 개리를 많이 생각한다. 너무 많이.

그녀는 마음의 준비를 하는 중이다. 그것만은 확실히 안다.

올림피아가 지켜보고 있다.

두 아이는 종종 맬로리와 함께 할머니의 묘를 찾는다. 그들은 강에 대해, 맹인학교에 대해, 야딘 캠프장과 눈 없는 기차에 대해…… 온갖 이야기를 할머니에게 들려준다. 맬로리는 섀넌에 대해서도 이야기한다. 이렇게 이야기하고 있으면 마음이 푸근해진다. 그녀는 또 그 집에서 만난 사람들에 대해 설명한다. 아들이 이름을 물려받은 톰에 대해서. 딸의 생모인 올림피아에 대해서. 펠릭스. 줄스. 셰릴. 돈. 빅터에 대해서까지. 집으로 돌아온 후에 두 아이의 얼굴을 보자 맬로리는 아이들이 이런 이야기 중 많은 부분을 처음 들었다는 사실을 알아차린다. 그 집을 다시 떠올리는 일이 그렇게 어려웠을까? 그녀가 만났고 사랑했고 이별한 사람들을 떠올리는 일이?

샘은 딸에게 그 집의 벽장에 보관해둔 석궁 이야기를 해준다. 석궁으로 사슴을 수없이 죽였다고 한다. 눈을 가린 채.

맬로리는 자신이 자란 상부 반도의 옛집처럼 느껴지던 근사한 순간을 이 집에서도 자주 느낀다. 마치 어린 시절을 보낸 곳 같다. 뒷마당 저쪽 끝에는 옛날에 맬로리가 가출을 감행했고, 샘과 메리 월시가 딸이 거기로 갈 줄 뻔히 알고 있었던 나무 덤불이 있을 것만 같다.

가족이 주방에 모두 모여 통조림을 먹을 때 톰이 맬로리에게 무슨 일이 있었는지 들려준다. 톰은 야딘 캠프장에서 지낼 때 양

설사 위험한 사람들이라고 해도 죽인 적은 없었다. 심지어 그들이 마지막으로 집이라 부른 야딘 캠프장에서 찾아낸 평범하지 않은 낯선 자들조차도.

하지만 개리를 죽이는 것은 단지 살인자가 되는 것보다 더 큰 의미가 있다. 동거인들과 그 집에서 보낸 시간을 매듭 짓는다는 의미도 있다. 그를 제외한 모든 이들의 시신을 찾아내고 진짜 친구들을 맬로리가 손수 땅에 묻었다.

그들은 샘과 함께 지내는 집에서 그리 멀리 않은 예전 주류 판매점 앞에서 그를 찾아낸다. 올림피아가 그를 보고 맬로리가 예전에 가르쳐준 대로 그녀의 어깨를 톡톡 쳤다.

"그 사람이 외벽에 기대어 자고 있어요." 올림피아가 말한다.

"그 사람이에요." 톰이 말한다.

석궁은 살생에 쓰이는 무기이다. 하지만 17년 동안 자신과 아이들을 지키기 위해 노심초사했던 맬로리는 지금 어느 때보다 강하다.

"조금 더 높이 겨누세요." 톰이 말한다.

톰이 맬로리의 어깨에 붙어서 목표물을 잘 겨누도록 돕는다.

"조금 더 높이요." 올림피아가 말한다. 그리고 석궁의 각도를 조정한다.

화살이 빗나가면 어떻게 해야 할지 재빨리 생각해야 한다.

문이 닫히는 소리가 들리는 것 같다. 자물쇠가 딸깍 채워지는 소리. 드디어 제 갈 길을 가는 과거.

바로 그때 도저히 믿을 수 없지만 개리의 말이 옳다는 생각이 뇌리를 스친다.

그녀와 동거인들이 가장 두려워해야 할 크리처는 다름 아닌 사람이었나.

"됐어요." 톰이 말한다.

맬로리가 활시위를 당긴다. 개리는 찍 소리도 내지 못한다.

"가슴에 정확하게 꽂혔어요." 톰이 말한다.

"그 사람의 심장에요." 올림피아가 말한다.

세 사람이 조심스럽게 죽은 개리에게 다가간다.

"빌어먹을 새끼." 톰이 말한다.

"말조심해라." 맬로리가 말한다. 그러더니 "너무 많은 말을 떠들어댔지만, 마지막 순간 아무 말도 하지 못한 누군가를 위해서."

올림피아는 맬로리가 개리의 맥박을 짚을 수 있도록 돕는다.

그는 죽었다.

"화살을 절대 빼지 마." 맬로리가 당부한다. "저 인간이 이대로 영원히 썩어가기를 바라니까."

두 아이는 잠들어 있다. 샘도 잠들어 있다.

맬로리는 아버지와 함께 그가 하고 싶은 일과 그 일을 하는 방법에 대해 오랫동안 이야기를 나눴다. 두 사람 다 이곳, 이 집, 이 공동체에서 영원히 살아야 한다고 생각하지는 않는다. 샘은 맬로리가 어린 시절을 보낸 곳으로 돌아가고 싶다는 이야기를 자주 한다. 아마도 긴 여행이 될 것이다. 아빠라면 분명히 끝까지 해내리라 믿어 의심치 않는 여행이자 두 사람 모두 기꺼이 떠나려는 여행이지만, 둘 중 누구도 오늘이 바로 그날이라고 차마 말하지 못했다.

아직도 어둑어둑한 아침 여섯 시, 맬로리가 일층으로 내려간다. 일층으로 내려가 주방으로 간 맬로리는 물이 들어 있는 나무 양동이에서 물을 떠 마신다.

식탁에는 인디언 리버 사람들이 톰의 양면 거울 안경을 개량한 제품이 놓여 있다. 어떤 이들은 톰과 톰의 발명품에 대해 이야기를 나누고 싶어 집으로 찾아오기도 했다. 전에 맬로리는 아무도 집 안에 들이지 않으려 했다. 하지만 지금은 집으로 들일 사람을 고른다. 그녀가 아테나 한츠의 방문을 거절했을 때 인디언 리버의 전설적인 인물은 자존심에 상처를 받았다. 그녀가 해명을 요구했을 때 맬로리는 운이 좋은 줄 알라고 했다. 톰이 고안한 도구가 성공했으니 운이 좋았다고 말이다. 만약 톰에게 무슨 일이 생기기라도 했다면…….

맬로리는 안경을 집어 든다. 그것을 내려다본다. 곰곰이 생각에 잠긴다.

맬로리는 안경을 쓴다.

맬로리는 담요를 쳐놓은 창문으로 다가가서 한참이나 어둠을 마주 보고 서 있다가 마침내 뒷문 옆에 달린 옷걸이에서 코트를 꺼내 눈을 감고 밖으로 나간다.

벌써 가을이다. 맬로리의 부츠에 낙엽이 밟히는 소리가 들린다.

맬로리는 아침 햇살에 몸이 따뜻해지기를 기다리면서 머리를 숙인다. 이렇게 엄마의 무덤가에 가만히 서 있는 시간을 좋아한다.

가만히 서서 엄마에게 말을 건네기를 좋아한다. 그녀는 고개를 숙이고 눈을 감은 채 이미 여러 번 했던 섀넌 이야기를 또 시작한다.

맬로리는 딘 와츠에 대해서도 들려준다. 아빠와 함께 북쪽으로 떠나게 되면 매키노 시티를 찾아가 기차를 되살린 남자를 찾아볼지도 모른다고 말한다.

그리고 마침내 동이 터 목덜미가 따끔따끔해지자, 빛과 닮은 것이 다시 세상을 밝히기 시작했다는 느낌이 들자마자 맬로리는 눈을 뜬다. 밖에서 마지막으로 눈을 뜬 것은 10년도 더 된 일이었다.

색채가 얼마나 낯이 익은지 맬로리는 깜짝 놀란다. 다시 돌아온 옛 친구들. 그녀의 발치에 엄마의 무덤이 있다. 노란색과 주황색, 붉은색이 뒤섞인 낙엽들로 덮여 있다. 고개를 드니 마당으로 500미터가량 들어온 크리처 한 마리가 보인다.

맬로리는 미동도 하지 않는다.

그녀의 머릿속 어딘가에서 새 한 마리가 날아오르려는 듯하다. 그녀의 머리카락처럼 까맣고 그녀의 눈동자처럼 파란 것.

하지만 깃털이 퍼덕거리는 소리에도 불구하고 그것이 무엇이든 도망치려고 하지만 뜻을 이루지 못한다.

맬로리가 숨을 들이쉰다. 잠시 머금는다. 그리고 다시 내쉰다.

그녀가 본다.

그것이 보인다.

깊이 성찰하는 무한. 끝없는 여행과 마주한 영원.

그 모습을 묘사하려니 수천 개의 단어가 떠오름에도 불구하고,

그것을 규정하기란 쉽지 않음에도 불구하고, 맬로리는 아버지와 두 아이가 안전한 집 안에서 잠들어 있고 자신은 어머니의 무덤가에 서 있는 지금 그것을 바라보며 자신이 이쪽과 저쪽을 연결하는 다리를 만들었으며, 이제 더 이상 잃을 것도 없고, 더 이상 빼앗기지도 않으리라는 사실을 깨닫는다. 그리고 마침내 무언가가 돌아왔다.

나는 초고/초안을 아주 좋아한다. 누군가는 그런 습성을 페티시라고 부를지도 모른다. 살짝 다른 현실에서, 나는 책이나 노래의 초고/데모를 완성작으로 생각한다. 이런 말을 하자니 이상하지만, 나는 개략적인 틀을 다 쓴 이야기로 생각하기까지 했다. 그러니까 요점은, 나는 첫 책을 계약하기 전에는 책을 다시 쓸 이유가 전혀 없었다. 그 무렵 나는 초고(당시에는 그것들을 '책'이라 불렀다) 열두 부를 포장했다. 내게는 책장에 꽂힌 여느 하드커버 서적들만큼이나 완성된 작품이었다. 나는 그것들을 모두와 공유했다. 우리, 즉 하이 스트렁과 함께 투어를 다니는 밴드들과 친구들과 가족들, 모르는 사람들까지 말이다. 1990년대에 나와 함께 곡을 썼던 동료인 마크 오언과 나는 우리가 녹음한 데모 카세트, 다시 말해 녹음할 때마다 조금씩 질이 나빠지는, 말 그대로 조잡한 앨범을 보낼 사람들의 명단을 작성해두었다. 스무 명이면 충분했다. 그들은 일부 노래를 현실로 만들었다. 〈비드 미 오프〉와 〈어 랏 오브 올드 리즌즈〉를 메일로 보낸 덕에 마크와 나는 다음 단계로 넘어갈 수 있었다. 아직 곡을 쓰지 않았지만 우리가 앨범을 하나 더 낼 수 있다는 안도감을 느끼면 신나게 다음 앨범 작업으로 달려갔다. 아무도 보지 않을 때 최초의 도전과 시도를 감행하는 즐거움을 배운 시절이었다. 당신은 라이브 음악을 좋아하는가? 예나 지금이나 초고나 데모 같은 것들. 무대 연주. 여기저기 들쭉날쭉한 속도며 놓쳐버린 음표들, 잊어버린 가사.

나는 그런 것들을 아주 좋아한다.

여러분, 나는 조시 맬러먼이다. 나는 다작하는 사람이다.

다작이라는 말은 이런 식으로 집중포화를 받고 사람들에게 묵살을 받으며 생겨난다. **그렇게 글을 많이 쓰는데, 어떻게 그중 당신에게 진정으로 의미 있는 책이나 곡이 있을 수 있죠?** 혹은, **당신은 실제 책보다 책을 완성하는 행위에 더 관심이 있는 것 같네요.** 혹은 이런 말, **당신의 글을 다 놓고 보면 뭣부터 시작하면 좋을지 모르겠어요.** 하지만 다작하는 사람이 깊이 이해하고 있는 사실에 따르면, 당신은 다작 작가의 카탈로그에서 아무 데서나 시작하면 되고 어느 방향으로든 당신의 길을 만들어가면 된다. 우리 같은 사람들에게 그것은 스릴 넘치는 전망이며 당신이 이전 작품으로 파고들어가건 이미 따라온 길을 따라가건 언제나 비슷한 노다지를 찾아낼 테니 '전망'이 있다고 할 만하다. 다작 작가는 무엇보다 단 하나의 예술 작품이 아니라 **경전**을 소중히 여긴다. 전작 말이다. 창의적인 정신이라는 활은 스스로 멈출 수 없다. 끊임없이 솟아나는 발상으로 빚어낸 파도들. 다작 작가는 누가 언제 무엇을 하건 그것이 전체 이미지를 담은 스냅샷이 된다고 믿는다는 말을 내가 했던가? 프로젝트와 프로젝트 사이 몇 년이고 기다리는 것은, 당시에는 잘못 찍은 것이라 생각했지만 훗날 다시 보니 그때보다 훨씬 더 잘 찍은 것처럼 느껴지는 사진 천 장과 같다는 말도 했던가?

그때는 누가 그 사진들을 놓치고 싶어 하겠는가?

내가 이런 이야기를 꺼낸 데는 다 이유가 있다.

《버드 박스》의 초고는 2006년 날이 추웠던 시월 이십육 일 동안 썼다. 그 글을 쓰기 시작했을 때만 해도 **앞으로 쓸 다음 이야기**에 불과했다. 내게는 안대를 한 어머니와 안대를 한 두 아이가 강을 타고 가는 이미지밖에 없었다. 그들은 어디로 가고 있을까? 무엇을 피해 도망치는 것일까? 왜 그들은…… 볼 수 없을까? 이 의문에 대한 해답은 글을 쓰면서 나타났다. 처음에는 가능성이었던 것이 피와 땀, 공포가 되었고 내가 글을 쓰는 동안 책 읽기에 가장 가까운 일이 됐다. 그러한 행위를 불러일으킨 정신, 즉 내가 매일 써야 하고 이야기를 끝내야 하고 내 사무실에 점점 쌓여만 가는 초고 더미에 책 한 권을 더해야 한다는 생각은 의심의 여지 없이 다작 작가의 철학에서 비롯됐다. 목소리의 인도를 받는 밴드와 앨프리드 히치콕 같은 사람들처럼, 멈추고, 속도를 늦추고, (헉) 영감을 기다리는 것은 창의력의 죽음과 동의어라는 감각이 있었다. 당신은 절벽 가장자리에 홀로 서서 저 아래 펼쳐진 심연을 바라보며 뛰어내릴지 말지 고민하는 상상력을 쉽게 펼쳐볼 수 있을 것이다. 왜냐하면 다작 작가는 무엇보다 자신의 작품 중 어느 것이 걸작인지, 어떤 작품이 다른 사람들의 공감을 불러일으킬지, 점점 자라나는 기발한 표현이나 비유의 밭에서 뽑은 어떤 발상이 결국 졸작으로 귀결될지 가늠할 수 있으리라 기대하면 안 된다.

다작 작가가 가장 두려워하는 것은 아이디어의 무덤이다. 시체로 가득한 무덤 따위에 비할 바가 아니다.

그렇다면 쓰면 되지 않을까……? 모든 것을?

그런 생각에서《버드 박스》가 시작됐다. 이 작품은 폭풍처럼 몰아치는 노래들과 투어들, 출연 프로그램들, 그것들을 녹음만 했으면 내가 다 제목을 붙이고 곧 하나하나가 작은 작품들인 것처럼 설명할 거라고 떠든 수없이 많은 대화들 사이에서 썼다.《버드 박스》를 쓴 후 나는 다음 책을 썼다.《브링 미 더 맵》이라는 600쪽에 달하는 복잡한 소설이었다. 나는 그 책을 쓰고, '하이 스트렁'이 다음 투어를 시작하는 동안 내가 보낸《버드 박스》를 받은 친지들에게 감상을 듣기 시작했다.

바로 여기에서부터 헌사가 시작된다.

《버드 박스》의 초고를 쓰고 최종적으로《맬로리》의 책이 출간되기까지 14년이 넘도록 얼마나 많은 사람들에게 감사해야 할지, 또 내게 격려를 아끼지 않은 사람은 얼마나 되는지 상상이 되는가?

한 마디로(하이 스트렁의 노래 제목이기도 한 것은 우연이 아니다) 한 부대다.

일단 내 어머니 데비 설리번부터 시작하자. 어머니는 인디애나의 목양견 대회에서《버드 박스》를 읽고 내게 전화를 걸어 챕터도 나눠지지 않았고, 들여쓰기도 안 되어 있고, 처음부터 끝까지 이탤리체로 쓴 11만 3천 자의 글 무더기에 뭔가가 있다고 말씀해주셨다. 새아버지 데이브도 내게 전화를 주셨다. 내 친구 맷 테키닷도. 내 형제의 아내인 알리사도. 나는 친구/집주인인 준 허친슨에게 보여주려고 원고를 출력해 저녁에 건넸다. 그런데 그녀는 밤새 원고를 다 읽었다는 것이 아닌가. 그녀의 반응은 지금까지 생생히 기억하고 있다.

이런 초기 독자들에게 나는 소리 높여 감사의 말을 전한다. 왜냐하면 맬로리의 이야기가 처음 탄생했을 때 읽어준 몇몇 독자들이 없었다면 나중에 라이언 루이스와 컨텐스 레이크를 만났을 때《버드 박스》 이야기는 슬쩍 꺼내지도 못했을 것이다. 두 사람은《고블린》을 읽었지만 우리가 중편집이 아닌 다른 작품으로 시작해야 한다는 사실을 알고 있었다. 결국 라이언과 컨텐스 그리고 뛰어난 변호사인 웨인 알렉산더의 도움으로 나는 2010년에《버드 박스》를 대폭 고쳐 다시 썼다. 나는 줄거리를 반으로 줄이고 반복되는 듯한 부분을 솎아내고 챕터를 나누고 문단 들여쓰기를 하고 이탤릭체를 없애고 그때까지도 여전히 뜬구름 잡는 것 같았던 이야기를 구체화했다. 라이언과 컨텐스, 웨인이 그 책의 출간을 에이전트인 크리스틴 넬슨에게 제안했는데, 당시 그녀의 웹사이트에는 호러 소설에 특별히 관심이 없다고 나와 있었다. 그런데 느닷없이 나와 한 팀이 됐다. 크리스틴은《버드 박스》를 샀고 그해가 2012년이었다. 나는 다시 한 번 더 책을 처음부터 완전히 뜯어고쳤다(다작 작가의 장점 중 하나는 같은 책을 두 번이나 쓸 수 있는 진취성이다). 그리고 유니버설 스튜디오가 소설의 영화화 판권을 구입했으며 2014년 비로소 책이 출간됐다. 그로부터 맬로리의 인생은 내가 처음 기대했던 것보다 훨씬 더 큰 자리를 내 인생에서 차지하기 시작했다.

컨텐스, 라이언, 웨인, 크리스틴, 고마워요. 그리고 《버드 박스》를 편집했고 당시 내가 전업 작가가 아닌가 보다고 말할 수도 있었지만 굳이 입 밖에 내지 않아준 리 부드로에게도 감사를 전한다.

자신을 존중하는 다작 작가는 단 한 편의 책이나 곡으로 어느 정도 성공을 맛보았다는 이유로 결코 창작 속도를 늦추지 않을 것이다. 새로운 이야기가 들어올지 모르는 창문이나 살짝 열린 문을 쉼 없이 찾거나 벽에 난 구멍으로 들어오는 미풍을 느낄 것이다.

그런데 《맬로리》의 경우 바로 이런 일이 있었다.

《버드 박스》의 분량을 줄이면서 나는 더 이상 맞지 않는 실마리 하나를 삭제했다. 더 잘 표현한다면, 내가 어떤 아이디어를 삭제한 덕분에 출간 당시 분량은 원래의 반으로 줄어들었다. 얼마 후 나는 그 아이디어를 독립된 소설로 만들어볼 구상을 하게 됐다. 하지만 이를 실행에 옮길지 말지 마음을 정하기도 전에 넷플릭스가 유니버셜 스튜디오로부터 영화화 판권을 사들였다. 그로 인해 내가 세운 계획들이며 다음에 써야 할 글의 목록, 책이 될 수 있는 것과 없는 것 등이 전부 산산조각 나고 엉망이 되고 뒤죽박죽으로 가라앉아버렸다. 마치 큰 파도가 내 사무실 문의 열쇠구멍으로 쏟아져 들어오기라도 한 듯이 말이다. 처음으로 영화를 다 본 후 내가 약혼녀인 앨리슨에게 이렇게 물은 것이 시발점이었다.
"이제 맬로리는 어떻게 될까?"

나를 그 자리로 이끌어준 프로듀서 크리스 모건, 에인슬리 데이비스, 스콧 스튜버, 딜런 클라크에게 감사드린다. 처음에 이 책을 프로듀서들에게 보여준 마이클 클리어에게도 감사드린다. 넷플릭스와 직원분들, 세트장에서 친구가 된 분들 모두에게 감사드린다. 특히 그 영화의 출연진에게 무한한 고마움을 전한다. 고마워요, 해피 앤더슨, 프루잇 테일러 빈스, 줄리언 에드워즈, 비비언 리라 블레어 그리고 멋진 데이비드 다스트말치안.

수잔 비에르와 에릭 하이서러에게도 감사한다.

그리고 내 머릿속 맬로리가 어떤 모습일지 잘 보여준 샌드라 불럭에게 (허리 굽혀 인사를 드리며) 고마움을 전한다.

그리고…… '맬로리'에서 《맬로리》에 이르기까지, 처음으로 그녀에 대해 글을 쓴 후로 14년이 흘렀지만, 여전히 그때와 같은 열정을 간직하고 있음을 깨닫고 디트로이트의 보스턴-에디슨 디스트릭트에 있는 멋진 집의 3층, 한때 준이 집이라고 불렀던 공간과 《버드 박스》를 썼던 책상을 빌린 후 매일 아침 위층으로 올라가 한때 수십 편의 이야기(소설, 곡, 영화)를 여행했던 다작 작가의 경험에 힘입어 《맬로리》를 쓰고 맬로리와 톰과 올림피아에 대해 쓰면서 비로소 그녀에게, 그녀를 세상에 소개하기 오래전부터 내게 너무나 큰 의미가 있었던 그 인물에게 모든 것을 돌려주었던 것에 대해서도.

첫 책을 어떤 식으로건 건드리지 않고도 그녀의 이야기를 할 여지가 많다는 사실을 이해하면서, 나는 《버드 박스》의 후속작은 남자건 여자건 다른 인물이 등장해 자신의 방식으로 크리처를 상대하는 이야기를 풀어놓거나 그런 세계를 전반적으로 다루는 책은 절대 될 수 없다는 사실을 깨달았다. 후속작은 다름 아닌 맬로리의 이야기에 집중해야 한다는 사실을 깨달았다.《버드 박스》는 묵시록적 이야기가 아니라 멸망해가는 세상을 헤쳐 나가는 한 여자의 이야기였다.

어떤 형식으로건《버드 박스》는 언제나 맬로리의 이야기가 될 것이다.

델 레이 북스는 내게 그녀 이야기를 다시 쓸 기회를 주었다.

편집자인 트리샤 나와니와 셀 수 없이 많은 대화를 나누었다. 그 대화들은 매번 글을 다시 쓸 때마다 생겨나는 '바다에 나가는' 몇 주 동안, 다시 말해 지금 하는 일을 과연 끝낼 수 있을지 도무지 자신이 서지 않지만 결국에는 언제나 끝을 내는 그 시기에 내가 버틸 수 있는 힘이 되어주었다.

《맬로리》를 만든 델 레이 여러분에게 감사드린다.

트리샤 나와니

스콧 섀넌

키스 클레이턴

앨릭스 라니드

줄리 렁

애슐라 히턴

데이비드 묀치

메리 모츠

데이비드 스티븐슨

애런 블랭크

냅시 델리아

에리히 쇤네바이스

에드윈 바스케스

레베카 메인스

이 책의 직접적인 내용 영역에서 벗어나기는 해도 이 책을 쓰는 동안 도움이 된 다른 요소들, 다른 순간들이 있었다. 이 자리를 빌려 앨리슨 락코와 크리스틴 넬슨에게 감사드린다. 앨리슨은 멸망한 세상에서는 선로 덕분에 기차가 가장 안전한 이동 수단이 될 수 있다는 사실을 떠올리게 해주었다. 우리는 선로에 장애물이 없고 기차에서 아무도 범죄를 저지르지 않는다고 전제할 경우 기차가 어떤 식으로 운행될지를 두고 많은 이야기를 나누었다.

그리고 크리스틴이 내게 다작 작가의 영혼을 가지고 있으며 그렇기 때문에 마법의 장면으로 절대 돌아가지 않으려는 자연스러운 성향을 가지고 있음에도 불구하고《맬로리》가《버드 박스》와 비슷한 분위기여도 괜찮을 뿐만 아니라 오히려 **그래야 한다**고 말해주었을 때 나는 이 책이 어떤 방향으로 가야 할지 감을 잡았다.

앨리슨에게 그리고 크리스틴에게 감사드린다.

데이브 심머에게 언제나 감사한다.

당신도 이제 알았으리라. 초고의 힘은 당신이 쓰고 싶은 내용의 개략적인 틀을 잡는 것에서만 나오는 것이 아니다. 그곳에 깃든 잠재력만을 의미하는 것도 아니다. 초고는 글을 쓸 때 아무리 '옳게' 혹은 '나쁘게' 느껴지더라도 **마법**이 될 수 있다. 그렇게 만들기 위해서는 초고를 이런 식으로 바라보아야 한다. 당신이 영감을 받았건 말았건 글을 쓸 때 당신의 본모습을 드러내는 스냅사진이 이라고. 그리고 나중에 그 사진을 바라볼 때 이렇게 말하게 되리라고.

'아, 그래, 감사해야 할 이 모든 사람들, 진짜건 상상이건 이 모든 놀라운 사람들을 만나기 전에 나는 이런 모습이었구나.'

옮긴이의 말

2019년 연말 나는 평소 구독하던 러시아 뉴스 사이트에서 중국의 어느 도시에 괴질이 돈다는 뉴스를 처음 보았다. 원인을 알 수 없는 괴질로 사람들이 죽어가고 있다는 소식과 함께 사람들이 생필품을 사재기하려고 마트로 몰려가는 영상도 있었다. 소식을 전하는 쪽이나 전해 듣는 쪽이나 영문을 몰라 어리둥절해하기는 마찬가지였다. 그리고 얼마 후 그 괴질은 코비드-19라는 이름을 얻었고 우리의 일상은 '뉴노멀'이라는 새로운 이름을 얻었다.

몇 해 전 작업을 위해 《버드 박스》를 처음 읽었을 때 나는 맬로리의 두 아이 또래인 아이를 키우고 있었다. 소설 속 상황이 무시무시하기도 했지만 무엇보다 혼자 아이들을 키워야 하는 맬로리를 보며 마음이 몹시 아팠던 기억이 난다. 하지만 내 공감은 거기까지였다. 엄마라는 사실을 제외하면 나와 맬로리 사이에 공통점은 없었다. 그런데 작년 코비드가 한창이던 5월 《맬로리》를 읽으면서 나는 《버드 박스》를 읽을 때와는 비교도 할 수 없을 정도로 《맬로리》에 이입했다. 크리처로부터 아이들을 보호하려는 맬로리의 마음이 너무나 절절히 이해되었다. 아이들이 혹여 크리처를 볼까 봐 안대를 씌우고 크리처와 몸이 닿을까 봐 한여름에도 맨살이 드러내지 못하게 몇 번이고 확인하고 다그치고 염려하는 그 심정을 내가 모르면 누가 알겠는가. 아니 코로나로 일상을 송두리째 빼앗긴 우리가 모르면 누가 알겠는가.

밖으로 나갈 때마다 우리는 맬로리가 안대를 쓰듯 마스크를 쓰고 걸핏하면 손소독제로 손을 소독한다. 직장인들은 재택근무를 하고 아이들은 줌 수업을 한다. 비대면이라는 단어가 어느새 일상으로 파고들었다. 우리는 그나마 최악의 록다운 상황까지 가지 않았지만, 수많은 나라에서 몇 주 동안 집밖을 한 발짝도 나가면 안 되는 생활을 해야 했다. 그리고 무엇보다 얼마나 많은 사람들이 희생되었는가. 이제야 나는 맬로리의 절망과 고독, 슬픔이 뼈에 사무치도록 실감이 난다.

작가가 의도했건 아니건, 맬로리가 사는 세상은 지금의 현실을 빗댄 무시무시한 한 편의 우화이다. 그런데 그 우화는 절망과 공포의 이야기만이 아니다. 희망과 진보의 이야기이자 선의에 대한 믿음과 희생의 이야기이기도 하다. 《버드 박스》와 《맬로리》는 그런 부분까지 현실의 세계와 똑 닮았다. 소설 속에서 사람들은 크리처에 맞서 싸우고 공존의 길을 모색하기 위해 자신의 목숨을 걸고 실험에 자원한다. 시체가 산처럼 쌓이도록 많은 사람들이 죽어갔지만 그 자원자들의 수는 줄어들지 않았다. 그리고 톰이 해결책을 찾아낸다. 면역력을 타고난 올림피아도 있다. 우리의 현실에서도 의료진은 사력을 다하고 있고 전 세계에서 코비드-19로 이미 수많은 의료진이 희생되었다. 코비드-19에 걸린 엄마에게서 태어난 아기가 항체를 지니고 있다는 기적 같은 소식도 전해졌다. 의료진의 희생과 일상으로 돌아가기 위해 애쓰는 시민들이 전력투구하는 동안 과학자들은 백신을 만들었다. 우리는 코비드-19를 조금씩 정복해 나가고 있다. 하지만 아직 일상으로 돌아가기는 이르다. 아마 우리는 영영 과거의 일상으로 돌아가지 못할지도 모른다. 뉴노멀이 언젠가는 노멀이 될 것이다. 맬로리의 세상처럼.

맬로리의 이야기는 여기서 끝나지만, 나는 그녀의 삶이 편하고 안전해지기를, 마음의 평화를 찾을 수 있기를 기원한다. 그리고 소설 밖 이 세상에서도 조만간 아이들이 마스크를 벗고 마음껏 뛰어놀 수 있는 날이 오기를 바란다.

옮긴이 이경아

옮긴이
이경아
한국외국어대학교 러시아어과와 같은 대학 통역번역대학원 한노과를 졸업했다. 현재 한국외대 통역번역대학원에서 강의하면서 전문 번역가로 활동하고 있다. 옮긴 책으로는《버드 박스》,《더 걸 비포》,《모두를 위한 페미니즘》,《탐정 매뉴얼》,《소설이 필요할 때》,《여행하지 않을 자유》,《오시리스의 눈》 등이 있다.

맬로리

2021년 8월 9일 초판 1쇄 인쇄
2021년 8월 16일 초판 1쇄 발행

지은이 | 조시 맬러먼
옮긴이 | 이경아
발행인 | 윤호권·박헌용
본부장 | 김경섭
책임편집 | 김지연

발행처 | (주)시공사
출판등록 | 1989년 5월 10일(제3-248호)

주소 | 서울시 성동구 상원1길 22 7층(우편번호 04779)
전화 | 편집(02)2046-2869·마케팅(02)2046-2800
팩스 | 편집·마케팅(02)585-1755
홈페이지 | www.sigongsa.com

ISBN 979-11-6579-644-0 (04840)
ISBN 979-11-6579-642-6 (set)

검은숲은 (주)시공사의 브랜드입니다.